新潮文庫

# 広重ぶるう

梶よう子著



新潮社版

11844

# 目次

# 広重ぶるう

# 第一景 一枚八文

## 一

薄暗い湯殿に、湯気が立つ。天井から滴《したた》り落ちる水滴が肩に当たり、安藤重右衛門《あんどうじゅうえもん》は思わず身を竦《すく》ませた。それにしても、湯がいつもより温《ぬる》い。湯屋の親爺《おやじ》にいっておかねばと思いつつ、湯船に首元まで身を沈ませて、口を開いた。

「柳ぃ〜橋ぃ〜から　小舟で急がせ山谷《さんや》ぁぼ〜り〜土手のぉ夜風がぞっと身にしむ衣紋坂《えもんざか》ぁ」

「重さんよぉ、舟を仕立てて吉原《なか》へ行こうなんざ、朝っぱらから色っぽい唄《うた》だねぇ」

しわがれたこの声は、商家の隠居だろう。湯殿には小さな窓しかなく、流し場と湯船の間には鳥居をかたどった柘榴口《ざくろぐち》と呼ばれる出入り口が設けられているだけだ。屈《かが》まないと出入りができないくらいに狭いため、おのずと湯殿は暗くなる。湯が冷めるのを防ぐためといわれているが、湯の汚れをごまかすためとの話もあった。暗い上に湯けむりが立って、隣に浸《つ》かる者の顔もよく見えない。けれど、朝湯を楽しむ顔ぶれはほぼ一緒。ひと声聞けば、誰であるかが知れるのだ。

「還暦過ぎると、吉原よりも西方浄土が近くなるけどねぇ」と、件《くだん》の隠居がぽろりとこぼす。

「なにを気弱な。男は死ぬまで男でなけりゃいけませんや」

重右衛門はからから笑いながら返して、続きを唄い始める。と、

「安藤の旦那《だんな》ぁ、旦那ぁ」

柘榴口から叫ぶ声が湯殿の天井に、わーんと響く。

「ああ、うるせえ。人がせっかく気持ちよく唄ってるっていうのによぉ」

湯の中をゆるゆる移動して重右衛門が柘榴口へ向かった。

「なんだ、おめえか。もう仕事仕舞いとは景気がいいなぁ」

流し場のほうから顔を覗《のぞ》かせる皺《しわ》だらけの顔を見て、軽口を叩《たた》く。通りを流す青菜売りの爺《じい》さんだ。

「なんだじゃございませんよ。早く戻っておくんなさい」

「やなこった。まだ来たばかりだ。朝湯がおれの唯一《ゆいいつ》の楽しみなのは知っているだろ

うが。せっかく来たんだ。おめえも入れ入れ。さっぱりしたら、二階で朝飯だ」

爺さんにたたみかけた。

「長屋に帰ったって納豆と飯しかねえ。たまには玉子焼きでもつけてもらいてえものだ」

文句を垂れると、爺さんが枯れ枝のような腕を伸ばし、重右衛門の手首を摑《つか》んだ。

「ともかく、出ておくんなさい。ご新造《しんぞ》さまが困っているんですよ。だからあっしが商売物放り出して、お迎えに上がったんですから」

「加代《かよ》が困っている？　なにかといえば皆、加代、加代だ。なぜぇ加代ぉ〜いうかぁ〜っと」

「唄ってる場合じゃござんせん。広重《ひろしげ》師匠はまた湯屋かと、栄《えい》なんとかさんがおかんむりだそうで」

重右衛門は、むっと口を歪《ゆが》めた。栄なんとか。そこが肝心だろうと呆《あき》れながらしばし考え込んで、はっとした。栄《えい》……林堂《りんどう》だ。これは、しまった。十日ほど前に、店に顔を出せ、という文が届いていたのだ。

「なぜそれを早くいわねえんだ」

「いま、いったじゃねえですか」

「栄林堂くれえ覚えてきやがれ、耄碌《もうろく》してんじゃねえよ」

栄林堂、岩戸《いわと》屋《や》喜《き》三郎《さぶろう》は、浅草茅町《かやちょう》で地本問屋を営み、喜多川歌麿《きたがわうたまろ》、鳥文斎栄之《ちょうぶんさいえいし》らの錦絵《にしきえ》を版行している老舗《しにせ》の版元だ。

青菜売りの爺さんの手を振りほどき、ざぶんと湯船から立ち上がった。すぐに頭を低くして柘榴口を潜《くぐ》り、流し場から脱衣場へ急いだ。濡《ぬ》れた身体《からだ》を拭《ぬぐ》うのももどかしく、籠《かご》に納めた小袖《こそで》を引っ掛け、帯と袴《はかま》を手にして、表通りに飛び出した。

「旦那ぁ、下帯締め忘れてますよ」

額に皺を寄せて爺さんが、ひらひらと下帯を振って追いかけて来る。

重右衛門の股《また》ぐらを春風が吹き抜けた。

かん、と煙草盆《たばこぼん》に栄林堂岩戸屋喜三郎は煙管《きせる》を打ち付けた。神妙な面持ちでかしこまる重右衛門を睨《ね》めつける。

馬場先門外、八代洲河岸《やよすがし》の定火消御役屋敷内、同心長屋の安藤家の一室だ。

喜三郎は苛立《いらだ》ちを隠さず、口を開いた。

「あたしだって暇じゃない。こうして浅草からわざわざ足を運んでくれれば、重さんはのんきに朝湯ときたもんだ。その上、湯屋の二階で朝餉《あさげ》を食って酒を呑《の》んでくるだろうから、一刻《いっとき》（約二時間）は戻って来ないと聞かされて、はい、それではまた、と帰れるもんかね」

「ごもっともで」

重右衛門は頭を下げた。喜三郎は、口をへの字に曲げる。面長で鷲鼻《わしばな》のせいか、いつも不機嫌そうに見えるが、今日はまた格別だ。

湯で温まっていた身体が急に冷え、鼻の奥がむず痒《がゆ》くなってくる。

「もう十日だよ、十日。店に顔をお出しと文を届けたろう？　一体、どれだけ忙しかったか聞かせてもらいたいもんだね」

喜三郎は、座敷をぐるりと見回し、嘆息した。筆も絵皿も紙もきちんと整頓《せいとん》されている。もともと重右衛門は几帳面《きちょうめん》ではあるが、ほとんど使われていないことを見抜いたのだろう。

「うちから頼んだ合巻《ごうかん》の挿絵以外の仕事はないのかね？」

重右衛門は、そんなこたぁねえですよと、もごもごいった。

「なら、どこの版元だい？　いってごらんよ。絵双紙屋の店先で広重師匠の一枚絵はあまり拝めないもんでね。さ、どこの版元だ」

喜三郎が詰め寄る。

「西村屋《にしむらや》に、平野屋《ひらのや》、それから――」

　重右衛門は指を折ったが、後が思い浮かばない。

「うちだよ。岩戸屋だろう」と、仏頂面《ぶっちょうづら》で喜三郎がいい放った。

「で、その後仕事はもらっているのかい？　西村屋さんはどうだい？　あすこは鳥居《とりい》清長《きよなが》から、鳥文斎栄之。おまえさんはむっとするかもしれないが歌川豊国《うたがわとよくに》と美人画で儲《もう》けている版元だ。この頃は、北斎翁《ほくさいおう》に何かやらせようとしているようだが、仕事は繋《つな》がっているのかい？」

　見ればおわかりでしょう、と重右衛門はぼそりと答えた。

「なんだって？」と、喜三郎がわざとらしく耳に手を当てる。

「見ればおわかりでしょうといったんですよ。西村屋、平野屋もちっとも仕事をくれやしません」

　そう吐き捨てると、脚を崩して裾《すそ》を払い、胡座《あぐら》に組んだ。喜三郎が冷めた表情で煙管を仕舞った。

「それは当たり前だね。売れなきゃ、その絵師にはもう用がない。町絵師なんざごろごろいる。雨後の筍《たけのこ》のように生えてくるもんだ。そん中から光る竹を見つけて育てる醍醐味《だいごみ》が版元にはある」

「け、かぐや姫じゃあるまいに」と、小声で憎まれ口を叩く。

「あたしたちも商いだ。磨き甲斐《がい》がないと知れば、すぐに見切りをつける。売れない錦絵を版行するほど酔狂な真似《まね》はしないんだよ」

重右衛門は、舌打ちし、渋々頷《うなず》く。

「あたしはね、豊広《とよひろ》師匠から、お前さんがまだ入門したての十六のときに頼まれた。あいつは必ず物になる、いっぱしの絵師になるまで面倒見てやってくれとね。いいかい？　今年の師走《しわす》は豊広師匠の三回忌だ。墓前で立派になりましたといえるのかい？」

そりゃあ、昨年の浮世絵師の見立《みたて》番付の末尾に名は載ったが、天眼鏡を使わなきゃ見えないくらいだった、と遠慮なく畳み掛ける。

「豊広の師匠が亡《な》くなったときには、その画号を襲う話も出ていた。あたしたち版元は、歌川を興《おこ》した豊春《とよはる》の高弟だった豊広と豊国の弟子たちが二代、三代と続いて、競い合うさまを楽しみにしていたんだ」

それは版元たちの勝手じゃないかと、重右衛門は唇を突き出した。

「弔いの席で、重さんは、力量がないと固辞したろ？　いつも画《え》にはたっぷり自信を持っていたお前さんが、師匠の画号が継げないという。やはり豊広師匠を敬い、畏《おそ》れ多いと感じているのだと、版元一同、殊勝な心掛けだと感心したもんさ。でもね、あたしは、豊広を何が何でも継がせるべきだと思った。二代となれば、心持ちも違ってくる。初代に恥じない物を描く、初代を超えようという気概も生まれると。けど、今じゃよかったと思っているよ。この体たらくじゃね。ところで広重の命名状はちゃんと取ってあるのかい？　豊広師匠が記してくれた命名状だよ」

それはもちろん手文庫に納めてある。重右衛門は、むすっとして俯《うつむ》いた。

「重さん、黙っていないで、なんとかいったらどうなんだい？　聞いているのかい」

口を開こうとした途端、むず痒さがぶり返してきた。それに耐えきれず、大きなくさめをした。

「ああもう汚いね。湯冷めかい。唾《つば》が散らないよう口を押さえたらどうだい。しょうがないね」

喜三郎は顔を歪める。

「まことに申し訳ございません」

重右衛門は首を垂れた。

「やれやれ。それで馬琴《ばきん》翁には会いに行ったんだろうね？　あたしから都合を伺ったんだ。そっちは恥をかかせてないだろうね」

重右衛門は洟《はな》を啜《すす》りあげて、もちろん、と背筋を伸ばしたが、すぐに背を丸めた。

「どうやらあまり首尾はよくなかったようだね」

曲亭《きょくてい》馬琴は、今をときめく戯作者《げさくしゃ》だ。『椿説弓張月《ちんせつゆみはりづき》』で人気を博し、文化十一年（一八一四）から版行が始まった『南総里見八犬伝《なんそうさとみはっけんでん》』は、すでに十五年以上書き続けられ、勧善懲悪の伝奇物として常に先が待たれている。その挿絵を描いているのは、葛飾《かつしか》北斎の娘婿《むすめむこ》である柳川重信《やながわしげのぶ》だが、渓斎英泉《けいさいえいせん》が筆を執っていたこともある。

「重さんも馬琴翁に顔見世してもいいと思ったんだがねぇ」

重右衛門とて、喜三郎の考えなどお見通しだ。柳川重信は身体の具合が良くないと囁《ささや》かれている。万が一のことがあった際、後釜《あとがま》に据えられたらと思っているのだろう。だが、すでに英泉がちょいちょい描いている。英泉は、婀娜《あだ》な女を描かせたら当代随一といわしめた町絵師だ。馬琴とも仲がいいと耳にしている。

逆立ちしても『八犬伝』の挿絵は回ってきやしない。

そう知ってはいても、喜三郎がお膳立《ぜんだ》てしたものを反故《ほご》にするわけにはいかない。重右衛門としても広重の画号を持つ町絵師という自負はある。なにも『八犬伝』でなくてもいい。馬琴の眼鏡に適《かな》えば、別の戯作の挿絵、あるいは版元との仲立ちをしてくれるかもしれない。それに馬琴も元は武士。重右衛門も微禄《びろく》ながら火消同心の家の生まれだ。そのあたりで、少しは目を掛けてくれるかと甘い考えでいたのが間違いだった。

「馬琴翁は、おれの役者絵を一瞥《いちべつ》しただけでしたよ――」

広重か、豊広さんの門人かい。悪くもないが良くもない。またおいで、とそれだけいうや剃髪頭《ていはつ》をつるりと撫《な》でて仕事場に引っ込んだ。そんな仕打ちを受けて、再び行こうなどという気は起きなかった。

「それで一年ほったらかしかい。厳しい眼をお持ちだが、重さんのいい処《ところ》を探してくれると望んでいたんだ。こっちの思惑通りにはいかないね」

喜三郎は落胆の二字を顔に貼《は》り付け、哀れむような眼を向けた。

重右衛門の胸底がゆらりと揺れた。

「そんなことがあっても、当のお前さんときたら、朝湯だなんだとのんべんぐらりときてる」

豊広の師匠が草葉の陰で泣いていなさる、と喜三郎は首を横に振る。

わざわざ、文句を垂らしに来たのか、と重右衛門は心の内で毒づいた。誰にいわれなくとも一番知っている。

神田の馬琴の家から、とぼとぼ歩く己の姿が惨《みじ》めだった。腹を空《す》かせた野良犬《のらいぬ》のような気分がした。きりきりと腸《はらわた》を刺されるような苛立ちが湧《わ》き上がった。

それは馬琴にではなく己に、だ。

広重の名をもらってから十九年。これまでの年月がすべて反故紙のように思えた。

二

重右衛門は、定火消同心安藤源右衛門《げんえもん》の子として、今居住している定火消屋敷内の長屋で生まれた。定火消は、主に江戸市中の警備、火災時の消火に当たる役目で、定火消屋敷には、与力、同心の他、臥煙《がえん》と呼ばれる役場中間《ちゅうげん》が居住し、屋敷内には高さ三丈（約九メートル）の火の見櫓《やぐら》が設けられていた。

画を描くようになったのは、いつの頃か定かではない。が、十の時、来貢した琉球人《りゅうきゅうじん》の行列を描き、父や母に褒められたのを記憶している。だからといって、ふた親は狩野《かのう》派が開いている画塾などに通わせようとはしなかったし、重右衛門自身も特段、画を学びたいとせがむことはなかった。

けれど、ある時、与力の岡島《おかじま》家に遣いに出された。訪《おと》いを入れると、現れたのは細面で目許《めもと》涼やかな男子である。岡島家の嫡男《ちゃくなん》で、五つほど歳上《としうえ》の武左衛門《ぶざえもん》だ。重右衛門は、武左衛門が狩野派の絵師狩野素川《そせん》に画を学んでいるのを耳にしていた。思わず画を見せてほしいと頼んだ。

「おまえも画を描くのか？」と、武左衛門に訊《たず》ねられた。

「描くというより、画を習うとはどういうことか知りたくて」

いくぶん照れたようにいった重右衛門に、武左衛門は気さくな笑顔を向けた。快く家に迎え入れてくれ、以降、互いに画を見せ合ったり、定火消屋敷内の花などを写したり、時には武左衛門から狩野派の絵手本を見せてもらい画法や筆法を習ったりした。画は描けば描くほど上達するものだと知った。そして物や色の見方も変わった。葉の一枚にどれほど細かな線があるかとか、夕焼けの空は青と淡い朱が途中で溶け合っているとか、人の耳の形は様々だとか。それまではぼんやり見過ごしていたものを注意深く見るようになった。

ふたりで、絵双紙屋へも出掛けた。

店先にずらりと吊《つ》るされていたのは、役者絵で頭角を現した歌川豊国、その弟子である歌川国貞《くにさだ》、そして渓斎英泉。その他にも様々な町絵師の一枚摺《いちまいず》りがある。鮮やかな色摺りの錦絵は遠くからでも、その眼にぱっと飛び込んでくる。

店座敷に並ぶ合巻本や読本《よみほん》を手に取れば、葛飾北斎の奇抜で大胆な絵組《えぐみ》の挿絵に釘《くぎ》付《づ》けになる。狩野とは違う色気が町絵師の筆にはあった。大衆を喜ばせようとすると、通俗的な画になるのかもしれない。けれど、そこには活き活《い》きとした息遣いが感じられた。役者はいまにも動き出しそうで、描かれた遊女の視線は幼い重右衛門をもときめかせた。

ひとりでも重右衛門は絵双紙屋に通うようになった。一枚二十文ちょっとでも、小遣いなどないため、買うことが出来ない。だから、店先からじっと画を眺めるだけで我慢した。

そうして幾度も足を運んでいるうち、仏頂面した店主から、「お武家のぼっちゃん、すまないね」と、はたきをかけられるようになった。

「あの親爺、私の顔を見るなり、はたきを持つようになりましたよ」

岡島家の一室で、重右衛門はぼやいた。武左衛門が楽しそうに笑う。

「見るのは刺激になるが、やはり私は描くのが好きだ。紙という平な面に物を写すのは面白い。次第に形が整っていくさまが楽しくてならないんだ。出来上がった時はさらに嬉《うれ》しい」

武左衛門が筆を進めながらいった。今日ふたりで描いていたのは、武左衛門が台所からこっそり失敬してきた鯵《あじ》だ。きっと野良猫が悪さをしたと思うさ、と悪戯《いたずら》っぽく笑った。重右衛門は、穂の細い面相筆《めんそうふで》で鰭《ひれ》を丁寧に描く。彩色筆や線描筆などの絵筆を持っていないため、いつもこうして岡島家を訪れていた。

「けれど、いくらよく見て描いてもすべてを写しきれるわけではない。本物には敵《かな》うはずはないのだからな。なのに人は画を望み、絵師は筆を揮《ふる》う。なにゆえ人々は、高い銭を出して買うのか。なぜだと思う?」

「そんなに難しいことは考えておりません。こうやって画を描くのが楽しいから。そういえば、私が十のとき描いた琉球人をふた親は褒めてくれました。それがすごく嬉しかったのは確かですが。でもなぜ琉球人を描いたのか、今となってはわかりません」

「描きたかったからさ。それ以外にはないだろうな。うまく描いてやろうとか、父母を喜ばせてやろうという思惑などなかったはずだ。描きたかったから筆を執った」

武左衛門が、さっと筆を払った。顔を上げた重右衛門の鼻の下が墨で汚れた。

「あはは、まるで髭面《ひげづら》の奴《やっこ》のようだ」

武左衛門が身を仰《の》け反《ぞ》らして笑う。

「やりましたね」と、応戦するも、武左衛門には身体も力も及ばない。たちまち、重右衛門の顔は真っ黒になった。さすがにこれでは家に帰れないと泣きべそをかくと、

「すまんすまん。まったく、お前も勝気だなぁ」

武左衛門が顎《あご》や腕についた墨を見せてきた。

夕刻の空に、雁《かり》が列をなして飛んでいくさまを眺めながら、ふたり井戸端で、墨を落とす。そろそろ秋も終りだというのに、蜩《ひぐらし》がどこかで鳴いている。

水を張った桶《おけ》で顔を洗いながら、重右衛門がいった。

「先ほど画は本物には敵わないといったでしょう。やはり、画はなんのために描くのか考えてしまいます。松が眺めたいなら、松の木を庭に植えればいい」

すると、『瀟湘八景《しょうしょうはっけい》』について武左衛門は語り始めた。

「しょう、しょうはっけい?」と、重右衛門は首を傾《かし》げる。

「山水画の画題として、古《いにしえ》から描かれているものだよ」

瀟湘は、清国《しんこく》の湖南省を流れる瀟水、湘水という河の名に基づいてつけられた地域名で、深山幽谷、風光明媚《めいび》な場所として、文人や風流人に好まれた。

「その瀟湘を元にして四季や景色を取り入れ、八つの風景を描きわけるのが『瀟湘八景』だ」

秋の干《ひ》潟《がた》に舞い降りる雁を描く、平沙《へいさ》落雁《らくがん》、寺鐘を聞きながら迎える夜の風景を表す、煙寺晩鐘《えんじばんしょう》などを挙げた。

けれど実際の瀟湘の風景を絵師は描くわけではない。画題に沿って理想の八景を描く。画を見る者たちは、たとえ架空の八景であっても、その美しさに感嘆し、見たことのない情趣に満ちた風景に思いを馳《は》せる。

「画というのは絵師が筆になにを込め、どう描くか——その筆の勢い、筆意が大切なんだ。ただ上手《うま》い画では意味がない。でも自分の思いを絵筆に込められるだけの腕は必要だ。そこに行き着くための修練はしなければいけない。だから私は狩野に通い、その画法を自らのものにすることで、自分の描きたい画を描けるようになりたいと思っているのだ」

筆意か、とぼんやり思う。

武左衛門が差し出してきた絞った手拭いを受け取り、顔を拭う。

重右衛門にとって、武左衛門は同好の士であり、師でもあり、兄のような存在でもあった。

「定火消役を一生勤めるのは気が重いなぁ。火事さえなければこれほど暇な役目はないが、悲しいことに江戸はまことに火事が多い。そうでなければ、いつもお前とこうして画を描いていられるのにな。しかし、おれもおまえも嫡男だから、いずれは家督を継がねばならん」

隣で腕の墨を落としつつ、武左衛門はそういって苦笑した。

その日は、思いの外、早くやってきた。

文化六年（一八〇九）の年が明け、重右衛門が十三になってまもない如月《きさらぎ》（二月）に、母が死んだ。父は急に生気を失い、お役を退いてしまった。そのため重右衛門は齢《よわい》十三で元服し、前髪を落とした。幼名の徳太郎《とくたろう》から重右衛門とあらためたのもこの時だ。重右衛門は、安藤家の当主になると同時に火消同心のお役を継いだ。隠居した父源右衛門は、それから十ヶ月のちの師走の末、妻の後を追うように急逝した。

年の初めと暮れにふた親を失った重右衛門は途方に暮れた。悲しみはもちろんあった。けれどそうした思いとは別に、安藤家当主としての責が、か細い双肩《そうけん》にのしかかってくる。

父を浅草の菩提寺《ぼだいじ》に埋葬した帰路。重右衛門は姉と妹、親戚《しんせき》らと新寺町通りを西に向かって歩いていた。大川《おおかわ》に出て、舟で神田川を上るつもりだった。あたりは寺ばかりで、落葉した銀杏《いちょう》の木が寒々とした姿を晒《さら》し、人通りも少なかった。

「それにつけても、年の暮れに死ぬとはなぁ。まったく最期《さいご》まで気の利《き》かぬ婿殿だ。弔い賃も馬鹿《ばか》にはならん。それにあやつの実家の田中《たなか》家は香典もけちっておった。だいたい親より先に逝《い》くとは逆縁の不孝者よ。娘が死んでからさらに腑《ふ》抜《ぬ》けと成り下がり、隠居などするからいかんのだ。まあ、もともと柔《やわ》な男であったゆえな」

祖父の安藤十右衛門《じゅうえもん》が歩きながら、口汚く罵《ののし》った。父は入婿だった。

「喪中であるから正月は祝わんでもいいが、大晦日《おおみそか》の掛取りはやって来る、やれやれ」

この爺さんはなんだ、と重右衛門はその声を背で聞いていた。実の娘である母の死の際には嘆いて見せたが、父に対してはこの雑言だ。婿として安藤家をよく守ってきたの一言くらいあってもいい。それに、親を続けて亡くした孫への気遣いがまず先だろうに。

この先、火消同心のお役目だけでなく、暮らしも重右衛門にのしかかってくる。姉と妹。そのうえ、この祖父までいる。しかも祖父は近々後妻をもらうという話だった。新たな妻を迎えるならば、そちらはそちらで生計《たつき》を立ててもらいたい。わずか三十俵二人扶持《ぶち》の家禄だ。そのすべてを金子《きんす》に替えたところで年十四、五両。裏店《うらだな》住まいの大工でも、腕のいい者なら年に二十両以上は稼ぐというのに。二本差しの武士といっても、暮らし向きは町人のほうがいいくらいだ。どうやって安藤家を守っていけばよいものか。

降りかかった不幸を嘆いてみてもなにも変わらない。ともかく早急にお役に慣れることだ。父は非番のおりには、近くの手習い所で町人の子に読み書きを教え、その束《そく》脩《しゅう》を家計の足しにしていた。私はなにをしたらいいのだろう。元服は終えても、声はまだ少年のもので、髭すら生えていない。たった十三歳の身には荷が勝ち過ぎた。十右衛門が再び口を開いた。

「あやつが遺《のこ》したもので売れるものはあるかのう。せいぜい安物の煙管が数本と古着くらいか。それでも幾らかにはなろう。重右衛門、まとめて売りに行け」

重右衛門は立ち止まった。唇をきつく引き結ぶ。十右衛門はもとより、姉妹、親戚も歩を緩め、何事かと視線を向ける。

「お黙りください」

なに？ と十右衛門が訝《いぶか》しみ、小首を傾げた。その間の抜けた様子に、重右衛門は身が震えるほどの怒りを覚えた。

「もう、黙れといったんだ！」

声を荒らげ振り返り、祖父を睨めつける。

「父を、それ以上侮辱なさいますな。たとえお祖父《じい》さまといえど、許せません」

「許せないだと。利いた風なことをいうな。わしはお前の祖父だ」

「祖父なら祖父らしくしていただきたい。少なくとも私や姉上、妹は母の死の悲しみが薄れぬうちに父まで亡くし、戸惑い、消沈しております。なのにご自分の孫に慰めの言葉ひとつかけようとしない。亡くなった父への悼《いた》みもない」

重右衛門の突然の剣幕に、十右衛門が口をぱくぱくさせる。

「おやめなさい。お祖父さまになんという口を利くのです。お詫《わ》びしなさい」

姉が厳しい声を出した。

「私が詫びる？　どうしてですか、姉上。父上を愚弄《ぐろう》したのはお祖父さまだ。さほどにお祖父さまは父がお気に召さなかったのですか」

むっと十右衛門が顔を赤黒く膨らませた。

「おお、そうよ。あやつは初めて火事場に出たおり、身を震わせるだけでなにもせなんだ。それ以来、臥煙どもにも馬鹿にされておったのだ。安藤家の恥さらし者よ」

妹のさだがしゃくり始め、姉がそれを慰める。

「よさんか、往来で醜態を晒すな。弔いの後なのだぞ。十右衛門どのも落ち着きめされ」

親戚の者が止めに入って来たが、重右衛門の怒りは収まらなかった。なぜだろう。祖父に口答えしてもなにも始まらない。父母を亡くした喪失感のせいばかりではない。

課せられた家の重みに耐えきれない自分への苛立ちにも思えた。

「左様な入婿ではさもご不満だったのでしょう。後添えをもらうのは、その妻に男児を産ませるおつもりなのではありませんか」

「世迷《よま》い言《ごと》を申すな。くだらぬ」

くだらぬ？　確かにそうだ。まだ子が生まれるかどうかもわからぬのに。

「けれど、生まれた男児は母上とは異母姉弟になる。安藤の血筋が男子に戻る」

もう自制がきかなかった。重右衛門はきつく拳《こぶし》を握りしめた。

「なるほど、それは重畳《ちょうじょう》。さすれば、おまえはなんとする」

十右衛門が黄色く濁った眼を挑発するように向けてくる。

「すぐさま家督を譲り、家を出ます！」

足を踏ん張り、喉《のど》が破れるほどに叫んだ。

「それでよいでしょう！　ご満足でしょう！」

皆が凍りつくような表情をし、通りを行く数人の坊主《ぼうず》が何事かと足を止める。重右衛門は身を翻《ひるがえ》し、地を蹴《け》って駆け出した。

「重右衛門、どこへ」

姉の呼ぶ声があたりに響いた。

重右衛門は抹香臭い寺町を走り続けた。息が上がり、足がもつれそうになる。それでも止まることはなかった。四ツ（午前十時頃）を告げる鐘の音が耳障《みみざわ》りだった。まったく馬鹿馬鹿しいことを口にした。老年の祖父が男児を授かる？　そして私が安藤家を去る？　が、あり得ぬことではない。そもそも、父母を続けて亡くすなど、考えてもいなかったことが起きるのだ。男児が生まれたら、私は安藤家を出る。婿養子の父は我慢を重ねて来たのだろうが、我慢などするものか！

必ず出て行ってやる。貧乏御家人などに未練はない。

けれど――。

家を出たら何をする？　武士を捨ててどうする？　自分が今出来ることは、手慰みに画を描くくらいだ。師匠もいない、画塾にも通っていない。ちょっと描けるぐらいでなにが出来るというのか。でも、画を描くのは好きだ。好きなことで細々と銭を稼いで、生計の足しに出来ればいい。そうだ。真っ当な絵師になれずとも、看板書きでも筆耕でも、引き札の版下絵でも、なんでもやればいいのだ。

寺町を走り抜けると、急に町屋が広がった。激しく息を吐きながら足を緩める。いつの間にか浅草寺《せんそうじ》近くまで来ていた。通りは人で溢《あふ》れ、年の瀬の喧騒《けんそう》に満ちている。新たな年を迎える喜びと希望に人々の顔は明るく輝いて見えた。己の身と引き比べ、いい知れぬ寂寥感《せきりょう》に襲われた。

心が軋《きし》んで、思わず俯いた。土埃《つちぼこり》にまみれた足先が眼に入る。

駄目だ、駄目だ。気持ちを奮い立たせて、顔を上げた。

仰いだ空は哀《かな》しいほど青い色をしている。

一軒の煙草屋が眼に入り、重右衛門は立ち止まった。

「ここは」

幼い頃、父に手を引かれて幾度も来たことがある店だ。父は、さまざまな産地の葉を混ぜて、自分好みの煙草を作っていた。豊かではない暮らしのなかで、それがたったひとつの楽しみだった。幼い重右衛門は父とともに店座敷に腰をかけ、職人が煙草の葉を刻む様子を飽くことなく眺めていた。煙草の味見をしながら職人と楽しげに話す客の姿が、父と重なって見えた。

不意に、どくんと脳髄の中で血潮が騒いだ。急な目眩《めまい》と頭痛に襲われ、呻《うめ》いた。足下をふらつかせたとき、町の騒々しさが急激に引いた。駕籠《かご》屋は蹴り上げた足のまま、振り売りの小松菜売りは大口を開けたまま、騎馬の武家は厳しい顔つきのまま、まるで人形のようにその場に静止した。煙草を刻む職人の手も止まった。

重右衛門は眼を疑った。

時が一瞬流れを止めた。町並みに人々が融《と》け合う。師走の忙《せわ》しなさが見事に眼前に留まっていた。切り取られた一枚の画のように見えた。白昼夢――。描きたい。

「重右衛門か？」

はっとして振り向くと、たちどころに町が動き出した。急激に周囲のざわめきが耳へ流れ込んでくる。

あの町の光景は父が見せた幻だろうか。いや、きっと、勢い込んで走ったせいだ。

「ああ、武左衛門さん」

人ごみのなかにその顔を見た途端、鼻の奥がツンと痛む。

「どうした？　髷《まげ》がぐずぐずじゃないか。顔色も悪いぞ」

重右衛門はごまかすように頭を振った。

「武左衛門さん、おれに、画を教えてください」

ようやく役目にも歳上の同輩たちにも馴《な》れた。火事場に出張るのは恐ろしかった。炎にあぶられ、煙で眼と喉を痛める。破壊される家屋の音、少しの火傷《やけど》はあたり前、崩れた家の下敷きになるのも覚悟する。まさに命懸け。おまえも臆病者《おくびょうもの》かと祖父に詰《なじ》られるのは癪《しゃく》に障るので、意地にも弱音は吐かなかった。酒と煙草を覚え、臥煙たちと軽口を叩き合う内、言葉も口調も荒くなった。それでも、燃える町を見るのは辛《つら》い。人々の暮らしが突然消え、そこにあった景色が変わってしまうのが悲しかった。

父の三回忌を終えるや安藤家に慶事があった。祖父の十右衛門が後添えを迎えたのだ。皆が呆れるほど歳若い女だった。祝言《しゅうげん》の席で親戚たちが、これはまことに男児が生まれるかも、とこそこそ話をしていた。

この二年、重右衛門は「傘張りでも提灯《ちょうちん》張りでもいい、内職をしろ」「飯と沢庵《たくあん》だけか。わしを殺す気か」など十右衛門の雑言に耐え忍んで来た。が、ついに時は来た。

武左衛門に手解《てほど》きを受け、狩野の筆法を修め、これまで描きためた花鳥を画帖《がじょう》にした。

「やはりもう、おれの教授では心許ない。師匠にお前の画を見せたら、自分の下で画技を磨かせたい、といってくれたぞ。一緒に素川さまの画塾に通わんか。免許を得れば、町狩野《まちかのう》として弟子も取れるし、画の注文も受けられる。なあ、考え直さないか」

ある日、武左衛門がいった。

「まことにありがたいお話ですが、もう決めたことなので」

狩野の絵師に認められたことは嬉しかった。けれど、束脩を納める余裕は安藤家にはない上に、これから入塾して免許が得られるまで幾年かかるかわからない。だったら、町絵師だ。ある程度、描ければきっと重宝されるに違いない。仕事もすぐに与えられるかもしれない。

それに……絵双紙屋の店先でいつも同じ光景を見ていた。錦絵や読本を購《あがな》う人々の楽しそうな様子だ。贔屓《ひいき》の役者絵を大事そうに胸に抱える娘、ようやく戯作の続きが読めると興奮する隠居。

狩野は、注文主と周辺を喜ばせることは出来るが、絵双紙屋は江戸中にあって、大勢の人の眼に止まる。照れ臭くて武左衛門にはいえなかったが、火事で焼け出されて呆然《ぼうぜん》とし、憔悴《しょうすい》しきった人々に触れてきたせいか、そういう市井《しせい》の人々を喜ばせて常に嬉しい顔を見ていたいのだ。町絵師なら、それが叶《かな》えられそうな気がした。武左衛門のおかげで、運筆も筆法も身につけた。画才とて、狩野素川が認めたのだ。町絵師ならば、容易《たやす》い。

それでも、やはり師匠は持つべきだ。門下に入って、画号をもらえば仕事のし放題だ。今の浮世絵界の中心は歌川だ。豊国と豊広がいるが、ここは人気の豊国だろう。

重右衛門は画帖を抱え、意気揚々と歌川豊国を訪ねた。

しかし、その望みは瞬時に砕かれた。豊国は、押しも押されもせぬ人気絵師。ゆえに門人志願者が殺到し、いまはとても受け入れられないと古参の弟子にあっさり断られた。

「頼みます。頼みます」

重右衛門は大声で呼びかけた。が、無情にも眼前で戸が閉められた。

画一枚見るでなし、話ひとつ聞いてくれなかった。まさに門前払いだ。

たかが、町絵師じゃないか――。

その場に佇《たたず》み、悔しさに歯噛《はが》みした。と、再び木戸が開いた。入れてもらえるのかと重右衛門は小躍りしたがそうではなかった。身なりのいい数人の者たちに囲まれて、笑いさんざめきながら出て来た男がいた。すっきりした二枚目で役者のような風貌《ふうぼう》をしていた。年の頃は三十そこそこ。

「国貞師匠、これから吉原《なか》でもどうです?」と、ひとりが呼びかけた。

重右衛門は身震いした。あれが歌川国貞か。豊国門の出世頭だ。

身の内から滲《にじ》み出ている自信に気圧《けお》された。

この凄《すご》みはなんだ。これが町絵師か。

重右衛門はみすぼらしい己の姿を省みて、情けないほどの焦燥を感じた。

三

喜三郎を前に身を縮こませているとき、廊下から遠慮がちな声がした。妻の加代だ。

「入んな」と、重右衛門が吐息してから声掛けすると、障子が静かに開いた。

「岩戸屋さま。まことに、まことにご迷惑をお掛けいたしております」

加代が指をつき深々と頭を下げた。いまのいままで、小言をいっていた喜三郎はそれを見て、慌《あわ》てふためいた。

「やや、加代さま。どうかお手を上げてくださいませ」

そういいながら尻《しり》を浮かせた喜三郎を、重右衛門はいい気味だとばかりに、窺《うかが》った。

加代は同じ火消同心の娘だ。縁あって夫婦になり、十年が経《た》つ。小柄な上に線が細く、いかにも儚《はかな》げな女子《おなご》だった。そんな加代が指をつき、か細い声で詫びをいえば、申し訳ない気持ちにならない者はいない。

「いいえ。これまで岩戸屋さまには、夫、重右衛門をどれだけお引き立ていただいたか。その恩義に報いるどころか、仇《あだ》で返すような真似ばかりいたしまして」

恩を仇で返すとは。店に行き忘れたくらいで、大袈裟《おおげさ》すぎやしないかと、妻女の口上を聞いた。が、喜三郎の手前、さもきまり悪げな表情をして重右衛門は右耳の後ろを指で掻《か》く。

「こちらこそ広重師匠には無理を承知で挿絵をお願いしておりましてねえ。当世の町絵師はちょっとぱかし名が売れると、ああだこうだと注文ばかりうるさくて敵いません。そこへいくと、広重師匠は、こちらの思いを汲《く》み取って画を描いてくださるので助かっておりますよ」

喜三郎は打って変わってにこやかな顔つきで、いいのけた。怖気《おぞけ》が走るとはこのことだ。

「少しはお役に立っておりますようで、安心いたしました。大変お恥ずかしいのですが、酒肴《しゅこう》の用意をいたしました」と加代が腰を上げて、膳を運んできた。

重右衛門は調えられた膳を見て、おおお、と眼を剝《む》いた。

膳の上には、餡《あん》をかけた海老《えび》しんじょ、椎茸《しいたけ》と豆腐と小松菜の煮物、胡瓜《きゅうり》の酢の物に出汁《だし》巻《まき》玉子――。

思わず口中に唾液《だえき》が溢れた。安藤家で生まれ育って三十五年。このような贅沢《ぜいたく》な朝餉に一度もお目にかかったことはない。一体、加代はどうやって誂《あつら》えたものか。いやいや、それよりなにより、よく銭があったものだ。ちまちま貯《た》めていたのか。たまらず箸《はし》を取ると、豆腐を口に放り込む。うす味だが、椎茸の香りと出汁がしみこんで美《う》味《ま》い。

「いつもこんな朝餉だと嬉しいのだがなぁ」

夢中になって箸を進めながらいうと、加代がすまなそうな顔をした。

「ははは、それはおれが稼げばいいのか」

杯を重ね、料理を次々食べ続ける重右衛門に喜三郎が顔をしかめる。

「ではごゆっくり」と、加代は、喜三郎に一礼して出て行った。障子が閉まり、加代の足音が遠ざかるのを待っていたかのように、喜三郎が眉間《みけん》に皺を寄せ、身を乗り出してきた。加代に向けていたにこやかな顔はあっという間もなく消え失《う》せている。

「重さん、いいたかないが加代さまの、あのお姿はなんだえ？　化粧はしていない、塗りの禿《は》げた櫛《くし》も哀れだが、簪《かんざし》ひとつ挿していない。それから、小袖だ。幾度洗い張りをしたのだか。あんなもの、古手屋だって引き取っちゃくれないよ」

首を横に振りながら喜三郎は海老のしんじょを摘《つま》み上げると、

「この膳も無理して頼んだんだろうよ。まったくあたしが出掛けて来たりしたから……申し訳ないことをしたよ」

そういって、口に入れた。

「おれは、喜三郎さんのおかげで朝から酒も飲めるし、豪勢な朝餉も食える」

「馬鹿をおいいじゃないよ」

ぴしゃりといわれた重右衛門は口に運ぶ盃《さかずき》の手を止めた。

「女房の粗末な形《なり》にも気づかず、亭主は朝湯に行って、いまは酒をたらふく呑んでいる。ああ、情けないにもほどがある。甲斐性なしの亭主を持つと、女房が苦労する」

あ？　と重右衛門は、くいっとひと息に酒を呑み干すと、盃を放り投げるように膳に置いて、背筋を伸ばした。

「そんなにきつい物言いをしなくてもいいじゃないか。三十俵二人扶持の家だよ、喜三郎さん。苦労が当たり前なんだ。それをいちいち苦労といっていたら、それこそ惨めな心持ちになる。夏の暑い日に暑いというのと同じ理屈だ。それに、あの櫛は祖母《ばあ》さまの形見だそうでね。簪だって、二本や三本持ってるはずだ。あいつが好きで挿さねえだけですよ」

まことはどうだか、と喜三郎は重右衛門へ険しい眼を向けた。

「なら訊《き》くが、歌川広重として、これからどうするつもりだい？」

「そいつもね、広重、広重といったところで、仕事がねえんだからしょうがねえでしょう」

喜三郎が銚子《ちょうし》を取る。

「そういや、与八《よはち》さんのところから出したのは、『東都名所拾景《とうとめいしょじっけい》』だったが、あれも噂《うわさ》じゃ、売れ行きがさほどではなかったそうじゃないか」

重右衛門は頷き、盃を突き出した。北斎、国貞といった大物絵師を扱う版元の西村屋与八から、江戸の十景を描いてくれと頼まれたのだ。重右衛門にとって、江戸の風景を描くのは容易いことだった。気が向くとふらりと町を流して、気に入った景色を写しているからだ。それは画の修練を兼ねた気晴らしだった。むろん否《いな》やはなかった。が、名所絵かと、少しばかり落胆した。

やはり浮世絵の主流は、役者絵、美人画だ。重右衛門とてそれで名を揚げたいと思っていたが、背に腹はかえられぬ。日本橋、両国、深川など、江戸の十の風景を描き出した。

しかし、この十景の上部には、狂歌が摺り込まれていた。つまり狂歌連が銭を出して版行したということだ。そうでなければ、無名に近い「歌川広重」に依頼が来るはずもない。「北斎翁の画に寄っても、北斎にはなれないよ。型破りなことをしたいようだが、あんたの画はそういう思いが先立って、珍妙なんだ」と、西村屋にはっきりいわれた。

北斎は、古希を過ぎても未《いま》だその筆は衰えず、むしろますます盛んになっているという化け物だ。かつて異国人から画の注文を受けて、百五十両という途方もない画料を得たという話を耳にしたことがある。寺の境内で百二十畳大の大達磨《おおだるま》を描いたかと思えば、米粒に雀《すずめ》を描くなど、奇行奇人としても知られている。しかし、そんなものはただの見世物にすぎない。絵師の真価はそうしたものでないと重右衛門は思っていた。

ただし、北斎の画そのものには唸《うな》らざるを得ない。曲亭馬琴と組んだ合巻本の挿絵など、常人ではとても思いつかないような発想の奇抜さがある。鬼気迫る圧倒的な画力。それは、名所絵でも同様だった。近景、遠景の対比を極端に表すことで奥行きを出す絵組。山肌の陰影など、見るべきところ、学ぶべきところは随所にある。北斎の画が頭にしみ込んでいたのも否めない。北斎より面白くしたい、見せたいという気負いで筆を走らせた。図星を刺されてぐうの音も出なかった。

重右衛門の表情を読んだ喜三郎はせせら笑う。

「まあ、狂歌連が銭を出したなら、与八さんに損はない。それに、広重なんて名はまだろくろく知られていないんだ、画料も安くあがる。売れない絵師にとっちゃ西村屋与八は垂涎《すいぜん》ものの版元だ。版下絵が一枚二百文でも飛びつくだろうさ。お前さん、いくらもらったね？　十枚描いて銀二貫なら、絵師などやめちまいな」

あらかた食べ終えた喜三郎は、煙管《きせる》に刻みを詰め、火をつけた。

「じょ、冗談じゃねえよ。今更、やめられるか」

「まともな仕事もない絵師がなんの役に立つんだい？　紙だってもったいない。彫師も摺師も迷惑なんだよ。一番困るのは、あたしたち版元だけどね」

喜三郎は、煙をふう、と重右衛門に吹きかけた。煙ったいじゃねえか、と重右衛門は手で払う。

「おれだって後摺りが出たことだってありますよ。版木が擦り切れるほどだったと版元がいってたんだ」

くつくつ、と喜三郎が肩を揺らした。

「おめでたいとは重さんのことをいうのだろうね。この世界に幾年いるんだか。お前さんの錦絵《にしきえ》は一枚八文で売られたんだよ。そうさなぁ、別の絵師と抱き合わせで十六文ってとこかね」

お上のお定めもあるにはあるが、錦絵の値はその時々で変わる。大物絵師なら、豪華摺りの揃物《そろいもの》で一両とも値をつけることだって出来るのだ。

「どうしても絵師で食っていきたいなら、ワ印を描けばいい。画料だって二倍、いや三倍にはなる」

なんて嫌味な野郎だ。重右衛門は喜三郎を上目使いに窺い、口を開いた。

「そいつは御免だ」と、喜三郎をぐっと見据えた。

「おれは幾度も断ってるはずだ。枕絵《まくらえ》だけはやらねえよ」

痩《や》せても枯れても、武士は武士だ。艶本《えんぽん》、枕絵の類《たぐい》は隠号を用いるから、絵師が特定しづらいとはいえ、そうした物は売ってはならぬのがお定めだ。万が一、お上に知れれば裁きを受ける。

「つまらないところで一徹だ。安藤家などたかが火消同心じゃないのかえ」

「ああ、その通りだ。そんなたいした家じゃねえですがね、おれが絵師になったのはいわば内職だ。そこそこ得意な事を活かして生計の足しになればくらいの思いからだ。それで、不始末犯して禄を失ったら本末転倒もいいところなんでね。一家まとめて路頭に迷う」

かん、と喜三郎が灰吹きに煙管を打ち付けた。白髪の混じる眉《まゆ》をひそめて、重右衛門を睨《ね》めつける。

「今なんていったんだい？　内職だ？　ふざけたことをいってるんじゃない。あたしは、ほとほと呆《あき》れたよ。絵師は内職ていどのものかい。図々《ずうずう》しいにもほどがある」

喜三郎は声を張り上げた。重右衛門は思わず眼を見開く。返す言葉が見当たらなかった。

「たとえ名が売れなくても、武士の内職だったと逃げが打てる。豊広師匠どころか、町絵師皆を、お前さんは愚弄したんだよ」

喜三郎はさらに厳しい声で続けた。

「お前さんの二十歳下の叔父もまもなく元服じゃないか。そうしたら、重さんは安藤家を出るんだろう？ 家もなくなる。禄も失う。絵師としても半ちく者。それでやっていけるのかって、あたしは訊きたいね」

「そいつは――」

「なにもいえないか。ひと言もないか？ それはそうだろうなぁ。内職だものなぁ。師匠からもらった広重の名も気の毒だ」

二十歳のときだった。後妻が身ごもったと祖父の十右衛門から告げられたのも驚いたが、十月十日の後、生まれた赤子が男児だったのには仰天した。仲次郎《ちゅうじろう》と命名され、祖父は舐《な》めるように可愛《かわい》がった。重右衛門にとって、二十歳下の叔父になる。

文政六年（一八二三）、祖父との約定通り、八つになった仲次郎に家督を譲り、これで安藤家は男子の直系に戻った。

ならば、養子の父の役割はなんであったのかと、時々頭を過《よぎ》る。

無事、家督相続を終えても、八歳の男児ではさすがに火消同心のお役は勤まらない。元服までは隠居となった重右衛門が代番として面倒を見ることになっていた。

仲次郎が生まれたのは、まさに瓢簞《ひょうたん》から駒《こま》。いくら後妻が若いといっても、爺《じい》さまに精が残っていたのも驚きだった。

重右衛門は、海老しんじょの器を取り、流し込むように食べると、口許を手の甲で拭《ぬぐ》った。

「仲次郎もまもなく元服。代番のおれも、ようやくお役御免と相成り候《そうろう》だ。おれは晴れて安藤家を出て行ける」

さも愉快だとばかりに膝頭《ひざがしら》を叩《たた》いて笑い声を上げた。無理にでもそうせずにいられなかった。

「耳障りだよ。やめとくれ。あたしは真面目《まじめ》に話をしているんだ。その能天気なおつむもなんとかしてもらいたいものだ」

重右衛門は笑いを引っ込め、息を吐く。

「ご心配いただきかたじけのう存じますが、うちは子がない。加代とふたりならなんとかなるでしょうよ」

「いまのままでは、到底、無理だね」

喜三郎は容赦なくいい、きれいに片付いている座敷を見回す。

「いいかえ、初代の豊国師匠だって、若い頃は画を持って版元回りをしたんだ。版行してくれるなら画料もいらないと。そういう苦労は誰もがしている。一朝一夕で地位を築けたわけじゃない」

ああ、せっかくの美味い朝飯が台無しだ。

「体良く安藤家から追い出された後のことまで、あたしは知らないよ」

「追い出されるんじゃねえよ。こっちから出て行くんだ」

「そんな意地を張ったところで、飯は食わなきゃならない。手っ取り早く銭を稼ぐなら、ワ印だといっているんだよ。艶本や枕絵は、売れない絵師にとっていい修業の場なんだ」

重右衛門は銚子を振り、最後の一滴まで盃に落として、惜しむように呑《の》み干した。

もう二十年も前のことを今更蒸し返したくはないが、豊広でなく豊国門であったなら、こんな体たらくでなかったかもしれない。

だが、ともかく師匠につき、画号をもらい、独り立ちする、と心ばかりが逸《はや》っていた。

死んだ父が役に立たない養子だったと、祖父にいわれたことも、その思いに拍車をかけた。

銭の稼げる絵師になり、安藤家を出る。それさえ出来れば、師匠など誰でも構わないと、豊広の門を叩いた。

豊広は、つるんとした優男《やさおとこ》で、男にしては細い指で、重右衛門の持参した画帖を一枚一枚、丁寧に繰った。なにもいわぬ豊広に、いささか不安を覚えた重右衛門は、

「狩野素川さまが、私を手許に置きたいといってくださいました」

と、胸を張った。狩野派の絵師に認められている、と誇示したかったのだ。豊広はそれでも気を悪くしたそぶりも見せず、

「ふうん、それはよかったねぇ」

さらりといってのけ、明日からおいでと柔和な笑みを浮かべた。

それから、わずか一年で師匠豊広の「広」、重右衛門の「重」を取り、「広重」の画号を与えられた。だが、多感な十六歳の重右衛門には惜しいかな、謙虚さや感謝の念はなかった。己の画才は、まことのもの、豊広の門人の中で並外れて優れているのだ、やはり町絵師になるのは容易い、思った通りだと増長した。自分を門下に加えなかった豊国にも、様《ざま》を見ろと思った。

豊広は、錦絵よりも読本挿絵、そして肉筆美人画を多く描いていた。その画筆は伸びやかで柔らかく、品があった。が、やはり豊国の華やかで艶《つや》のある画風には及ばないと重右衛門は感じていた。己の師匠を腐すつもりはなかったが、驕慢《きょうまん》な思いが先に立っていた。

広重の画号で、役者絵、美人画を描いた。

門前払いを食らわした豊国に対する、いや、その門人たちへの対抗意識もあったのだろう。すれ違っただけの国貞の姿も眼に強く焼きついていた。

歌川広重として華々しく錦絵を版行し、すぐにたくさん仕事が舞い込んで、かつかつの暮らしから抜け出せると思っていた。けれど、実際は——師匠の庇護《ひご》を受けてようやく仕事にありついている始末だった。

師匠はおれを見誤ったのではないか。それとも、まことは画才もないのに、狩野素川の名をわざわざ出した小生意気な子どもを懲《こ》らしめてやろうと思ったのではないか、そんな疑念が浮かぶほど、気持ちが腐った。画才がないのか、世間に見る目がないのか、重右衛門は筆を執るたび、考え込んだ。

その師匠も、一昨年の暮れに逝ってしまった。重右衛門に遺されたのは、いつまでもうだつのあがらない広重の画号と、お情けで仕事を回してくれる喜三郎だけだ。

その喜三郎も、会えば罵詈《ばり》雑言の嵐《あらし》である。と、国芳《くによし》のことが頭を過ぎった。国芳は重右衛門と同じ年の生まれだ。師匠の豊国に画才を認められながらも、国貞という兄弟子の陰に隠れ、頭抜けることが出来ずにいた。役者絵と美人画を描いても、やはり国貞のほうが上、と比べられる。同門であるがゆえの厳しさだ。

鳴かず飛ばずで三十路《みそじ》を迎えた国芳を、重右衛門は勝手に己の境遇と重ね合わせていた。

ところが数年前、豪壮な武者絵で一躍名を揚げた。清国の古の戯作《げさく》『水滸伝《すいこでん》』の豪傑たちを描いたのだ。筋骨たくましい武人を、躍動感に満ちた力強い太い線で表した。背には鮮やかな彫り物。それも話題をさらった。国芳は売れずに鬱々《うつうつ》としていたとき、大川を流す屋根舟に眼をとめる。芸者をあげ、賑《にぎ》やかな宴を開いていた兄弟子国貞を見て、悔しい思いを募らせ、発奮したのだと、版元から聞いた。

いまや、国貞、国芳は豊国門下の双璧《そうへき》だ。このふたりが歌川を背負って立っているといっても過言ではない。すっかり、水を開けられた気がした。もっとも、そう思っているのは重右衛門のみで、国貞と国芳は、広重という絵師など歯牙《しが》にも掛けていないのだろう。

国貞は本所五ツ目の渡し場と材木問屋を営む裕福な家の生まれで、幼馴染《おさななじ》みは市川團十郎《いちかわだんじゅうろう》だ。国貞自身も役者に見紛《みまが》うばかりの二枚目で、しかも性質は穏やかで実直。色男といってしまえばそれまでだが、実際、幾つもの浮名を流しているらしい。

そして役者絵では並び立つ者がいないほどの実力者だ。確かな眼を持ち、絵組にも優れているが、様々な試みもしていた。髪の生え際《ぎわ》やまつ毛など、これまでに描かれてこなかったものを錦絵の中で描いた。それは彫師、摺師の技術の向上にも繋《つな》がった。

いまは双頭、相譲らず歌川を守り立てているが、師匠の豊国の死が、門下を一時期混乱させた。豊国自身が画名を襲う後継を指名しなかったことがそれを招いた要因だ。

今は豊国の養子が二代を継いでいるが、実力も人気もふたりに遠く及ばない。

重右衛門は酒も入って、腹もくちくなったせいか、いささか億劫《おっくう》になってきた。

「喜三郎さん。わざわざ家を訪ねてきたのは、よほどの用事があるんじゃねえんですか？　まさか小言だけいって帰るんじゃありませんよね」

喜三郎は、むっとした顔で、傍に置いてあった風呂敷《ふろしき》包みを重右衛門へ向け、畳の上を滑らせた。

「なんですか、こりゃ」

重右衛門が眼を見開いて、結び目に指をかけようとしたときだ。「お待ち」と、喜三郎が制した。

「開けるのは、あたしが帰ってからにしておくれ。それを見て、重さんがなにか感じることがあったら、あらためて、うちの店に来るんだ。それを見せたくて、待っていたんだがね。今日のところはやめにするよ。酔った眼《まなこ》では見えるものも見えないからね」

随分と馳走《ちそう》になったね、と喜三郎はすっと腰を上げた。重右衛門は薄っぺらな風呂敷包みを一瞥《いちべつ》して喜三郎を見上げる。

「なんの判じ物だよ、喜三郎さん。えらく勿体《もったい》ぶった言い方しやがるぜ。おれを試そうってのかい？　どうせ、国貞か国芳の錦絵だろう。おれを悔しがらせるつもりだ」

「どうにも拗《ねじ》けた考えだ。この先も絵師を続けるつもりなら、いつまでも、豊国ふうの役者絵や美人画にこだわるなってことだ。無駄なんだよ。勝負はついている」

不意に真を突かれて、かっとなった。なんだと、と声を荒らげ、ぽんと膝頭を叩いて立ち上がる。

「こっちがおとなしく聞いてりゃ、先からいいたいことを、ぽんぽん、ぽんぽんぬかしやがって。もう辛抱ならねえ」

おれの画のどこが豊国ふうだというんだ、と食ってかかった。怒声を上げながらも己の情けなさを感じた。喜三郎にはとうに見抜かれていたのだ。だとすれば、師匠もむろん気づいていたに違いない。

「あたしはてっきりそうだと思っていたんだがね。きっと初代に門前払いを食らった腹いせだとね。おれだってこれくらいは描ける、負けてないって思っているんだろう。執念深いのも幾年も重ねりゃたいしたものだ」

喜三郎は鷲鼻《わしばな》から、ふんと息を抜く。

「うるせえや。この業突《ごうつ》く張りのおたんこなすが。なら、おれの画を少しでも、店のいいところに吊《つ》るしてくれたかよ。揚げ縁の上に平積みにしてくれたかよ。え？　小売の絵双紙屋に広重の名を売り込んでくれたかよ。初摺《しょず》りを増やしてくれたかよ」

「甘えるんじゃないよ！　うちは版元だが絵双紙屋だ。正月の初物で国貞や国芳が出れば、そっちを売るのが当たり前だろう。売れない絵師のために吊るし紐《ひも》を空けてやるほど、情け深くはないんだよ」

そんなことは……そんなことは、誰より承知しているんだ、と心の内で地団駄を踏む。初摺りの違いも知っている。いまのおれは、摺師が一日に摺れる二百枚が上限だ。その枚数では、江戸中の絵双紙屋に行き渡ることもない。吊るされることも、平積みで揚げ縁に置かれることもない。国貞は千、二千と初摺りが出る。おれの画と国貞の違いはなんだ。版元の大きさか。やはり豊国門下という差か。

「国芳師匠だって、役者と女を描いていたさ。それが歌川のお家芸だからね。けど、国貞っていう眼の上のたんこぶを越すのは難儀だ。だから、国芳師匠はこだわりを捨てたんだ。勇み肌の武者絵で見事に化けた。重さん、あんたも国芳師匠のように化けなきゃ——」

「化けるってなんだよ、おりゃ死人じゃねえや」と、重右衛門は声を張る。

「なら終わるよ」

喜三郎がさらりといった。

「それに、国芳師匠はね、江戸の流行《はや》りを懸命に探した。どういうものが江戸ッ子にもてはやされているか、これから何が流行りそうか。そうして行き着いたのが水滸伝の豪傑たちを描いた錦絵だ。おまえさんも目の玉かっ開いて、周りを見ることだ」

なんだよ。曲亭馬琴の『傾城水滸伝《けいせいすいこでん》』人気にあやかっただけだろう、と重右衛門は心の中で文句を垂れた。

「もっとも、画は内職だなんていうお方には、無駄な説法かもしれないがね。ともかく、あたしが帰ったら、その中を見るがいいよ。ま、あとは豊広師匠の画をもう一度見直すことだね。あたしの店に画幅があるから」

くそう、と重右衛門はさらに奥歯を噛み締め、拳を強く握る。

喜三郎は冷たくそういい放ち、座敷を出て行った。

重右衛門は座敷にひとり取り残され、急に力が抜け、その場にぺたりと座り込む。

同心長屋の粗末な玄関で、加代と喜三郎の声がした。加代には怒鳴り声が聞こえていただろう。まもなく加代が廊下を歩く音がした。

重右衛門は、風呂敷包みに手を伸ばした。が、すぐに手を引いて、足で蹴り飛ばす。中身が軽いのか、一間近くも飛んでいった。

なにかを感じたら来いだと、偉そうな口を利きやがる――。出来損ないの天狗《てんぐ》みてえな面《つら》しやがって。あんな奴《やつ》とは二度と口も利きたくねえ。

そう毒づいてはみたものの、やはり中身が気に掛かる。這《は》うように近づいて、風呂敷包みを引き寄せた。が、開く寸前で躊躇《ちゅうちょ》して、腕を組んで考え込んだ。いますぐにでも見るべきか。けれど、喜三郎の言葉にまんまと乗せられるのも癪に障る。しばし沈思してから、

「やめだ、やめだ」

ぶるぶる首を振った重右衛門は、すっくと立ち上がった。文机《ふづくえ》の上から矢立《やたて》と画帖を手にして、懐《ふところ》にねじ込む。

どすどす廊下を行くと、加代が慌てて奥から出てきた。

「おまえさま、岩戸屋さんはなにもおっしゃっておりませんでしたが、なにか行き違いでもございましたか？ 大きな声が聞こえましたもので」

「なにもねえさ。いつものことだ」

「でも、大事なお方なのですから」

「んなことは、承知してらぁ」

重右衛門は面倒臭げにいい捨てると、三和土《たたき》に下りて雪駄《せった》を突っかけた。

「おい、加代。銭ぃ寄越せ」と、重右衛門は手を出した。

加代が眼を見開き、顔を曇らせる。

「あんな豪勢な飯が出せたんだ。少しは蓄えがあるんだろう」

「あのう、いかほど入り用なのでしょう」

重右衛門は苛《いら》つきながら、人差し指を立てた。

「一朱《いっしゅ》、ですか？」

一分《いちぶ》だ、といおうとしたが、加代の形を見て、はっとした。よくよく見れば、喜三郎の言う通り、小袖《こそで》は色褪《いろあ》せ、古い物とはいえ櫛はなにが描かれていたのかわからない有様だ。そういえば、白粉《おしろい》や紅を刷《は》いたのを見たのはいつのことだったか。豊広師匠の弔いか。だとすれば、二年も前ということになる。

「まあ、一朱で十分だ」と、応《こた》えた。

少々お待ちくださいと加代は奥へ行くと、すぐさま銭を持って戻って来た。重右衛門は笠《かさ》を着けながら、笑みを浮かべた。

「朝飯、美味かったぜ。ああいうのがいつも食えるようになりてえなぁ」

加代は薄く微笑《ほほえ》んで、「そうでございますね。行ってらっしゃいませ」と、頭を下げた。

八代洲《やよす》河岸《がし》の火消同心長屋を出ると、大名小路《こうじ》を足早に歩いた。あたたかな晴天で、その陽差しは、春のものだ。

武家は本来、たとえ下級の身であろうとも、外出の際には袴《はかま》を着用し、大小を帯びることになっている。だが、重右衛門は着流しを尻端折《しりはしょり》し、武家髷は笠で隠して表を歩く。そのほうが気楽でいい。今日のように、気持ちがささくれている日はとくにだ。刀など重いだけで役に立たない。とはいうものの、なるべく顔は伏せて歩く。同輩や上役に見つかると、厄介だからだ。

喜三郎の言葉を思い返しては、怒りが込み上げる。己自身が一番承知していることを他人にとやかくいわれるほど腹立たしいことはない。挙げ句の果てに、師匠の画をもう一度見直せだと。豊広師匠の画は、入門した十五の時から散々見ている。臨画も幾枚やったかしれない。師匠を真似《まね》ろといわれれば、難なく出来る。そういうおれにいうことか。おこがましいにもほどがある。ケチな版元のくせして、文句の前に仕事を寄越せ——にしても、あの風呂敷の中身はなんなのか。師匠の画か？　いやそうじゃない。やはり国貞か国芳か。それとも北斎、英泉か。いずれにしても、おれより売れっ子の絵師の錦絵だろう。ったく喜三郎め、腹が立つ、と再びつぶつ呟《つぶや》いた。

しかし、喜三郎に世話になりっぱなしであるのは間違いない。二十三のとき、籠《かご》細工の見世物興行があった。籐《とう》で編んで作られた巨大な酒呑童子《しゅてんどうじ》だ。それを重右衛門が写し、初めて三枚続きの錦絵『江戸の花　大江山《おおえやま》酒呑童子』を版行してくれた。三枚続きの錦絵は、各々《おのおの》一枚ずつでも画として成立するが、三枚並べれば、横長一枚の大きな画となる趣向で、人気がある。

喜三郎は、その後も合巻《ごうかん》本の挿絵、役者絵、美人画など、面倒を見てくれた。美人画では十二枚の揃い物も出している。大晦日《おおみそか》に押し寄せる掛取りのため、画料の前払いをしてもらったこともある。

感謝してもし切れない恩人であろう。

けれど、付き合いが長い分、互いに遠慮がない。言い争いはいつものことだ。たいていは、重右衛門の分が悪い。それもいつも同じだ。

それにしても、今日の喜三郎は、怖かった。あんなに嫌味な奴だとは思わなかった。大体、あいつの魂胆が皆目わからない。喜三郎はまことのところおれをどうしたいのか。

ああ、もう考えねえ。ぶるぶる頭を振るって気を取り直す。

さて、今日はどこまで行くか、と鍛冶橋門《かじばしもん》を抜けて、ふと立ち止まり、笠の縁を押し上げて空を眺めた。

やっぱり、いいねえ——。重右衛門は眼を細める。

澄んだ青はどこまでも続いている。ぽかりと浮いた雲がゆっくりと流れて行く。空は、いつ見ても気持ちがいい。広いからだけではない。この世界のすべてを覆《おお》っているからだ。

俯瞰図《ふかんず》というものがある。江戸の町を上から眺めた画だ。本当に空から地上を見たのじゃないかと思うほど詳細に描かれている。火の見櫓もまあだが一度、鳥のように上から、江戸を見てみたいと重右衛門は思う。

天気はいいし、そこそこ銭もある。いっそ高輪《たかなわ》まで足を伸ばしてみようか。

鬱々とした気分の時には、ふらりと家を出る。そして、気の向くままに町を流し、ぼんやりとあたりの風景を眺め、眼に入ったものを画帖に写す。

重右衛門にとって、これがなによりの気晴らしだった。何事にもとらわれず、好きなように筆を動かす。そうした時は、絵師であるとか、銭のためであるとか考えない。同心長屋で武左衛門とともに心の赴くまま画を描いていた、まだ少年だった頃の気持ちになる。

巧《うま》く描こうなどという色気も欲もない。この眼に見える物を素直に穂に込める。

江戸ッ子には、三つの自慢がある。将軍がおわす千代田の城と霊峰富士と街道の起点となる日本橋。

江戸は雑多で賑やかだ。常に人々で溢《あふ》れ、大店《おおだな》の活気に満ちた様子は見ているだけで楽しい。

日本橋、両国広小路《ひろこうじ》、浅草、吉原、深川――。大川の流れに浮かぶ小舟、不忍《しのばず》の池の蓮子《れんし》、赤坂の溜池《ためいけ》近くにはためく紺屋《こうや》の反物、愛宕山《あたごやま》から眺める海、駿河町《するがちょう》から眺める富士の山。

江戸のどこを巡ってもまったく飽きがこない。

しかし、江戸は火事が多い。炎は一瞬で町を焼き尽くす。火消同心を勤めていると、町を守りたいという意識が強く働く。それはすなわち日々の暮らしを守ることにもつながる。

重右衛門が江戸を歩くのは、人々の安心した顔を見、町が無事であるのを確かめたいのかもしれない。筆を執りたくなるのは、その町の姿を画に留めて安堵《あんど》したいのだろう。

ゆっくりと歩を進め、いつの間にか芝のあたりまで来ていた。

あと少し行けば、増上寺だ。徳川家の菩提寺《ぼだいじ》で、学僧が集まる檀林《だんりん》が置かれている。そのせいか坊主《ぼうず》の姿が増えてきた。

絵双紙屋がいくつか固まって並んでいる。この辺りは、庶民も武家も、江戸に下って来た者、出て行く者たちの通り道。特に帰国する旅人にとって、国許《くにもと》への土産として錦絵は最適だった。幾枚買っても、軽いし安い。そしてなにより、江戸の人気役者、女たちの格好が見て取れる。いまの流行りが一目瞭然《りょうぜん》なのだ。

吊るし紐には、国芳か、国貞か、あれは初代豊国か。遠目に重右衛門は眺めつつ、恐る恐る店先に近づいた。やはりおれの錦絵は一枚もない。ふっとため息を洩《も》らした重右衛門に気づいた帳場の親爺《おやじ》が、胡乱《うろん》げに見てきた。売れない物は、ひと月ほどで片付けられてしまう。売れる物は、歌麿や初代豊国のように死んだあとでも売られる。版木があればいくらでも摺ることが出来るからだ。

揚げ縁の上には柳亭種彦《りゅうていたねひこ》の『正本製《しょうほんじたて》』の新物が置かれていた。これは歌舞伎《かぶき》狂言を脚本仕立てで綴《つづ》った物だ。文化年間から版行されている。

種彦は食禄《しょくろく》二百俵の旗本だ。火消同心とは身分が違う。戯作に手を染める者の多くは、暮らしが成り立つ本業を持っている。種彦は道楽で、おれは内職か、と苦笑する。しかも道楽で名が売れているのだ。まったくもってこの世は理不尽極まりない。

重右衛門は手に取って丁を繰る。親爺がごほんと咳払《せきばら》いしたが、構わず続けた。

ああ、これも国貞の挿絵か。そういえば種彦の『偐紫田舎源氏《にせむらさきいなかげんじ》』の挿絵でも、大人気を得ている。嫌だ嫌だ。こうして、儲《もう》かる奴は儲かるようにできている。

と、本を閉じようとしたとき、後付けの広告に眼が引きつけられた。

――冨嶽三十六景《ふがくさんじゅうろっけい》　前北斎為《い》一翁《いつおう》画

藍摺《あいずり》一枚　一枚に一景ツツ　追々出板

此《この》絵は冨士の形ちのその所によりて

異なる事を示す……云々《うんぬん》

富士の山？　それを三十六景描くだって？

北斎が描く富士――。どのような富士なのか。それとは別に気になるのは、この藍摺だ。ただの藍色一色の画ということか？　わざわざ勿体ぶって銘打つほどのものか。わからない。わからないから、身体《からだ》が震えた。思わず指に力が籠《こも》る。

「ちょいとお客さん、くしゃくしゃにするなら買ってくんなよ」

「うるせえ。買うもんか！」

重右衛門は揚げ縁に叩きつけるように置くと身を翻《ひるがえ》した。

北斎はこれまでも名所を描いてきた。だが、これは確実にこれまでの物とは違う。役者絵でもない、美人画でもない。江戸ッ子の自慢のひとつである富士の風景を描くのだ。あれだけの大物のくせに北斎は名所絵で、てっぺんを取りに来た。重右衛門はさらに惨《みじ》めな気持ちになる。

「おれは、なんの覚悟もしていなかったってことか」

七十の爺《じじ》いに出来ることが、なぜおれには出来ないんだ。

八代洲河岸の同心長屋に戻ったとき、武左衛門が羽織を着た町人と談笑しながら、こちらに向かって来るのに気づいた。武左衛門は家督を継ぎ、与力として多忙な日々を送っているが、林斎《りんさい》という号で画も描いている。

狩野素川に画を学んだ武左衛門は、狩野派では町狩野という立場になる。狩野派は、幕府御用を勤める奥絵師四家を頂点にし、表絵師の十五家、そして在野の町狩野と分かれている。山に喩《たと》えれば、町狩野は麓《ふもと》に当たる。それでも、狩野を学んだというので商家から軸物の注文を受けていた。これがなかなかの評判で、近頃は版元も頼みに来るという。なんともうらやましい身の上だ。

武左衛門と並んで歩いている町人は何者であろう。銀鼠色《ぎんねずいろ》の羽織など着けて、見るからに羽振りの良さそうな雰囲気だ。

このまま声を掛けずにいるのも気が引ける。やれ、どうするかと思案していると、

「重右衛門じゃないか、久しぶりだな」

武左衛門から呼び掛けてきた。

「なんだ、その恰好《かっこう》は。帯刀もせず、しょうがないなぁ。また、ふらりと町に出たのか。今日は何処《どこ》を描いて来たんだ」

重右衛門に眼を向けながら、武左衛門は隣の男になにやら話し掛けている。男が首肯して笑みを浮かべ、会釈《えしゃく》した。重右衛門も首を垂れる。

「こちらはどじょう屋の立川屋《たつかわや》さんだ。こいつは絵師の歌川広重です。ここの長屋では、まだ安藤重右衛門と名乗っておりますが」

「お初にお目にかかります」

「立川屋さんには、店内に置く衝立《ついたて》の画を頼まれてね。ちょうどよかった。これから、どじょう鍋《なべ》をつつきながら絵組の話をするのだが、どうだ、重右衛門も付き合わぬか?」

卑《いや》しくも口中に唾液《だえき》が溢れた。いやいや、なんのために一朱を投げ出してまで戻って来たのだ。生唾《なまつば》をごくりと飲み込み、真面目な顔を作って武左衛門へ向ける。

「かたじけのうございます。が、これから所用がございまして。またの機会にご一緒させていただきます」

武左衛門はがっかりした様子を隠さずいった。

「ならば、次は必ず付きおうてもらうぞ」

「ええ、承知しました」

そう応えると、武左衛門がすっと身を寄せて来て、耳打ちした。眼を見開く重右衛門に武左衛門が、にっと白い歯を見せた。

やはり持つべき者は友だ。むろん、絵師林斎としての武左衛門に妬心《としん》を抱いていないといえば嘘《うそ》になる。武左衛門にとって、画は道楽。注文が来ても来なくても、画は好きだから描き続ける。重右衛門のように切羽詰まった状況ではない余裕が、画を伸び伸びとさせるのかもしれない。

どじょう鍋は惜しかったが、立川屋と偶然、顔を合わせたのは僥倖《ぎょうこう》だった。耳許で、武左衛門がいずれ立川屋の知り合いの版元と仲立ちをしてくれるといった。ありがたい。

思わず知らず頬が緩むのを感じた。これまで喜三郎を介した仕事がほとんどだった。己自身で新たな仕事を得られれば、喜三郎の鼻を明かしてやることが出来る。

雪駄を飛ばして屋敷に上がり、勢いそのまま画室に入って、唖然《あぜん》とした。

喜三郎が持参した風呂敷が広げられたまま置かれている。

重右衛門は、つんのめりながら風呂敷を摑《つか》んだ。ばさばさ振ったが、地の紫に、白く岩戸屋と染め抜かれた風呂敷からは埃《ほこり》ひとつ落ちてこない。

元から、何も入ってなかったのか？

その場にどかりと腰を下ろし、風呂敷をじっと見つめながら腕を組んだ。喜三郎は嫌味な奴だが、人を騙《だま》すような真似はしない。中を見て、何か感じることがあったら来い、と言い捨てて帰ったのだ。それに、結び目が解《ほど》かれているのは、誰かが開いた証《あかし》だ。慌《あわ》てて座敷を見回した。朝餉《あさげ》の膳《ぜん》は、加代が下げたのだろう。

と、座敷の隅に置かれていた柳行李《やなぎごうり》の蓋《ふた》がわずかに浮いていた。およそ様々いい加減でも、こうしたことは我慢ならない几帳面《きちょうめん》さを重右衛門は持っている。喜三郎には画材がきれいすぎるのを腐されたが、雑然としているのは元来好きではないのだ。

仲次郎か。いや、仲次郎は出仕している――他に誰が。

「加代。おおい、加代」

画室から大声を出した。加代が前垂れで手を拭いながら、姿を見せる。

「あら、おまえさま。お早いお帰りで。出迎えもせず失礼いたしました」

加代は廊下にかしこまると、姉さま被《かぶ》りにしていた手拭いを取った。

「んなことはどうでもいい。喜三郎が置いていった風呂敷包みの中身がねえのだが」

「わたくしが膳を下げに入ったときには、結んだまま置かれてありましたけれど」

「爺さまは？」

ああ、そういえばと加代が首肯した。

「お祖父《じい》さまが団扇《うちわ》を探していらっしゃいました。でもそれで、おまえさまのお部屋に入るとは考えにくいのですが」

いや、それだけ聞けば十分だ。柳行李の中には、これまで購《あがな》った錦絵や、絵師が手がけた団扇を納めていた。以前、暑い最中に、これを開けて団扇を渡してやったことがある。

そのついでに風呂敷包みに眼をつけて、中身を持って行ったのか。となると、ますますわからなくなる。蹴《け》り飛ばしたときの感触からいって菓子の類とは思えなかった。爺さまが黙って持っていきたくなる物――あれだ。風呂敷の中身は、ワ印だ。枕絵だ。艶本だ。

なぜ、気づかなかったのか、と重右衛門は己の鈍さを笑った。加代が訝《いぶか》しい眼をしている。

喜三郎はなにがなんでも、おれに枕絵を描かせたいのか。呆れるばかりだ。

「爺さまは部屋にいるか」

「いえ、裏庭でするめを焼くと」

重右衛門は、すんすんと鼻を動かした。そういわれてみれば、香ばしい匂《にお》いがする。

枕絵の類なら、爺さまにくれてやってもいっこうに構わないが、誰のどんな画であったかぐらいは知っておかねば、喜三郎にまた何をいわれるかわからない。

けれど、師匠の画をもう一度見ろともいっていた。しかも喜三郎の店に師匠の画幅があるとも。

げっと、思わず仰《の》け反《ぞ》りそうになった。

まさか豊広師匠は、枕絵を軸装したってことか。

長いこと弟子をやっていたが、師匠のそんな画にお目にかかったことがない。

喜三郎が描かせたのか。どこまで助平な奴なんだ。

豊広の描く女は、すらりとした肢体の、楚々《そそ》とした品のある女だ。兄弟弟子の豊国の女は色気が滲《にじ》み出るような艶っぽさがある。歌川を興《おこ》した大師匠歌川豊春の画風を継いでいるのは、どちらかといえば豊広のほうだった。

ううむ、と重右衛門は立ったまま唸る。

「あのう……おまえさま」

「ん？　なんだ、早くいえ」

加代は、丸顔で鼻も口もちんまりしているが、眼が大きい。面長で切れ長の眼に、受け口という今様の美人ではないが、顔貌《かおかたち》は悪くない。祝言《しゅうげん》を挙げたとき、その顔を初めて拝んだ。島田に角隠しをした横顔に、胸が騒いだ。姉と妹はすでに嫁《か》していたから小姑《こじゅうと》はいなかったが、口うるさい爺さまと後妻、その倅《せがれ》の仲次郎は重右衛門の二十歳下の叔父というややこしい安藤家によくぞ嫁に来てくれたと思ったものだ。しかも家督を譲ったら、安藤家を出るのだ。それらすべてを納得ずくで嫁入りしたのだから奇特な女子《おなご》ともいえなくはない。それに、武家の女子であるから芯《しん》は強い。貧乏御家人で絵師という夫に愛想もつかさず内証のやりくりをしてくれている。だが、いかんせん生真面目すぎるというか、ときに辛気くさく感じるほどなのが困りものだ。

「お渡しした、銭の残りはございますでしょうか？」

「ない。駕籠《かご》屋に払った」

芝口橋《しばぐちばし》まで来たとき、辻《つじ》駕籠を拾ったのだ。

「一朱を、すべて駕籠代に使ってしまわれたのですか？　どちらから駕籠に？」

「四の五のいうんじゃねえよ。駕籠かきが千住から芝まで来たばかりで疲れ切ってるところを無理やり頼んだんだ。酒手を弾んだんだよ」

重右衛門は眉間《みけん》に皺《しわ》を寄せて怒声をあげ、まだなにかいいたそうな加代を黙らせた。

俯《うつむ》く加代に、「爺さまは裏庭だな」と、念を押して訊《たず》ねる。

「はい」と、小声で応えた加代を尻目に重右衛門は足早に座敷を出た。

勝手口から裏庭へ出た途端、煙がもうもうと上がっていた。祖父の十右衛門が、七輪にするめを乗せて、団扇で扇《あお》いでいる。重右衛門は手で煙を払いながら、「祖父さま」と呼び掛けた。

「なんだ、重右衛門か。なに用じゃ」

「祖父さま、おれの座敷に入りましたね」

あ？　と十右衛門が振り返った。それがどうしたという顔をしている。すっかり白髪頭になったが、耳も眼も達者だ。

「ああ、おまえの行李には、ほれ、いろんな団扇が入っているだろうが。前に使っていたのが、ぼろぼろになってしまったのでな。おまえも団扇絵のひとつくらい描けぬのか」

そこを突いてくるか、と唇を歪《ゆが》めながら、いくつになっても口の減らない爺いめ、と重右衛門は心の内で毒づいた。

団扇は店の披露目に用いたり、特に暑い時季などには、品物のおまけとして付けられたりする。画は役者や美人が多い。団扇屋と版元を兼ねた伊場仙《いばせん》の物は人気絵師を使うので特に人気がある。

「で、風呂敷包みを知りませんかね」

「おお、あれか。菓子でももろうたのではないかと開けてみたらな」

「人の荷を」と、いいかけたとき、ふと十右衛門の手許に眼がとまった。

「祖父さま、そいつをお返しくだされ」

重右衛門が声を荒らげた。

「駄目だ。するめを焼いている最中だ。おしづとこれからするめで一杯やるのだ」

おしづは後妻の名だ。昼間から夫婦で酒を食らってる場合か、内証を考えろと呆れながら、再度いい放った。

「いいから、お渡しくだされ」

と、ばたばた扇ぎ続ける祖父の手から、団扇を取り上げた。

「これ、無体な真似をするな！」

重右衛門は、団扇を手にして、あらためて驚いた。

「これ、は、なんだ――」

「返さぬか！」

十右衛門が手を伸ばしてきたが、重右衛門は身をよじった。団扇の画を見ながら、訊ねた。

「これが風呂敷の中にあったのですね？」

「ああ、そうだ。こんな団扇一枚、大層にも風呂敷に包みおって。期待をして馬鹿《ばか》を見た」

十右衛門は、悪びれずにいった。

が、重右衛門にはもうどうでもよかった。喜三郎が見せたかったのは、これだったのだ。繋がった、真っ直《す》ぐに繋がった。とはいえ、と重右衛門はあらためて団扇を見る。川と橋と舟――この風景はどこであろうか。しかし、なんて――。

両国橋、か。それにしても誰が描いたのか。

「ああ、もういいわい。別の団扇をもらうぞ」

「ええ、どうぞ。行李から好きなのをお持ちくだされ」

鼻を鳴らして、十右衛門が勝手口を入って行く。七輪の上のするめが丸まり始めた。

重右衛門は団扇を三度しげしげと眺め、なんて、下手くそな画だ、と呟いた。だが、この摺りはなんだ？


再び同心長屋を出て、駆け出す。

喜三郎の奴、なにかを感じたら、来いだと。よくもいいやがった。感じないわけがない。こんなものを見せられたら、心が騒ぐに決まっている。血が沸き立つに決まっている。目にした途端、身がぞわりとした。高揚感、それだけではいい表せない。なにかが、弾《はじ》けたような気がした。おれの求めていたものが、この団扇にあった。求めていた？　それはいいすぎかもしれない。おれ自身がなにを求めているのか気づいていなかったのだ。

もやもやと形を成さなかったものを、この一枚の団扇絵が示してくれた。

喜三郎が営む栄林堂は、浅草茅町二丁目にある。両国広小路を抜け、浅草橋を渡ればすぐだ。

鎧《よろい》の渡しで舟に乗り、対岸の小網町に着くと再び走った。もっと早く走れねえのか。己がもどかしかった。今日は朝からなにをしているんだ、おれは。

足も膝も辛《つら》くなってきた。腿《もも》も思うように上がらないのが腹立たしい。けれど、一番、腹が立つのは、喜三郎だ。

あんの野郎に乗せられて、こんな気分にさせられたのが悔しくてならない。絵師の足下見やがって！　汗が噴き出してきた。身体中が熱くなる。帯に挟んだ団扇を抜き取り、扇ぎながら重右衛門は走り続けた。両国広小路は人で溢れている。床店《とこみせ》が並び、さんざめく人々は皆、ひとり焦《あせ》る重右衛門を笑っているように思えた。

「ごめんよ、通してくれ」

「おい、なんだよ」

「押すな、押すな」

人をかき分け、浅草橋の袂《たもと》に着いたときには、疲労が頂点に達していた。欄干に腕を伸ばし、身を支え、ぜいぜいと息を吐く。喉《のど》も渇いた。髷《まげ》も着物もぐずぐずだ。どれだけ、己が惨めな姿を晒《さら》しているかわかる。

おれはこれまで、なにを恨んできたのだ。画才のなさか、不甲斐《ふがい》なさか。そのどっちもだ。なにより、描きたい物に気づけなかった愚かさだ。燻《くすぶ》っていた思いが、この団扇絵を見て、形を成した。居座っていた雲の切間から、青空が覗《のぞ》いた気分だ。欄干に背を預け、空を仰ぎながら息をする。

広《ひれ》ぇなぁ、やっぱり。おれの画号にも広がついてるなぁ。ああ、それは師匠の豊広の一字をもらったからだ。おれは豊広を継がなかった。師匠は名を継いでほしいと思っていたのだろうか。

豊広を継げば、二代目として、それなりに仕事もできたかもしれない。安藤家を少しは楽させてやれた、加代にも苦労をかけずに済んだ。だが、それでは駄目だと思っていた。豊国にずっと勝てない歌川の二番手になってしまう。おれは自力でその名を知らしめてやると決めていたのだ。

それも驕《おご》りだったのかもしれない。重右衛門は、ふっと笑った。

けどもう、決めちまったことだ。

あと少しだ。欄干から身を離して再び走り出した。

浅草橋を渡り、御蔵前《おくらまえ》通りを駆け抜ける。道沿いに、『ゑざうし』と書かれた置看板が出ている。喜三郎の絵双紙屋、栄林堂だ。紫色の暖簾《のれん》が風で煽《あお》られている。

店の前には幾人かの客がいた。重右衛門は、揚げ縁の上に手をついて、荒い息を吐きながら、「喜三郎さん、おれだ」と叫んだ。

帳場に座っていた番頭が仰天して、「どちらさまですか」と訊ねてきた。前髪立ちの小僧は、怖々《おずおず》と眼を向ける。

「てめえ、おれの画が店にねえのは許せても、顔を見忘れたのは許せねえ」

重右衛門は息も絶え絶えにいった。

「こりゃあ、広重師匠！」と、やっと気づいた番頭が腰を上げた。「ともかく、お上がりくださいまし。主人は自室におりますので」

重右衛門は、揚げ縁の傍から店座敷に上がり込んだ。前ははだけ、髷も乱れ、ふらふらになりながら、奥へと入った。幾度も来ている喜三郎の店だ。喜三郎の座敷がどこにあるかも、到来物をいつもどの棚に隠しているかも知っている。

廊下を歩き、障子を開けた。長火鉢の前で眼鏡をかけて読本を読んでいた喜三郎が顔を上げた。

「おや、これは重さん。店の前で怒鳴ってもらっちゃ困るねぇ」

さして驚いたふうもなく、しれっといった。

「今朝はご馳走になったね。はてはて、なんだね、その形《なり》は。尾羽打ち枯らした御家人なんざ見たくもないよ。どうかしたかね？」

本を閉じ、眼鏡を猫板の上に置いた。

いけしゃあしゃあとした物言いの上手《うま》い奴だと苛つきながら、

「水をくれ。いややっぱり茶がいい。できたら酒でも」

重右衛門はくずおれるようにへたり込んだ。

「馬鹿いっちゃ困るよ、なにが酒だよ。おふざけも大概にしておくれ。あたしはこれから出掛けなきゃいけないんだがね。用事があるなら、さっさとおいい」

重右衛門は、ぴくっと身体を震わせた。

「おまえさんが、来いといったから来たんじゃねえか。なんだよその言い草は」

ほう、早かったね、と感嘆した喜三郎は、「それで？」と眼を細めた。

「こいつだ」

と、重右衛門は団扇を叩《たた》きつけた。そのまま勢い込んで話そうとしたが、喉も口中も乾ききってうまく舌が回りそうにない。喜三郎がすっと白湯《さゆ》を出す。湯呑《ゆの》みを受け取り一息に飲み干した。

「で、その英泉師匠の団扇絵がどうかしたかい？」

「この色だ」と喜三郎を見据えた。

「色？」

「すっとぼけるのもいい加減にしろよ。喜三郎さん。英泉の下手くそな画じゃねえ、あんた、この色が見せたくて、団扇を持って来たんだろう？ この団扇絵の色だよ。藍一色の摺りだ。けど、川の部分のぼかしの具合をよっく見ろよ。今までの藍じゃ、こんなにも色が徐々に広がっていかねえはずだ。でもこれは水に馴染んで濃い藍から薄い藍へと色の調子が移っている。こんな藍色は目にしたことがねえ。一体なんだか教えてくれ。どうやればこんな藍色になる？」

それに、と言葉を継ぐ。

「おれは、絵双紙屋で、北斎の爺《じい》さんが富士を描くというのを後付けに見つけた。そこにも藍と書いてあった。あの変わり者の爺さんが、どんな富士を描くつもりなのか、さっぱり見当もつかねえが、この団扇を見てわかった。繋がったんだよ。この団扇と北斎の富士がな。この藍を使って北斎の爺さんは描くんだろう？」

「さあね、あたしは西村屋さんじゃないからわからないよ」

「なら、この藍色は一体なんだ！ あんたがもったいつけて持って来たのは、この藍色をおれに見せようと思ったからだろうが」

片膝《かたひざ》をどんと立て、腕を乗せて迫った。喜三郎が、肩を揺らして笑う。

「なにがおかしいんだよ」

「まるで破落戸《ごろつき》だ。そう脅さなくても、教えてあげるよ」

え？　と重右衛門は勢いを削《そ》がれて、口を半開きにした。

喜三郎は、重右衛門をじっと見つめ、舶来物の新しい色だ、といった。

「異国の色？」

「そう、ぷるしあんぶるう、という舌を嚙《か》みそうな色名だそうだよ。舶来の色だから、まだ値が張るそうだがねぇ。なんでも伯林《べるりん》ってところで作られた物らしい。けど、そんなんじゃ皆、いいづらいってんで、伯林の藍だから、ベロ藍っていっているようだがね」

これが、そのベロ藍ってわけか。重右衛門はさらに興味をそそられた。

英泉の団扇絵。藍一色だが、趣がある。深く、色鮮やかな藍。透明な感じすらある。画がもう少し達者だったら、もっと美しいものになっただろう。

だからこそ、北斎はこの色に目をつけた。食えねえ爺さんだ。画に対していくらも躊躇《ためらい》がない。いつもなにかを模索しているのだろう。

この色で霊峰富士を描くのだ。きっと評判になる。重右衛門は他人事《ひとごと》ながら、ぞくぞくした。

だが、このベロ藍を用いるのに、もっとも適したものがあると思う。

それは、広く、どこまでも抜けて行く、空の色だ。紺碧《こんぺき》の空だ。それは昼間でも闇《やみ》夜《よ》でもそれぞれ使い方がある。この藍を用い、うまくぼかしを施せば、きっとこれまでとは異なる広がりと奥行きを感じさせる画になる。

役者でも、女でもねえ。この色は、景色を彩《いろど》る色だ。

重右衛門の脳裏に、これまで描いてきた様々な景色が浮かんだ。海に浮かぶ帆掛け船、凧《たこ》が揚がる正月、町並の上に広がる、空と白い雲――。ああ、画が見える。この藍が使いたい。

と、喜三郎が傍に置いていた羽織を着けた。

「さて、あたしはそろそろ出掛けるよ。色のことは教えたんだ。ま、気づいただけでもよしとするかね。それで、豊広師匠の画は見ていくかい？」

いいや、と重右衛門は激しく首を横に振った。

「それより、頼みがある」

背筋を正してかしこまり、平伏した。

「おれに、名所を描かせてくれ！」

「おいおい、重さん。おまえさん、女と役者じゃ芽が出ねえから、今度は名所に手を出そうっていうのかえ。そういうところが浅はかで短慮だっていうんだよ」

　思わずかっとした重右衛門は顔をがば、と上げた。

「いったじゃねえか、国芳みたいに化けなきゃならねえ、と。おれは化けるなら、名所で行く。この団扇絵を見たところ、これまでの藍に比べて水に溶け易《やす》い絵の具なんだろう。だからベロ藍を活《い》かせるのは、景色なんだ。海、川、なにより空だ。これまでの名所絵が必ず変わる。ベロ藍で摺りもやれることが増えるんだ。ベロ藍で名所を描かせてくれ」

「これは、ご大層な言葉が飛び出したもんだ。名所で化けるだって？　名所絵は絵師としちゃ一段劣るんだ。笑わせるんじゃないよ。けど、それも遅かりしじゃないかね。北斎翁という怪物が富士を描こうってんだ。結局のところ、おまえさんの目の上は、たんこぶだらけだということだよ」

　喜三郎は立ち上がり、羽織紐をきゅっと結んだ。

「北斎翁は名所絵が一段下がると知っていても、そこに切り込んで行く気概がある。それで儲かると西村屋さんだって確信している。だから版行出来るのさ。それからいったはずだ、ベロ藍は舶来物で高価だ。それをお前さんのように売れるか売れないかもわからない名の通っていない絵師に使わせるもんかね」

「いいや、頼む、後生だ。この通りだ」

重右衛門は、手をつき、再び頭を下げた。すべて、人気で、商いで、はかられるのか。それなら、おれはなにも出来ないじゃないか。悔しいが、なりふり構ってはいられない。おれが「歌川広重」になるために、このベロ藍を使った名所を描くことが必要なのだ。絵の具のことなどわからない素人《しろうと》でも、眼にしたなら、その鮮やかさ、艶《つや》やかさに気づくはずだ。重右衛門は頭を下げたまま、畳の目をむしるように爪《つめ》を立てた。

顔を伏せた重右衛門の視線の先に、喜三郎の足袋が見えた。

「ならどうして、おれに団扇を見せたんだ。ベロ藍に気づくかおれを試したんだろう？ これ以上、おれを虚仮《こけ》にするなよ」

己の声が震えているのがわかる。けれど続けなきゃならねえ。

「描きたいものがあるんだ。だからこうして頭を下げて頼んでいるんじゃねえか」

重右衛門は身を起こし、懐から画帖《がじょう》を取り出すと、喜三郎の足下に叩きつけた。喜三郎が訝しむ。

「おれは気に食わねえことがあると、ぶらりと表に出ちまうのはご存じのはずだ。気を鎮《しず》めるのに、江戸の景色を写すんだ。それがこれだ。これまで描き溜《た》めたものだ、見てくれ」

　喜三郎は、画帖を手にしようと腰を折ろうとしたが、すぐに身を直し、咳払いをした。

「江戸ッ子のあたしに見慣れた景色を見せてどうするんだ。いいかい。『東海道中膝栗毛《とうかいどうちゅうひざくりげ》』が当たったのは、町人の旅への憧《あこが》れを刺激したからだ。見たこともない景色、宿場での出来事、それぞれの国での食い物。そうしたことで皆、食いついたんだ」

「つべこべいわずに、見ろよ。おれの描いた江戸の景色が見慣れたものかどうか、その眼で確かめてみろよ」

　重右衛門は、自ら画帖を手にして、開いた。一枚一枚、喜三郎の顔に寄せるよう腕を伸ばして見せつけた。

「どうだい。いい景色だろう？　こんなにも広い江戸の空は見たこともねえだろうが。景色ってのは、季節、天気でもその表情を変えるんだ。いつもは見慣れた風景でも、立つ位置が変われば、まるで知らない場所になる。美景、佳景、絶景、表する言葉はいくらでもある。景色はそこにただ広がるだけじゃねえ。とくに江戸は、人の営みが作り出す景色がある。ほら、堀割ひとつ、橋ひとつ、人の手で作った物が元ある地形と馴染《なじ》んでいく。わかるだろう。おれは、そういう江戸を描きたいんだ。この藍があれば、江戸をもっと美しく、広がる空をもっと活写出来る」

色良い声が聞けるかと重右衛門は待った。だが、喜三郎は表情ひとつ変えず、

「他の版元を探すんだね」

重右衛門の傍をさっとすり抜け、座敷を出て行った。

「おい、こら、待ちやがれ。待ってくれ」

ぴちりと閉じられた障子を呆然《ぼうぜん》と見つめた。

「よおく、わかったぜ、喜三郎さんよ。仰《おお》せの通り、別の版元に頼みに行ってやらあ。銀座の川口屋《かわぐちや》だ」

武左衛門と一緒にいた立川屋が懇意にしているのは、地本問屋の川口屋だ。

「老舗《しにせ》の岩戸屋に比べりゃ新しい版元だが、国芳だって扱っている。儲け損ないやがったな。ざまあみろってんだ。おれにベロ藍を教えたくせに、他の版元におれがかっさらわれるんだ。悔やんだって後の祭りだ。おれはこのベロ藍で必ず化ける。化けてやるからな！」

重右衛門は、障子に向かって、怒鳴り続けた。だが、怒鳴れば怒鳴るほど哀《かな》しかった。座敷を足早に出て行った喜三郎の背中が眼に浮かぶ。

ちぇっ、なんだい、あの野郎。おれがやっとその気になったのによ。

喜三郎との付き合いもこれぎりになっちまうのか——。

重右衛門は、大きく息を吐いて、ふらふらと立ち上がった。

「広重師匠」

雪駄《せった》を突っかけた重右衛門に声を掛けてきたのは、番頭だ。

「少々お待ちください。師匠がお帰りになるとき、必ずお渡しするようにと、旦那《だんな》さまより申しつかっています」

「いらねえよ。団扇絵の判じ物だけでもう十分じゃねえか」

「いえ、お持ちになっていただかないと、私が叱《しか》られます」

重右衛門は、舌打ちした。

「面倒くせえなぁ。何を持って帰ればいいんだよ」

番頭は奥に一旦《いったん》引っ込むと、すぐに桐箱《きりばこ》を抱え、取って返した。

「今度は軸物か。豊広師匠のだろ。わざわざ軸装したワ印なんざ見たくもねえ」

はあ、と番頭は眼を丸くした。

「確かに豊広師匠のお軸ですが、ワ印ではございませんよ。どうしてそんな話になるんでしょう」

「なんだ、違うのかよ。喜三郎さんが、おれにワ印を描けとしつこいもんでな。てっきり、豊広師匠に描かせたんじゃないかと思ってな」

番頭は苦笑したが眼は笑っていなかった。

お包みいたします、と番頭が慌て顔をしたが、重右衛門は、いらねえ、といって桐箱を肩に担《かつ》ぐと栄林堂を後にした。

ベロ藍は使わせねえ、版行もしねえといったくせに、今更、師匠の画を見ろという。やはり喜三郎の意図がまったくわからない。


同心長屋に戻った重右衛門は、桐箱を前に腕を組んで唸《うな》っていた。

面長で優しい眼差《まなざ》しをした豊広の顔が浮かんできた。「重、重」と呼んでは、うなぎを食いに行こう、鯉《こい》こくは食ったことがあるか、と誘ってくれた。版元が催促に来る日は、必ずといっていいほど外に逃げるのだ。そのたびに、美味《うま》い物を食わせてくれた。重右衛門の口が肥えてしまったのは師匠のせいだ。

重右衛門は、すでに家督を継いで火消同心を務めていたため、通いの弟子ではあったが、豊広は、住み込みの弟子と同じように丁寧に画技を教えてくれた。

一方、豊国の方は弟子が多すぎて、通いの者など顔すら覚えてもらえないというのを耳にした。画技についても、絵手本を写し取るのが主な修業だという。顔の輪郭、鼻、口、眼、衣装の皺、裾《すそ》などを幾度も幾度も描かされる。するといつの間にか、歌川ふうの女が描けるようになる。それは、注文の多い豊国にとっては必要不可欠だった。歌川派としての画法を――いやこの場合は〝豊国派〟か――継承させ、工房化し、分業することでより多くの注文をこなすことができるようになるからだ。錦絵《にしきえ》に豊国の画号と印判があっても、すべてを豊国が描いているわけではない。背景や調度品、あるいは衣装の柄などは弟子が決めることがある。もっともこれは、豊国に限らず、幕府御用絵師を勤める狩野派などの絵師集団がすでに行っているやり方だった。

豊広も絵手本を使ったが、さほどこだわらなかった。弟子を引き連れ、花見、花火見物、洲崎《すさき》の初日《はつひ》と出かけ、必ず写生をさせた。描いたものは決して貶《けな》さない。「好きに描くのが一番さ」そういう師匠だった。手取り足取りではないから、筆の運びや絵組や彩色の仕方を盗もうと、いつも師匠にくっついていた。「お前は鬱陶《うっとう》しいねぇ」といつも笑っていた。

おれは、見ねえ。師匠の画はおれの眼に焼き付いているんだ。喜三郎が何を企《たくら》んでいるかはしれねえが、あいつに踊らされるのは真っ平だ。画を描く者と画を売るだけの奴《やつ》とは違う。

重右衛門は、桐箱を恭《うやうや》しく掲げると、棚の上に乗せ、手を合わせた。

「師匠が亡《な》くなってから、おれは喜三郎に虐《いじ》められております。あんな奴だとは思いも寄りませんでした。師匠と付き合っていた時は、きっと猫かぶりをしていたのでしょう。けど、おれはこれからです。喜三郎をぎゃふんといわせてやります。歌川広重という名を必ず世に知らしめてやります」

そういって柏手《かしわで》を打った。

そのためにもベロ藍を使わせてくれる版元を探さねばならない。まずは武左衛門に川口屋との仲立ちをしてもらわねばと気ばかりが急《せ》いた。ああ、北斎の冨嶽《ふがく》も引っかかる。

まったく忙《せわ》しない一日だったと、ぐったりしてその場に寝転んだ。

四

葛飾北斎が描く『冨嶽三十六景』が、満を持して版行された。五月雨《さみだれ》式に次々と絵双紙屋の店先を賑《にぎ》わせる。

「やりやがった、あの爺い」

重右衛門は歯嚙みをした。絵双紙屋で眼にした途端に買い上げた。

美しく鮮やかなベロ藍の一色摺りは、重右衛門だけでなく、浮世絵界の度肝を抜いた。通常は黒を用いる輪郭線まで藍色にしていた。素人は、ベロ藍がなんたるものかもわからぬ上に、極彩色の錦絵を見慣れているため「色差しを忘れたのか」「北斎翁も歳《とし》には勝てない」など、最初のうちは散々ないわれようだった。しかし、江戸城に日本橋、そして霊峰富士の三つは江戸ッ子の自慢。そのひとつの富士を遠く、近く、様々に見せる画は、次第に評判を呼び、さらには富士講人気も手伝って、飛ぶように売れ始めた。

この爺さんは、描くたびに巧《うま》くなっていきやがる。だいたい数年前に中風《ちゅうぶ》を患《わずら》ったと聞いていたが、そんなものは微塵《みじん》も感じさせない。藍一色の画は洗練された趣がある。雲、松の枝ぶり。この絵組。あの爺さんの頭の中はどうなっているのか。この富士はどこから見て描いたものか。

見る者を圧倒する画力は揺るぎなく、大胆な絵組も北斎ならでは。『富嶽三十六景』は、北斎の魅力が余すところなく発揮されている。これが北斎の生涯を通じて語り継がれる続き物になるであろうことは想像に難くない。

ううむ、と重右衛門は湯船に浸《つ》かりながら唸っていた。少々風邪気味であったが、そんなことはお構いなしだ。朝風呂《あさぶろ》に入らないほうが身体の調子が狂う。

このところ、北斎の富嶽が頭から離れなかった。茶碗《ちゃわん》に盛られた飯を見ても富士に見え、加代の額も富士に見え、外に出れば建ち並ぶ家屋の屋根は連なる富士になった。こいつはたまらねえ、と日本橋を渡りながら西を向けば、本物の富士が見えた。

美人画も役者絵も国貞。武者は国芳のひとり勝ち。それで名所は北斎となりゃ、こっちは勝ち目がねえどころか、つけ入る隙間《すきま》もない。

「おまえさま、この頃、どこか身体の具合でも悪いのではないですか？」

加代が声を掛けてきたが、さすがに見るものすべてが富士に見えるとこぼしたら、大事《おおごと》になるので黙っている。

重右衛門の中にいささか気に染まないことがあった。北斎の富士は非の打ち所がない。そう思えば思うほど、何か違和感を覚えるのだ。それが、わからないから余計に苦しいのだ。

ああ、気が重てぇ、と呟《つぶや》き、湯殿を出て、「重」の字が記されている衣棚から浴衣《ゆかた》を取り出す。ほぼ毎日朝風呂を使う重右衛門は、鍵《かぎ》の掛かる貸切戸棚を使っている。得意客はこうしてたいてい戸棚を借りていた。浴衣に着替え、二階に上がる。湯屋の二階は男たちだけが過ごせる休息所になっていた。囲碁や将棋に興じる者もいれば、顔なじみと談笑しながら呑み食いしている者もいる。と、眼に飛び込んできた一団があった。北斎の画を囲んで、あれやこれやいっている者たちだ。

重右衛門は、番頭に酒と肴《さかな》を運ばせ、耳を澄ませた。

「富士が遠すぎて小さいのに、なんで富士がでんと見えてくるんだ。富士が気になって仕方がねえ」「大きかろうと小さかろうと富士は富士。北斎ってのはやっぱりすげえ」と口々にいう。

なんだ、賛辞の嵐《あらし》か。くそ面白くもねえ、と酒を口に運んだときだ。ひとりの年寄りが、「たしかにこんな富士の描き方は見たくても見れねえが、おりゃ、やっぱり富士は本物がいい」といった。

「馬鹿いうない。わかってねえなぁ、おやっさん。北斎の富士だから価値がある。波の向こうにチラッと見えるだけなんざ粋《いき》じゃねえか。それを北斎が描いたからすげえのさ」

別の者が知ったような口ぶりで返す。

――本物だろうと、画だろうと、富士が気になって仕方がない。

見る者の気持ちをそうさせる北斎。重右衛門の中で、強い思いが衝《つ》き上がってきた。

会いたい、話がしてみたい。

重右衛門はいきなり立ち上がった。北斎の画を囲んでいた者たちが驚いて振り返る。

「おや、重さん、いたのかい。北斎の富士を囲んで一緒に飲もうや」

中のひとりに誘われたが、

「うるせえ、おりゃ、忙しいんだ」

と、浴衣を脱いだ。

北斎と話をすれば、今感じている違和感が拭《ぬぐ》えるかもしれない。むろん面識はない。

北斎は北斎で広重という絵師がいることも知らないだろう。

噂《うわさ》では、北斎は引っ越し魔だという。家が散らかると引っ越してしまうらしい。散らかるというのがどの程度を指すのかはわからないが、たしか浅草の明王院《みょうおういん》地内の店《たな》にいるとかいないとか聞いてはいた。

ままよとばかりに、重右衛門は着替えを済ませて、湯屋を出ると浅草に向かった。引っ越していたら、あたりの者にでも訊《き》けばいいのだ。

歩きながら、手土産くらいは持っていったほうがいいか、と思案した。が、北斎の好物など知らない。なによりいきなり訪ねて行ったところで、門前払いを食うかもしれない。

会えなければ、己が呑んでしまえばいい、と酒屋で五合徳利《とっくり》を求め、両国から舟に乗った。

大川を行き吾妻橋《あづまばし》の袂で舟を下りた重右衛門は、徳利をぶら提げて浅草寺門前の広小路を歩く。浅草は人でごった返していた。棒手振《ぼてふ》りは売り声を上げながら通り、床店の飴《あめ》売り、玩具《がんぐ》屋には人だかりが出来、駕籠が通り、着飾った娘たちや商家の主人と供が行き来する。

江戸の喧騒《けんそう》は嫌いではない。泰平の世が続く限り、この繁栄も続く。画帖と矢立を持って来ていたらなあ。湯屋の帰りでは仕方がないかと、重右衛門は苦笑した。

参詣人《さんけいにん》の往来は引きも切らず、魚河岸や大店で賑わう日本橋とは異なる、遊興の江戸の姿がここにはある。雷門の大提灯《おおちょうちん》。赤が見事だ。その先には仁王門の赤、五重塔が見える。さらに上にはどこまでも青く広がる空。

ああ、そうか。重右衛門は急ぐ足を一瞬止め、あらためてゆっくりと、あたりを見回した。

『冨嶽三十六景』は名所絵のようで名所絵ではない。名所は誰もが認め、誰もがため息を洩《も》らす景観、美観であることが望ましい。だが、冨嶽は、絵組の面白さ、独特さ、そしてベロ藍が生み出す画としての面白さが先にある。

ならば、北斎の富士はなんであるのか――。

それを、直《じか》に問いかけることはできるだろうか。

重右衛門は再び歩き出した。賑やかな通りを抜け、寺町に入る。このあたりには、あまり来たことがなく、通りすがりの者を捕まえて道を訊ね、ようやく北斎が住んでいるという五郎兵衛店《ごろべえだな》を見つけた。五郎兵衛店といっても長屋ではなかった。生垣に囲まれた一ツ家を借りているようだ。戸口に『画を描く坊主《ぼうず》』と記した板切れが打ち付けられていた。

心の臓が急に激しく脈打ち始めた。火事場に出張るような、張り詰めた気分になる。一体、どんな人物なのか。今更臆《おく》してどうすると、肚《はら》を決めて訪《おとな》いを入れた。

「もし。恐れ入ります。北斎先生はご在宅でしょうか」

どなたさんだえ？　と家の中から女の声がした。妻女だろうか。重右衛門の気がさらに高ぶる。

「北斎先生にお会いしたく、安藤重右衛門と申します」

「安藤？　知らないねえ」

どすどすと足音が戸口に迫って来る。戸が開いて顔を出した女を見て、重右衛門は眼を見開いた。立派な顎《あご》をした大年増《おおどしま》だった。お世辞にもいい女とはいえない。

北斎は醜女《しこめ》好きなのか。

「恐れ入ります。ご新造さま、北斎先生は――」

いい終わらぬうちに、女は大口を開け、笑い始めた。喉彦《のどびこ》まで丸見えだった。

「冗談いっちゃ困るよ。あたしは、娘だよ。お栄《えい》ってんだ」

「これはご無礼いたしました」と、重右衛門が慌《あわ》てて頭を下げる。

「で、親父《おやじ》どのに何の用だい？　画の注文なら、今は無理だね。忙しいから」

ね、親父どの、と呼びかけた。うう、と呻《うめ》くように家の奥から呼応した。

重右衛門は、お栄の肩越しに家を覗き見た。ぞわっと全身が粟立《あわだ》った。反故《ほご》が散乱しているだけでない。絵皿はもとより、食い物を包んだ竹皮、籠《かご》、仕出しの重箱、酒屋の徳利が散らばっていた。果たして声の主はといえば――見ると、奥の炬燵《こたつ》がもぞもぞ動いていた。

あれか。あれが北斎か。剃髪《ていはつ》頭をひょこりと突き出し、一心不乱に何かを描いている。

あらためて重右衛門は家を見回した。この汚れた家であの富士を描いたのか。

この家に足を踏み入れるのは御免だ。重右衛門は絵筆一本でも、置いてあった位置が変わっていたら気づく。絵皿も絵筆もきちんと揃《そろ》える整頓《せいとん》好きだ。北斎は普段からこうした暮らしなのだ。引っ越す意味が知れた。

「どうしたんだえ？　親父どのに会いにきたんだろう？　遠慮せずにお入り」

と、お栄が重右衛門の手元に眼を落とした。徳利を見て、早くも舌なめずりをしている。

「悪いねぇ、そんな気を遣わせちゃってさ。親父どのはいけない口だが、あたしは蟒《うわ》蛇《ばみ》だ。ほらほら上がんなよ」

お栄に促されたが、重右衛門の足は固まっていた。この娘には家の有様が見えていないのか。

「なんて面《つら》してるのさ。少し散らかっているけど、汚れているわけじゃないよ」

重右衛門は徳利をお栄の胸に押し付けた。お栄が眼をしばたたく。

「画についてお話し出来ればと思い、お訪ねしました。北斎先生の富士はたしかに素晴らしい。画として魅せられるが、あれは名所絵でしょうかね？　ベロ藍《あい》にしても、おれはああいうふうには使わねえ。あの藍を用いて、これから真の名所を描きます。先年亡くなった歌川豊広の弟子、広重として、名所の広重として名を成します」

はあ？　とお栄が徳利を抱えながら、頓狂な声を上げた。

「親父どの。豊広師匠の弟子の広重さんだってさ」

「知らねえ」と、こちらを向くことなく北斎はいった。

「残念だね。広重って名はあたしも知らないが、親父どのの富士が名所絵でしょうかって？　北斎相手に戦でもしようってのかい？」

「筆を執った戦、かもしれません」

眉間にしわを寄せる重右衛門を見ながら、あはは、とまたお栄は笑った。

「面白いお人だね。でさ、あんた、直参かえ？　家中かえ？」

重右衛門の武家髷と刀に眼を止めたのだろう。

「火消同心をしております」

「へへ、おれぁ古希を過ぎたがよぉ、一度も火事で焼け出されたこたぁねえのが自慢だ」

そういいながら、北斎が炬燵からもそもそと出て来た。ゆっくり腰を上げた北斎はよれよれの単衣《ひとえ》に袖《そで》なし羽織を身に着けている。面長で鼻が高く、顎の張ったいかつい顔をしている。腰を伸ばすと背丈があり、肩の張った大男だった。まるで妖《あやかし》の見越《みこ》し入道だ。

「おれぁな、てめえみてえな、青臭え奴を相手に画を描いているわけじゃねえ。おれぁ、おれのために筆を執っているんだ。帰れ、このうすらとんかち」

歯をむき出し、嚙みつくような顔をしていい放った。重右衛門は思わずあとじさりする。

「おれの富士は名所絵でしょうかって？　よく気づきやがった。おれの富士だ。どこまで描き尽くせるかだ。その通り、名所のはずがねえんだよ。おれは富士だけを見て、富士だけを描いているんだ。周りの景色は皆、富士を際立《きわだ》たせるための添え物だ。文句があるかっ」

勝手にまくし立てると、北斎は再び腰を折って、のそのそ炬燵に潜り込んだ。

「珍しいねぇ。親父どのが炬燵からわざわざ出て来るなんてさ。あんた気に入られたんだね。いまの親父どのはさ、富士のお山が敵で手本なんだよ。だから描き続ける。それだけのことさ。きれいな景色を描こうなんて思っていないのさ」

上がらないなら、帰った帰った。酒はありがたく頂戴《ちょうだい》するよ、とお栄が笑う。なんだ、この父娘《おやこ》は。重右衛門が突っ立っていると、お栄が戸を閉める寸前、ふと気づいたように口を開いた。

「歌川広重だったよね。親父どのはきっと名を覚えたよ。名所で名を成すって？　そいつは楽しみだ。親父どのをせいぜい悔しがらせておくれ。それで親父どのはまた画が上手くなる」

お栄が怪しく微笑《ほほえ》み、ぴしゃりと腰高障子を閉じた。顎が張っているのは父親譲りかと、詮無《せんな》いことを思いつつも、帰路につく。

歩を進めながら、お栄の言葉が胸底に重たく沈み込んでいた。

親父どのをせいぜい悔しがらせておくれ。それで親父どのはまた画が上手くなる――。

望むところだ、と重右衛門は呟いて五郎兵衛店を振り返る。

春真っ盛りだ。隅田堤に行って桜でもみるか、と懐《ふところ》を探って財布を取り出した。四文銭が三枚しかない。舟には乗れねえなぁ、とぼやいた。雷門門前の水茶屋に入り、茶汲《ちゃく》み娘に声をかけた。

「茶と団子を頼む」

与力の武左衛門が多忙でなかなか会えずにいたが、梅雨明けにようやく飯を食うことになった。その席には、版元の川口屋正蔵《しょうぞう》も来ることになっていた。

好機到来、とばかりに重右衛門は色めき立った。朝には、いつもよりも念入りに湯屋で身体《からだ》を洗い、髪結い床で髷を結い直した。

「せっかくだ、柳橋の料理屋へ行こう。川口屋さんの店は銀座だが近々両国に移るからな」と、武左衛門にいわれたが、もちろん重右衛門は奢《おご》られる気満々で着替えをしていた。これで川口屋に気に入られ、版行が決まれば、ありがたすぎて涙が出る。やっと喜三郎にも大きな顔が出来ると、鼻をうごめかせた。

棚に置いた桐箱に、ぱんぱんと柏手を打つ。神頼みならぬ師匠頼みをして、刀を手にしたとき、妻の加代が座敷に入って来るなり、

「その身形《みなり》ではいささかみすぼらしゅうございます」

さらりといった。

「んなこといわれてもよ。これが一番いい物だぜ」

「ですが、武左衛門様とご一緒なさるのでしょう？　それに版元さまもご一緒だとか」

「おう。銀座の正栄堂《しょうえいどう》、川口屋さんだ。おれの錦絵を版行してくれるかもしれねえんだ」

「なおさら、お召し物がそれでは。今、お持ちいたします」

重右衛門が眼をしばたたくと、さっと身を翻《ひるがえ》し、隣室から乱れ箱に小袖、袴《はかま》、羽織一式を入れて持って来た。重右衛門は頬をぴくぴくさせながら、加代の顔と乱れ箱を交互に見た。どうやって揃えたものか。もちろん誂《あつら》え物ではない。古着ではあるが、十分な品だ。

加代は膝をつき、乱れ箱を置いた。

「こちらにお着替えくださいませ」

里の父の物です、と加代は小声でいった。

「おまえさまの身幅と身丈で繕い直しました。父のおさがりで申し訳ございません」

遠慮がちにいう加代が、愛《いと》おしく思えた。こんな甲斐性なしのおれのために、と重右衛門はかしこまるその痩《や》せた身を抱きしめた。

「おまえさま、なにをなさいます」

「いいから、じっとしておれ。必ずや楽な暮らしをさせてやる。約束するぞ」

加代は重右衛門の腕の中で、首を横に振る。

「いいえ。おまえさまの子を産めないわたくしでありますのに、離縁もせず安藤家に置いていただけているだけで、果報者であると思っております」

重右衛門は、急に身を離した。

「なにをいう。子が出来る出来ないは、おまえのせいだけではあるまい。そんなことは気にするなといったろう。安藤家には仲次郎という立派な跡取りがいるのだ。気に病むことはない。着替えを手伝ってくれ」というと、加代は嬉《うれ》しそうに微笑んで腰を上げた。

柳橋の料理屋『柚木《ゆずき》』に重右衛門は、画帖を持ち、鼻息荒く出かけた。川開きまで、あと数日であったのが惜しかった。柚木の二階からは大川で上げられる花火がよく見える。

通された座敷にはすでに武左衛門が待っていた。遅れちまったか、と重右衛門は焦ったものの、見れば川口屋の姿がない。会う前から話がお流れになったのかと不安が過《よ》ぎる。その様子を見て取ったのか、「川口屋さんが来る前におまえに話しておきたいことがあってな」と、武左衛門に座るよう促された。すでに料理屋の女将《おかみ》には、川口屋が来てから膳《ぜん》を揃えてくれるようにいってあるという。

それでも不安が拭えぬまま、武左衛門の前に腰を下ろす。茶が運ばれてくると、武左衛門が湯呑み茶碗を手に取り、口を開いた。

「じつは、来年の八朔御馬進献《はっさくのおうましんけん》のことだが」

八朔御馬進献は、八月一日の八朔を期して、幕府より京の朝廷へ馬を献上する儀礼である。献上馬を連れ、京へと上り、参内する。

「それに、お前を同行させようと具申した」

重右衛門は眼をしばたたいた。京へ上る？　おれが？

「画が描ける者を同行させたいという話が出たのだ。公用として記録をするならば、御用絵師の狩野を遣わせばいいが、さほどのものでもない。参内する中のお偉いお方が、手元に旅日記のように画も留めておきたいようでな」

「それなら、武左衛門さんが」と、重右衛門はいまだ事の次第がよくわからぬままいった。

「残念なことに、おれは同行する与力に選ばれてはおらん。なので、おまえが適役だろうと強く推したのだ。すると、狩野を修めた林斎どのからの薦めならと認められてな」

林斎は武左衛門の画号だ。

「おれの画号も役に立ったといえる。京までの旅など滅多に出来ぬ上に、画も存分に描けるのだぞ。まだ一年以上も先だが、もちろん受けてくれるな？」

「か、かたじけのうございます。謹んでお受けいたします」

重右衛門は大声でいうと、平伏した。京までの宿場宿場の画も景色も好きに描ける。江戸をずっと描いてきたが、こんな機会に恵まれるとは思いも寄らなかった。頭を下げながら、本当に運が向いてきたかもしれない、と思った。これで川口屋からの版行が決まれば、いうことなしだ。

喜三郎の店に大手を振って行こうと、顔を伏せたままで、にんまりした。

「お前は隠居の身ではあるが、まだ代番であるからな。そこはもう上役も説得ずみだ」

この幸運は、豊広師匠の御利益《ごりやく》かもしれない。帰ったらお神酒《みき》を供えようと思った。

「これはこれは、お待たせしてしまいましたか」

と、正栄堂、川口屋正蔵が姿を見せた。短身で丸顔。木の実のような眼に、厚い唇。ぼてっとした鼻をした老年の男だった。

「で、そちらが豊広師匠のお弟子さんの広重さんですかな?」

頷《うなず》く重右衛門が応《こた》える間もなく、川口屋は、「では早速画帖を拝見しましょうか」と、かしこまった。挨拶《あいさつ》もそこそこ、にこりともしない。

性質がせっかちなだけなのか、幸先《さいさき》がよいのか悪いのか、戸惑いつつも、画帖を差し出した。

川口屋は、一枚一枚にじっくり眼を通しながら、画帖を繰った。唇をへの字に曲げたまま、ひと言も洩らさない。

料理が揃っても、川口屋は画帖をにらんだまま、箸《はし》を取らなかった。銚子《ちょうし》を向けても盃《さかずき》を取らない。痺《しび》れを切らした重右衛門は、自らの膳を横にずらして、這《は》いずりながら近寄った。

「え？　どうなんだ。どうなんですよ。なんとかいってくれなけりゃわかりませんや」

画帖を見ている正蔵の顔を下から覗《のぞ》き込む。

「おい、重右衛門、やめぬか。童ではあるまいに」

武左衛門が手を伸ばし、背後から袴を摑《つか》み、引き寄せる。

わかりましたよ、と手をついたまま重右衛門は後じさり、武左衛門に身を寄せ、囁《ささや》いた。

「川口屋ってのは、いつもあんな仏頂面なんですか？　機嫌の悪ぃ狆《ちん》みてえな面していやがる」

「聞こえていますよ。私の顔が気に食わないのかね」と、川口屋は画帖から眼を離さずにいった。

武左衛門が、横目で重右衛門を睨《にら》んだ。

「お耳が達者でようございました」

きまり悪げにいうと、川口屋は画帖を閉じ、じろりと睨《ね》めつけてきた。

「ときに広重師匠。江戸の景色をいくつ描きたいね？」

え？　あ？　と広重は戸惑った。この問いかけは、おれに描かせてくれるということだろうか。いやいや、下手にいえば図々《ずうずう》しいと思われるかもしれない。しかし、一枚だけというのも自信がないと思われる。いい澱《よど》んでいると、横に座る武左衛門が「応えろ」と小声でいった。

重右衛門は、咳払《せきばら》いをひとつして川口屋を見据えた。

「それは、描かせていただけると受け取ってよろしいのでしょうかね。おれが描きて え枚数をいったら、その通りになるってことですかい？」

川口屋は表情を崩すことなく、「いってもらわないことにはね」と、抑揚のない声で応じた。

重右衛門は沈思した。ぐるぐると様々なことが頭を巡る。この狆くしゃ野郎が何を考えているのか、見当がつかない。描かせてくれるなら、はっきりいってほしい。だいたい画についてもいいとも悪いともいわない。それが気に障《さわ》る。版元ってのは、どうして揃いも揃ってこうも、意地の悪い奴らが多いのだか。

「どうした、広重。はっきりとお答えせぬか」

武左衛門が幾分厳しい口調でいった。重右衛門は、「二十」と指を二本立てて突き出した。

「二十枚揃いの続き物になさりたいということですな」

「そうです。江戸の名所を描きてえんです」

川口屋が眉《まゆ》をひそめた。初めて表情を変えた。喜三郎と同じように難色を示したのだ。

「北斎翁《おう》の冨嶽が売れに売れているのはご存じでしょう？」

もちろん、と重右衛門は頷いた。

「流行《はや》りに乗るのは悪くない。が、江戸の景色を物珍しく思って買うでしょうかね」

「それは別の版元にもいわれて……いやいや、ですから、おれに秘策がございます」

「ほう、秘策とは？　面白い。うかがいましょう」

川口屋が身を乗り出す。

「ベルリン藍、ベロ藍を用います」

と、重右衛門は鼻高々にいった。

川口屋が、眼を見開いたが、すぐに破顔した。笑いやがったぞ、こいつ。やはり、こいつも喜三郎と同じじか。名もない絵師に高価なベロ藍を使わせたところで採算が取れないとでもいうのか。

「ベロ藍ですか？　そいつは豪気だ。あれは異国の色ですよ。まだ我が国に入ってきたばかり。それを使いたいとおっしゃる？　あの高価な藍色をねぇ」

くくく、と含むように笑う。なにを笑っていやがる。だが、おれにはベロ藍が必要なんだ。おれが描きたい名所絵には、あの鮮烈な藍がなければならないのだ。ここで怒れば話は御破算だ。堪《こら》えろ、堪えろ、重右衛門。

唇を嚙む重右衛門をちらと窺《うかが》い、武左衛門が口を開いた。

「川口屋さん。画帖を見てもおわかりかと存じますが、広重の風景は悪くない。もし、新版行していただけるならば、名所絵広重の披露目となりましょう。川口屋さんは、新しい絵師、画を探していると立川屋さんから伺い、広重との仲立ちをさせていただきました」

川口屋は、腕を組み、重右衛門をじっと見つめた。

さっきまでの狆くしゃな顔つきはどこへ消え失《う》せたのか、いきなり商売人の眼になった。こっちの底を見透かすような厳しい視線を放ってくる。駄目だ。逸《そ》らしたら、負けだ。重右衛門は顔を上げ、川口屋をじっと見据えた。

どれほど経《た》ったものか、川口屋が、はあ、と息を吐き出した。

「はっはぁ、おれの勝ちだ！」

破顔する重右衛門の横で武左衛門が、たわけ者が、と呟いた。

川口屋は、打って変わって眼を柔らかく細めた。

「眄めっこをしていた訳じゃありませんよ。広重師匠の覚悟のほどが知りたかったのです。ようございます。ベロ藍で江戸名所をお頼みしましょう」

にわかには信じられなかった。いいのか、本当に。おれが筆を揮《ふる》えるのか。

「見る角度がまず面白い。見慣れた風景であるのに、初めて眼にしたような感覚になる。例えばこの日本橋、横から橋の全容を描かず、橋の真ん中に立って描かれているようだ。さらに、この桜田門のお堀も真っ直《す》ぐ伸びた場所でなく、弧を描いた部分で、堀の広さ、大きさを表している。江戸の広さ、空の広さ、空間の広がりを感じます。江戸にはこんなに豊かな風景があるのかと感服いたしました」

「そうでしょう！　そうなんですよ。それをわかってくださる川口屋さんは、お眼が高い！」

重右衛門は膝頭《ひざがしら》をぽんと打った。

「私は、真実を申し上げただけのこと」と、川口屋が苦笑する。

武左衛門が、「さあ、重右衛門、盃を取れ」と、嬉しそうにいって銚子を掲げたとき、川口屋が、すっと顔を引き締めた。

「ただし、その前に、花鳥を描いてもらいたい。その上で決めさせていただきます」

そういって、薄く笑った。もうなんでも描こうと、重右衛門は頭を下げた。

「川口屋さん。おれは、絵師として半チク者かもしれない。けどね、画を描くことは、朝風呂より贅沢《ぜいたく》な飯より好きだ。どう試されても構わねえ。ようやく巡ってきたこの好機を逃したくねえ。必ず物にしたいと思っております」

「承知しました」

川口屋が手を叩《たた》くと、女将がそっと障子を開けて、頷いた。それとほぼ同時に、芸《げい》妓《ぎ》が三人姿を見せる。歳嵩《としかさ》の女が三味線を持っていた。二人は若く、きりっとした黒の小袖に羽織を着けた粋な出《い》で立《た》ちだ。

「さ、綺麗《きれい》どころも揃ったところで前祝いといきましょうかね」

重右衛門は仰天しながらも、じゃあおれはこっちで頂戴いたしますといって、空になった大鉢を摑んで、芸者に差し出した。あらまぁと芸者はくすくす愛想笑いをしながら、銚子を取る。

「おいこら、調子に乗るな」

たしなめる武左衛門を、川口屋が相好を崩し、まあまあと制した。重右衛門はぐーっと大鉢の酒を呑《の》み干して、顔中ほころばせ、ああ、うめえと息を吐いた。

「おれ、こういうの憧《あこが》れていたんですよね。売れたら、版元が町絵師を屋形船や芝居に招いて、当たり振る舞いってのやるって噂じゃ聞いておりましたが。こんな感じでしょう？　いやあ、いいもんだ。いい心持ちだぁ。いっぱしの絵師になった気分だ。おい、もっと注いでくれよ」

はいはい、と芸妓が笹紅《ささべに》を光らせて、微笑んだ。

「おれぁ、広重だ、歌、川、広、重。覚えててくんな」

「歌川広重？」と、芸妓が眼を見開き、膝を向けた。

「じゃあ、じゃあ、豊国門なの？　国貞も国芳も同門なの？」

武左衛門の隣にいた芸妓までが色めき立つ。

重右衛門が舌打ちした。歌川っていえば、豊国だ、国貞だ国芳だって、うるせえ、うるせえ。

「おれは別の歌川だ」と、ぎろりと睨めつけた。

「きゃあ、怖い」

少しも怖くなさそうな声を上げる。まったく人を小馬鹿《こばか》にしている。

重右衛門はなみなみ注がれた酒を流し込み、口を開いた。

「あのなぁ、いいか。歌川ってのはな、元々歌川豊春って大師匠が作ったんだ。その弟子が豊国と豊広なんだよ。おれは豊広門だ」

芸妓は急に興味を失ったように武左衛門にすり寄った。

「いいんだいいんだ、おれは、これからの絵師だから。ちゃあんと覚えておかねえと後で後悔するぜ」と、芸妓の手をさりげなく握る。芸妓が身を引きつつ苦笑した。

「重右衛門、いい加減にせぬか。お前という奴は調子に乗ると手がつけられん」

「いいじゃねえですか、武左衛門さん。今日は当たり振る舞いの先取りなんだ」

「これまでなかったのですか？」

川口屋に訊《たず》ねられ、重右衛門は口を尖《とが》らせて、足を崩すと片膝を立てた。

「ありゃしませんよ。これまで揃物なんかなかったですからねぇ。ほとんどが女か役者の一枚物だ。それに、豊広師匠ン時から世話になってる版元が吝嗇《けち》を画に描いたような奴でしてね。しまいにゃ、お前さんのように名のない絵師に高価なベロ藍を使わせる奇特な版元はいない、なんて嫌味も平気の平左でい放つんで」

大袈裟《おおげさ》に話してやった。むすっとした喜三郎の顔が浮かんだが、すぐに頭から追い払う。

ははは、と笑った川口屋は「では、私は奇特な版元だね」といった。

「川口屋さんのことじゃございませんよ。言葉の綾《あや》ってやつで。お許しください」

重右衛門は即座に居ずまいを正して、頭を下げる。

「なにやら、面白いお方だ。火消同心と伺っていたので、もっと荒っぽい、粗暴な方なのかと思っていましたが」

「まあ、臥煙《がえん》を率いるから、そう思われてるのも当然だ。けど、それをいったら武左衛門さんだって火消組の与力をお勧めだが、品がいいし、狩野派を学んで、おれより画で稼いでいる」

「おい、よせよせ」

川口屋が、ああと膝を打った。

「そうでした。どじょう屋の立川屋さんの衝立《ついたて》を拝見いたしましたよ」

「お恥ずかしい限りです」と、武左衛門は軽く頭を下げた。

「いやいや、『瓢鮎図《ひょうねんず》』の鯰《なまず》をまさかどじょうにしてしまうとは。洒落《しゃれ》が効いていて面白かった。どじょうなら瓢箪《ひょうたん》に入ってしまう」

へえ、と重右衛門はちろりと武左衛門を見た。『瓢鮎図』は禅問答を可視化した画だ。ぬるぬるの鯰をつるつるの瓢箪で押さえられるか？　否《いな》である。しかし、困難なことに挑むこともまた必要だといいたいのだろう。それを武左衛門はあっけらかんと、鯰が駄目ならどじょうでいい、と禅問答をぶち壊したと見える。

ところで、と川口屋が重右衛門に眼を向けた。

「広重さん。ベロ藍を使うのが秘策とおっしゃったが、私はあえてどのようなものなのか伺わなかった。それを聞かせてもらえますかね」

むむっと重右衛門は川口屋を見据えた。武左衛門を褒めてからおれに話を向けてきたと身構えた。おれの話を聞いてから、やっぱりこの揃物は反故にしましょうなんて魂胆はないだろうかと疑念を抱く。だが、下手くそな英泉の風景より、北斎の藍一色の摺《す》りより、ベロ藍を活《い》かせるという確固たる自信があった。

「江戸ッ子は新しい物に惹《ひ》かれる。北斎翁の『冨嶽三十六景』が売れているのも、物珍しさが先に立ったに違いねえ。もちろん北斎翁の画の巧さもある」

と、いいながらあの散らかり放題の家を思い出し、一瞬ぶるっと身を震わせた。

川口屋が腕を組んで、頷いた。

「たしかにね、藍摺り一色で勝負してきたのにはさすがに版元の私たちも度肝を抜かれた。冗談のようだが、色差しをまことに忘れたのではないかと、西村屋さんに慌てて飛んで行った版元もいたと耳にしました」

北斎に限ってそんな事はあるはずはないとすぐに打ち消されたが、それだけあの藍摺りは版元、絵双紙屋、庶民に到《いた》るまで衝撃を与えたのだ。

「西村屋の与八《よはち》さんにしてみりゃ、してやったり。北斎翁だからこそ出来た趣向ともいえるがね。あの画力がなけりゃ、あそこまで売れやしない」

けどね、広重師匠、と川口屋が身を乗り出した。藍摺りでは二番煎《にばんせん》じになる。そうでないことを考えていらっしゃるのだろう？　それだけの自信が私には窺えたからこそ、お前さんと組もうと思ったのだ、といった。

重右衛門は人差し指を上へ向けた。

ふたりが訝《いぶ》かる。

「空だ」

重右衛門は、にっと口角を上げた。

「鮮やかで、深いあの藍色は、突き抜けるように高い江戸の空にこそよく似合う。おれはそれをやりてえんですよ」

川口屋が盃を口の前で止め、膳の上に戻した。

「ほう。空の色か」

「わかりますかい？　江戸の空の色です。青でも紺でもない。艶《つや》のある藍色。東都の藍だ」

「いいね、東都の藍か」

川口屋が感心したように深く頷いた。

重右衛門はさらに続ける。

「おれが考えたのはそれだけじゃありません。摺師にも技巧を凝らしてもらいてえんだ」

「摺師に？」と、川口屋が身を乗り出した。

「北斎翁も富嶽でやっちゃいるが、ありゃただの一文字《いちもんじ》ぼかしだ。上の方だけ、ちょいとぼかしただけだ。おれは、ぼかしでもっと鮮やかに、色の濃淡を出してえんですよ」

「なるほど。それは見てみたいものだね。となると、摺師の腕にもかかってくるというわけかい？」

「ああ、もちろん摺師も腕のある者に頼みたい。試し摺りの前にも話をしたい」

「わかりました。それはこちらで捜してみよう」

「空は遠く広がっているんだ。その奥行きはべた摺りじゃ出せねえ。画には一緒に収まっていても、眼前に見える風景と空は一体じゃねえ。高い雲の上では雷が鳴っているかもしれねえ、遠くでは雨が降っているかもしれねえ。そいつを平らな紙の中に収めるためには、彫りよりも摺りの方が要《かなめ》になるとおれは思っている」

だから、あのベロ藍だ。濃く、薄く、画に刷《は》くことで遠近がわかる。広がりが出る。

唾《つば》を飛ばして懸命に言葉を継ぐ重右衛門を武左衛門が驚いた顔で見ている。

「重右衛門、それはきっと面白い画になる。おれもそう思うぞ」

武左衛門が重右衛門の肩を摑んだ。へへっと、重右衛門は笑って見せた。

「芝、品川、高輪あたりを中心に画を置けば、江戸土産になるやもしれません」

武左衛門が川口屋に詰め寄るようにいった。

「江戸土産か」

それだけじゃねえよ、と声を張った。

「江戸の奴《やつ》らだって、普段は見落としている景色ってのがある。川口屋さんがおれの画を見て感じてくれたようにな。おれはそいつを伝えたい」

芸妓たちは呆気《あっけ》にとられて談義を聞いていたが、歳嵩の芸妓が、そろそろお賑《にぎ》やかにいたしましょうか、と三味線をつま弾いた。

重右衛門は、ぴくんと首を持ち上げる。

「ようよう、姐《ねえ》さん。『あさぎ染め』やってくれよぉ」

「あらまぁ、色っぽいでござんすねぇ」と、歳嵩の芸妓が艶笑《えんしょう》しながら、糸巻に手を触れる。

「どなたか、惚《ほ》れた女がいらっしゃるのですか?」

「あ? おれは女房一筋よ。銭には苦労かけているが、この羽織もな、今日のために繕い直してくれたんだぜ」

と、奴凧《やっこだこ》よろしく袖を広げる。

「あれまぁ、ごちそうさま」

唄《うた》うようにいって芸妓が撥《ばち》で糸を弾《はじ》いた。

「あさぁぎ染めぇ、あさぁぎ染めぇ、元の白地にして返せぇとは、あらぁい立てして、切れるぅ気かぁ」

通る声が座敷に響く。男と女の色恋を、浅葱《あさぎ》色《いろ》に染めた布を白地に戻すことにたとえ別れを表した唄だ。もうひとりの芸妓が舞扇を使い、女に未練を残す男を袖にする仕草を舞う。

「いやぁ、姐さん、いい声だねぇ。艶っぽいよ」

重右衛門はご機嫌でぐいぐい酒を呷《あお》った。

重右衛門は芸妓と藤八拳《とうはちけん》に興じていた。数年前から流行り始めたお座敷遊びだ。向かい合った二人が身振り手振りで、狐《きつね》・猟師・庄屋を示し勝敗を決める。三味線に合わせ、重右衛門と芸妓が各々《おのおの》仕草を決めた。

重右衛門は川口屋と武左衛門がこそこそ話をしているのを横目で見ながら聞き耳を

立てていた。重右衛門の画帖《がじょう》を開き、互いに頷きあったり、指で画を指したりしている。

おかげで、気もそぞろになり、勝負は一勝四敗で負けた。

「さて、そろそろ町木戸が閉まる頃合いだ。お開きにするかね」

川口屋がいった。重右衛門はとろんとした眼で、川口屋の前に這いずって行った。

「おれはなにがなんでも江戸の名所を描き上げますよ」と、いった途端に突っ伏した。

川口屋が困った顔をする。

「駕籠《かご》を呼びましょうか。これでは、お屋敷までお戻りになれない」

駕籠は駄目だ、と重右衛門が怪しいろれつで応える。

「あんな物に揺られて帰ったら、美味《うま》かった酒も料理もみんな吐いちまう。そんなもったいねえことはできねえ」

わけのわからぬことを、と武左衛門が溜息《ためいき》をつく。

「仕方ありません。舟で行けるところまで行きます。こやつは舟底に転がしておけばいいでしょう」

「それにしても楽しいお人だ。うちが少しでも手助け出来ればよいのですが」

「かたじけのうございます。それでは」

武左衛門は重右衛門の腕を己の肩に回した。

「お前な、我らは火消同心だぞ。こんな時に火事でも出たらどうするんだ。代番の立場とはいえ、まだ火事場に出るのはお前だろうが」

重右衛門は、ああ？ といまにも閉じそうな眼を懸命に開けた。

「大丈夫ですよ。半鐘がかんっと鳴ったら、いの一番に走って行きますよ」

芸妓と遊んで、酒もたらふく呑んだ。江戸から京までの東海道の旅に江戸名所の二十景。歌川広重として、筆が揮える。呑んだ以上に酔い、正体を失った重右衛門は座敷にひっくり返った。武左衛門のぼやきが聞こえたが、酔った頭にはいかほどのものでもない。

中年の船頭と武左衛門に担《かつ》がれて表に出ると、『柚木』の裏手に舫《もや》ってある舟の舟底に乱暴に転がされた。それでも気分がよかった。

翌朝、いつものように湯へ行き、さっぱりした顔で屋敷に戻ると、加代を呼んだ。筆と墨、奉書紙とそれからベロ藍と刷毛《はけ》を買ってこいと命じた。

「これからですか。筆と墨はわかりますが、刷毛とべ、べろあいというのはなんでしょうか？」と、加代が怪訝《けげん》な顔をする。

「あ？　ベロ藍っていう異国渡りの新しい色だ」そういってから、重右衛門は首を傾《かし》げた。

「ベロ藍がどこに売っていやがるのか、わからねえな。それに高価だというしなぁ」

と、腕を組んだ。

「お高いのですか、おいくらほど？」

思わず加代が膝を乗り出してきた。

「知らねえよ。ただ、今度の川口屋さんって版元がその色をおれに使わせてくれるってんだ。喜三郎はケチだから嫌だといったがよぉ。ま、いいか。これまでの藍で間に合わせりゃ。絵の具屋で買って来てくんな」

ですが、と加代が顔を曇らせる。

「なんだよ、その面ぁ。まったく新しい仕事なんだよ。歌川広重が世に出るための仕事だ。これまでの道具には貧乏神が宿ってらぁ。すべて一新して、出直すんだよ。藍と刷毛はおれがちょいと試すことがあるから使うんだ」

わかりました、と加代が暗い顔をして腰を上げた。ああ、そうか。銭の心配か。

「揃物だぜ、揃物。二十もやらせてもらえるんだ、うははは。しばらくは爺《じじ》いに文句はいわれまい。喜三郎だって仰天するぜ」

加代の憂《うれ》いを飛ばすように明るい声を出した。

加代が購《あがな》ってきた真新しい道具を前に、重右衛門は肚を括《くく》った。おれは必ず浮世絵界に新たな風を吹かせる。名所絵の広重。その名を江戸中に轟《とどろ》かせてやる。

それには、異国渡りの藍、そして摺りだ。

重右衛門は、奉書紙に藍を引き、刷毛でぼかしを作った。当然、手慣れていないため上手《うま》くいかない。刷毛をどう動かしても思うようなぼかしにならない。妙に色が滲《にじ》む。

錦絵《にしきえ》の摺りは、明礬《みょうばん》と膠《にかわ》を混ぜた礬水《どうさ》をまず紙に引く。耐水性を高め、不必要な滲みを防ぐのと、馬連《ばれん》で強く擦られるのにも耐えるようにするためだ。

「やはり礬水引きをしねえと無理か。ああ、くそう」

一文字ぼかしは、版木の上部から半寸ほど離れたところに水を含ませ、湿りのない部分に色を置き、刷毛で揉《も》み込む。すると、上部に横一線の濃い色が残り、下部がわずかに滲む摺り技だ。これはもう北斎もやっている。

おれが目指すのは、これじゃねえ。ベロ藍の色の伸びを活かしてもっと滲みが広く、暗い藍から薄い青まで表わすことだ。上手くいけばベロ藍と朱を滲ませ、交わった色で黄昏時《たそがれどき》を表せるかもしれない。様々な東都の空をこの藍で見せられるようになる。

だが、幾度、繰り返しても思うようにはならない。川口屋が摺師を捜すといってい
たが、その報《しら》せもない。北斎の冨嶽は藍一色から、多色摺りに変わり、さらに売れゆ
きを伸ばしているという。焦《じ》れた。焦れに焦れた。

――どこまで描き尽くせるかが、おれの富士だ。名所のはずがねえんだよ。

家を訪ねたとき、北斎はそういい放った。だが、あれは見る者には富士の名所絵で
あるのは確かだ。あれ以上のものを描くには、真《まこと》を写すしかねえ。

重右衛門は、ぼかしの工夫を考えつつ、夕餉《ゆうげ》を取っていた。十右衛門と後妻のおし
づが仲睦《なかむつ》まじく膳の物をやりっこしている。ああ、馬鹿らしい。

と、思ったとき、十右衛門が魚の味噌煮《みそに》を脚に垂らした。

「あらあら、おまえさまったら」

おしづがかいがいしく、十右衛門の脚の上に垂れた味噌を拭《ふ》き取ろうとした。

「ちょいと、加代さん、これ濡《ぬ》らして来て。染《し》みになっちまう」

「はい、ただいま」

加代が手ぬぐいを湿らせて戻ると、それをひったくるようにおしづが取り上げ、味
噌を擦《こす》り落とそうとした。

重右衛門は箸を口に咥《くわ》えながら、眼を見開いた。湿らせた手拭《てぬぐ》いのせいで味噌が滲

んで広がっていく。

それを見て、はっとした。

これだ。これだ――。

重右衛門は裾《すそ》をからげて、座敷を飛び出した。

「おまえさま、どこへ」

「川口屋だ！」


若く、腕のいい摺師をようやく見つけ出したと川口屋から報せが届いた。その日から、重右衛門は摺り場に日参した。ぼかしの工夫のためだ。

摺政《すりまさ》という摺り場にいる寛治《かんじ》という男だ。痩身《そうしん》で目元が鋭い。二十二だという。が、摺政では、すでに国貞や国芳といった人気絵師の摺りも担《にな》っているらしい。

二本差しとは思えない重右衛門のみすぼらしい形《なり》を見て、眉をひそめたが、さすがにそこは職人だった。ぼかしに新しい工夫をしたいというと、面倒臭げな顔をしながらも、重右衛門の話に引き込まれ、眼を輝かせた。

「板を湿らせて、そこに色を置くのは板ぼかしと変わらねえんじゃ」

幾度か試したが、それでも上手くいかずに寛治がとうとういい出した。板ぼかしは、彫りに滑らかな傾斜をつけ、摺師が力加減を変えて出すぼかしだ。

「板ぼかしで、空の風情《ふぜい》は出せねえよ。それにな、おれがほしいのは段々と薄くなる、段々と濃くなる、そういう段階が綺麗に見える滲みだ。それに板ぼかしじゃ、二色三色は使えねえ。湿り気があるところに、違う色が混じる。ただの掛け合わせでもねえんだ」

「わかりますが、こいつは難儀だ。版木を湿らせるのも色を置くのも、等しくしたところで、そもそも藍じゃ、絵の具が硬くて、伸びないんだから」

寛治が、息を吐く。

「じゃあ、こいつを使ってみてくれ」と、重右衛門は小さな包みを寛治に差し出した。訝る寛治に、

「ぷるしあんぶるう、ベロ藍だよ」

重右衛門が頷きかけた。寛治は黙ってすぐさま包みを開いた。ベロ藍を乳鉢で滑らかになるまで磨《す》り、水を加え、とき棒でかき混ぜる。乳鉢を見つめ、息を吞んだ寛治は、

「ちょっと待っておくんなさいよ」

版木に水を含ませ、とき棒で色を置いた。藍がじわりと濡れた版木の上で滲む。

「すげえ、こんなに水に溶けやがる。なのに藍の鮮やかさは変わらねえ。噂には聞いていたが、なんだよこの藍は。これなら、出来ますぜ」

「頼んだぞ。お前さんなら、必ず出来る。水で濡らして滲ませるから拭きぼかしだな」

重右衛門は摺り台の横に張り付いて、満足そうにいった。

「けっ、摺り技の名だけつけても、出来なきゃ詮無いですぜ」と、寛治が片方だけ口角を上げる。

「水の加減を修練しねえとな。けどこれだけ滲んでも、深い藍色のままってのがすげえよ」

「自信を持て。おれは三十半ばだが、まだこうして頑張っておるのだ」

任せてください、と寛治は拭きぼかしを幾度も試す。

新しい絵の具に新しく挑む技。寛治は嬉々《きき》としていた。目新しいことに取り組む姿勢は、やはり職人だ。こうやって腕を磨いていくに違いない。

と、摺り場の隅に積まれた版木に眼をとめた。

版木は幾度も彫り直して使う。売れない錦絵は彫りを削り取ってしまうのだ。

重右衛門は、はっとした。下の方にあるのは、おれの美人画じゃねえか——いや、気のせいか。色版は何枚にもなる。顔、身体、背景など色別に彫り起こす。どの版木が、誰の画だかはわからない。が、墨版は画そのものだ。校合摺《きょうごうず》りのための物だ。再度見ると、やはり己の美人画だった。こいつも板屋で削られちまうのか。きれいに削ったら、新たな下絵を彫る。

はははは、切ないねえ。重右衛門は心の内で苦く笑った。

そんな重右衛門をよそに、寛治は職人としての意地を見せた。馬連を動かし続けている。版木に向かうその真剣さに、重右衛門は、そっと摺政を出た。

重右衛門は下絵に取り組んだ。高輪の海岸線は大胆に弧を描く。筆が思いのままに紙の上を走る。穂の弾力を活かして、線の強弱を出す。柔かく穂を返して細かに描き込む。これまで描き溜《た》めた風景がようやく世に出る。両国橋は橋脚を下から眺めた図だ。舟から橋を見上げたときに、思わず筆を執ったのだ。視線はいくらでも変えられる。それによって見える景色は違ってくる。ついぞこのような高揚を感じたことはなかった。画が仕上がっていくのが楽しくてたまらない。

夏が過ぎ、秋も深まり、土埃《つちぼこり》を舞い上げる冷たい風が強くなった頃、摺政で歓声が上がった。

周りの摺師たちの馬連が一瞬止まるほどの大声だ。

重右衛門は震えた。

「これだ、これだよ」

藍が空を覆《おお》っていた。下に来るほどそれは色を失《な》くし、全面の風景と溶け合ってい
た。一文字ぼかしよりも、うんとぼかしの幅が広い。下げぼかしとでもいうべきか。

その逆なら上げぼかしだ。空だけではない、この摺りは、海にも川にも趣が出せる。

「寛治。よくやってくれたなぁ」

重右衛門は胸にこみ上げるものを抑えきれず、涙目になり、寛治を抱きしめた。

「よしてくだせえ、気持ちが悪ぃ」

「や、すまぬ、つい気が高ぶってな」

寛治は襟元を直すと、

「初摺りは二百枚。同じ調子で摺るのは、かなり難しいことは確かです。湿り気、色
の量を決めても、季節がかかわりまさ。紙は生き物なんで、伸びたり縮んだりする」

そう冷静にいった。

「それでも、もう、版下絵は十枚上がっているんだ。早くこの摺りを施したい。江戸
の空そのものの藍《あい》を見せつけてやりたい」

「ま、それをやるのはおれなんですがね」

寛治が軽口を叩く。

「いうではないか。よしよし、これから湯屋に行こう。湯屋に行ってから、うなぎだうなぎだ」

この藍でおれは化けて見せるのだ。美人でも、武者でもねえ。名所の広重。これまで、名所で名を馳《は》せた浮世絵師がいるか？　いない。だからおれがその名をほしいまにしてやる。喜三郎、待っていやがれってんだ。

ベロ藍は、本来ぷるしあんぶるうというらしい。ぶるうは青や藍のことをいうそうだ。

今から六十年ほど前、青色は露草で作られた。しかし、くすんだ青で、しかも退色が激しく、紙上に色を保つことが出来なかった。その後三十年を経て、別の植物から淡い青、そして、濃い青、藍色が登場した。露草青とは違い、色褪《いろあ》せることがなく、赤、黄、青が揃《そろ》って錦絵はいっそう華やかさを増した。だが、このベロ藍が、これまでの藍と違うのは、水に溶け易《やす》く、色が伸びるということだ。寛治もそれには驚嘆していた。つまり、淡い青から深い藍まで、水の加減で自在に出せるようになる。色差しをする絵師にとっても、摺師にとってもこのベロ藍が青色を用いる際の幅を広げてくれる。濃い藍から淡い青へとぼかしで階調が作れれば、空の奥行き、広さが出せる

だろう。川や海などでも、深浅が表現出来る。摺政を出て、寛治と湯屋に向かいながら、

「なああ、広重ぶるうってのはどうだえ？」

「なんですそれは？」

「いいんだいいんだ、こっちの話だ」

重右衛門は、ベロ藍をふんだんに用いている北斎に、この絵の具がどちらにふさわしいか、真を問うてみたいと思った。いまは、北斎ぶるうであるなら、それを引っぺがしてやる。この色を使いこなして、広重ぶるうといわしめる。

心が躍る。国貞も国芳も、悔しがれ。見ていろ、北斎よ。

## 第二景　国貞の祝儀《しゅうぎ》

### 一

天保二年（一八三一）、大判錦絵《にしきえ》『一幽斎《いちゆうさい》がき東都名所』が版行された。しかし、重右衛門の思惑は見事に外れた。

芝、品川あたりでは、土産物として多少の売れ行きはあったが、江戸の中心部ではほとんど買い求める者はなかった。ただの江戸の名所に眼を向ける者がなかったのである。

皮肉なことに、川口屋と約束し、『東都名所』前に出した花鳥の小品の方が売れ行きがよかった。奉書を短冊《たんざく》状に六枚にした物で、椿《つばき》や鶯《うぐいす》などが描かれ、芭蕉らの俳句が入っている。

二十景を重右衛門は最後まで求めていたが、川口屋の意向で十景となった。

なぜ、この藍《あい》がわからねえんだ。なぜ、この美しい江戸の空が眼に止まらねえんだ。寛治の摺《す》りは完璧《かんぺき》だった。ベロ藍の深み、鮮やかさを表してくれた。ならば、版下絵のせいなのか。おれの画のどこが悪いというのだ。おれの筆には一片の迷いもなかった。

運が向いてきたと思ったのは勘違いか？　それともはなから運に見放されているのか？　しかし、このままではいつまで経《た》っても同心長屋から出られない。おれも隠居の身なのだ。

翌三年の安藤家の正月は惨憺《さんたん》たるものだった。重箱には海老《えび》も鮑《あわび》もない。昆布巻きすら取り合いだった。

それでも重右衛門は朝湯に行く。通常は八文だが、元日は十二文払う。

重右衛門は屋敷に戻ってから、家族を集めた。質素な重箱を囲みながらの新年は安藤家に暗い影を落としていた。が、

「今年で代番を返上する。仲次郎。心して火消同心として励めよ。ただ八朔御馬進献《はっさくのおうましんけん》に参ることは決まった。それが、おれの代番として最後のお役目になる」

厳しい顔つきでいうと、揃《そろ》えていた足を崩し、

「それと、町絵師のほうだが、もしかしたら一幽斎という斎号がよくねえのかもしれ

ねえ。これからは、一立斎《いちりゅうさい》と改める」

　重右衛門は重々しくいい放ったが、誰も聞いてはいなかった。

　加代が挿した松と南天だけが、安藤家の正月を慎ましく彩《いろど》っていた。

　画の注文はその後もさっぱりだった。臥煙《がえん》たちと酒を呑《の》んだり、火の見櫓《やぐら》に登って町を写したりして過ごした。俯瞰図《ふかんず》までの高さはないが、ちょっと鳥の眼を持った気分になれた。

「いま、なんとおっしゃいました？」

　加代が包丁の手を止めて、勝手口から入って来た我が夫をまじまじと見つめた。

　その日、朝湯から戻った重右衛門は、濡《ぬ》れた手拭《てぬぐ》いをひょいと流しの脇《わき》に引っ掛けた。沢庵《たくあん》をつまんで口に放り込み、ぽりぽり齧《かじ》りながら、

「湯に浸《つ》かっている間考えたんだが、せっかく斎号を変えるんだ。書画会を開こうと思ってな。料理屋を借り切って、大々的に披露目をしようってわけよ。初午《はつうま》の頃なんて賑《にぎ》やかだし、いいんじゃねえかなぁと。どうだい？」

　ひとりで嬉々《きき》としてまくし立てた。

　加代は、それはいかほど入り用なのですか、とまな板の上の沢庵を見つめながらぼ

そりと呟《つぶや》く。

「そうだなぁ、五両もあれば十分だろうな」

「ご、五両！」

加代は身体《からだ》を固くし、重右衛門を穴のあくほど見つめた。

驚く加代を見ながら、かかか、と頓狂《とんきょう》な声を出し、

「書画会ってのは、客も入れて、おれがその場でちゃちゃっと画を描いて、それに文人でもなんでもいいやな、そいつらが賛でも入れてよ、欲しい奴《やつ》に売るわけよ。むろん客からも銭を取るし、画も売れる。始めに五両を工面するのが大《て》ぇ変だが元は十分取れて、儲《もう》けにもなるって寸法だ」

と、鼻を蠢《うごめ》かせた。

だとしても、と加代は小声でいうと、ふるふると包丁を摑《つか》む手を震わせ、

「それだけの金子をどうやって用立てるおつもりですか？　お前さまもご存じではございませんか。うちの内証がどれだけのものか」

沢庵目掛けて打ち下ろし、真っ二つにした。重右衛門はその剣幕に慌《あわ》てて飛び退《すさ》る。

「おおい、なんだよ、その態度はよぉ。驚くじゃねえか。見事な刃捌《はさば》きだな」

はっとした加代は俯《うつむ》いて小声でいった。

「申し訳ございません、つい。包丁の切れ味が悪いものですから」

「ああ、そうか。今夜、研いでおいてやらあ。じゃ、そういうことでな。早《は》えとこ用意しておいてくんな」

「お前さま、人には身の丈というものがございます。いまの歌川広重にそれだけの……」

「奥歯に物が挟まったような物言いだな」

重右衛門は色をなした。

「おれはよ、この間、安藤家は下女を雇ったのですかと訊《き》かれたんだぜ。なぜそんなことといわれたのかはわからねえが、絵師として儲かってると思ってんじゃねえかな、と鼻高々だったんだが」

「では、その下女は誰のことですか？」

重右衛門は眉間《みけん》に皺《しわ》を寄せ、加代に顔を近づけた。

「わたくしのことをそう揶揄《やゆ》したのではありませぬか」

「なんだってお前がそんなふうにいわれなきゃならねえんだ？」

「そうではありませぬ。わたくしが粗末な形《なり》をしていたのが眼に留まったのでしょう。それで、下女と間違われたのだと思います」

むむっと、加代を上から下から見る。たしかに、いつもの古い櫛《くし》と幾度も洗い張りしたであろう小袖《こそで》といういでたちだ。

「次にそんなことをいったら、ぶちのめしてやる。お前も、たまには明るい色の小袖でも着たらどうだ。祖母《ばあ》さまの形見もあるだろう？　簪《かんざし》も嫌いだといったが、差せばいい」

はい、そうします、と加代は小声でいった。

確かに、『東都名所』でいくばくかの画料は手にした。だが、暮らしが潤《うるお》うまでにはならない。幾枚売れたかではなく、版下絵を幾枚描いたかで画料が入るのだ。二十景の約定が十景に減らされた。それも画料を減らす結果となったのは痛かった。

しかし、光明もあった。

『東都名所』は庶民の間では、さほど評判にならなかったが、版元たちの間で、広重という名が徐々に広まり始めていると川口屋から聞かされた。重右衛門はそこに手応《てごた》えを感じていた。むろん、売れない、注文がないという事実には落胆している。やることなすことうまく行かないと、湯殿で湯をばしゃばしゃ撒《ま》き散らして、顔見知りの常連客になだめられたりもした。

けれど、必ず新たな仕事が舞い込むと、重右衛門は信じていた。

「あの、秋には八朔の」

「ああ、ありゃ、お上のお役で京まで行くんだ。路銀の心配はいらねえよ。まあ、もっとも土産があるか。なあ、加代、お前は何が欲しい？　京の土産だぞ」

「わたくしは土産など」

「だとしてもよ、困ったなぁ。親戚《しんせき》がきっと餞別《せんべつ》を寄越すだろうからな。何も買ってこないわけにはいかない。餞別から足が出ることもあるだろうし、やはり銭は必要だなぁ」

腕組みをして考え込んだところで、外から視線を感じた。

「ああ、忘れてた！」

と、表に飛んで出た重右衛門は、十くらいの男児を伴って戻って来た。眼がくりっとした愛らしい顔をしている。

加代は、今度は何をいう気であろうと眉根《まゆね》を寄せた。

「こいつな、提灯《ちょうちん》屋の長男坊でよ。おれの短冊画を見て、弟子にしてくれっていうのよ。おい、昌吉《まさきち》。女房の加代だ」

男児の頭を押さえて、無理やり頭を下げさせた。

「昌吉です。よろしくお願いします」

加代の唇からは言葉も出なかった。

「今は、内弟子には出来ねぇから通いだが、京に行っている間はおれの画室に住まわせてやってくれ。どうせ食い扶持《ぶち》がひとり分減るんだしよ、いいよな」

加代は泣き笑いの表情で、頷《うなず》く。諦《あきら》めの顔だった。

「懸命に修業いたします。師匠、ご新造《しんぞ》さま、よろしくお頼み申します」

「おれの初めての弟子だ。今夜は祝い酒だ。ああ、昌吉は茶だ。師匠と弟子の盃《さかずき》を交わそうじゃねえか」

重右衛門は昌吉の肩だの頭だのをぽんぽん叩《たた》いて喜びを表していた。昌吉はちょっと迷惑そうながらも、希望に満ちた笑顔を浮かべた。加代はその様子を黙って見つめ、仕方なしに微笑《ほほえ》んだ。

夕餉《ゆうげ》には、小さな鯛《たい》が二尾添えられ、膳《ぜん》には青菜と浅蜊《あさり》の和《あ》え物に煮豆腐、沢庵と吸い物が載った。

「おお、すげえじゃねえか、加代。ほれほれ、昌吉も食え食え」

昌吉も眼を丸くした。

「これをいただいてもよろしいのですか？」

「いいのですよ。昌吉さんは初弟子ですから。そのお祝いです」

加代が精一杯の笑顔を見せた。

後から座敷に入って来た祖父の十右衛門と後妻のおしづが眼を剝《む》く。

「仲次郎が夜勤めというのに、この馳走《ちそう》は——その町人の子どもは誰だ？」

むすっとした顔をしながら、十右衛門が腰を下ろした。

「昌吉と申します。本日より、歌川広重師匠の弟子にしていただきました」

重右衛門はすでに酒を呷《あお》って上機嫌だ。

なんと、と十右衛門とおしづが口をあんぐり開けた。

「ろくに稼ぎのない画工風情《ふぜい》に弟子がつくとは、片腹痛いわ」

「お祖父《じい》さま、そのような物言いは」と、加代が身を乗り出したが、いきなり昌吉が背筋を正して声を張った。

「画工風情ではございません。おいらは、師匠の画を見て胸がきゅうっとしました。『月に雁《かり》』を絵双紙屋で眼にした時、心が震えました。月光に照らされた雁の飛ぶ姿が物悲しくて、美しくて。北斎や国貞や国芳を見たって、そんなことはありませんでした。おいらの師匠はこの方しかいないと思いました」

『月に雁』は、上部に満月を配し、その前を三羽の雁が雲に隠れるような速さで、下へ向かって翼を広げている絵組で、重なる雲間の藍色のぼかしが美しい短冊の一枚だ。

重右衛門は赤面しながら、昌吉を肘《ひじ》で小突いた。

「そんなに褒められちゃ、困っちまうなぁ。鼻がむずむずしてくらぁ。まあよ、『東都名所』じゃねえのがちょいと不満だがなぁ」

「いえ、『東都名所』も」

「いいんだよ、おめえがおれの画を気に入ってくれたのが嬉《うれ》しいんだ。銭勘定しか出来ねえ版元に気に入られるよりも、おめえみたいな小ちゃいのに見る眼があるってのが嬉しくてたまらねえ」

重右衛門はうんうん頷いた。

「何軒もの絵双紙屋で広重師匠の住まいを教えてくれと、頼みました。そのうちの一軒のご主人が、いつも行く湯屋を教えてくれたのです」と、昌吉が恥ずかしそうに俯いた。

「まあ、わしは、早く画で稼いでくれりゃいいと思っているだけだ。今年、仲次郎にすっかり家督を譲ることになったのだ。この同心長屋を出る約定を交わしたのは覚えておるかの？」

膳に早速箸《はし》を付けた十右衛門は続けて、

「いっぱしに稼げるようになったら、ここを出ても、いくばくかの銭は入れてくれるだろうしな。仲次郎は父親のわしに似たせいか、火消は得意だが、画の内職は出来ぬ。お前の画才は、つまり婿《むこ》の源右衛門から譲り受けたのだろうなぁ」

美味《うま》い美味いと鯛の身をかみしめ、顔をほころばせた。

重右衛門は舌打ちをしたが、

「そうですねぇ。八朔の馬献上が終わったら、長屋を出て行きますよ。その頃には、もう安藤重右衛門の名も捨てて、おれは歌川広重、一立斎広重でやって行きます」

そう言い切った。

「昌吉さん、せっかくのお祝いなのだから箸を付けてくださいな」

加代が促すと、昌吉は膳の上をじっと見つめ、いきなり大粒の涙をこぼし始めた。

「おいおい、どうしたってんだよ。何を泣いていやがる」

「嬉しいのでございます。こんなにしていただいたのが、嬉しいのでございます。おいらは、師匠の元で懸命に修業をして、立派な絵師になります」

あらまぁ、とんだいい子じゃないかえ、ねえと、おしづまでがもらい泣きをした。

まだ、何かいいたそうだった十右衛門は、顎《あご》を引き、ひと言「酒だ」と、盃をおしづに突き出した。

重右衛門は隣にちょこんと座る昌吉に、鯛の身をほぐしてやったり、自分の小鉢を分けたりするのが楽しくてたまらなかった。仲次郎の世話もしてきたが、やはり祖父の子というのは拭い去れなかった。

でも、こいつはおれの初めての弟子だ――おれの画に惚《ほ》れて来てくれた子だ。加代をちらと見ると、こちらに優しい眼を向けていた。だが、その奥にはわずかに哀《かな》しみがあるように思えた。

それがなぜかは、重右衛門にはわからなかった。

その夜、重右衛門は夜具の中から、加代に声を掛けた。灯りはないが、雨戸の隙間《すきま》から差し込む月の光が寝間に一本の筋を映していた。

「まだ起きてるかい？　今日はありがとうよ。昌吉がよ、帰りしな、ご新造さまに美《お》味《い》しかったと伝えてほしいっていってたよ」

加代は背を向けて、黙っている。

「なんだ、もう眠っちまったのか？」

重右衛門は箱枕《はこまくら》を退《の》けて、腕を枕に天井を見上げた。

「まあいいやな。こっから先は独り言だ。うるせえかもしれねえが、我慢してくんな。『東都名所』はなぁ、おれにとって賭《か》けだった。美人画、役者絵に比べると昔から、名所絵は劣るといわれていた。画料も安い。ただな、おれがあのベロ藍で化けられると思ったのは、まことのことだ」

へへっと重右衛門は薄く笑った。

「おれはよ、喜三郎に、画は内職だといったんだ。そしたらあの喜三郎が怒ってよ。町絵師を愚弄《ぐろう》したって怒鳴られた」

加代は少しも動かない。

「本音の本音は、悔しくてたまらなかった。国貞、国芳、北斎の爺《じじ》い。なぜおれは認められねえ。足りねえものはなんだ。なぜ、画が売れねえんだ。頼まれた仕事に手を抜いたことは一度もねえ。豊広門下であることを恨み、貧乏同心を恨んだ」

けどよ、恨んだっていい画は描けねえ。恨みじゃ巧《うま》い画になんかなりゃしねえ。

「摺師の寛治とぼかしの工夫をしている時、心の底から、湧《わ》き上がるものを感じた。おれが作った江戸の空の色は、いつもてめえたちが見逃している空だと。おれの描いた江戸の町の風景は、いつもてめえらが気づかねえ風景だと。それがそのうち伝わると思っているんだ。あのベロ藍を活《い》かしてやりてえ。なんたって、摺り上がった時の満足はこれまで感じたことがなかった。役者も女も国貞に負けるはずがねえと口ではいいながらも、いつもてめえが劣っているのを知っていた。けどな、ベロ藍がおれを化けさせてくれると感じた。おれの画を彩る色を見つけたんだ。だから、もっと描きたい。いまほど、描き倒したいという気持ちになったのは初めてだ。おれはよ、朝湯が好きで、金使いも荒くて、何かあるとふらっと出て行っちまう癖があるけどよ」

おめえがいるから、といおうとした時、はあ、と加代が大きく息をした。

「昌吉さんは、愛らしく、聡明《そうめい》なお子ですね。男の子ってあんな感じなのでしょうか」

重右衛門はぎょっとして、加代の背中を見た。あの哀しい眼は我が子のない寂しさか。

「なんだか、経文のようなものが聞こえておりましたので、いまふと目覚めました。何かおっしゃっておりました？」

重右衛門はぶんぶん首を横に振った。背を向けたままの加代が肩を揺らす。

「聞けば、母上と姉だけの暮らしだそうで、父上は亡《な》くなったとか」

「おめえ、いつ訊いたんだよ」

「お前さまが厠《かわや》へ行っていた時に。提灯屋の職人が後を継ぎ、その手伝いをして暮らしを立てているそうです」

「ガキでも苦労しているんだな。それで絵師を志すなんてのは、相当画才があるんだろう」

加代が身を回した。

「どのような画を描くのか知らないのですか?」

「弟子になりてえって懇願されちゃあ、駄目だとはいえねえだろう。まあ、昌吉を可《か》愛《わい》がってやってくれよ、な」

ええ、もちろん、といいつつも加代のため息が座敷に響いた。

しかし、加代のため息を霧散させるほど、昌吉には画才が備わっていた。重右衛門の『月に雁』を写したといって、翌朝持参したのだ。

遠慮がちに差し出した昌吉の画を眼にして、加代も重右衛門も驚いた。

「羽の細かさ、鳥の動き。こりゃすずげえ。きちっと描き続けりゃおれの代筆だってできそうだ」

加代も昌吉の画に見入った。

「ええ、ほんに。代筆が入り用なほど、お前さまが人気絵師になっていればのお話ですが」

加代の珍しい軽口に聞き捨てならないものを感じたものの、それよりなによりこの昌吉の才を伸ばしてやりたいと思った。

どうやれば、昌吉を一人前の絵師に出来るか。まだ己自身も画料だけで飯を食ってはいけない半端者《はんぱもの》だ。けれど、自分を慕って来てくれたこの子どもに、画を描く楽しさ、上達する嬉しさを教えたい。武左衛門と競うように描いた日々を思い出した。

早く、画号も与えたい。

画室で臨画をさせたが写生もさせた。加代は迷惑顔をしたが、魚屋から買った魚も青菜も、まずは写させた。十右衛門が肴《さかな》に購《あがな》ったするめも、だ。

重右衛門は、二日に一度、同心長屋から昌吉を外に連れ出し、描きたい物をどんどん描かせた。寒風が吹けば揺れる木々を描かせ、春の名残の雪が降った日には、日本橋を遠景にして写させた。

「お前は、ここに立った時、何が見える？　何を描きたいと思う？」

画帖《がじょう》を持った昌吉に訊《たず》ねる。

「雪が積もった家々の屋根と日本橋。けれど、白だらけでは何も」

「だよなぁ。天気が良ければ、富士も見えるかもしれねえが、雪の厚い雲で閉ざされちまってる。でもあそこには富士の霊峰があることを江戸の者は皆知っている。それを雪が見えなくしていることを考えなくちゃな。それと、雪は白い。けど白は色がないってのは間違いだぜ。白って色がちゃんとある。傘を見ろ、青も赤も紫もある。そうした色が白を引き立てる。白が見えてくる。雪の色が見えてくる」

「白という色がある。すごく面白いです」

「あっちじゃ、雪だるまを作っている童たちがいる、こっちにゃ寒さに震える女たちがいる。どっちをおめえは描きたい？」

「遊んでいる子どもたちを。冷たい雪でも楽しく思えます」

重右衛門は昌吉の頭を撫《な》でる。

「ならそれを描けばいい。雪は冷てえ。町を包み、静けさを運んでくる。が、子どもにとっちゃ逆だ。楽しい遊びができる。雪の日はこんなに面白いって画を描けばいいのさ。雪だけじゃねえぞ。雨も目に見えるか見えないかの静かな雨、ひとすじに降りそそぐ激しい雨がある。風も日輪もだ。そうしたものを見続けるのが、絵師が持ってなきゃいけねえ眼だよ。それから紙の上に、なにを中心に据えるか。なにを一番に伝えてえか。それが絵組だ」

「はい」と、昌吉は矢立から筆を出す。

昌吉は十とは思えないほど巧みな筆遣いをする。

聞けば、昌吉の父親は、提灯に、屋号の他、花鳥などの意匠を頼まれて描いていたらしい。昌吉はそれをいつも目の前で見ていた。絵師になりたかったが、家業を継いだのだと、まだ昌吉が八つくらいの時、一度だけそういったという。

「だから、父ちゃんの思いを継ぎたいんです。おいらに才があるかはわからないけど」

と、はにかみながら話した。

健気《けなげ》な昌吉の姿に、重右衛門はうっかり涙ぐんだ。

重右衛門は十の頃、琉球人参府《りゅうきゅうじんさんぷ》の画を描いたことを思い出した。それを今は亡き父と母が褒めてくれた。昌吉の才はそれに優《まさ》るとも劣らない。

筆を運びながら、

「師匠は江戸の町が、まことに好きなんですね」

昌吉がいった。

「好き嫌いじゃねえよ。ここは、おれが生まれたところだ。それだけだ」

「そうかなぁ。だって、裏店《うらだな》からお大名屋敷まで、師匠が見て回らない処《ところ》はないでしょう。坂の途中で振り返るとなにが見えるか知っている。愛宕《あたご》神社の石段のどこが欠けているかわかってる。そんなつぶさに見ているんですから、好きなんだと、おいらは思います」

「なるほど、そうかもしれねえなぁ」

なぜ江戸の町を写すのか。ただの気晴らしとうそぶいていた。江戸を描かせろと版元に迫ったのも、描き溜《た》めた画があるから、絵組も手っ取り早いと考えていたが。昌吉の言葉で、妙に得心した。

空の色にこだわるのも、つい見逃すような景色を描くのも、江戸の町が心底好きだからに相違ない。まさか、子どもに気づかされるとは。

「よし、八代洲に帰《け》えるぞ。火の見櫓に一緒に登るぞ」

昌吉の顔が輝いた。

「どうだ。お前も江戸の町が好きか？」

「はい。こんな高い所から眺めるのは初めてです。鳥の眼からはこう見えるのでしょうか？　すごいな。きれいだなぁ。あらためて見ると、すべて描いてみたくなります」

昌吉の興奮が重右衛門にも伝わってくる。

先が楽しみなガキだ。きっと豊広の師匠もおれが門人になった時、同じように思ったに違いねえ、と自惚《うぬぼ》れながら、昌吉が懸命に筆を進める姿を優しく見つめた。雪は降り続いていたが、重右衛門の胸はどこか温かく満たされていた。

「寒くねえか？」

自分の首巻きを昌吉のか細い首に巻いてやる。筆を止めた昌吉が顔を上げ、「ありがとうございます」とにこりと笑った。重右衛門の胸がぎゅっと締め付けられる。昌吉のためにもおれは広重として立たなくちゃいけねえ。不思議とそう感じた。その一方で加代とおれの子がいたら、こんな気持ちになるのだろうか。そうも思った。

重右衛門は川口屋へ赴き、一幽斎から一立斎へと斎号を変える、その披露目をしたいと告げた。

「つまり書画会ですか。それはいい」と川口屋は、二つ返事で請け合ってくれた。会場にする料理屋、招待客などの手配はすべて任せてくれと、重右衛門が驚くほど乗り気だった。

招待客への土産は、主催者である重右衛門が用意する。川口屋は絵師や文人も呼ぶといった。

「でな、岩戸屋の喜三郎には川口屋さんから声を掛けてくれねえか」

「おや、岩戸屋さんといえばこれまで広重さんを引き立ててくださった版元さんでしょう？」

「いいんだ。おれからいうんじゃなく、川口屋さんから招いてほしいんだよ」

そのほうが喜三郎への牽制《けんせい》になる。版元はお前だけじゃないぞという見栄《みえ》だ。散々、おれを小馬鹿《こばか》にしてきたんだ、驚きやがるぞ、と呟く。

「何かおっしゃいましたか？」

「いや、独り言ですよ。じゃあ、よろしく頼みます」

如月《きさらぎ》二十三日、一幽斎広重から一立斎広重の披露目を兼ねた書画会は、柳橋の『富《とみ》八楼《はちろう》』という料理屋で催されることになった。が、当日、料理屋の前の貼《は》り紙を見て仰天した。川口屋からの口添えもあり、文人墨客が名を連ね、絵師には幼馴染《おさななじみ》でもある武左衛門の名もあったが、その中に歌川国貞と記されていた。

「こいつは――」

川口屋は招待客を教えてはくれなかった。「当日のお楽しみに」と、悪戯《いたずら》っぽく笑っていたが。

国貞とその弟子たちは、すでに座敷に揃っていて、

「この度はおめでとうございます」

国貞の高弟である貞秀《さだひで》が挨拶《あいさつ》をした。重右衛門は慌ててかしこまり「かたじけのうございます」と返した。国貞は、奥にいて煙管《きせる》を吹かしている。

重右衛門は、身震いした。豊国に門前払いを喰らった日のことが甦《よみがえ》る。もう二十年以上前だ。偶然、版元に囲まれながら豊国の家から出て来た国貞に出くわした。あの時の自信と威圧感はまったく変わっていなかった。むしろ、歳《とし》を取った分、貫禄《かんろく》が身についている。当代一の人気絵師歌川国貞。デカい。デカすぎる。

川口屋も人が悪い。国貞を呼べば、おれが霞《かす》んじまう。

料理と酒が出て、客も入った。書画会は、客から木戸銭のように銭を取る。贔屓《ひいき》の絵師や書家の筆を眼前で見ることが出来る。なおかつ、その場で書画が即売されるので、町人たちには人気の催しだった。

予想通り、多くの客の目当ては、国貞の画だった。国貞が筆を執るそばから値がついて売れていく。重右衛門は己が萎縮《いしゅく》しているのがわかりすぎるほどわかった。当代一の人気絵師としての自負が全身から溢《あふ》れ出ている。いったい誰の書画会か。

重右衛門は歯嚙《はが》みをしていた。自分の席画はほとんど売れない。文人の賛が入って初めて、仕方なく求める者がいたくらいだ。

迷いなくするりと穂が走り、女の顔が紙上に現れる。柔かな線が女のやわ肌を想起させる。何百、何千と画を描いてきた確かな線。唸《うな》らざるを得ない。

昌吉は国貞の筆運びを呆気《あっけ》にとられながら見つめていた。重右衛門は執る筆に震えが走る。

昌吉にこんな惨《みじ》めな姿は見せたくなかった。が、仕方がない。

それよりなにより悔しかったのは、お開きになったとき、

「広重師匠、これから色々と物入りでしょう」

と、国貞が売れた席画の銭をすべて祝儀として置いていったことだ。身体中の血が逆流した。

おれは物乞《ものご》いじゃねえ、と突っ返してやりたかったが、十両近くはありそうだった。重右衛門の売り上げは三両にも満たなかったというのに。己の惨めさを胸の奥に押し込み、丁寧に辞儀をして、

「お言葉に甘えさせていただきます」

と返した。この屈辱をなにで晴らすべきか、絵師は画才だけではないものも身につけねば。人品か？　いや、ありあまる余裕か。

玄関まで国貞とその弟子を見送りに出ると、

「いつか双筆《そうひつ》が出来るといいですな。おれが女を描いて、師匠が名所を描く」

国貞がいった。取り巻きの版元たちは、それは面白いと手を叩く者もあれば、やはり同門ですからなぁ、豊国豊広師匠おふたりもお喜びだ、すぐにそれはうちでやりま

しょうと色気を出す者もいた。蠅《はえ》のように鬱陶《うっとう》しい奴らだと思った。今をときめく国貞におべんちゃらをいって、機嫌を取っているのがありありと見える。

馬鹿くせえが、これが町絵師の世界だと、まざまざと見せつけられた気がした。国貞は不安や嫉妬《しっと》に身悶《みもだ》えしたことはなかったのか。ああ、二代豊国を初代の養子に掻《か》っ攫《さら》われたことが、さらに国貞を国貞たらしめたのか。容貌《ようぼう》がいっそいいだけに、余計小面憎《こづらにく》い。

皆が帰ったあとで川口屋と少し話をした。

「岩戸屋さんはお忙しいということで、残念ですがと言伝《ことづて》を」と、川口屋がいった。

なにが忙しいだ。暇な絵双紙屋のくせに、と悪態をつく。しかし、どこかで安堵《あんど》もしていた。飛ぶように売れる国貞の画を、指を咥《くわ》えて眺めている己の姿など見られたら、またぞろ皮肉が飛んできただろう。

武左衛門の画もそこそこ売れていた。それもなにやら悔しかったが、岡島林斎という画号で町人たちには人気がある。本来、狩野の絵師は、町絵師の催す書画会には列席しない。御用絵師としての格があるからだ。重右衛門の友人として顔を出してくれたのだ。招いた版元の幾人かに、「林斎師匠と幼馴染とは。仲立ちをしてくださいよ」

と、頼まれた。その前に、おれに画を頼め！　と怒鳴りたかった。

武左衛門はお役目で中座したが、

「ともかく名所絵の一立斎広重を披露したんだ。これだけ版元が集まったのは川口屋さんのおかげかもしれない。が、『東都名所』は確実に版元たちと国貞の興味をそそったんだとおれは思う。でなきゃ、多忙な国貞が弟子を引き連れてくるか？　ここが踏ん張り時だ。可愛い弟子も出来たんだしな、気張れよ」

国貞に軽く会釈《えしゃく》をした後で、重右衛門の眼を真っ直《す》ぐに見据えた。

昌吉を伴い、帰路に着く。国貞のおかげで、懐《ふところ》は温かい。これだけあれば当面は凌《しの》げそうだ。八朔御馬進献の時の土産代にもなる。そこは感謝しておくか、と思った時、

重右衛門が「あっ」と声を上げた。

提灯持ちをしていた昌吉が驚いて振り返った。

国貞――が、おれに。

「おれが女を描いて、師匠が名所を描く」

そういった。そうか武左衛門のいう通り国貞は、おれの名所絵を認めているってことだ。

重右衛門は思わず拳《こぶし》を握り締めた。あの、国貞がおれを認めたのだ。

「昌吉、何が食いてえ。銭はたんとあるんだ。好きなものをいえ」

「師匠、料理屋に行ったのですよ。おいらはお腹《なか》いっぱいです。それにそのお足は」

「ガキが生いうんじゃねえ。嬉しい時は祝うんだ、うむ」

重右衛門が手前勝手に頷くと、昌吉が袂《たもと》を引いた。

「どうした？」

「あれ、あの女の人」

昌吉が指を指して、自信なさげにいう。見ると、提灯を手に御高祖頭巾《おこそずきん》をした女がひとり、少し先の質屋から出て来た。

加代だった。

むろん、その夜、床を並べながらも重右衛門は何も質《ただ》せなかった。ただ、加代の夜具に潜り込み背中から腕を回して抱きしめた。

二

書画会で一立斎の披露目をしたが、名所絵の依頼は未《いま》だになかった。重右衛門は再度川口屋に江戸を描きたいと迫った。だが色よい返事は聞かれなかった。書画会で知り合った版元にも赴いた。運よくもらえたのは、魚尽くしの短冊だ。

日だけがいたずらに過ぎて、八朔御馬進献のため、旅支度を整えた。

十三で家督を継ぎ、隠居の年月も入れ二十三年。火消同心としていくつ火事場に出ただろう。いち早く駆けつけ消火にあたり褒賞《ほうしょう》を得たこともあった。武士として、これが最後の仕事になる。だが寂しいという思いは不思議と湧かない。初めての遠出に心が浮き立っているからであろう。馬を連れているため、往路は大井川を越さずに済む中山道から京へ向かい、復路は東海道を下る。

重右衛門は休息の度に画帖を広げ、筆を走らせた。深山幽谷、薄暮、落葉、あらゆるものに眼が引かれた。描かずにはいられなかった。

日頃の鬱憤を晴らすかのようでもあった。描いて気を鎮《しず》める他はなかった。

それでも、初めて見る景色は刺激的だった。宿場を通る度に、見えるものはすべて描いた。風も雨も、揺れる木々も切り立つ岩肌も。墨壺《すみつぼ》の墨が途中で切れれば、唾《つば》で薄めてでも描いた。

周りの同心たちは、初めのうちは珍しそうに重右衛門の筆運びを見ていたが、道中が進むうちに、さすがに飽きたというより、呆《あき》れ返り出した。

「安藤どの、いい加減にせぬと置いて行くぞ」

同道する者から叱咤《しった》されるまで、その場を動かずに写した。その姿は、気が触れているのではないかと他の者たちに思わせるほどだった。

ひと月あまり後、京から戻った重右衛門の姿を見るなり、加代は旅の労をねぎらうより早く、

「保永堂《ほえいどう》さんという版元がお帰りをお待ちです」

そういった。保永堂？　と、重右衛門は呟いた。

じつは、と加代が恥ずかしそうにいう。

「もう、おまえさまもご存じなので申し上げますが、わたくしが通っていた質屋の縁戚でございます。竹内孫八《たけのうちまごはち》として、家業の質屋は継がずに絵双紙屋になられた方で、南新堀《みなみしんぼり》で店をお開きになっております。わたくしが、歌川広重の女房ということがたまた知られまして、それで」

埃《ほこり》だらけの旅装も解かぬまま、重右衛門は唖然《あぜん》とした。

「こりゃ、すげえな。質屋が結んだ縁か。そんなものもあるんだな」

ははは、と空笑いする。

「大きな仕事をお任せしたいと。これは歌川広重にとって、大事な仕事になると」

「ともかく、旅の垢《あか》を流してくらあ。湯屋へ行ってくる」

まだ狐《きつね》につままれたような気分になりながらも、湯屋へ出掛けた。

旅の疲れもそのままに、八ツ（午後二時頃）の鐘を聞きながら南新堀に足を向けた。

保永堂はすぐに見つかった。間口の狭い、小さな絵双紙屋だ。

大きな仕事だと？　こんな小さな絵双紙屋が吐《ぬか》しやがる。喜三郎の所とは大違いだ。

店の中を覗《のぞ》いていると、重右衛門の『東都名所』が吊《つ》るされていた。

おいおい、まだ、おれのが吊るされていやがる。

孫八ってのは存外悪い奴じゃねえのかもしれねえなぁ、といい心持ちになった重右衛門の背に、

「もしや、広重師匠で？」

と、明るい声が飛んできた。

振り向き、「いかにも歌川広重だが」と厳しい声で返すと、歳は五十ほどか、ひょろりとした色白の隠居然とした男がにこにこしながら立っていた。枕絵や艶本《えんぽん》好みな感じだ。

「ようやくお会いできました。ささ、狭くてむさ苦しいところですが、上がってくださいまし」

と、調子よく重右衛門を促す。

店先から奥の座敷に通されると、

「あたしのことはご新造さまから？　そうでしょうそうでしょう。店が小さいと思われましたか？　ええ、まだまだ新参者でしてね。これから皆様に仲間入りさせていただこうと思っておりましてね」

重右衛門も口は回るが、保永堂竹内孫八はそれ以上だった。重右衛門が口を挟むいとまを与えないのだ。まるで、何か訊かれるのを避けているようにも感じる。

わずかに不安が過《よ》ぎる。

「まあ、新参ですから、ほとんど錦絵《にしきえ》は出しておりません。ですが、あたしは、広重師匠と仕事をしたい。皆様をあっといわせるような錦絵を出したいと思っております。ぜひ受けていただきたい。受けていただけますね」

保永堂は身を乗り出し、重右衛門を見る。口元には笑みを浮かべたままだ。

「待て。そうぽんぽんいわれて、はいそうですかと請けるわけにはいかねえ」

えっと、保永堂が眉間に皺を寄せて、身を引いた。

「聞くところによると、広重師匠は同心長屋を出なければならないのでしょう？　絵師として身を立てていくのなら、そろそろ大きく当てないと、ご新造さまがおかわいそうだ」

加代が通う質屋の縁戚だ。そういう話は筒抜けなのか。にしても、ぺらぺら内証を話す加代じゃない。どこから、聞きつけたものやら。

「ご新造さまをお疑いになってはいけませんよ。あたしが調べさせたのですから」

顔色を読んだのか。抜け目のねえ男だ。こうなったら、断るも請けるも、話次第だ。と、重右衛門は足を崩して胡座《あぐら》に組んで、ぎろりと保永堂を睨《ね》めつける。

「おれになにを描かそうというんです？」

保永堂は、嬉しそうに口を開いた。

「日本橋から、東海道の五十三の宿場、そして京の三条大橋の五十五の揃い物です」

「お、おれに東海道を描けっていうのか？　んなもん、膝栗毛《ひざくりげ》の挿絵じゃあるめえし、なんで十返舎一九《じっぺんしゃいっく》の尻《しり》を追わなきゃなんねえんだ」

重右衛門は、呆気にとられた。

「師匠、あなた、川口屋さんから出した『東都名所』だって大して当たらなかったじゃありませんか。後摺《あとず》りなんざ出ちゃいませんよね？　それにね、膝栗毛は弥次喜多《やじきた》の滑稽《こっけい》な物語と各宿場の風景が皆の眼を楽しませ、旅心を刺激したんですよ」

重右衛門が押し黙る。

「ベロ藍《あい》使って、鳴り物入りで名所絵を出したのには感心しました。しかし、それでも鳴かず飛ばずとくれば、版元だって見限る。広重師匠は名所で化けたとはいわれていない。むしろ、役者も駄目、美人も駄目。最後のあがきで名所ときたが、しかし江戸ではどうにも、という意見が多いんじゃないですかね」

書画会も国貞師匠のひとり舞台だったと伺っております、と重右衛門にとって耳の痛いことを平気で口にした。

重右衛門は脚に載せた拳を握った。おれはどうして糞味噌《くそみそ》にいわれ続けているのだろう。なんだってそうだ。文句つけるのだけは一人前って版元が大勢いる。なら、てめえが描いてみろってんだ、と幾度喉《のど》から出かかったかしれない。重右衛門は拗《す》ねた口調でいった。

「北斎の爺いがいけねえんだ。『冨嶽《ふがく》三十六景』なんて続き物を出しやがったから、おれのが霞んじまっただけだ。おれの『東都名所』はいい出来だった。町人どもに見る目がねえってことだ。江戸の名所のよさがわからねえんだ」

はて、それはどうですかね、と保永堂は初めて不機嫌に唇を曲げた。

「北斎翁《おう》の冨嶽でも、江戸から見た富士はありますよ。見る目がないのは、広重師匠とて同じ」

なんだと、と重右衛門はいきり立ち、片膝を上げて、どんと足をおろした。

「芝居の見得じゃあるまいし。大部屋役者だって、もっと上手《うま》くやりますよ」

「なにがいいたい」

「あたしは、絵師をないがしろにしようなんて思いません。あたしたちの考えること、商売になりそうなことを画にしてくれるのは絵師ですからね。広重師匠の江戸の名所という目の付け所は、感心はいたしましたけれども」

「いまさら持ち上げたって、なにも出ねえぞ」

突き放すようにいったものの、まんざらでもないように立てた膝をおろして、再び足を組んだ。

「まあまあ、その話とは別ですよ。これを見てくださいまし」

保永堂は立ち上がり、帳場に置いてあった綴《と》じ帖を手にして、重右衛門の膝前に置いた。訝《いぶか》しい顔をしつつ、丁を繰った重右衛門は驚いた。錦絵がどこでどれだけ売れているか調べたものだ。

「一目瞭然《りょうぜん》でしょう。広重師匠の『東都名所』は増上寺周辺の絵双紙屋での売れ行きがいい」

増上寺周辺には昔から絵双紙屋が多く並んでいた。武家や町人の旅人が往《ゆ》き来《き》をする場所であるからだ。役者絵、美人画などは大量に買っても重くならず、かさばらない。やはり江戸土産として買われたのだ。重右衛門は得心して顔を上げた。

「後摺りは確かに出てはおりませんが、これを見ると、決して売れ行きは悪くない。どうです、師匠。膝栗毛の後追いといわれるのは承知で、五十三宿を描いてみてはいかがですかね。江戸の町人にはまず、他の名所を見せる。今は、江戸へのこだわりは捨てて、様子見としてもよろしいのではありませんかね」

十返舎一九の『東海道中膝栗毛』が版行されたのは、享和《きょうわ》二年（一八〇二）。神田に住む弥次郎兵衛、喜多八、二人の珍道中を描いた滑稽本だ。作者の十返舎一九は昨天保《てんぽう》二年（一八三一）に鬼籍に入った。が、東海道の他金毘羅詣《こんぴらもうで》に木曾《きそ》道中、中山道と、弥次喜多の旅物語は、二十年にも亘《わた》り書き続けられた。人気の理由は、挿絵と物語が庶民の旅心を大いにそそったからだ。

富士講、大山講、伊勢参り、善光寺参り——。寺社参詣《さんけい》という理由であれば、手形も容易に入手できるようになった。街道も整備が進み、難所はあっても歩いて行けなくはない。江戸の庶民はますます旅に飢えている。

だが、絵師にとって東海道は目新しい画題とはいえない。手垢だらけだ。

と、保永堂は、これまでの柔和な表情をがらりと変えた。

「売れるものを売る。それが版元です。広重師匠が東海道を描きたくないのならば、代わりの絵師を立てましょう。いくらでもおりますよ」

代わりの絵師を立てる、ということはもしそいつの東海道が当たれば、もうおれに注文はない。断れば、次の仕事を待つことになるが、それとて、いまのおれでは声をかけてもらえるかどうか。ぐぐ、と喉の奥から妙な声が洩《も》れた。

「なら、いくらでもいる絵師に東海道を上らせるつもりかよ」

保永堂は、ふふふと含むように笑った。

「冗談いっちゃいけませんよ。誰が東海道での銭を出すんです。考えてもごらんなさいよ。町絵師を旅に出したらどうなりますかね」

ん？と眉間《みけん》に皺《しわ》を寄せ、考えた。宿場ごとにたらふく呑《の》んで騒いで、妓《おんな》を買って。賭場《とば》でもあれば遊びに行く。

「答えは容易《たやす》い。飲む打つ買うの三拍子。そんな者に銭を出すほど甘くはない」

「なら、どうすんだ。版行なんぞ出来やしねえぞ」と、重右衛門は突き放す。

「ですから、広重師匠に白羽の矢を立てた。なんたって、お役目で京に行ったではありませんか。きっとあちらこちらで筆を執ってきたはず。初めての旅、初めての景色。絵師の腕が疼《うず》かないはずがない。あたしも、戯《たわむ》れに四条《しじょう》派を嗜《たしな》んだので、僭越《せんえつ》ながら絵師の気持ちは多少わかりますよ」

保永堂は重右衛門を楽しそうに見た。なにもかも見透かしていやがる。四条派なんぞ、格好つけやがって。

「画題は『東海道五拾三次《とうかいどうごじゅうさんつぎ》』です。どうでしょう?」

重右衛門は唇を噛み締める。

いまは、三枚綴《つづ》りだって、いや一枚絵でもいまのおれにとっちゃありがたい。それが五十五枚の揃《そろ》い物ときた。とんでもねえ大仕事だ。こいつを足掛かりに出来たなら。

南新堀の保永堂を出て、広重は空を見上げる。陽が暮れかかり、青の色が薄れて見える。

それにしても、保永堂だ。こっちの足下をしっかり見やがって。色白の顔で、

「初めての旅、初めての景色。絵師の腕が疼かないはずがない」

と、いけしゃあしゃあと言い放った。まったく、その通りだ、と毒づいた。その上、

「ベロ藍もふんだんに使っていただいて結構。『東都名所』でぼかし摺りを施した摺師さんにはこちらからもお願いしたい。彫の工房のご希望はございますかね? それから絵組はすべて広重師匠にお任せいたしますよ」

「そんな大口叩いていいのかい? 後から、これは出来ねえなんていわねえよな」

保永堂は眼を細めて笑みを作った。その目付きにむっと唇を歪《ゆが》める。

「笑い事じゃねえだろう。周りを驚かせてえ気持ちはわかるが、書物仲間や書物問屋もあるんだ。あんたは新参の絵双紙屋だといったろう？　差し出た真似《まね》をすれば、潰《つぶ》されるんじゃねえのか」

「なに、ご心配いただくには及びませんよ。此度《このたび》は仙鶴堂《せんかくどう》さんとの合版になっておりますのでね」

保永堂がさらりといった。重右衛門は、思わず口を半開きにした。仙鶴堂といえば、老舗《しにせ》中の老舗だ。元は京の書林だったが、江戸店を出してから、もう幾年か。たしか万治《まんじ》の頃だったはずであるから、百七十年はゆうに経《た》つ。当時の絵師といえば、菱川《ひしかわ》師宣《もろのぶ》、鳥居の一門。まだ今のような錦の絵ではなく、後から着色をする丹絵《たんえ》の頃からの書物問屋だ。

なんともはや、根回しはすっかり終わっているということだ。やっぱり抜け目のない男だったと、重右衛門は保永堂の皺のない生白い顔をじっと見据える。

「ならば、仙鶴堂の主《あるじ》、鶴屋《つるや》喜《き》右衛門《えもん》はおれが描くことを承知しているのかい？」

「そりゃあ、もちろんです」

「仙鶴堂はおれのことをなんていってた」

すると、保永堂は勿体《もったい》ぶった言い回しをした。

「そこなんですよ。あたしはね、師匠の画をとっくり見ていただきました。喜右衛門さんは無論、豊広師匠の門人であった師匠の名を知らぬはずがありませんからね。その上で画力も絵組もまったく文句はないとおっしゃいました。過日の書画会は国貞師匠にやられたが、と笑っておられましたが。あれは客分として招いた川口屋さんの落ち度だと」

ほうほう、老舗の仙鶴堂はなかなかわかっていやがる、と重右衛門はいい心持ちになる。

「ただ、ひとつだけ」

「ひとつだけ？　なにがあるっていうんだよ」

「これは、口にしていいのかどうか」

眉《まゆ》を八の字にして、重右衛門を窺《うかが》う。

「んなもん、おれが知るわけなかろうが！　仙鶴堂はなにをいったんだ」

おれは、これまで散々腐されてきた。女に色気がない、役者は似ていない、もうなにをいわれたって怖かねえ、とうそぶく。腕を組み、ふんと顎を突き出した。

では、と保永堂は背筋を伸ばして、申し上げましょうと、渋面をしている重右衛門をかっちり見つめた。

「仙鶴堂の喜右衛門さんのお考えは、あたしとも通じております。ですから、ここからは仙鶴堂さんとあたしの両方の考えと思ってきいてください。すでに北斎翁は東海道を描いております。菊川英山《きくかわえいざん》、渓斎英泉《けいさいえいせん》は女のほうが得意です」

たしかにそうだ。英泉の風景は下手くそだった。

「国貞師匠はお忙しい上に名所絵を描こうと思ってはおられない。国芳師匠とて同じでしょう。武者絵で江戸中を驚かせたのですから。もっとも国貞、国芳両師匠の高弟でしたら、この大きな仕事に飛びつくでしょうが」

保永堂は表情を変え、いつの間にか商人のそれになっていた。

「先ほどもお話ししたように、わざわざ絵師に東海道の旅をさせれば、湯水のように銭を使われ、こちらが損をする。ですから、師匠のお戻りをあたしも仙鶴堂さんも待っていたというわけです」

「ちょっと待て。お上の銭で東海道を見てきたおれが一番都合がいいというわけか？」

保永堂がいきなり破顔した。

「ええ、その通りです。ああ、そこでお怒りになっちゃいけませんよ。東海道は間違いなく売れます。版元のあたしにはその自信があります。ですから広重師匠にこの話をしているのですよ。国貞師匠は團十郎や芝翫《しかん》を描く。必ず売れますからね。大部屋役者なんぞ描きません。いくら国貞師匠の筆でも版元が躍起になって止めますよ」

ははは、と保永堂は笑う。

書画会で嫌というほど見せつけられた国貞の余裕。あれは二十年以上、絵師として人気を保って来た、裏打ちされた自信の為《な》せる技だ。

今のおれには、まだなにもねえ。悔しいが、まったく敵《かな》わない。

「ですからね、描きたい物を描く前に名を広めなきゃいけません。町絵師が生き残っていくためには、画才だけに頼っても詮無《せんな》いことです。師匠の名にすがっていてもお情け仕事がくるくらいだ。描きたい物と描かなきゃいけない物があるんじゃないでしょうかね。売れるとわかっているなら、意に染まない物でも筆が執れる、それが町絵師でしょう？　東海道は広重師匠にとってその契機になるとあたしも仙鶴堂さんも思っているのです」

保永堂は重右衛門を探るような眼を向けた。一言も返せなかった。

「さて、あたしは店を閉めて、家に帰ります。ご苦労さまでした。それでは色好《いろよ》いお返事をお待ちしておりますよ」

勝手に話を打ち切った保永堂が立ち上がった。

重右衛門は袖手《しゅうしゅ》をしながら歩く。長々と息を吐く。
なにゆえ、おれはあの場で即座に描くといわなかったのか。なにを拒んでいたのか。
いやいや、保永堂の胡散臭《うさんくさ》さも感じていたのかもしれない。
職人たちが家路を急いでいる。棒手《ぼて》振りも空の籠《かご》を揺らしながら歩いてすれ違って行く。

さり気ない暮らしが見えてくる。大戸を下ろし始めた店、裏店の者たちは通りの縁台で大徳利《おおどっくり》を傾けながら、将棋を指している。重右衛門は眼でその風景を切り取り、四角い枠の中に収めていく。それは、もうすっかり癖になっている。

海賊橋《かいぞくばし》の上でふと重右衛門は立ち止まり、鼻をすんすんさせた。きな臭い。風に運ばれてきたのか。そろそろ夕餉《ゆうげ》の支度をしている頃合いだ。七輪で魚を焼いているのだろう。

そんなことを思って歩いていると、腹が減って来た。当然だ。京から戻って、すぐさま保永堂へ行ったのだ。それなのに茶の一杯も出なかった。なんて吝嗇《けち》な奴《やつ》だ。そんな男からベロ藍をふんだんに使って構わないといわれても、容易く得心が出来かねる。もっとも、保永堂は仙鶴堂に銭を出させる腹づもりなのかもしれないが。やはり、どこか信用ならない気がした。

無事に帰った亭主のために、加代はなにを出してくれるだろうか。酒はもちろんだが、冷えた白瓜《しろうり》と海老《えび》しんじょの葛餡《くずあん》かけか、それとも蒸した鮑《あわび》か。いやいや鰻《うなぎ》もいい。鰻巻《うま》き、鰻ざく。考えるだけで唾が口中に溢れてくる。ああ、早いとこ食いてえなぁ。

腹を押さえて足早に海賊橋を渡りきったとき、半鐘が鳴った。擦半《すりばん》だ。近い。行き過ぎる人々も足を止める。重右衛門の全身をなにかが貫く。あのきな臭さは火事だったのだ。

「あっちだ！」と、肩に道具箱を担《かつ》いだ大工とおぼしき男が南の方角を指して叫んだ。

重右衛門はその場で振り返った。夕暮れ間近の白っぽい空に煙が上がっていくのが見えた。その下でちろちろとあたりを舐《な》め回すように赤い炎が揺らいでいる。

南茅場町《みなみかやばちょう》だ。通って来たばかりの所だ。即座に身を翻《ひるがえ》し、元来た海賊橋を駆け足で渡る。

すでにこちらに逃げて来ている人々に行く手を阻《はば》まれる。

「邪魔だ、邪魔だ。どきやがれ！　道を開けろ」

重右衛門は怒鳴り散らし、右往左往する人々で溢れ始める通りを掻き分けながら走り抜ける。風が生温《なまぬる》い。だが微風の南風だ。これならあまり延焼はしまい。

半鐘はまだ続いている。茅場河岸《がし》に至る通りに大番屋がある。

重右衛門がいきおいよく大番屋に飛び込むと、中にいた町役人どもが眼を丸くした。

「ど、どちらさまで？」

書役らしき年寄りが恐る恐るいった。問いには応《こた》えず、中を見回し、壁に掛けられていた幾本かの鳶口《とびぐち》を見つけると、すぐさま一本を手に取った。

「なにをしやがる、ここは大番屋だぜ。お侍」

血の気の多そうな下役の若い男が食ってかかってきた。

「うるせえ」と、重右衛門が睨め付けた。

「てめえらの耳にも半鐘が聞こえてるんだろうが。なにをもたもたしていやがる。今ここに繋《つな》いでいるのは幾人だ？　ああ。さっさと答えねえか」

むぐっと若い男が言葉を詰まらせる。

大番屋は、調番屋《しらべばんや》とも呼ばれるが、未決囚や軽微な罪状の者らを収監するための牢《ろう》も設けられている。

「ええと、男が五人、女が二人です」

重右衛門の剣幕に気圧《けお》された若い男が応える。

「よし。いいか、火元は近い。危ねえときには罪人だろうと解き放て。命が先だ」

「はい。承知いたしております」と、年寄りの書役が頭を下げた。

「頼んだぜ。ああ、そうだ。たすきを出せ。早くしろ」

鳶口を帯の背に差し入れ、袴《はかま》の股立《ももだ》ちを取り、不機嫌そうな下役から渡されたたすきの端を口で咥えて、くるりと掛けた。

身を返した重右衛門に、あの、と書役が声を掛けてきた。

「なんだよ、こちとら急いでんだよ。後だ後だ。おれぁ、やること済ませたら、こいつを返しに来るからよ、心配すんな」

重右衛門は大番屋を飛び出ると、通りへと躍り出た。

思ったより火の勢いが強い。足下の土が乾いている。このところ江戸は日照り続きだったのか。町中がからからだ。木も乾いているだろう。こいつはよく燃えるぜ、くそっ。火焔《かえん》は逃げる者たちを追い立てるように、燃え盛っていた。悲鳴と怒号が響く。京から戻ってすぐにこれか。たまらねえな。と、町火消しどもが火事場へ走っていくのが見えた。先頭を行くのは菱形《ひしがた》を十字に組み合わせた百組の纏《まとい》だ。恐怖に顔を強張《こわば》らせながら逃げ惑う人波を逆に重右衛門は進んだ。火元は、南茅場町、茅場町天神社と通りを挟んだ向かいの裏店のようだ。その辺りから、黒い煙がもくもくと空に登っていく。

なんだよ、おれの最後のお役目は御馬進献《おうましんけん》のはずじゃなかったのか。いや、そんなことを考えたってしょうがねえや。

火の粉が降り注ぎ、ぱっと炎が立つ。火が表店の屋根に飛び始めた。火消したちは竜吐水《りゅうどすい》を用いていたが、いっかな火勢は衰えず、刺子半纏《さしこばんてん》をまとった火消しが、木槌《きづち》、鳶口を使って家屋を破壊していく。めらめらと燃え上がる柱が次々打ち倒され、断末魔の声をあげる。

土埃と火の粉が視界を遮り、身体《からだ》を焼き尽くすような熱風が襲いかかってくる。火に触れなくとも、あたりは灼熱《しゃくねつ》の地獄だ。火消したちは互いに鼓舞しながら、家屋を手際《てぎわ》よく崩していく。すこしでも延焼を防ぐための方策だ。

ふと、上空に視線を向けた。きれいに並んだ鳥たちが、風の流れに乗って翼を広げている。火が向かう方角が知れる。

「頭、頭はいるか！」

重右衛門が叫ぶと、百組の半纏を着けた者が振り向いた。白髪混じりの髷《まげ》だが精悍《せいかん》な顔つきをしている。

「どなたさんで？　ここは火事場だ。お侍さまでもすっこんでいてくんなさい」

「おれは、火消同心の安藤重右衛門だ」

「こりゃ、失礼いたしました。あっしが差配しております。なにか」

重右衛門に向けた厳しい顔つきが、変わる。

「風が変わるぞ。東側を壊した方がいい」

頭はむっとして、眉間の皺を深くした。

「冗談じゃありませんぜ。南風だから、北側じゃなけりゃいけねえ」

「激しい炎は、周りの気を巻き込む。それは風向きだけでは見当がつかない。どこに飛び火するかはわからん。南風じゃねえ、西風になる」

頭は疑わしげな眼つきをして、重右衛門を見やる。

「あっしは火消しの頭を二十年務めていまさ」

「おれだって、十三のころから二十年、火消同心をやってるよ、こん畜生が」

重右衛門と頭は睨《にら》み合った。と、そこへ中年の火消しが息せき切って走ってきた。

「お頭、火の回りが早え。北側はどこまで」

「茅場河岸の手前まで壊しとけ」

「なにをいっている。北ではない。東をどうにかしろ。風が変わってからでは手に負えなくなるぞ。霊岸橋《れいがんばし》までやられる」

熱波が顔を襲ってくる。家屋の崩れる音、怒声が飛び交う。

娘がひとり、いきなり重右衛門の足下にすがりついてきた。

「なにをしている、早《はよ》う逃げろ！」

重右衛門が厳しくいうと、娘は激しく首を横に振った。

「この裏店《うらだな》に、おっ母さんがいるんです。足が悪いんです。助けて。助けてください」

裏店はほとんど火に包まれていた。

「頭。長屋の店子は皆、逃げたんじゃねえのか？」

「そのつもりですが、ここは百も家があるんで」と、顔を固くする。

「つもりったぁなんだえ。ああ。くそう。仕方ねえ。おめえさんの家はどこだ」

「右手の一番奥になります」

重右衛門は天水桶《てんすいおけ》の水を頭から被《かぶ》った。ああ、冷てえ。ぶるると頭を振って水気を軽く飛ばし、手拭《てぬぐ》いを湿らせ首に掛けた。

「じゃあ、行ってくらぁ」

火の回った裏店の粗末な門に向かう。

「安藤さまっ」

頭の声が聞こえたが、重右衛門に躊躇《ためらい》はなかった。溝板《どぶいた》が燃え上がっている。足下から肌を痛めつけるような熱さが伝わってくる。崩れた家の屋根、柱がまだ燻《くすぶ》っていた。鳶口を振り、重右衛門は道を作る。しかし長屋は跡形もない。

右の一番奥。煙が酷《ひど》い。喉が焼けつくようだ。こりゃあ、まいった、と重右衛門は呟《つぶや》いた。もし娘の母親が取り残されていたら、助かる見込みは限りなく少ない。悲しい思いをさせるかもしれないが、亡骸《なきがら》があるのとないのとでは諦《あきら》めも違うだろう。

「おおーい、誰かいるかぁ？　返事をしてくれ」

別の場所で火消したちは消火にあたっている。まだ炎に包まれる前の家の柱に縄をくくりつけ、引っ張り倒す。安普請《やすぶしん》の家はあっという間に崩れ、もうもうと土埃が舞い上がる。

どこに隠れていたのか、鼠《ねずみ》が数匹走っていく。

「風向きが変わったぞ。東側の表店に火の粉が飛んだ。早くそっちに移れ」

頭の怒鳴り声だった。

熱風で身体があぶられる。重右衛門は濡《ぬ》れた手拭いを口に当て、腰を屈《かが》めて進んだ。

「おい、娘が捜しているぞ。声が出ねえなら、なんでもいい、合図を送れ」

この騒ぎの中、小さな音が聞き取れるかどうか、わからない。重右衛門の声とて届いているか。焦《あせ》りが出てきた。

「安藤さま、もう無理だ。長屋を皆、潰します。戻ってくだせえ」

頭が煙の向こうで叫んでいた。

戻れるもんかい、しゃらくせえ。あの娘の必死な願いを受けてしまったのだ。後には引けない。さらに奥へと進んだときだ。

「もし」と、消え入るような女の声が聞こえた。木の爆《は》ぜる音、火消しの最中の騒々しさの中にいて、聞こえるはずがない。空耳か。重右衛門はあたりを見回した。

「お助けを」

聞こえた。今度ははっきり耳に届いた。

「返事が出来るんだな。生きているんだな」

そのか細い声に導かれるように、歩を進めた。どこだ。どこだ。首を左右に振りながら、立ち込める煙の中で目を凝らした。

稲荷《いなり》の祠《ほこら》。その横に井戸があった。背後でなにやらもぞもぞ動いている。

「無事か。怪我《けが》はしていねえか」

重右衛門が駆け寄る。母親とおぼしき者の息は弱く、懸命に歩いて来たのだろう、杖《つえ》が横に転がっていた。火の粉が焦《こ》がしたのか小袖《こそで》はところどころ穴が空き、髪もちりちりになっている。店子の奴ら、足手まといになると思いやがったのか。

不人情な者どもめ。そう吐き捨てながら、母親を抱き起こす。

「お役人さま、ありがとうございます」

「煙を吸っちまう。もう喋《しゃべ》るんじゃねえぞ」

母親の顔は煤《すす》けて、白目だけが妙に目立って見えた。ごほごほ、と苦しげに咳《せき》をする。

こいつを口に当てろ、と重右衛門が濡れ手拭いを差し出し、しゃがんで背を向けた。

「ほれ、さっさと負ぶされ」

「滅相も無い。生きていても、娘に迷惑がかかるだけで。やはりこのまま置いていってください」

そういって、再び激しく咳き込んだ。

「黙れ。娘はそんなことこれっぽっちも思っちゃいねえ。いいか、もう話すな。下手すりゃ喉が焼け爛《ただ》れるぞ」

尻込みする母親に業《ごう》を煮やした重右衛門は無理やり腕を取って、背に乗せた。

まだあたりの火は衰えない。ふたりを嘲笑《あざわら》うかのように炎が揺れる。

「安藤さま、こちらへ」

頭の姿が立ち込める煙の先に見えた。腕を懸命に振っている。そうか。通り道を作ってくれたのか。重右衛門はいまだ燻る柱や崩れた屋根の間を駆け抜けた――。

「おっ母《か》さん！」

娘が重右衛門に飛びつくように走り寄ってきた。

母親を背から下ろすと、その場にへたり込む。

くずおれるように地面に腰を下ろした母親に娘が抱きついた。

「ごめんね。あたしがもっと早く帰っていれば。ああ……着物も髪も。火傷《やけど》は、怪我は、していない？」

母親は首を横に振り、重右衛門を拝むように両手を合わせた。

「お侍さま、ありがとうございました」

安堵の息を吐《つ》き、おれは神でも仏でもねえと重右衛門は苦笑した。

「さ、おふたりともここを離れなせえ。まだ、すっかり消えたわけじゃねえ」

おい、誰かいねえか、と頭が怒鳴るや、若い火消しがすっ飛んできた。

「このおっ母さんと娘さんについてやってくれ。おっ母さんは足が悪いから肩ぁ貸してやれ」

娘と母親が重右衛門に幾度も礼をいいながら、若い火消しに促され、去って行く。

「安藤さま、ありがとうごぜえました」

　頭が重右衛門に頭を下げた。

「礼なんざいらねえよ。茅場河岸まで火は回らなかったようだな」

「おかげさまで。風の流れが変わるとおっしゃっていたが、なぜおわかりに？」

「鳥の群れだ。わざわざ煙る方へ奴らだって行きたくねえのに、そっちへ飛んで行った。上空は風向きが異なると思ったんだよ。ただの勘だ」

「いやいや、場数というか、ご経験でござんしょう」

「茅場河岸の漆喰《しっくい》の白壁の蔵が並んでいるその間に、鎧《よろい》の渡しがある。あすこの景色はなかなかいいもんでな、燃やしちゃ駄目だ」

「なんとおっしゃったので？」

「なぁに、独り言よ。ああ、袂を焦がしちまった」

　笑いながら、重右衛門は右腕を上げた。

「大丈夫ですかい？　お顔も真っ黒だ」と、膝《ひざ》をついた頭が心配げに見やる。

「火傷は負ってねえよ。ただ、女房が渋い顔をするだけだ」

「どこも女房ってのは怖《こえ》えもんですな。こっちは命張って火に飛び込んでるってのに」

まったくだ、と声を上げて笑うと、頭もつられて笑い声を上げた。

「これからも頼むぜ、百組の頭」

「へい。江戸の火消しの心意気は火焰より熱いですからな」

火はだいぶ収まってきていた。ちろちろ燃える火を火消したちが打ち叩《たた》く音が響く。使える木材を無駄にしないため、燃え残った柱や板木を別の所に積み上げていた。

さて、と腰を上げた重右衛門は、焼け跡を眺めた。百軒の裏店、表店はわずかな家屋だけを残して、ほとんどが焼け落ちた。命は助かっても、今夜の飯、明日の飯はどうするのか。焼け出された者たちへの憐憫《れんびん》が湧《わ》き上がる。

「こんな姿は江戸じゃねえ。おれが見ていたいのはこんな町じゃねえんだ」

重右衛門は呟いた。

斎号を一幽斎から、一立斎に改めたのはなんのためだ。今更ながら一人立ちを誓ったからではなかったのか。名を成さなければ、銭も入らない、仕事もこない。絵双紙屋にてめえの画が置かれなければ絵師でもねえ。

どんよりとした雲が垂れ込めてきた。その隙間《すきま》を窺うかのように、落陽の光が横にたなびいている。薄黄色の輝きがことさら眩《まぶ》しい。

ああ、きれえなもんだ。

「ほら散った散った。もう火は燃え広がらねえ。安心して家へ帰んな」

鳶口を振って、野次馬を追い払う。その中に、生白い保永堂の顔があった。

「保永堂！」と声を振り絞った。

保永堂ははっとして頬を緩めたが、ずんずん近づいて来る重右衛門の形相に一瞬たじろいだ。

「おいおい、火事見物たぁ、呑気《のんき》なもんだぜ」

保永堂は愛想笑いを顔に貼《は》り付けながら、あたりを窺う。ほかの野次馬が何事かという表情でふたりに視線を集める。

「さすがは火消同心さま。ご苦労さまでございました」

「んなこたぁどうでもいい。おれはこれまで通り当たり前のことをしただけだ。けどな、おれはこの江戸の町を余すところなく描き起こしたい。おれの育ったこの江戸の風景をな。この町の上に広がる高く澄んだ、曇りのねえ青い空をな」

保永堂の襟を摑《つか》んで、唾を飛ばした。

「広、重師匠、落ち着いてくださいよ」

「これが落ち着いてなんざいられるかってんだ。お前は江戸は後でもいいといった。描きたい物と描かねばならない物があるともいった。そうだったな」

「ええ、たしかにそういいました」

「おれは、描きたい物を描くために、東海道を描いてやらぁ」

お侍、なにがあったか知らねえが、離してやれよ、親爺《おやじ》さんが苦しそうだぜ、と火事の野次馬は、重右衛門と保永堂見物に変わっている。

「すっこんでろぃ、野次馬がひんひん喚《わめ》くんじゃねえ」

そう一喝すると、重右衛門は保永堂をさらに引き寄せる。

「東海道は必ず売れるといったな」

「ええ、間違いなく」

「聞いたぜ、たしかに聞いた。その言葉、忘れるんじゃねえぞ。それから、摺師は摺政の寛治だ」

苦しげな顔で頷《うなず》く保永堂から手を離し、重右衛門は身を翻した。が、再び首を回し、片方だけ口角を上げた。

「けどな、おめえの力で売れたと思われるのも癪《しゃく》に障《さわ》る。おれの画で江戸を沸かせてみせるぜ」

三

同心長屋に帰ると、加代と弟子の昌吉が眼を丸くして、

「そのお姿は。どうなさいました？」

「何があったのですか、師匠」

と、同時に叫んだ。

重右衛門は、焦げた袂《たもと》を振り、崩れた髷を指で撫《な》で付けながら、

「いっぺんにいわれてもわからねえよ。こっちにも聞こえたろう。半鐘がよ」

やれやれと息を吐いて、履物を脱いだ。

「ええ、風向きを読んでおりましたので、こちらは大丈夫かと思っていました。けれど、まさか」

「そのまさかだよ。保永堂からの帰り道だ。南茅場町で火が出たんだ。半鐘を聞くとどうにもこうにも身体が動いちまうのが、面倒くせえ」

加代がいきなり、その場にかしこまり、煤けた顔を仰いだ。

「お役目、お疲れさまでございました」

加代は指をついて深々と頭を下げた。すると、昌吉までが加代を真似る。

「よせやい。ふたりして。まあ、裏店百軒燃えたが、人死には出ていねえのが幸いだ。それよりな、加代。おまえの質屋通いが役に立った。聞いて驚きやがれ、東海道の五十三宿をおれは描く」

えっ、と加代は我が夫をまじまじと見つめた。

「やあ、まことに驚きやがったな。なんて面《つら》してやがるんだよ。日本橋と京を合わせた五十五枚の揃い物だ。本当の大仕事だ。一立斎広重の『東海道五拾三次』だ」

そういって鼻をうごめかせた。加代はにわかに信じられないというような表情で、眼を見開き、紅も引かれていない唇をぱくぱくさせる。

「陸に揚げられた魚じゃねえんだ。で、今日の夕餉のお菜はなんだえ」

「あの、鯵《あじ》の塩焼きと青菜の塩揉《しおも》みですが」

加代は、心ここにあらずというふうに応えた。

「なんだよ、そりゃあ。しけていやがるなぁ。おれは京から戻って、火事場に出たんだぜ。そのうえ大仕事を得たんだ。めでてえと思わねえのか」

「し、師匠。おめでとうございます」

「おう。昌吉、湯屋行くぜ。水は被ったわ、煤けたわ、汗もかいたわで、気持ち悪くてしようがねえんだ。付き合え」

「はい」と、昌吉が明るい声で応える。一方の加代はひと言もなく、袂で目元を押さえた。重右衛門はからかうように中腰になって加代を覗《のぞ》き込む。

「なんだよ、泣いてんのか。湯屋から戻るまでに、もうちっとお菜を増やしといてくれよ」

加代はただ頷いた。

「めでてえのに泣くんじゃねえよ、我が女房どのは湿っぽいったらねえぜ」

それでも加代は応えず、ただ幾度も首を縦に振るだけだ。

「なあ、泣くなよ。加代、加代。おい、頼むよ。参っちまったなぁ」

重右衛門の視線を避けるように加代が身体を捩《よじ》り、「嬉《うれ》しくたって涙は出るものでございますゆえ」と、声を震わせた。

横を見ると、昌吉までがもらい泣きしている。

「てめえら、いい加減にしやがれ。笑え。笑えよ。一立斎広重はこれからだ。仕事が次々舞い込んでくる度、泣いてるつもりか。そのうち涙が涸《か》れっちまうぞ」

そういう重右衛門も泣き笑いしていた。

翌日から、猛然と五十三の宿場の下絵を描き始めた。

これを当てて、おれは描きたいものを、存分に描くんだ。

「昌吉、墨だ。墨が足りねえぞ」

はい、と昌吉は重右衛門の傍で一心に墨を磨《す》る。

品川、川崎、神奈川――。写してきた画帖《がじょう》を元に、絵組を決め、色を想起する。

「昌吉。風景はなにも奇観、美景である必要はない。何気ない風景の中にこそ、おれは見るべきものがあると思っている」

昌吉は重右衛門の筆を見つめながら、黙って耳を傾けていた。

「いいか、同じ場所に立っていても、雨や風、雪で色が変わる。春のかすんだ青空、秋の抜けるように澄んだ青空、朝と夕でも様相が一変する。おれは江戸で生まれ、江戸で育った。魚河岸の活気、日本橋通の人波。日々の暮らしを営む人々の姿もまた風景になる」

「人も風景になるのですか？」

「閑散とした三井越後屋《みついえちごや》なんざ見たことねえだろう？　宿場だって同じだ。客が一人もいねえ茶屋じゃ面白くもなんともねえ。旅人が休む姿があれば、旅の苦労が画から見えてくる」

「描く者が、眼差《まなざ》しを向けたものすべてが画になるということですか？」

重右衛門は筆を止め、

「お前、いいこといいやがるなぁ。そうだよ、飲み込みが早えな。絵師がなにを描きたいかが筆にこもる、それが、筆意だ」

嬉しそうに昌吉の頭を撫でた。筆意。武左衛門が教えてくれた言葉だ。

「よしよし、もうちっと描くぜ。もっと墨を磨ってくれ」

重右衛門は町の散策、京の旅を通じてある趣向を思いついた。東海道の宿場の風景をただ見せるのではなく、画を眼にした者が旅の気分を味わえる、あたかも己がそこにいるような気分にさせるのだ。

江戸と京を合わせた五十五図を春夏秋冬の四つの季節に分ける。そして、宿場ごとの名所に、晴天はむろん、雨雪風霧などの天候を描く。それから空だ。早朝から日没まで歩けば、空は朱から青へ、青からまた朱に染まる。空の色は一様ではない。曇天の灰色もある。季節、天候を画に盛り込むことで、景色はさらに彩《いろど》られる。見たことのある風景であっても、初めて眼にするような驚きと、時の流れ、物語をも感じさせ、実際旅をしているような心持ちにさせるに違いない。

天保四年（一八三三）、『東海道五拾三次』が日本橋から版行された。ベロ藍《あい》をたっぷりと使い、ぼかしもふんだんに入れた。寛治のぼかしの腕はさらに上がっていたのが嬉しかった。

不思議なことに、重右衛門の元に、役者絵の依頼がいきなり飛び込んできた。さらに芝神明前に店を構える喜鶴堂《きかくどう》からは、『東都名所』をもう一度やらないかと声が掛かった。

火消同心長屋の安藤家に保永堂が生《なま》っ白《ちろ》い顔を上気させてやって来た。

「師匠。大当たりですよ。せどりも絵双紙屋からせっつかれて困っているようで」

保永堂は重右衛門の姿を見るなり、そう叫ぶようにいった。せどりは、版元から版行された草子や錦絵《にしきえ》を小売の絵双紙屋へと売る、仲介業だ。

「思った以上の売れ行きです。すぐに後摺《あとず》りを出しましょう。次の版下絵はいかがですか？　出来ておりますか？」

「まじかい、そりゃ？」

「まことのまこと。あちらこちらの絵双紙屋から、次はいつだと、うちと仙鶴堂さんに押し寄せておりますよ」

あのしれっとした保永堂が興奮していた。重右衛門の身の中から熱いものが込み上げる。

「大当たり、か」

保永堂が進み出て来て、重右衛門の手を強く握りしめた。

「なにをぼんやりしていなさるんです。この勢いを止めちゃいけません。江戸の人たちは、師匠の描くああいう画を待っていたんですよ。続々後摺りが出ましょう。北斎翁《おう》の冨嶽《ふがく》を超えるかもしれません」

北斎を超えるって？　は、はは、ははは——。重右衛門は笑いながら、保永堂の手を握り返し、怒鳴った。

「加代、酒だ、酒だ。いますぐ持って来い！　足りなきゃ酒屋に行け！」

保永堂と仙鶴堂との合版『東海道五拾三次』は、日本橋から始まり、以降、出す宿場、出す宿場たちまち売り切れた。初版を増やしても追いつかず、版行したその日に後摺りが決まり、物によっては版木が摩耗するほどになった。保永堂がいった通り、大当たりを取った。重右衛門の描く箱根、三島、蒲原《かんばら》などなど各宿場の風景は、旅に憧《あこが》れる江戸の町人たちの心を鷲摑《わしづか》みにしたのだ。

いくら錦絵が売れようと、絵師には版下料しか入ってこないが、保永堂は「その代わりといってはなんですが」と祝儀袋《しゅうぎぶくろ》を出した上に、「この先は画料にも色をつけさせていただきます」といった。五十五枚の揃い物だ。わずかでも画料が上がれば、総額は大きい。

新版が出る度に、保永堂が宴を張る。今日は、洲崎《すさき》弁天の料理屋だった。遠く房総を眺めつつ、酒を飲もうと誘われた。

「仙鶴堂さんも大喜びですよ。師匠を名指ししたあたしも鼻高々ですよ。仙鶴堂さんは、はじめは難色を示しておりましたがね、あたしが引かないものだから」

さも自分の手柄だとばかりにいう。

「確かに、東海道物は必ず当たるとあんたはいった。だが、ここまでは見込んでなかったはずじゃないかね？」

重右衛門が皮肉ると、保永堂は気まずい顔をした。

「そりゃあ、もちろん師匠の画が素晴らしいものだったからですよ。なんといいますかね、情趣がありつつも面白味もある。師匠のお人柄でしょうかね、画がどこか温いんですな。さらにいえば画中の人物がそこらにいる町人そのものだ。滑稽《こっけい》な顔つきも、のんびりした表情も、皆活《い》き活きしている。見る者が画の中に入って旅をしているような気分になるのでしょうな。ええ、それはきっと間違いございません」

と、今度は重右衛門を持ち上げるようにいった。歯の浮くような世辞に尻《しり》のあたりがむずむずした。以前ならば、「褒めたって出るのは屁《へ》ぐらいのモンだ」と相手に雑言を浴びせたが、人間上り調子だと、おべんちゃらも真《まこと》に聞こえるから不思議だ。

「いいことというねえ、保永堂さん。けどな、そいつは当たり前だ」

「ほう、当たり前とは。作画の妙がございますんで？」

身を乗り出し食いついてくる保永堂を焦《じ》らすように、くいと、盃《さかずき》を呷《あお》り、ひと息ついてから口を開いた。

「おれはな、おれの見た眼で画を描いているからさ。人の眼で見える景色だからだよ、わかるかい？　おれが見ている風景を、そのまま画にする。けれど、それだけではない。雨、雪、風、霧、花、そして流れる時をその風景に載せて描き出す。例えば、蒲原宿だ」

「あすこは駿河《するが》国。比較的暖かいので、あまり雪は降らないはずですが、師匠は一面の雪景色にしなさった。しかも藁沓《わらぐつ》が埋まるほど積もらせた。あれには仰天しました」

と、保永堂がすぐさま喰いついた。重右衛門はにっと歯を覗かせる。

「あり得ないと思ったろう？　おれは最初に五十五宿を四季に分けたんだが、どうしても蒲原が冬に当たってしまってなぁ。雪が降らない蒲原だからこそ、逆手に取った。雪のない場所が白一色に染まる景色は誰も眼にしたことがない。それを表してみたいと、思ったのさ」

なるほど、と保永堂が膝を打つ。

「確かに雪景色の蒲原は見たことがないが、美しいと感じましたよ。では、今ここから見える風景は師匠の眼にはどう映りますかね」

あ？　と重右衛門は横に首を回す。

開け放たれた障子の向こうに、海と空、海上には帆掛け船、さらに遠く房総の地が見える。

「容易《たやす》いことだ。障子窓を紙に見立てりゃそのまま画になるってもんよ。そこに風を描くか、明るい光を描くか。その時の心持ちでも変わるだろうが」

ははあ、と保永堂は感心しきりに頷くと、銚子《ちょうし》を取り上げた。

「それと奥行きがまた絶妙だ。あれはやはり、師匠の豊広さんのお仕込みで？」

重右衛門は、かちんときた。

「違うな。豊広の師匠は肉筆で女を描くことが多かった。おれの画に奥行きがあるってんなら、そいつは大師匠の豊春の影響だろうな」

「ああ、画が浮いたように見える浮絵が得意だった師匠ですな」

豊春は歌川の祖だ。芝居小屋の全景を描くことでも知られ、遠景近景を巧みに表わし、人気を博した。

「それと、西洋画だろうなぁ」

「西洋画をご覧になったことがあるのですか？」

「ま、まあな」

なるほどなるほど、と保永堂がさもありなんとばかりの顔をした。重右衛門は言葉に詰まる。本物は見たことはないが、稚拙な写しくらいは目にしていた。

いま西洋画法で遠近を一番巧《うま》く取り入れているのは、北斎翁だろう。やはり貪欲《どんよく》な爺《じい》さんだ。

「この調子で東海道をどんどん上ってくださいましよ。ささ、呑《の》みましょう、呑みましょう」

重右衛門は遠慮なく盃を重ねた。しばらく雑談に花を咲かせたあと、保永堂が改まった口調でいった。

「で、東海道の次ですが、栄久堂《えいきゅうどう》さんとの合版で、近江と京都を考えているのですがね。もちろん引き受けてくださいますね」

「もう次かえ？　東海道も全部が出るにはまだ一年以上はかかるだろう」

「なにをおっしゃっているのやら。ここで、名所の広重ありと畳み込まなけりゃ」

保永堂は、眼を細めた。

「他の版元も画料をこれくらい出す、旅に出させるなどと、上手《うま》いことといって描かせようとするでしょうな。けれど、まずはうち。保永堂をないがしろになさらないでくださいよ」

物言いは冗談めかしていたが、本気が見え隠れしていた。

「でもね、師匠。断っちゃ駄目ですよ。ひとりひとり丁寧に頭を下げて、いまは手一杯だが必ずお宅のために描くというんです」

「そんなことといってたら、愛想を尽かされちまうんじゃねえか?」

「まさか。五拾三次が版行を終えるまで時がかかることくらい版元も心得ております。その間に師匠の名はもっと高まるでしょうな。一年や二年待たせたところで、どうってこたぁありません。むしろそれを見越して約束だけ取りつけたい版元も多いでしょう」

うふふ、と保永堂は含むように笑った。

やっぱり食えねえ奴だと、重右衛門は酒を口に運んだ。ちょっとぱかし苦く感じた。

保永堂のいった通り、成功を収めた重右衛門の元には、これまで見向きもしなかった版元たちが、「うちでも東海道物を」「うちは別の名所を」と、我先にと押し寄せた。

保永堂の手前、すぐに引き受けるとはいえなかった。が、内心笑いが止まらなかった。版元によっては、料理屋で一席設ける、舟遊びをさせるなど、重右衛門になんとか筆を執らせようと躍起になっていた。

重右衛門はむろん断らずに出掛ける。たらふく酒を呑み、美味《うま》いものを食べ、芸者と戯《たわむ》れた。

絶頂を極めるとはこのことだ、とひとり悦に入っていた。東海道は描くそばから売れていく。川口屋など『東都名所』を再版したという噂《うわさ》も耳にした。

こんなことが世の中にはあるのだ。

不思議と江戸の町が明るく見えた。妻の加代の顔もこの頃いっそう愛らしく見える。別にこれまでとて暗く沈んでいたわけではない。春夏秋冬、陽射《ひざ》しとてまったく変わらない。ああ、そうか。おれの心持ちが変わったのだ。これが売れるということか。世に出るということか。

加代が質屋に預けたものもあらかた請け出すことが出来た。着物に簪《かんざし》、加代が嫁入りしてきたときの物がほとんどだった。こんなに苦労をかけてきたのか、と今更ながら驚いた。

加代は塗りのはげた櫛《くし》を、祖母の形見だからと挿していたのではなく、質屋で値がつかなかったから残しただけだと知ったとき、重右衛門は感極まった。

加代の手を引き、鰻屋で腹一杯食べさせた。

ともあれ、重右衛門が感心したのは、江戸にこんなにも版元があったと知れたことだ。が、その実、腹も立てていた。

その中の複数の版元は、おれの美人画や役者絵にはまともに取り合いもしなかった。そんな奴らが、東海道物が大いに売れたために、菓子折りを持参し、何食わぬ顔どころか顔中愛想笑いを浮かべて頭を下げに来る。おれがどんなに頭《こうべ》を垂れても、頼んでも、犬ころを追い払うような態度をしていた奴らが、だ。こういうのを掌返《てのひらがえ》しというのだ。

金の匂《にお》いがする処《ところ》を嗅《か》ぎ分けていやがる。

ただ、そこまでおれの美人画も役者絵も駄目だったのかと思い知らされることにはなった。

それにしても、岩戸屋喜三郎め。覚悟がねえだの、なんだかんだと人を腐しておいて、詫《わ》びのひとつもいいに来ない。おれはもうてめえの手を煩《わずら》わすことも、豊広師匠の名を借りることもない。いま一番乗りに乗っている上り調子の絵師だ。

「広重師匠、あたしの眼が曇っておりました」と、土下座しやがれ。それでも、てめえに一枚だって描いてやるもんか、と心の内で啖呵《たんか》を切っても、虚《むな》しさが残った。

むろん、幼馴染《おさななじみ》の武左衛門とどじょう屋で鍋《なべ》を突《つつ》いたときは嬉しかった。武左衛門の物言いから心底喜んでくれているのが伝わってくるからだ。

けれど、版元たちとの付き合いは違う。どんな老舗《しにせ》の版元と舟遊びを楽しもうと、芸者をあげて馬鹿《ばか》騒ぎをしようと、どこか晴れ晴れとしなかった。

それもこれも喜三郎のせいだ。あいつが少しでも顔を見せてくれれば……。

ちっと重右衛門は舌を打つ。なんで来ないんだ。いやいや、そのうち、飛んで来る。その時は思い切り嫌味をいってやろう。「おや、どこのどなたさんでしたかね？」、なんてな。薬罐《やかん》みてえに湯気出して怒るに違いねえんだ。くそう。その日が楽しみだ。

いつものように朝湯へ出掛ける。銭があるから加代も渋い顔をしなくなった。

「たんとぉ〜売れてもぉお、売れない日でぇもぉ、同じぃ機嫌〜の風ぁ車ぁ〜と、きたもんだ」

「おや、重さん。今日もたいそうご機嫌じゃないかえ」

顔見知りの隠居が声を掛けてきた。

「貧乏神が立ち去って、宝船に乗った七福神がこぞってやって来たくれえめでてえ」

「へえ、正月でもないのにそりゃあ縁起がいいや。あたしもあやかりたいものだ」

「人ってのは日頃の努力が肝心だ。どんなに辛《つら》かろうとも、いつかは報われるって信じることだな」

ああ、気持ちがいいったらねえぜ、と肩まで湯に浸《つ》かったとき、後ろから声が飛んできた。

「いま唄ってた、風車の都々逸《どどいつ》は、あんたのことを唄ったもんかい」

これまで聞いたことのないしわがれ声だ。かなりの年寄りだ。

振り向いたが、湯殿の中は顔が判別できないくらい薄暗い。件《くだん》の隠居や常連は洗い場や二階の休憩所でも話をするから顔まで知っているが、さっと湯殿から上がってしまう者だと、どこの誰やら知らないままになることがざらだ。

「それがどうしたい？　何か文句があるってのかい？」

「いんや、いつ何時でも風に吹かれて回る風車は変わんねえって歌だ。ちょいとばかりいい心持ちになっても、またぞろ悪いことも起きる。そん時そん時で喜んでも悲しんでも詮無《せんな》いことだぜってなぁ。うへへ」

「なぁにをいっていやがる。なあ、爺さん、あんたは知らねえかもしれねえが、おれはなぁ、いま東海道物で評判の絵師よ」

重右衛門はそういって鼻をうごめかす。

「へえ、顔はよく見えねえが、あんた、もしかして広重さんかえ？」

へへっと照れ笑いをした広重は湯に首まで浸かって、手拭いを頭に置いた。

「おらあ、北斎の冨嶽もいいと思うんだがねぇ。藍一色の富士なんて誰も見たことなかったしよ」

年寄りの言葉に、ぴくんと広重のこめかみが動く。この爺さん、おれが広重だと知っても、北斎がいいと吐《ぬ》かすとは。いけ好かねえ。が、このしわがれ声に聞き覚えがあるような気がしてきた。

ははは、と重右衛門は動揺を見透かされまいと、わざとらしく高笑いした。

「もうよ、北斎の爺《じじ》いなんざ古いんだ。だいたい、ああいう珍奇で珍妙な絵組は、はじめのうちは珍しがられて、皆が飛びつく。けどな、飽きられるのも早い。それが証拠に冨嶽の売れ行きはおれのおかげでがくんと下がった。版元の西村屋も慌《あわ》てただろうさ。いまはあれか、『諸国瀧廻り《しょこくたきめぐ》』で得意の水を描いているが、どうってこたぁねえ」

あと少しすりゃ、美人、役者は国貞。武者は国芳、名所は広重と番付に載るに決まってるぜ、と重右衛門は得意満面でいい放つ。

「ふうん、珍奇や珍妙はいけないかね」

しつこい爺さんだな。そろそろのぼせちまうじゃねえか、と頭の手拭いを取って顔の汗を拭《ふ》きながら、応《こた》える。

「ああ、いけねえなぁ。名所絵なら名所を描くもんだ。見えねえものを描いちゃ駄目だろ?」

「いんや、北斎はな、霊峰富士が描きたかったんだ。だから色んな富士を描いた。名所なんざどうでもいいのよ。富士が描けりゃよお。滝だってそうよ。水がどうどう落ちるさまを描きたかったのよ。名所絵なんてのは所詮、世間さまが勝手にいい始めたことだ。そんな枠ん中で天下を取ったと意気がってるようじゃ、広重さんも大した野郎じゃねえな」

重右衛門の頭に血が上る。思わずしぶきをあげて立ち上がったが、やはり聞いた声だ。

「おうおう、てめえ。何様のつもりだ!」

よしなよ、重さん、と隠居が重右衛門の腕を摑み、他の者たちも慌てて近寄って来る。

「年寄りはな、余計な御託並べてねえで、すっこんでろっ。それこそ、もう足腰がいけねえのなら、おれの描いた東海道で旅気分でも味わいな」

「そりゃあ、ありがとうよ。あいにく足も腰も達者でなぁ。おらぁ、まだまだてめえの足でどこぞなりとも行けるんでね。こんだぁ三浦の方にでも行こうと思っているんだ」

湯船からざぶりと立ち上がり、柘榴口《ざくろぐち》まで湯の中を歩いていく。腰を深く屈めているのは背丈があるからだ。柘榴口を潜《くぐ》る間際《まぎわ》に洗い場の明かりがその年寄りを照らした。衣紋竹《えもんだけ》のように張った肩、剃髪《ていはつ》頭に高い鼻、がっしりとした顎《あご》。

重右衛門のふぐりがきゅうっと縮み上がる。

「──北、斎」

おののきにも似た呟きが常人より大きな耳に届いたのか、にかっと歯を見せた。

「皆々様、どうもお騒がせ」

北斎はひょいと柘榴口を抜け出ると、洗い場に出て行った。

「ちょいと、重さん。いまの年寄りが、誰だって?」

隠居が話しかけてきたが、重右衛門はまったく聞こえていなかった。

北斎? あの爺さんが、と湯船の中の客たちがざわざわする。重右衛門は湯をばしゃばしゃ掻《か》き分けて後を追った。その姿はもう洗い場になかった。重右衛門は脱衣場へと走る。水気を拭った北斎はすでに単衣《ひとえ》をまとっていた。

「なんだえ、若造」

振り返った北斎がいった。若造とはご挨拶《あいさつ》だ。いや、北斎はすでに古希を過ぎている。三十七のおれなんぞ、若造に違いねえ。

「おめえさん、おれがとこに来やがったよなぁ。おれのベロ藍にケチつけてよ、真の名所を描くだ、名所で名を成すだ、それから、筆を執った戦だともいったっけな」

「なんで、ここに」

北斎は、素っ裸の重右衛門をぎろりと睨《ね》めつけ、

「おめえさんがおれの冨嶽を見て、家に来たからよ、おれもおめえさんの東海道物を見て挨拶に来たのよ。たまには湯屋に行けって娘がうるせえしな。おめえさんのベロ藍をとっくり見せてもらったぜぇ。なぁるほど、おれのとは違う。おれはな、あの藍が活きるところで使ってる。けど、おめえさんは、眼に見えている青や藍により近づけるために用いてる。ぼかしの技もてえしたもんよ。ありゃ、摺師がこぞってやりたくなる」

重右衛門は面食らった。少なくとも、あの北斎がおれを誉《ほ》めているってことか。

「おれとおめえさんとは同じ景色を見ても、まったく別な画になるんだよ。それは絵

師がどこをどう描きたいかの違いだ。前にもいったが富嶽は名所絵じゃねえ。ありゃ富士の揃《そろ》い物だ。おめえさんのように名所で名を成すなんてことは、おれにはいっかな興味がねえこった。おれにとっちゃ読本挿絵も錦絵もただの通過点だ。修業の場でしかねえのよ」

北斎が、にいっと笑う。

「おれはな、今度富士を百個描いた絵本を出すつもりよ。富士のお山を描き倒したら、錦絵とはおさらばだ。もう飽いた。錦絵は世に何百何千と出回るが、果ては塵箱《ごみばこ》行きよ。奉書紙なんぞ使うから、尻も拭けねえ」

なんて言い草だ、と拳《こぶし》を握り締めた。

「怒るな怒るな。ただな、錦絵には錦絵の面白さはある。彫師、摺師、絵師の技と技が合わさって作り出す妙味だ。版木がありゃ幾枚でも摺れる強みだ。けどなぁ三つの技を用いれば自《おの》ずと、線や色に限界が出る。互いにその限界を熟知して作る。各々《おのおの》がどこかで満足に折り合いをつける代物《しろもの》だ。だからよ、次は、肉筆だ。肉筆はこの世でたった一枚の画だ。彫師も摺師も入らねえ。絵筆一本、絵師が全身全霊を尽くして描く画だ。肉筆でどこまで描けるか、おれは限界を探り、その限界を超えるために、足《あ》掻《が》く」

名所絵師として、せいぜい頑張るこったな、と北斎は袖なし羽織を身につけ、

「ちいっとばかりおだてられて版元たちに尻毛を抜かれるんじゃねえぞ。それとな、大事なモンを早く隠しな。見たかねえよ。うへへ」

と、背を向けた。

「若《わけ》ぇの、おれが預けた天秤棒《てんびんぼう》返せ」

とん、と床に北斎が湯屋の者から受け取った天秤棒の端を落として音を鳴らした。

「そうさな、広重ぇ」と杖代わりにした天秤棒に身を預けて振り返った。

その眼光の鋭さは七十過ぎの老人のものではなかった。炯々《けいけい》たる視線が身を貫く。

「これだけはいっておくぜ。おめえがおれと同じ土俵に上がれると思ったら大間違いだ。おれはな、誰かと競うわけじゃねえし、銭金だって望んじゃいねえ。森羅万象をおれは紙の上に落としてえ。自在に万物を描ける絵師になりてえんだ。おれはな、まことの絵描きになりてえんだ。版元のいいなりに下絵を描いて、ちっとぱかし売れたぐれえで浮かれてる画工と、一緒にするんじゃねえ。名所絵なんざおめえにくれてやる」

歯を剝《む》いていい放った。

重右衛門はぶるりと震え上がった。が、これは武者震いだ。

「くれてやるだと？　しゃらくせぇ。あんたは富士も滝も名所じゃねぇとその口でいったじゃねえか。だから、このおれが名所絵ってもんをきっちり描いてやらあ。あんたが森羅万象を紙の上に落とすなら、おれはあらゆる景色を写し取ってやる」

そう返したときには、北斎は目の前から消えていた。

「待ってくれ、おい」

思わず声を張って走り出そうとしたとき、湯屋の奉公人や客たちにわっと囲まれた。手足を押さえられ、重右衛門は身をよじりながら、叫んだ。

「離せ、こら。北斎、聞こえたよな、聞いたんだろ」

皆の手を振りほどき、出入り口まで駆けて行ったとき、

「重さん、あんた、素っ裸だよ」

と、湯屋の主人の声が飛んできた。

重右衛門は湯屋の二階には上がらず、真っ直《す》ぐに火消同心長屋へと戻った。

その道すがら、錦絵には飽いた、といった北斎の言葉が頭を巡っていた。飽いたとはなんだ。ようやく広重の画号が世に広まりかけている最中に、飽いただと？　おれの東海道に勝てねえとわかっての負け惜しみか。

いやいや、そんなやわな爺いじゃねえ。北斎は本気で錦絵に飽いたのだ。

おれが、同じ土俵に上がれねえって？　冗談じゃない。あんたは錦絵って土俵から勝手に下りたじゃねえか――それを告げにわざわざ湯屋に来たというのか。名所絵をくれてやる？　お望み通り、おれの物にしてやろうじゃねえか。

浮かれている場合じゃねえ。おれはこれからだ。

北斎とて、一朝一夕にいまの地位を得たわけじゃない。勝川《かつかわ》派で修業をしたが、芽が出ずに唐辛子売りなどをして糊口《ここう》をしのいだ。その後、狩野を学び、そのために勝川を破門。それでも画を描き続け、馬琴と組んだ読本挿絵が評判となって、世に出た。その頃はもう四十を過ぎていたはずだ。

おれだってそうじゃねえか。豊国の門を叩いて断られ、入った先は兄弟弟子の豊広師匠だ。師匠に目を掛けられ、美人や役者が歌川の真骨頂だと思い極めたものの、結句、この歳《とし》まで鳴かず飛ばずの有様だった。

気に染まないことがあれば、家を飛び出て景色を描いた。火消し仲間と諍《いさか》いを起こせば、またぞろ画帖を持って飛び出した。風景なんぞはただの手慰みだ。

手慰み？　違うな。そうじゃねえ。

青く広い空、屋根の連なる江戸の町、異国まで続く海原を飽くことなく眺め、写すことで気持ちが楽になった。てめえは小せえなぁと空を仰いで思うのだ。ちっぽけな自分を思いながら、青く澄んだ空に慰められてもきた。江戸の町を忙《せわ》しなく行き交う人々の姿を見ながら、おれもここにいると感じる。気持ちのささくれをいつも癒《いや》してくれたのが、空の下にある風景だった。なにより効く薬だったのだ。

だから、おれは江戸が描きたい。近江《おうみ》や京都ではなく、おれが見た江戸すべてをだ。そのために、おれはどんな風景も描こうじゃねえか。

北斎翁よう、いっかな興味がねえのなら、名所絵はおれがもらってやる。お前さんは今度は肉筆を飽くほど描くつもりなんだろうからな。

錦絵は果ては塵箱行き、か――。その通りだ。絵師が描くのはただの版下絵。己の筆意が十分に活かされるとは思えない。北斎は絵師の立場からしか錦絵を見ていない。だが、錦絵には別の役割があると思っている。

けど、もうちょっとだけ浮かれていてえな。ついぞ、こんなに版元から持ち上げられることはなかったからな。

「いま、帰ったぜ」

玄関に入るや、祖父の妻であるおしづが鉄漿《かね》を覗かせ、薄気味悪い笑みを浮かべて小走りに迎え出て来た。

「おかえりなさいませ。お湯加減はいかがでしたか？」

「あ、そうそう変わらねえですよ」

「それはようございました。では着替えのお手伝いを」

どうも調子が狂う。仕事が次々舞い込んでくるようになってからというもの、毎日何かと世話を焼きにしゃしゃり出てくる。

「加代はいかがいたしましたかな」

「加代さまはいま、来客中でしてね。それであたしが代わりにお出迎えを」

来客？　加代を訪ねて来るなど実家の者ぐらいだが。

「ねえ、重右衛門さま。加代さまがお使いになっている白粉《おしろい》、どこのものでございましょう？」

重右衛門はげんなりした。

「あれは、流行《はや》りの仙女香《せんじょこう》ですよ。南伝馬町《みなみてんまちょう》に売っておりますが」

そう、といいつつおしづが妙な眼を向けてくる。

「加代さま、見違えるようにお綺麗《きれい》になりましたわよね。羨《うらや》ましいこと。ですから、あたしもね――」

重右衛門は皆までいわせず、

「おしづさまはいまもお綺麗でいらっしゃる。仙女香などを塗ってごまかす必要もありますまい。うぐいすの糞《ふん》で十分ですよ」

まあ、と声を上げたおしづは、

「用事を思い出しました。お着替えはご自分でどうぞ」

と、途端に身を翻《ひるがえ》した。あとで祖父から小言をいわれるだろう。

客間を覗こうとしたとき、加代が座敷から出て来た。

「お前さま。今朝はお早いお戻りで」

ほっと安堵《あんど》の色を見せる。厄介な客なのかと目配せすると、加代はわずかに眉間《みけん》に皺《しわ》を寄せ、重右衛門を手招き、耳元で囁《ささや》いた。

「さだ、さまです。なんでも困ったことがあったとか。そうおっしゃるのみで、それ以上の話をなさらないのです」

重右衛門の妹だ。了信《りょうしん》という智香寺《ちこうじ》の住職の元に嫁いでいる。坊主《ぼうず》の妻であれば、檀家《だんか》だのなんだの気苦労が多いとは思うが、これまで実家を頼りにして来たことがないだけに、重右衛門は首を傾《かし》げた。

「わかった。おれが話を聞こう。悪いが朝餉《あさげ》を食っていない。昌吉が来たら一緒に食いたいから、用意をしておいてくれ」

加代と入れ替わりに重右衛門が座敷に入ると、さだが顔を上げた。

「兄上、ご無沙汰《ぶさた》いたしております」

「うん、息災そうでなによりだ」

「そうでもありません」

さだが苦笑した。

「兄上の錦絵、拝見いたしました。大変な売れ行きだそうで、おめでとうございます」

「へえ、こりゃ驚いたなぁ。おめえンとこにもそんな話が届いているとはな。ときに、了信坊は元気にしてるかえ？　仏さんにちゃんと経をあげているんだろうな」

夫の名を聞くなり、さだは黙りこくった。こりゃ、面倒だ。了信と何かあったのか。

堪えに堪えていたのか突然顔を歪《ゆが》ませ、さだが、わっと泣き伏した。

「おいおい、どうした」

慌てて近寄り、背をさすった。さだは、突っ伏したまま嗚咽《おえつ》を洩《も》らし続ける。

「泣いてばかりいちゃわからねえよ。あっちの義母親《ははおや》と仲違《なかたが》いでもしたか？」

「義母上は三年前に亡《な》くなっております。仲違いなど出来るはずはございません」

一瞬、顔を上げていい放つと、すぐに顔を伏せた。

「あら、どうなさったのです」

加代がとんだ愁嘆場を見たというふうな顔をして、茶を置いた。

「おい、泣いていちゃわからねえだろう？　おめえらしくもねえな」

重右衛門には姉がいるが、好きなのは妹だった。姉は性質がきつく、男だったら火消同心を立派に勤め上げただろうという女丈夫《じょじょうふ》だ。

さだは優しく、甘えん坊だった。幼い頃、画帖を持って出ようとすると、兄上、兄上とよくついて来た。

姉妹はよく出来たもので、貧乏御家人の実家《さと》などまったく当てにもせず嫁入り先でしっかり暮らしを立てていた。もっとも、安藤家にはふた親がいないこともある。せめて母だけでもいれば愚痴のひとつもこぼしに来たかもしれないが、祖父の後妻のおしづではさらに気を遣うことが見えているし、加代でもそれは同じであろう。盆暮れ正月に挨拶には訪れるが、その際も、きちんと土産物を持参してくる。むろん、銭の無心など一度たりともない。実家が頼れぬとなれば嫁として肝が据わるのだろう。

しかし、これはどうしたことか。戸惑いつつ、さだの顔を覗き込むように再度訊《たず》ねた。

「きちんと話せ。おれで役に立つならなんだって力を貸す。檀家か？　女か？　それとも金か？」

それを聞いたさだが、ぴたりと泣き止《や》んだ。むむっ、と重右衛門はさだの背から手を引いた。

さだが、顔を上げて重右衛門を見据える。涙で濡《ぬ》れた眼が真っ赤だった。唇もわずかに震えている。

「そのすべてでございます」

加代も重右衛門も思わず眼を見開いた。

「待て、さだ。全部ってこたぁねえだろう」

「夫の了信が檀家さまの内儀と懇《ねんごろ》になり、その家から金を要求されております」

加代が思わず身を乗り出した。

「さださま、今のはまことのことですか？　了信さまはご住職でございましょう？　そのようなことがお上に知れたら、お縄を打たれますよ」

「そうです。ですから困り果ててこうして参りました」

重右衛門は、唸《うな》った。

馬鹿か、と了信を怒鳴りつけたくなる。あまり詳しく知らないが、妻帯できる宗派と、できない宗派がある。妻帯できない宗派の場合、これはもう即、女犯《にょぼん》の罪となる。

了信の寺はたしか浄土真宗だった。妻は娶《めと》れるが、別に女を作るのは——御法度《はっと》だ。こいつは重罪だ。夫は、不義を犯した妻と間男を殺《あや》めても許される。お上に畏《おそ》れながらと訴え出れば、当然、妻も密通男も罰を受ける。が、いまどきはそうした物騒なことをお上に訴える面倒は避け、七両二分を間男が支払うことで許しを請《こ》う。

「ってことは、七両二分を用立ててくれということかい？」

画料が入っているとはいえ、まだそこまでの余裕はない。どうしたものかと考えあぐねる重右衛門に、さだは意外なことをいい放った。

「お金ならばございます。その心配はございませぬ」

「なら、なんだよ。女好きの助平住職って噂が立っちまうと、檀家が減るってことか？」

さだがきっと重右衛門を睨めつける。

「あたしが、相手方に金を払い、丸く納めました」

「おめえがか。てえしたもんだな」

ほんに、と加代も感心して頷《うなず》いた。

「大変でございましたね」

「ええ、義姉《ねえ》さま。大変でございました」

先ほどまで、身が細るほど泣いていたとは思えないくらい、しっかりした口調だ。甘えん坊のさだはとっくにいない。でんと構えた大年増《おおどしま》だ。

「おめえがちゃんと納めたっていうんなら、なにゆえ、そこまで泣くんだよ。まあ、悲しいというより、おれには怒っているようにも思えたが」

さだがまたぞろ顔を歪めた。

「おい、泣くな。泣くんじゃねえよ。話せ、ほらな」

重右衛門はその背を優しく叩《たた》く。さだは、わずかに笑みを浮かべて、目尻を袂《たもと》で拭《ぬぐ》った。

「兄上は本当に変わらない。口は乱暴だし、短気なところもあるけれど、人の顔色を読むのはすごく得意」

「褒められているのかわかんねえよ」

重右衛門は唇を曲げて、首筋を掻いた。

「あの、わたくしは遠慮いたしますね。ご兄妹《きょうだい》だけの方が、話もしやすいでしょうから」

加代が腰を上げようとすると、

「駄目。義姉さまもいてくださいませ。かかわりのないことではございませんから」

加代は訝《いぶか》しげな顔をして、座り直した。

さだは、ひと息吐《つ》くと、加代の淹《い》れた茶をこくりと喉《のど》を鳴らして飲んだ。

「ああ、美味《おい》しい」

「ちょっとは落ち着いたかい？　加代の淹れる茶は美味いからな。なんでも淹れ方に工夫があるんだそうだ。安い茶でも美味くなる」

重右衛門は、胡坐《あぐら》を組んで、さだと向き合った。

「で、肝心要《かんじんかなめ》の話だが」

さだは、唇をつっと嚙《か》み締めてから、吐き出した。

「あたしに子が出来ないから、他の女に手を出したと了信がいったのです」

加代の顔色が変わった。加代と重右衛門の間にも子がいない。けれどそれを重右衛門は気にしていない。安藤家にはすでに後継がいる。お家の存続だけの子ならばもういらないのだ。

寂しさはもちろんある。加代のほうがその思いは強いだろう。しかし、子は天からの授かりものだと思っている重右衛門は、うちは天の神さんの手が回っていないのだ、くらいに考えていた。

「それは、酷《ひど》い」と、加代が呟《つぶや》いた。

「悔しかったのです。たしかにあたしには子ができません。姑《しゅうとめ》など今際《いまわ》の際の言葉が孫はまだか、でしたから。了信には、前世に罪を犯した因縁があるのではないかともいわれ、禊《みそぎ》までさせられました。本当に気が触れてしまうくらい責められました。その果てが、檀家の内儀との不義」

重右衛門は腕を組んで唸った。

子が出来ないから、不義をしていいという理屈は通らねえ。色男ぶっていやがる坊主だから、そんなことも平気で口に出来るのだろう。

と、いつもは穏やかな加代が意を決したように声を出した。

「わたくし、お坊さまというのはきちんと修行もなされ、人の機微を理解する方だと思っておりましたのに、がっかりです。お前さま、いますぐ了信さまの元に参りましょう」

「待てよ、加代。そうかっかするな」

「わたくしはいたって冷静でございます。不義を犯し、それが妻のせいだという道理はございません。了信さまに経を上げてもらっても、往生など出来ません。これまで亡くなった方々がおいたわしい」

なにもそこまでいうことはねえだろう、とたしなめようと思ったが、さだが加代にしがみつく。

「やはり、義姉さまはあたしの気持ちをわかってくださいますよね」

「当たり前です。子が出来ないからといって、さげすむことが間違っているのです。我が夫の重右衛門さまはむしろわたくしを気遣ってくださいます」

思わぬところで加代に褒められ重右衛門は照れて月代《さかやき》を掻いたが女ふたりは目もくれない。

加代はすがりつくさだの両肩を掴んで、顔を上げさせた。

「さださまは、お寺のお内儀として懸命に務めを果たしてこられた。そうした妻の苦労も知らず、いけしゃあしゃあと他の女性《にょしょう》に目移りするとは言語道断。もしもこのことが知れたら、遠島を覚悟なさいませ、といっておやりなさい。決して離縁などしてはいけませぬよ。堂々としていなさいね」

「はい。そういたします」

さだは幾千もの味方を得たように加代の顔を見る。

やれやれ、おれの出る幕はなさそうだ、と重右衛門は立ち上がった。それにしても、加代にもあんなところがあったとは。女はいくつも顔を持っているのだ。四十近くにもなって、ようやくこんなことがわかるくれえだ。おれの描いた美人画は売れなくて当然だったのかもしれない。

英泉や国貞の美人画が馬鹿売れするのは、それだけ女を知っているということか。くだらねえことを考えても詮無いと座敷を出たが、女ふたりは重右衛門を引き止めもしない。すでに笑い声まで上げ始めていた。

一時はどうなることかと思ったが、さだが落ち着いて帰ってくれりゃいい。

と、脇《わき》玄関からひょいと顔を覗《のぞ》かせたのは、昌吉だった。

「おう、今朝は遅かったじゃねえか。上がれ上がれ、どうだ、衣紋描きは上達したか」

昌吉は廊下に上がると、照れ笑いしながら画帖《がじょう》を出した。

衣紋は着物の線を描く物だ。腕や脚がどういう形になっているかで、着物の皺は変わる。それを描けねば、女も男も描けない。

重右衛門は画帖を開いて、うっと声を詰まらせた。縦縞《たてじま》や麻の葉の衣裳《いしょう》も腰の丸みや折った膝《ひざ》に沿って衣紋を見事に表している。

「おめえがこれを描いたのか？」

「おいら以外に誰が描くっていうんです？　変な師匠だなぁ」とケラケラ笑う。

初代豊国の美人画の写しだ。むろん、墨一色の下絵ふうだが、豊国が生き返ったのかと思った。

「昌吉、こっちへ来い。五拾三次の下絵を描くぞ。おめえも手伝え」

重右衛門は昌吉の手を引いた。

「これからおめえはおれの描く下絵の手伝いをしろ。人や木々、そうした物を描かせる」

「本当ですか」

「ああ、彫り場、摺《す》り場にもついて来い。錦絵はおれたち絵師だけで作る物じゃねえことは承知しているだろう？ 絵師は版下を描くだけだ。けどな、おれたち絵師の筆意を活かして画に命をふき込んでくれるのは、彫りと摺りだ。試し摺りも見せてやる」

こいつの才は本物だ。そのとき、師匠の豊広の顔が脳裏に甦《よみがえ》った。

# 第三景　行かずの名所絵

## 一

梅見の時季が過ぎ、すでに桜樹《さくらぎ》の蕾《つぼみ》もほころび始めている。

重右衛門は、向島《むこうじま》の料理屋『大七』で、保永堂孫八、栄久堂平吉《へいきち》と、芝海老《しばえび》や鯉《こい》、豆腐、玉子料理を前にして酒を酌《く》み交わしていた。ここには湯殿までが設《しつら》えられており、すでに湯を使った三人は貸し浴衣《ゆかた》に着替え、ゆったりと過ごしている。

保永堂は、栄久堂と合版で、近江《おうみ》と京の名所をやりたいと重右衛門に依頼してきていた。今日は栄久堂との初顔合わせだ。栄久堂はでっぷりとした中年男で、妙に暑がりで、浴衣一枚でも顔に浮いた汗をしきりに拭《ぬぐ》っていた。

近江と京の名所絵も揃《そろ》い物だ。それを聞いて重右衛門は初めは難色を示したが、保永堂には逆らえない。近江は八図ではどうかと提案した。

「八は末広がりで縁起はいいですが、東海道の五十五図からすると、買い手は少々物足りなさを感じるのではありませんかね……」

　栄久堂が遠慮がちにいう。重右衛門が鼻で笑うと、

「八図ってのは、『瀟湘八景《しょうしょうはっけい》』の見立てだ。版元だったら当然、知っていると思っていたがな。ああ、こいつは美味《うま》そうだ」

　鰆《さわら》の塩焼きに箸《はし》をつけた。栄久堂は不機嫌に唇を歪《ゆが》める。

『瀟湘八景』は山水画の画題だ。砂原に雁《かり》が舞い降りるさま、湖上に浮かぶ月など八通りの印象的な風景を描く。それを近江にあてはめ、なぞらえるという趣向だ。

　ぽん、と保永堂が膝《ひざ》を打った。

「なるほど、それは面白い。画題も『瀟湘八景』に合わせたものにするんですね」

「ああ、当たり前だ。たとえば本家の八景の内のひとつ『煙寺晩鐘《えんじばんしょう》』なら、近江は三《み》井寺《いでら》でもじり『三井晩鐘』って具合だ」

　しかし、と栄久堂が困ったような物言いをする。

「そんな山水画の見立てをしても、町人にはちんぷんかんぷんでしょうな」

「いや、それは違いますよ。学のある者は広重師匠が『瀟湘八景』の見立てをしていると気づき、優越感をくすぐられる。それがわからなくても、見たこともない近江の

景色に惹《ひ》かれる者は多いはず。それで行きましょう」

「ありがたいね。それならば、むろん近江と京に行かせてくれるんだろうな」

重右衛門の旅心がむくむくと湧《わ》き上がってくる。近江と京の名所ならば、旅に出られると期待していた。未《いま》だ、安藤家の者ではあるが隠居の身となった今では、どこへ行こうと勝手気ままなのだ。

すると、保永堂が即座に返してきた。

「いやいや冗談じゃありませんよ、広重師匠」

東海道の大当たりで、新参であった保永堂もあの広重を化けさせた、と一躍、注目される版元になっていた。重右衛門にしてみれば、あの広重ってのはなんでえ、と文句のひとつもいいたい心持ちではあるが、まことのことではあるので口を噤《つぐ》んでいる。

「冗談でいってねえよ。この眼でしっかり風景を見なけりゃ画は描けねえだろうが。おれの東海道でしこたま儲《もう》けたんだ。路銀くらい出せるだろう」

こんな料理屋で顔合わせができるんだからよ、と重右衛門は唇を尖《とが》らせた。

苦笑した栄久堂を重右衛門が睨《ね》めつけると、それを誤魔化すように手拭いを口元に当てた。

保永堂は、おれの、といわれましてもねえ、と呆《あき》れた様子で重右衛門を見やる。

「まあ、その東海道ですよ。版行はまだ続いているんですからね。今年中には残りをすべて描いていただかないと困ります。それに他の版元さんからの依頼もあるのでしょう？　だとしても、あたしらの方を先にお願いしたい」

むう、と重右衛門は唸《うな》った。今年中にすべて出すには、一日幾枚版下絵を描けばいいのか。

と、保永堂が続けていった。

「あと、聞きましたよ。ご門人が出来たと」

ああ、まあな、と思わず重右衛門の頬が緩む。昌吉と合わせて四人になったのだ。定吉《さだきち》、鎮平《ちんぺい》、勝之助《かつのすけ》だ。鎮平は同じ定火消同心の子で、まだ幼いがなかなか手筋がいい。三人がものになるかはわからないが、歌川の美人や役者でなく、名所を描きたいといってきたときには、うっかり眼が潤《うる》んだ。

同心長屋のため、住み込みの内弟子は無理だ。早いところ、長屋から出なければと、とぼんやり思っていた。けれど、このところ、祖父の十右衛門の態度がころりと変わった。弟子が来るのを鬱陶《うっとう》しく感じていると思いきや、歓迎している。後妻のおしづもあれやこれやと世話を焼いてくれているのだ。おそらく重右衛門に銭が入ってくるようになったからに違いないのだが、それにしても版元並みの掌返《てのひらがえ》しに、加代も呆れている。

いいですか、師匠、と保永堂が身を乗り出す。

「近江見物をしてから京に上れば、江戸に戻るまでに早くてもひと月半からふた月はかかりましょう。まだ入ったばかりのご門人をほったらかしにするのはどうでしょうねぇ」

その言葉に、なるほどと頷《うなず》く重右衛門であったが、幕府の御馬進献《おうましんけん》で京へは行ったものの、あくまで御用旅。勝手に物見ができるわけではなかった。出来ることなら、宿場宿場で名物を食べ、風景を写しながらの道中にしたい。しかし、確かに弟子をほうって行くのは気が引ける。昌吉ひとりなら連れて行けようが、と重右衛門は考え込んだ。

「ですから、旅に出ている余裕などないはずですがね。それにね、師匠。いま名所絵人気、広重人気が高まっている。この時期に江戸を空けるのは愚の骨頂。描いて描いて描きまくらなければ、移り気な人の心を摑《つか》んでおくことは出来ません」

正直いわせていただければ、と保永堂はなおも続けた。

「東海道の成功は、十返舎一九先生の戯作《げさく》があってのことと承知しておりましょう？」

その物言いは穏やかながら、有無をいわさぬものがある。むろん重右衛門もそれを十分認めている。町人の間に旅の楽しさ、まだ見ぬ風景への憧《あこが》れを抱かせたのが一九であることは否《いな》めない。

そこに北斎の『冨嶽《ふがく》三十六景』も加わった。悔しくはあるが、その大波に乗れたのが東海道であったといわれてもいる。それも、新参の保永堂にしてやられたと思っている版元たちがいっていることだろうが。

「じゃあ、どうすればいいんだ。京はまだしも、近江まではじっくり見物してねぇぞ」

重右衛門が強い口調でいった。

「そんなことは承知の上。ですから」と、保永堂はいきなり立ち上がり、座敷を出て行ったが、荷を持たせた小僧を連れ、すぐさま戻ってきた。

やたら大きな風呂敷《ふろしき》包みだ。ここに舟で来るときも、何が入っているのかと訝《いぶか》しんでいた。

保永堂は膳《ぜん》の前に座ると、小僧に荷を置かせて、「お前も湯を浴びておいで」と声を掛けた。小僧は嬉《うれ》しそうな顔をすると座敷を飛び出して行った。

「無粋なほどでかい荷物だ。どんな種明かしをしようっていうんだい」

重右衛門は怪訝《けげん》な顔をして銚子《ちょうし》を手に取り、酒を注ぐ。

保永堂は傍に置かれた風呂敷包みの結び目を解《ほど》いて、上座に座する重右衛門に綴《と》じ本を数冊差し出した。

「なんだえ？　こいつは」

重右衛門は盃《さかずき》を手にしたまま、身を傾けて綴じ本の表紙に眼をやる。

「秋里籬島《あきさとりとう》の『都名所図会《みやこめいしょずえ》』の他、色々取り揃えました。これらを種本として描いていただければ」

あ？　重右衛門は耳を疑った。人の褌《ふんどし》で相撲を取れということか。重右衛門は盃を膳に戻して、『都名所図会』を手に取り、丁を繰る。絵師は、大坂の竹原春朝斎《たけはらしゅんちょうさい》。名所図会の形を整えた絵師として名高い。重右衛門とて名だけは知っている。

「なにも、そっくりそのまま写せといっているわけではありません。それらはあくまでも名所案内。そこを絵師、歌川広重の眼でどう切り取り、名所絵として魅せるかです」

もっともらしい物言いをする。舌打ちした重右衛門は、ぽんと綴じ本を放り投げた。

「冗談じゃねえ。おれは他人の画を基にする気はねえよ。いいかえ、風景というのはな、この眼で見なきゃ嘘《うそ》になるんだ。前にもいったはずだ」

きつい視線を向けるが、それをものともせず保永堂がにやりと笑って見せた。

「はてさて、それは名所絵広重の矜持《きょうじ》ですかな。それともお武家の自尊心ですかね」

なに、と色をなし、怒声を上げた。

「そんなものはかかわりねえ。見ていない物を、見たように描くのが気に食わないんだよ。おれの眼がここには入っていねえじゃねえか」

保永堂は表情ひとつ変えずに、箸を取った。

「はて？　名所図会では、絵師が景色を見る眼も思いも重要ではありません。それより、そこに広がる風景を俯瞰《ふかん》し、いかに正確に知らせるかが目的でございましょう？」

むう、と重右衛門は押し黙った。

「描き手の考え方が大きく異なっているんですよ。今申しました通り、名所図会は風景を俯瞰して、正確に描く。しかし、名所絵は、広がる風景から絵師の眼に映った物を描き出す。そこには、絵師の筆意というものがある。大きな違いです」

「だから、それが写しをやるってことにはならねえだろう？」

重右衛門が言い放つと、

「童のようにわめいてばかり。いい加減、お黙りなさいっ」

保永堂が大声を出し、重右衛門を鋭く見据える。思わず怯《ひる》んでしまうような眼光だった。

「あたしは、売れ始めた歌川広重をもっと上に押し上げたい。その一心しかございません。偽りだの、自分の眼が入っていないなど、何様のおつもりか」

今はあたしたちに従っていればいいんです、画料を払うのも、絵の具や紙を揃えるのも版元ですから身勝手は許しません、といい切った。

重右衛門はぽかっと口を半開きにして、眼を見開いた。栄久堂もさすがに言葉が過ぎると思ったのか、向かいに座る保永堂をちらちら窺《うかが》いながら、口を開いた。

「広重師匠。保永堂さんはほんに師匠のことを思っていってくださっているのですよ。ふた心などありはしません。ここはお心を鎮《しず》めていただけませんか。あたしだって、広重師匠の画がほしい。どうしたって描いてもらいたいのですよ。それしか考えておりません」

ここは、馬鹿《ばか》にするなと怒鳴り散らして帰るところか? いや、待て重右衛門、よく考えろ。

こいつらにそっぽを向かれたら、それはそれで馬鹿を見そうだ。少しばかり売れたといっても、絵師なんてものは版元がいなけりゃどうにもならない。それに加えて広重は我儘《わがまま》だの、頑固者だのと噂《うわさ》が立てば、離れていくのは目に見えている。やりづらい相手としてご機嫌を取ってもらって描くほどの立場におれはまだいないのだ。

重右衛門は『都名所図会』を再び手にして、丁を繰る。だが、画なんぞ見ちゃいなかった。

既刊本を種本にすることにすっかり得心がいったわけではない。が、今が堪え時なのか。

保永堂は確かに、無理難題を押し付けているわけじゃない。むしろ仕事が増えた重右衛門に無駄な時をすごさせまいと考えているのだろう。

重右衛門は軽く息を吐き、「承知した。よろしく頼む」と、頭を下げた。

おれが今以上に立つためだ。いつか、おれがあのベロ藍《あい》で描きてえ江戸の空を思う存分描くために。今は我慢だ。

保永堂と栄久堂は顔を見合わせた。

「かたじけのうございます」と、保永堂は銚子を掲げる。

「ささ、では料理とお酒を追加しましょう」

栄久堂の言葉に、重右衛門は「嬉しいねえ」と、胸につかえる悔しさを吐き出すように声を張り上げた。

座が進み、そうそう、と保永堂が何かに気づいたように身を乗り出した。

「ご覧になりましたか? 北斎翁《おう》の跋文《ばつぶん》。さすがといえばさすが。奇人といえばやっぱりその通りという」

この三月に全三編の北斎の絵本『富嶽百景』の初編が版行された。

重右衛門は絵双紙屋に飛んで行き、すぐさま買い求めた。当たり前だが、どの丁を繰っても北斎の富士が並んでいた。

その初編に記された跋文のことを保永堂はいっているのだ。北斎の宣言とも、願望とも取れるものだった。

それによれば、六歳の頃より七十歳までに描いて来たものは実に取るに足りない画である。九十にして奥意を極め、百歳で神妙の域に達し、百有十歳になれば一点一格、生きているような画になるだろう、とあり、最後は長寿を司《つかさど》る神に自分の言葉は偽りでないことを見ていてほしいと結ばれていた。

と、栄久堂が、あれには参りましたなぁ、と苦笑した。

「百幾つでしたかねぇ。そこまで生きられると本気で思っているところが北斎翁の貪《どん》欲《よく》さというか、すごいところでしょうがね。なんともいえませんな」

「いや、平吉さん。北斎翁ならば、二百歳まで生きたいといっても誰も驚きませんよ」

保永堂が笑う。

ふたりの、北斎を腐すような物言いを聞きながら、重右衛門はむっとした。

こいつら、なにもわかっちゃいねえ。あの文言の上っ面《つら》だけを舐《な》めれば、北斎の並々ならぬ意欲と貪婪《どんらん》さを感じるだろう。

だが、跋文を眼で追いながら、重右衛門の内に広がったのは、その焦慮と忿怒《ふんぬ》だ。北斎とて老いを感じていないわけではない。もう時が足りない、けれど抗《あらが》えない。それが歯嚙《はが》みをするほど悔しいのだ。生を断ち切られ、画が描けなくなる、その理不尽さに憤然としているのだ。

あの跋文は、限りある命への怒りと叫びだ。事切れるその時まで、画を描きたいという生半可な思いではない。永遠に絵筆を執り続けていたいという願いだ。画狂人《がきょうじん》とはよくいったものだ。

あの老体のどこから、厚かましいほどの熱情が湧いてくるのか。

まことの絵描きとはなんだ——そこまで執着できるのはなぜだ。

誰と競うわけでもない、銭金でもない。そんなことも北斎はいっていたような気がする。

いやいや、違う。

そんな境地に立てるのは、絵師として頂きを極めたからだ。

銭が得られなけりゃ、版元が寄り付かなけりゃ、紙も絵の具も買えねえ。画だって描けねえ。飯も食えねえじゃねえか。幕府御用絵師の狩野だって、偉い奴《やつ》らの求めに応じた画を描くんだ。北斎のいうことは戯言《ざれごと》だ。きれいごとだ。てめえの好きなように筆を揮《ふる》えるならば、なんの苦労もねえのだ。霞《かすみ》を食って生きられるならそうしてえぜ。

銭を稼ぐための画と描きたい画が一致するのは難しい。

ああ、釈然としねえなぁ。重右衛門は盃を口に運ぶ。急に酒がほろ苦く感じた。

黙って酒を飲んでいるのを妙に思ったのか、

「ところで、広重師匠」

と、保永堂が膝を乗り出してきた。

「やはり、師匠の東海道はたいしたものだ。そろそろ版木が擦り切れてしまう」

重右衛門はふと笑う。さすがは保永堂だ。北斎の名を出したことで機嫌を損ねたと思ったのだろう。

「浮世絵界も、美人や役者だけでなく、名所という売り物が出来たことを喜んでおりましょう。もちろん、北斎翁の力もあったでしょうが、ここはやはり広重師匠の東海道だと、あたしは思っておりますよ。国芳師匠は時流に乗るのが早いお方ですから、加賀屋さんからすぐに東都名所を出しておりますが――」

「いや、まったく。豪傑武者の錦絵《にしきえ》で一躍人気者になりながらの名所絵ですから度肝を抜かれましたよ。中でも新吉原の一枚はさすがでしたな。日本堤《にほんづつみ》を歩く男の間抜けな顔ったらありません。妓《おんな》に骨抜きにされたのか、持ち金をすべて使い果たしたのか、国芳師匠の茶目っ気が存分に出ていましたな、思わず購《あがな》ってしまいましたよ。ははは」

他の画も絵組が面白く、しかも西洋画の影響を感じた、と栄久堂はベタ褒めだ。

重右衛門は気に食わなかった。

そんな話は版元だけの時にやってくれ、と心の内で吐き捨てた。それでなくとも、近江の一件は、不承不承であるのだ。

だいたい絵師が眼前に座っているにもかかわらず、他の絵師を褒めるなど、気が知れない。

北斎ならばまだしも、同じ歌川で、国芳とは生まれ年も一緒。一足早く人気絵師になった国芳と比べられるのは、気持ちのいいものじゃない。

売れ始めたばかりの絵師の扱いはここまで軽いのか、と重右衛門は怒るよりも憮然《ぶぜん》とした。版元の腹の底は、儲かるか、儲からないか。先があるのか、ないのか、それだけなのだろう。ともかく金を稼ぐ絵師かどうか、算盤《そろばん》を弾《はじ》いているのだ。

酒どころか料理も不味《まず》くなる。

すると、保永堂が厳しい声を出した。

「ちょっと栄久堂さん。あたしがいいたいのはそうじゃないよ。広重師匠が川口屋さんから『東都名所』を版行したのは三年前だ。国芳師匠の東都名所も同じ年。もちろん冨嶽に便乗したのもあったろうが、きっと国芳師匠も仰天したに違いない。まださほど名の知れていなかった広重師匠が同じ画題とは。しかも、広重師匠の画には、国芳師匠にはない趣がありますからな」

少々、焦《あせ》りを感じたのではないですかね、と付け加えた。

「それが、国貞師匠にも伝わったのではありませんか。あの国貞師匠にも、とうとう名所絵を版行させたのですからね」

いやあ、と栄久堂は自らを恥じるように、顔から噴き出る汗を拭った。

「そうそう、そうでしたね。ですが、広重師匠の人気にはやはり敵《かな》わないらしく、版元の山口屋さんも当てが外れて臍《ほぞ》を噛んでいるでしょうな。国貞師匠は役者と美人は天下一品だが、どうしてどうして名所は苦手と見える。これで、名所絵は広重師匠のひとり勝ち」

さっきまで国芳を褒めていたくせに、何がひとり勝ちだ。保永堂に調子よく合わせる栄久堂を睨めつけた。

栄久堂が肉付きの良い頰を強張《こわば》らせる。

「どうしました？　そんな怖い顔をして。広重師匠らしくありませんなぁ。今からきれいどころを頼みましょうかね。あたしら相手じゃ酒も不味くなりましょう」

保永堂がなだめるようにいう。

「女はいらねえですよ。食い物も美味い、庭もきれいだ」

重右衛門は、開け放たれた窓から外を眺める。庭には、よく手入れされた幾本もの松が植えられ、これから花の時季を迎える躑躅《つつじ》が並び、大きな池には石作りの橋、その傍らには石灯籠《いしどうろう》がある。その庭を浴衣姿の客たちが談笑しながら歩いていた。

何をしているんだろうな、おれは——。

版元に奢《おご》られ飲み食いしながら、次に版行する錦絵の話をする。売れ始めのときは、それが物珍しくもあり、楽しいと思っていた。おれは人気絵師になったのだと鼻高々だった。さらに酒と食い物が大好きな重右衛門だ。火消同心では逆立ちしても入れない江戸屈指の料理屋に連れて行かれ、舟遊びでも豪勢な仕出し付き。芸者や幇間《ほうかん》からは「歌川広重日本一」と褒めちぎられ、つい勢いで狂歌のひとつも詠《よ》めば、やんやの喝采《かっさい》。下へも置かぬ饗応《きょうおう》とはこのことをいうのだろうと、得意満面、有頂天。天狗《てんぐ》のごとく鼻が伸び、興に乗って筆を走らせれば、奪い合いだ。

版元を通じて、文人や戯作者、豪商との付き合いも始まった。

皆が次の版行を期待する。重右衛門とて、そういう絵師になりたかった。歌川広重の画号を世に知らしめたいと思っていた。

そうすれば、何もかもうまくいく。画で銭を得て、安藤家から大手を振って出てやる。

だが、実際は窮屈だった。

周囲から持ち上げられれば持ち上げられるほど、虚《むな》しく思えた。何かが足りない。それは我儘か。けれど、版元も、祖父の十右衛門も、重右衛門の画の向こうに銭を見ている気がした。

北斎が嫌気がさしたのは、そうした画の描き方だったんだろうか——。

「ああ、そうでした。これはお願いなのですがね」

保永堂は東海道の全五十五枚を画帖《がじょう》仕立てにしたいといった。

重右衛門に否やはない。絵師は版下絵を描き、試し摺《ず》りで色を確かめるまでが仕事だ。それ以後、後摺りで色が変わろうと、別段、文句もつけない。要するに画料を得てしまえば、売られてしまっても、絵師は異を唱えることはない。版木が別の版元に売られてしまっても、絵師は異を唱えることはない。


「それと、もうひとつ。師匠のお許しをいただければですが」

「なんだい？　あらたまって」

「五拾三次の変わり図を出したいと思っているのですがね」

変わり図は、初版の物に手を加え、別の画に仕立てることだ。摺り工房で色を変えてしまうような後摺りとは違う。

「実は、先ほどそろそろと申し上げましたが、日本橋だけは、版木はほぼ擦り切れてしまい」

版木はまともに摺れるのは二千枚が限界だといわれている。擦り切れたということは、それ以上に売れたということだ。

「初版の日本橋は大名行列と魚屋が数人ですが、変わり図ではもっと人を増やして賑《にぎ》やかにする、というような工夫を考えておりましてね」

ふうん、と重右衛門は承知とも不承知とも取れる曖昧《あいまい》な返答をした。

「いけませんかね?」

保永堂が顔色を探るように見る。

変わり図を出すことで、またぞろ保永堂の懐《ふところ》には銭が入ってくる。まったく欲深い。

変わり図は、そうだ昌吉に筆を執らせてもいいか、と思った。

「まあ、好きにすればいいんじゃねえか」

保永堂が深々と頭を下げた。ここぞというときには手揉《ても》みをするほど絵師を立て、絵師が勝手なことを言い出したときには、誰が出させてやっているんだという顔をする。

二枚舌をうまく使い分けるものだ。

近江は『近江八景』、京は『京都名所』として売り出され、その後に『浪花《なにわ》名所図会』と続けて版行がなされた。

重右衛門の八景の趣向は、やはり学識のある者たちの心を揺さぶった。『瀟湘八景』の内のどれをもじり、それがいかに優れた見立てになっているかと評判を呼んだ。

そのため、重右衛門の元にまたぞろ版元が押しかけた。

八景をやってほしいという依頼だ。

重右衛門は、ふらりと相模《さがみ》へ足を向けた。季節は夏。薄着で歩けるのがいい。加代には、絵の具屋に行ってくるといい置いて、空に浮かんだ雲の流れを眺めているうち、いつの間にか街道を歩いていた。

疲れも溜《た》まっていたのかも知れない。連日、下絵、版下絵を描き、校合摺《きょうごうず》りに色を施し、試し摺りを見に摺り場を訪れる。そして版元や商家の主人との付き合い。当世、版元だけが版行にかかわっているわけではない。商家から銭を出してもらうことも増えていた。その際には、その店の商品や商品名を錦絵の中に潜ませるのだ。それが得意なのは渓斎英泉《けいさいえいせん》だが、こうした商家との宴席にも付き合わなければならない。そのような日々の連続に、いくら酒好きでもほとほとくたびれ果てた。

どこか、逃げ出したいという気持ちがあったのだろう。

表に出る際には、画帖と矢立を常に携帯している。銭が少々乏しいだけだ。歩いて行くならどこぞなりとも構わない。ちょっとばかり裕福そうな百姓家に立ち寄って、さらりと扇面画《せんめんが》などを描いて、飯を食わせてもらう。怪しい者だと思われたら、さっさとお暇《いとま》すればいい。

「今頃、家は大騒ぎだろうなぁ」

重右衛門はほくそ笑みながら、足を早める。疲れたときには、景色を眺めるのが一番だ。緑深い連なる山々を眺め、切り株に座って、筆を走らせる。黄昏時《たそがれどき》には涼やかな風が吹き、柔らかな草が揺れる。煙草《たばこ》をくゆらせながら牛を引く百姓。ふんどし一丁で駆け抜ける駕籠《かご》屋。山の間に沈み行く夕日。移り行く時を紙の上に落とし、人々の姿をそこに留める。なにものにも代え難い至福の時だ。

小机《こづくえ》に至って、松亀山泉谷寺《しょうきざんせんこくじ》に詣《もう》でた。偶然か必然か、さだの夫である了信がかつていた寺だった。庫裡《くり》で飯を食わせてもらっている時に、知れたのである。了信の義兄でなおかつ絵師であるなら、何か画を描いてくれと頼まれ、杉戸に描く羽目になった。

杉戸に描かれるのは花鳥が多いことから、重右衛門は、桜と小禽《しょうきん》を選んだ。そのため滞在する日が長引き、ひと月ほどして江戸の同心長屋に戻った際には、祖父夫婦に加代、弟子たちが幽霊ではないかと仰天した。

「足はちゃんとあらあ、よく見やがれ」と、玄関で足踏みをした。

その夜、加代にこっぴどく叱責《しっせき》された。

「ふらりと遠出をなさるのは若い頃からの癖でありますので幾度いっても詮無《せんな》いこととは存じます。けれど、今後は幾日も空けるのならば、せめて文の一本でも」

「山間《やまあい》の寺でな、そこは了信が前にいたんだとよ。で、なんだかんだあって寺の杉戸に画を描いてきた。その礼金でお前に簪《かんざし》を買ってきたんだよ。きっと似合うぞ」

膝立ちで進み、銀簪を加代の髪に挿した。

「このような贅沢《ぜいたく》な土産より、ご無事であったことの方が嬉しゅうございます」

なんだよ、人がせっかく、と重右衛門が拗《す》ねたように唇を曲げる。

「けれど、お寺の杉戸に描いたのですか？　よい功徳《くどく》をなさいましたこと。ではおまえさまの画はそこにずっと留まるのですね。わたくしも見とうございます」

そのさりげない言葉が重右衛門の胸を衝《つ》く。そうか、杉戸の画はずっと残るのか。

そうだな塵箱《ごみばこ》には入れられねえものな。重右衛門は笑った。

「加代。一緒に見に行こうな、必ずな。約束だ」

加代を引き寄せ、かき抱く。

「ほんに心配いたしました」

少し恥じらいながら小声で言う加代を、さらに強く抱きしめた。


重右衛門は小伝馬町《こてんまちょう》にある摺政に足を運んだ。手には風呂敷包みを抱えている。中身は版木だ。摺師の寛治に校合摺りをしてもらうためだ。

「相変わらずいい調子で摺りやがるなぁ」

と、重右衛門は腕を組んで唸った。摺り台から寛治がちらと顔を上げ、にっと笑う。

ている。

「おれぁ摺師だ。当たり前じゃねえか。さ、出来ましたぜ」

版木から紙を剝《は》がして、重右衛門の前に置く。

東海道の起点、日本橋の校合摺りだ。絵組は変えていないが、画中の人の数が増えている。

「しっかし、初版の版木がつんつるになっちまうなんて、たいしたもんだよ。おれも東海道に携われたことが自慢になりますぜ」

重右衛門は満更でもない顔をして、校合摺りを近くに寄せたり離したりしながら、じっくり眺めた。

「いい出来だ。ああ、そうだ。保永堂には内緒だぜ、実はよ」

と、鼻をうごめかせ、増えた人物を描いたのは弟子の昌吉だ、と告げた。

へえ、と寛治が眼を見開いた。

昌吉は初めのうちこそ遠慮したが、「おれの一番弟子だろうが」というと、俄然《がぜん》やる気を出した。新たに入ってきた鎮平に負けたくないと思ったのだろう。鎮平は痘痕《あばた》面《づら》で無口。他の弟子たちとはあまり馴染《なじ》まず、ただ黙々と運筆の修練をし、絵手本を写している。だが、手筋がよく同時期に入ったふたりとは比べ物にならない。昌吉もそれをすぐに感じたのだ。広重の一番弟子であるという自負もある。幾日もかけてようやく満足がいったと、重右衛門に下絵を差し出した。

思った以上によく描けていた。重右衛門が描いたのは大名行列の他には魚屋など六名であったが、変わり図では元の魚屋に加えて植木屋、瓦版屋《かわらばんや》、御高祖頭巾《おこそずきん》の女など二十名以上増えていた。ある部分に眼を留めると、ふと微笑《ほほえ》んだ。

重右衛門は、画面右脇《みぎわき》に成犬を二匹描いたが、人が増えた分、それが隠れてしまった。

昌吉はそれを、子どもと戯《たわむ》れる仔犬《こいぬ》に描き変えた。丸々太った可愛《かわい》らしい仔犬が二匹だ。初版の画を損なわずに工夫を加える。やっぱりてえした奴だぜ、とあらためて思った。

どれどれ、と校合摺りを手に取り、寛治が感心する。

「なるほどなぁ。広重さんが描くのとほとんど変わらねえものなぁ」

それを聞いて、重右衛門は途端に不機嫌になった。

「よう、そいつはちょいと褒めすぎじゃねえか。弟子だぞ。まだ画号も与えていないひよっ子だ。おれと変わらねえってのは、どういう了見で物言ってやがる」

「なんだよぉ、弟子を褒めてもらいてえからおれに明かしたんじゃねえのか？　それともまだ広重さんには敵わねえっていってほしかったのかよ」

「どっちもだ」

ちぇっ、と寛治が舌打ちする。

「面倒くせえ師匠だな」

寛治は唇をへの字に曲げて、

「ついでだから、もう二、三枚くれえ摺っとくか。そのお弟子にも渡してやんなよ」

次の紙を版木の見当に合わせて置く。

「けどねぇ、絵師が版木をてめえで持ってくるなんて今までなかったぜ。まったく変わってるぜ。まさか彫りも急がせたんじゃねえでしょうね？」

と、椿油《つばきあぶら》を染《し》み込ませた布に馬連《ばれん》を滑らせつつ、重右衛門を窺う。

「そんなことはない」と、寛治の視線を外して、空とぼけた。まことは彫り場に日参して急がせたのだ。彫師には横からああだこうだと注文をつけて彫らせた。

「やっぱり、お弟子の描いた画が心配だったんですかい？　初めて描かせたんで？」

真を突かれて言葉に詰まった。

くくく、と寛治が含み笑いを洩《も》らす。

「図星かぁ。弟子の初仕事でてめえがあたふたしていやがるなんざ、やっぱり面倒くせえが憎めねえお人だね」

ごほん、と重右衛門は咳払《せきばら》いをした。寛治とはベロ藍を用いたぼかしの工夫をともに作り上げた仲だ。大当たりとなった『東海道五拾三次』の絶妙な摺りは寛治が施した。

錦絵での職人の格は、絵師、彫師、そして摺師の順となる。しかし、重右衛門は摺師が劣るとは思っていない。錦絵は三つのどれが欠けてもいい物にはならないと考えている。

摺師が職人として下に見られてしまうのは、後摺りのことも影響している。初摺りは絵師がかかわるが、後摺りはほとんど見ない。後摺りでは摺り場を変えることもままあり、版元によっては、色数を減らしたり、色を変えたりもする。ひどいのになると、版ずれを起こした物でも売ってしまう。摺りの腕にも上下はあろうが、それがすべて摺師のせいになるのは気の毒でもある。けれど、他方から見れば、いくら絵師の版下絵が良くても、完璧《かんぺき》な彫りを施しても、摺りによって台無しになるともいえる。

寛治のぼかし摺りがなければ、東海道の名所絵は違ったものになっただろう。

校合摺りをあらためて眺める。昌吉の下絵を見たときから気にしていたが、やはり懸《け》念《ねん》したとおりだった。人物が増えたことで江戸の賑やかさが出た代わりに、早朝のきんと張り詰めた緊張感が失《う》せてしまった。

重右衛門が寛治に一足早く校合摺りを頼みに来たのには、昌吉の画であるとともに色のこともあったからだ。重右衛門はそれを寛治に告げた。

寛治も校合摺りを覗《のぞ》き込む。

「うん、確かにな。広重さんのいうとおり大名行列が出立する明けの七ツ（午前四時頃）って感じが消えたな」

「お前は色に関しちゃ玄人《くろうと》だし、いい案はないものかと思ってな」

寛治がくすっと笑みをこぼして、

「色差しは絵師の仕事だろうが。おれに色を考えさせるつもりで、版木をてめえで持ってきたってわけかい？」

呆れたように大声を出した。摺り場の職人たちの手が一瞬止まる。

「おい、人聞きの悪いことをいうな。おれは助け舟を出してくれねえかといっただけだ」

重右衛門が怒ったようにいうと、「わかってますよ」と寛治は返した。校合摺りへ再び眼を落とすと、

「初摺りは朝の風景だったから、変わり図は夕方にしちまえばいい」

即座に応《こた》えた。重右衛門は、眼を瞠《みは》って、膝を打つ。

「そいつはいい案だ。人が大勢いても違和感がない。しかし、夕方だとわからせるためには、やはり空の色を変えるのか？」

「初摺りのときと色を逆にすりゃいいのさ」

事も無げに寛治はいう。

重右衛門は、唸りながら頭の中に画を浮かべ色を置く。初摺りの空は、上部が青の下げぼかし摺り、下部が朱の上げぼかし摺り。夜が白々と明けていく様が見事に表されていた。変わり図はその逆。つまり上部が朱で、下部が青。なるほど、と得心した。空が朱に染まっていく。

「それで行こう。よし、寛治、筆を貸せ。色差しをする」

重右衛門はさらさらと校合摺りに色名を書き込んでいく。摺り技も書き入れる。この色差しを見て、彫師は色板を彫り起こす。書き終えたら、誰かを彫り場へ使いにやればいい。

筆を走らせる重右衛門を見ながら、寛治がいった。

「広重さんも変わったよなぁ。いまだからいいますがね、初めて会った時は、よれよれした貧乏ったらしい侍だなぁと思いましたよ。その上、摺りにもがたがた吐《ぬか》すし。こりゃ厄介だと。けど、いまじゃ小ざっぱりとした小袖《こそで》に羽織、鬢付《びんつ》け油までほのかに香ってきやがる。版元と結構な処《ところ》で飲み食いしてると人ってのは違ってくるもんだね。ちょいと品も出てきたぜ」

「なぁにいっていやがる、褒めたってなんも出ねえぞ。そういや、お前も滅法界忙しくなったと小耳に挟んだがな」

「ああ、おかげさまでね。ぼかし摺りをやってほしいって名指しで注文がくるようになりましたよ。摺り方を教えてくれって、別の摺り場の職人もやって来る」

「ほう。それで教えてやるのか？」

重右衛門が訊《たず》ねると、急に寛治は声をひそませた。

「教えますよ。いくらおれが忙しくても給金は変わらねえし。そんなら大勢の摺師が技を磨くほうが浮世絵界のためンなる。でもよ、保永堂さんも、たいしたモンだ。いきなり出てきて、歌川広重っていう絵師を花火みてえにどかーんと打ち上げちまったんだからな」

「待て待て、寛治、そのたとえは感心せぬな。おれは花火のようには散らぬぞ」

厳しい顔をした重右衛門に、寛治が吹き出した。

「で、この後、どうします？　おれはもう仕事仕舞いにしますんで、ちょいとそこで一杯行きましょうや。師匠の奢りで」

寛治が指を丸めて猪口《ちょこ》を呷《あお》る仕草をした。調子のいい奴だなぁ、といいつつも酒とくれば、自然と口元も緩む。寛治の助言で色も決まり、ほっとしたのもある。あとは試し摺りで保永堂を得心させればいい。

じゃ、決まりだと、嬉しそうに寛治は摺り台の片付けを始めた。手を動かしながら、

「そういや、英泉師匠が保永堂から名所絵を出すそうですね」

重右衛門は眼をしばたたく。渓斎英泉が、名所絵だと？

「おれぁ聞いちゃいねえよ」

「あれ？　知らなかったんですか。えーっと、どこだったかなぁ」

寛治は、顎《あご》に手を当てて考えた。重右衛門はそれを見つつ、苛々《いらいら》し始める。

「そうだそうだ、木曾だ。木曾街道の六十九宿だ！」

重右衛門の腹がかあっと熱くなる。英泉で木曾街道だと？　六十九宿？

「そいつは、どういうこったっ」

眼を剝《む》き、寛治に摑みかからん勢いで身を乗り出した。摺り場の職人たちが驚いてふたりへ視線を向けた。寛治もあまりの剣幕に面食らいつつも、

「どうもこうもねえよ。ただ、英泉師匠は今それで旅に出てるって話だ」

と、いなすようにいった。

保永堂が路銀を出したのか。あんの狸野郎《たぬき》。いや、あいつは細面だから狐野郎《きつね》だ。

重右衛門は筆を放り投げ、校合摺りを懐にしまい込むと立ち上がった。寛治が驚いて重右衛門をふり仰ぐ。

「おいおい、広重さん、どうしたんだよ」

「保永堂へ行く」

「おれに奢るっていったじゃねえか」

「そんな話聞かされて、のんきに酒など呑《の》んでいられるか」

「どうせ、試し摺りで会うんだぜ。そんとき訊《き》けばいいじゃねえか」

うるせえ、と怒鳴り、足を踏み鳴らして急ぎ摺政を飛び出た。

保永堂め。木曾街道の六十九宿だと？　なぜおれに仕事を振らねえんだ。しかも絵師は渓斎英泉ときた。駄目だ駄目だ。女はいいが、名所なんぞ描けやしねえ。

重右衛門は早足で通りを進みながら、英泉の団扇《うちわ》絵を思い出していた。ベロ藍一色の画は、風情《ふぜい》はあったが、肝心な景色がなっちゃいなかった。名所絵はただ見て写すものではない。描きたい対象を見極めることが肝心だ。絵師はそこに筆意を込める。

美人画で一世を風靡《ふうび》したんだ。いまさらなんで名所絵に手を出すのか。だいたい英泉は北斎に私淑しているのだ。爆発的に『冨嶽三十六景』が売れていたときに、名所絵の波に乗ることだって出来ただろうに。いまさら、なんだ。色気を出しやがって。

一挺《ちょう》の駕籠が横を通り過ぎた。重右衛門は振り返り大声で叫んだ。

「駕籠屋。酒手を弾む。南新堀までやってくれ」

二

保永堂は煙管《きせる》を吹かしながら、表情ひとつ変えずに重右衛門を見つめていた。だが、その視線はあきらかに面倒だといいたげだ。

「確かに木曾街道をお願いいたしましたよ。英泉師匠も大乗り気で引き受けてくださいましたがね。それがなにか？」

重右衛門は茶ひとつ出てこない対応にも腹を立てながら、

「あのな、おれには、京と近江の種本を寄越して写せといったくせに、英泉師匠はいいのか。木曾路見物の路銀も当然出しているんだろう」

探るように訊ねた。はあ？　と、保永堂は眼をしばたたく。

「近々お会いするというのに、そんなつまらぬことでわざわざいらしたのですか？」

「つまらねえだと？　おれはお前さんを儲《もう》けさせただろうが。なぜ、先におれにいわねえんだ。木曾路を歩きたかったなぁ」

「いやいや、広重師匠は他の版元さんの注文もあるかと思いましてね。さすがにお忙しい中、旅へ出したら、新参のあたしは皆さんに睨《にら》まれてしまいますよ。それに、今年の正月にうちから出した合巻本の巻末はご覧になっていない？　広重師匠の東海道の続きと英泉師匠の木曾街道の広告がちゃんと打ってありましたのに」

言い訳ともつかぬことをしれっといいのけた。

「ご覧になんかなっちゃいねえや。ともかくだ。おれには写しをやらせて、英泉師匠には路銀を出したってのが気に食わねえんだ」

東海道五十五宿はすべて完成し、いまだに飛ぶように売れ続けている。近江と京の名所絵も後摺りが出た。重右衛門の描く名所絵は、旅情豊かで郷愁と情緒を誘い、町人たちの旅心を刺激したのだ。

重右衛門の弟子はさらに増えて、十名を超えた。もちろん、三、四十名を抱える国貞や国芳の弟子の数には及ばないにしろ、広重の画は、若者たちにも描きたいという気持ちを起こさせるものになったという証《あかし》だ。

これまで浮世絵の世界では、役者絵、美人画よりも名所絵は劣るといわれていた。だが、それを北斎と重右衛門はくつがえした。名所絵は、版元に稼ぎをもたらすものだという、商品としての価値を認めさせたのだ。

かつて、『東都名所』を版行した川口屋からは新たな揃い物を版行し、藤岡屋《ふじおかや》からも開板に至った。北斎が錦絵から徐々に手を引き始めている今、名所絵は重右衛門の独壇場ともいえた。その自負も当然ある。

「え？ どうなんだよ。応えろ。おれは名所の広重だぞ。もうな、師匠の豊広とは比べ物にならねえ。とうに超えた」

豊広は地味な画風で、錦絵は好まず、肉筆がほとんどだった。人は好《よ》かったが、画技も人気も兄弟弟子の豊国に及ばなかった。悔しくなかったのだろうか。もう敵わねえと諦《あきら》めていたのか。

黙ったままの保永堂に詰め寄ると、いきなり破顔した。火鉢に灰を落とし、小刻みに肩を揺らした。

「何がおかしい」と、重右衛門は眉《まゆ》をひそめる。

保永堂は煙管に息を吹き込んでから煙管筒へと入れた。

「名所の広重はまだしも、豊広を超えたとはまた大層な物言いだ。師匠は何か勘違いしていらっしゃいませんか。あたしは版元でございますよ。幾人の絵師と付き合おうが、どなたに依頼をしようが、あたしの勝手じゃありませんか。それに英泉師匠は、かつて美人画で名を馳《は》せたお方だ。そのお方があらたに名所絵に挑む、なかなかの趣向だ。昨日今日、人気が出たばかりの絵師ではないのはお分かりでしょう？　写しをやれとはいえません」

頭の隅で、かちんと何かが外れる音がした。

「昨日今日、人気が出た絵師ってのは、おれのことかね？」

すると保永堂は身を仰《の》け反《ぞ》らせ、手と首を横に振る。

「滅相もない。言葉の綾《あや》でございますよ」

ただね、と急に気の毒そうな顔をした。

ここ数年、英泉は、人情本の挿絵や枕絵本《まくらえ》ばかりで、錦絵はとんと依頼が入らないわ、身内に不埒者《ふらちもの》がいて、その借金を肩代わりするわ、せっかく開いた船宿は火事に遭うわで、すっかり運にも見放されているという。

「英泉師匠だってもう四十半ばですよ。あたしは英泉師匠の描く女が殊《こと》の外《ほか》好みでしてねぇ。枕絵もほんに淫《みだ》らで。若い頃は日がな一日眺めていても飽きませんでした。そんな絵師が、このまま埋もれて行くのを見ているのは忍びない。ですから、あたしは名所絵で再び、と師匠に持ちかけたのでございますよ」

情け深くて結構なことだ。だが、どこからどこまでがまことのことか。保永堂の面は皮が厚くて読みきれない。

むむむ、と重右衛門は唸《うな》った。落ちぶれたっていいじゃねえか。英泉は二十代の前半に枕絵を描き、錦絵で女を描き、絵師として十分もてはやされた。おれなど、四十を目前にしてようやく銭が得られる絵師になった。そりゃあ人の借金を抱えたとか火事に見舞われたとか、不運ではある。こんな水商売はいつ飽きられるかわからねえのだ。英泉とて新たな商売を始めたのもそうした危惧《きぐ》があったからだろう。

気を取り直した重右衛門は、ふん、と鼻を鳴らした。

「保永堂さん、お前さん、町絵師を旅に出したら、それこそ路銀をどれだけ使うかわからねえと前にいったよな?」

「ええ、確かに」

「若い奴とは限らねえ。英泉師匠が遊び好きで、気ままなお人だっていうのは知っているだろう? 仕事を請けても、一向に筆を執らねえとか」

保永堂は余裕の笑みを浮かべる。

「ええ、もちろん。版元泣かせのお方だったようで。此度《こたび》は、六十九の宿場ですから、多少の掛かりは致し方ないと承知していますよ。英泉師匠ともきちんと約定を交わしておりますし。ご心配には及びません」

重右衛門は片膝《かたひざ》を立て、保永堂をぐいと見据えると、

「何かあっても、おれに泣きついて来るなよ。尻《しり》は拭《ぬぐ》ってやらねえからな」

敷居をまたいだとき、

「摺政さんでの試し摺り、楽しみにしておりますよ」

保永堂が背を向けた重右衛門へ声を掛けてきた。


ひと月が過ぎ、色版もすっかり彫り上がり、摺政で試し摺りが行われた。保永堂、重右衛門、摺政の親方、そして摺り台の前には寛治が座る。

変わり図の日本橋の夕暮れは思った以上に効果的だった。上部と下部の色を逆にするだけで、朝と夕が変わるのが面白い。寛治がにやっと笑う。

保永堂はその出来映えに十分に満足していた。が、どこかそわそわして落ち着きがない。

重右衛門は訝《いぶか》しく思いつつも、副題を変えることを提案した。

『日本橋　朝之景《あさのけい》』から『日本橋　行烈振出《ぎょうれつふりだし》』だ。

「ああ、それでいいでしょう」

保永堂はそういうと、ではあとはお任せしますね、と摺政の親方、寛治、重右衛門

への挨拶《あいさつ》もそこそこに立ち上がった。

小面憎いほど悠然と構えているいつもの保永堂ではない。居ても立っても居られないような様子だ。このひと月のうちに何か起きたと考えるしかなかった。訊いたところで話すような男ではないのも知ってはいるが、供に連れてきた小僧を叱《しか》り飛ばしている姿も珍しい。木曾街道の件で赴いた際も、今にして思えば剣突《けんつく》な態度だった。

「おい、保永堂。振る舞いもねえのかよ」

「いえ、急用がございまして」

そそくさと立ち去る保永堂を見送りながら、麦湯を啜《すす》った。

「あの一件で、保永堂さんとこに行ったんでしょ？　何かあったんですかい？」

寛治が訊ねてきた。

「いつもより皮肉混じりの言葉はたっぷり聞かされた。今日はあのときより、きついな。どうしたことやら」

「まあ、師匠に痛いところを突かれ、分が悪かったとか」

「そんな柔《やわ》い奴じゃないけどな」

ふむと首を傾《かし》げた。

『東海道五拾三次』は、変わり図を含めて、再版された。また大変な売れ行きとなった。重右衛門の元には、版元たちがさらに押し寄せた。

ほとんどが東海道物だ。さすがに重右衛門も、続けて版行するのは保永堂の手前ははばかられた。その代わりに、数年先まで待つという版元らには渋々頷《うなず》くしかなかった。

人気は上り詰めたものの、やはり英泉の木曾街道が気に掛かっていた。


「重右衛門、忙しそうでなによりだ」

久しぶりに幼馴染の岡島武左衛門と酒を酌《く》み交わす。武左衛門が懇意にしているどじょう鍋《なべ》を扱う立川屋だ。気心の知れた友と飲む酒は、近頃多忙な重右衛門の気持ちを楽にした。

「武左衛門さんからそういわれると、照れますよ」

「何をいっている。今や押しも押されもせぬ名所絵の歌川広重ではないか。お前の扇面画がほしいといっている上役もおるくらいだ。幼馴染なのだから、頼んでくれとうるさくてな」

「いってくだされば、描きますよ」

「まさか。上役なんぞ、銭は出さぬぞ。お前はもう絵筆で食っておるのだ。客は選ばないといかん。ま、そやつらに描くなら、まずおれだ。おれもお前の画はほしいからな。見せびらかしてやるよ」

　と、笑った。

「仲次郎はいかがですか？　お役目はしっかりこなしておりますか？　同じ屋根の下におりましてもなかなかわかりません」

「ははは、甥《おい》としては気になるか。心配するな。同輩とも、臥煙《がえん》らともうまくやっておる。だいたい仲次郎とて、妻《めと》を娶ってもよい年頃だぞ」

「まだ早いでしょう」

「お前の爺《じい》さんが承服せぬかな。ご老体もお元気でなによりだ」

　武左衛門がくいと杯を呷った。

「ところで、まだ長屋を出ぬのか？　ここは定火消のお役長屋だ。弟子たちが出入りしているのは、あまりよくないだろう」

　それが、と重右衛門は言葉を詰まらせる。

　祖父の十右衛門がこのまま居続けてはくれないかといってきたのだ。懇願に近かった。婿養子《むこようし》だった重右衛門の父を役立たずの腰抜けと詰《なじ》った祖父だった。

　もちろん、祖父も寄る年波には勝てない。絵師として銭が次々入る重右衛門を離したくない気持ちもわからぬでない。

ぐつぐつ煮えるどじょう鍋を突《つつ》きながら、重右衛門は唇を歪《ゆが》めた。

「同心長屋を出たとしても、扶持《ふち》以外に稼ぎのない仲次郎ですから銭を入れてやるしかないでしょうな」

「お前も優しい男だなぁ。結局は安藤家の人間ということか」

そうなりますかねぇ、と苦笑する。

「お、そういえば曲亭馬琴の古希祝いの書画会があったそうだな」

十日前の八月十四日のことだ。柳橋にある料理屋『万八楼』で開かれた古希祝いは、書画会も兼ねていた。足を運んだ重右衛門は驚嘆した。なんと、七百人もの人が集まったのだ。ただし、人が集まっても引き出物のおかげで儲けが出なかった、と吝嗇《けち》で偏屈な馬琴は嘆いたという。

「馬琴翁《おう》の祝宴に呼ばれるとはな。本当にお前も人気絵師の仲間入りだ。加代さんも安心だな。これまでの苦労も報われる」

武左衛門が重右衛門の肩をぽんと叩《たた》いた。

いまだからいうが、と武左衛門が声をひそめた。

「加代さんが質屋通いをしていたのはお前も知っているかと思うが」

まいった。武左衛門までが知っていたとは。いや、けれどなぜ知っているのだ?

と訝しむ。

武左衛門は、くくくと含み笑いを洩らして、

「まさに知らないのは亭主ばかりなり、だ」

眉間《みけん》に皺《しわ》を寄せる重右衛門をからかった。

「ふらりとどこぞに出掛けるときには加代さんから銭をふんだくり、料理屋で飲み食いしては借金を作っていたろう？」

「おれはやりくり上手の女房だと拝んでいたんですがね」

「めでたい奴《やつ》だな、お前は」

「いやもう、料理屋や居酒屋は吝嗇な商売で、毎月の晦日《みそか》には必ず掛取りに来ましたからね。そん時はもう隠れるのに懸命でしたよ。まことに嫌な連中ですよ。ツケを払わなきゃ呑ませねえなんて、商売っ気があるのかねえのか、わかりません」

重右衛門は唇を尖《とが》らせる。

「いや、お前、それは当然だろう。だいたい、半期ごとの掛取りでは銭がかさむからな。お前はそれだけ信用の置けない呑兵衛《のんべえ》だったということだ。自覚しなければな」

厳しい物言いをした武左衛門へ向けて、重右衛門は鼻をうごめかせ、くいと猪口を呷った。ぷはぁ、といささか大袈裟《おおげさ》に息を吐き、ぱっと腕を広げて、

「名所絵引っさげ、江戸の庶民を驚かしぃ、いまや飛ぶ鳥を落とす勢いの歌川広重ぇ、向後そのようなご心配は、いやああ、無用にぃございたてまつりますぅ」

役者よろしく見得《みえ》をきると、武左衛門が頭を抱えて、ひと言「馬鹿《ばか》」といった。

「兄とも慕う武左衛門さんに、なにをいわれたって構わねえが、馬鹿はないでしょう、馬鹿は」

「馬鹿だから馬鹿といったのだ。いいか、質屋通いのことは、加代さん本人に聞かされたからだ。お前がこさえた借金を返済するため、加代さんは自分の着物から帯簪にいたるまで売りつくした。どうしても足りない時には、銭の無心に来たのだよ」

げっと重右衛門は身を仰け反らせた。

「あいつ、おれに黙ってそんなことまでしていやがったのか。武左衛門さんにまで迷惑かけるとは、亭主の顔に泥を塗るのもおんなじだ」

「銭を借りに来たことは、一度や二度ではない。加代さんからは固く口止めされていたが」

それなら、なぜいまになっておれに話すのだ、と上目遣いに窺《うかが》う。もって回った口調も気に障《さわ》る。まだ返済されていない銭があるとでもいいたいのか。

「いま、おれが吝嗇だと思ったろう？　違うぞ。おれは、返さずともよいというたのだが、必ず、加代さんは返しに来たよ。一文と違《たが》わずな。しかも、愚痴はおろか、お前の悪口も一切いわなかった。おれは、ちっとぱかし意地悪をいうたことがある。なにゆえお前の画が売れぬのか。銭にならねばやめさせればよい。おれが引導を渡してやろうかと」

重右衛門は箸《はし》でどじょうをつまんだ。

「お前の役者絵や美人画が売れないのは正直で優しい気持ちのせいだといったよ。似《に》せ絵《え》は特に少し意地悪な眼が必要だ。わざと眼や鼻を大きくしたり、逆に小さくしたりしなければいけない。偽れない素直さと優しさが人を描くのには仇《あだ》になったのだろうと」

加代がそういったという。

ごくり、とどじょうを飲み込み箸を置くと、

「我が女房ながら、感服いたしました」

重右衛門は照れ隠しに、わざと厳しい顔をした。

「おお、まったくだ。あんな妻女はいないぞ。もっと大切にしてやれ。そのためにも一刻も早く安藤家を出て、ふたりだけの暮らしになることだな」

「それがですね、加代が昌吉を養子にしたらどうかと」

ほう、いいではないか、と武左衛門が感嘆した。

「はあ、昌吉ならば、二代広重になれると、加代が」

「二代広重か。うんうん、もう安藤家から離れるのだ。武家の厄介なしきたりもない」

「昌吉さえ承知すれば」

「親子三人か。そこに弟子も通って来る。賑やかでいいではないか」

武左衛門が嬉《うれ》しそうに盃《さかずき》を掲げた。

それから、数日後。保永堂が突然、火消同心長屋にやって来た。

「お待たせいたしました」

声をかけてから障子を開くと保永堂がこちらに向かって平伏していた。

重右衛門が眼をしばたたく。

「なんだよ、何しているんだよ」

「広重師匠。恥を忍んでお願いがございます。英泉師匠がなかなか描いてくれず、あげくもう辞めたいと。木曾海道残り四十五景、描いていただけませんか」

あ？　なんてこった。本当に英泉にケツをまくられたってわけか。それでまあ、こんなにやつれちまって。いい気味だぜ。ははは。

「お頼み申します。この通り。数々の非礼も合わせてお詫《わ》びさせていただきます。あたしにはやはり広重師匠しかおりません。信用できるのは師匠だけでございます」

はん、と重右衛門は裾《すそ》を払って、胡座《あぐら》を組んで座った。

「頼むといわれてもな、英泉師匠との間になにがあったか、教えてもらわないことにはね。それにおれはいったはずだぜ。泣きついてきても尻拭いはしねえってな」

覚えておりますと、保永堂は小声で応えた。単衣《ひとえ》の小袖に絽《ろ》の羽織を纏《まと》っていても肩の骨が浮いて見える。顔すら上げない。

なんだよ、なんだよ、この米搗《こめつき》ばったみてえなのはよ。おれはこんな保永堂は嫌だ。

「話してみろよ、どうしたってんだ」

保永堂はわずかに顔を浮かせたが、畳の目を見ている。

「実は、私の兄が——」

聞けば、実家の質屋を継いだ保永堂の兄が米の買い占めを行い、お上に捕らえられたという。

天保の四年頃から、東国で酷《ひど》い飢饉《ききん》があった。人々を救済することが叶《かな》わず、餓死者が大勢出た。その有様は瓦版にもなり、飢えた犬が人の死骸《しがい》を食い、その犬を人が食いという、まるで地獄絵図だった。困窮民は江戸にも押し寄せ、お上はすぐさまお救い小屋に収容し、囲い米を供給している。だが、飢饉の波は米の高騰《こうとう》で江戸の庶民を襲った。一石の値が二倍に跳ね上がったのだ。保永堂の兄は飢饉を見越して米の買い占めを行い、高騰した時を狙《ねら》って売りに出した。豪商からは相場の四倍、庶民からは三倍の銭を取った。悔しい思いをしながらも銭を出せる者は買うしかない。それが人伝《ひとづて》に流れて、人道にもとる所業としてお縄を受けた。保永堂はなんとか兄を救いたいと思い、これまでの人脈を使って、金をばらまいた。が、一向に解き放ちにならない。満を持して英泉の『木曾海道六拾九次《きそかいどうろくじゅうきゅうつぎ》』を版行したが、思ったほど振るわない。だが英泉の路銀は膨れ上がっており、とても元が取れる状況ではない。

「どうか、お願いいたします。英泉師匠ではなく、はなから広重師匠にお頼みするべきでございました。もうおすがりするしかありません」

声が震えている。重右衛門は舌打ちした。

「はなからおれに頼めばよかったって？　英泉師匠が売れると信じてお前さんは頼んだんじゃねえのか。それなら、なぜ売ろうと努力しねえんだよ。座って待ってたって、客は来ねえ」

保永堂は唇を嚙《か》み締め、畳に額を擦り付けたままだった。重右衛門は鬢《びん》を指先で搔《か》いた。

「尻拭いは御免だが、おれは、旅が好きでね、保永堂さん」

はっとして保永堂は瘦《や》せた顔を上げた。こりゃあ、ひでえや。されこうべがはっきりわからぁ。

「ただなぁ、うちにはよ、重昌《しげまさ》って弟子がいるんだ。そろそろ一枚摺りを出してやりてえんだがなぁ」

ありがとうございます、と保永堂が途切れ途切れにいった。

翌年、広重は意気揚々と木曾街道を歩いた。供は、重昌だ。

昌吉の画号である。広重一門から出した初めての絵師だ。加代が小豆飯を炊《た》いて祝った。昌吉は照れ臭そうに笑う。それと同時に、保永堂から芝居町の一枚摺りを版行した。

天保十年（一八三九）の十月。寒さが身にしみる頃になった。重右衛門は綿入れを着込んで、下絵を描いていた。昨年は、老中のお声掛りで、好色本と絵本類の店頭での売り出しが禁止されたが、重右衛門の名所絵には、なんら影響はなかった。

と、昌吉が血相を変えて画室に走り込んで来た。

「師匠、師匠！　ご新造《しんぞ》さまが。お勝手で」

藤岡屋から受けた『東都八景』の下絵を描いていた重右衛門が顔を上げた。

一体なにがあったのか。重右衛門は立ち上がり、勝手に急いだ。三和土《たたき》に加代が倒れている。息も絶え絶えだ。三和土に飛び降りた重右衛門は、すぐさま抱え上げた。

「どうした加代。おい、なにがあった」

加代は薄く眼を開け、大丈夫でございます、と力なくいった。

顔が赤い。身体《からだ》が火が出るように熱かった。額に手を当てる。相当な高熱だとすぐにわかった。そういえばここ数日、疲れた顔をしていた。なぜ、わかっていたのに声を掛けなかったのか。

「昌吉！　医者だ。医者を呼べ。鎮平、夜具を敷け。もたもたすんじゃねえぞ」

それから三日後の十月二十三日。

加代が逝《い》った。その身から、そっと魂が抜け出るような静かな最期《さいご》だった。

医者が薬籠《やくろう》を持ち、立ち上がり掛けたところへ、重右衛門は摑《つか》みかかった。

「この藪《やぶ》医者が。加代を戻せ。今すぐ戻しやがれ」

歯を剝き、襟を摑んで揺さぶった。医者の顔が恐怖に歪む。

「師匠！」

昌吉が割って入った。

「邪魔するんじゃねえや」

重右衛門が力一杯昌吉の手を払いのける。鈍い音がして昌吉が転がった。「兄さん」と、他の弟子たちが昌吉を抱え起こし、鎮平が重右衛門の腰にしがみつく。

「てめえまで邪魔しやがるのか」

「師匠！ ご新造さまの前です。お医者さまのせいじゃありません」

「――うるせえ、黙ってろ、わかってんだよ」

重右衛門は歯を食いしばり、童のようにかぶりを振った。加代の白い顔が重右衛門の眼に映った。本当に、本当に、逝っちまったのか？

なぜだか視界がぼやけてきた。その眼で周りを見回す。弟子たちが沈鬱《ちんうつ》な表情で見ていた。昌吉の頬が赤くなっている。おれが張り飛ばしたのだ。

昌吉の眦《まなじり》から、だらだらと流れているのは涙か。

身から、急に力が抜けた。医者の襟から指を放す。

「鎮平、もういいぞ」

鎮平が黙って、重右衛門から身を離した。

医者はその隙《すき》に薬籠を抱え、そそくさと逃げるように座敷から出て行った。

重右衛門はへたり込んで、そのまま這《は》うように加代へと近づき、手を伸ばした。

その頰はまだ温かかった。

「加代、加代。え？　寝てるんだろう？　なぁ？　ふざけてないで眼ぇ開けてくれよ。頼むからよぉ。なんだよ、熱だろ、ただの熱だったじゃねえか」

なあ、聞こえねえのか？　加代、と重右衛門は加代を抱き起こし、その身を抱きしめた。昌吉や鎮平、弟子たちの嗚咽《おえつ》が洩れる。

「おれはおめえに内緒にしていたがよ、引っ越すための家ぇ探してたんだよ。お前の驚く顔が見たくてよ。喜ぶ顔が見たくてよ。なあ、加代、起きてくれよ。お前さまっていつものようにいってくれよ」

重右衛門は、答えぬ加代の頰に自分の頰を押し付けた。

「ああ、なんだよ、くそ。柔らけえなぁ。おめえの肌は本当に柔らけえ」

頰と頰の間が濡《ぬ》れる。泣いてるんだなぁ、おれ。鼻水も出てきやがった。

ぐずりぐずりと重右衛門は洟《はな》をすする。

苦しくはなかったか？　辛《つら》くはなかったか？　なあ加代。おめえはほんにいい女だ。おれにはもったいねえほどの女房だった。

腹の底から、塊のようなものが込み上げてくる。胸が詰まり、喉《のど》が塞《ふさ》がれる。その苦しみから逃れようと、懸命に吐き出した。

うわあ、うわあああ――。

放たれた塊は、嘆きの咆哮《ほうこう》だった。

その夜は冷たい雨が、静かに降り続いた。


加代の急死は、同心長屋にすぐさま伝わり、同じ火消同心の女房たちが通夜《つや》の準備を進めた。重右衛門は放心状態で、加代を納めた棺桶《かんおけ》の傍に座っていた。

「重右衛門、しっかりせぬか」

祖父の十右衛門に肩を揺すられる。だが、重右衛門は石のように固まったまま応えなかった。

坊主《ぼうず》の読経《どきょう》が終わっても、重右衛門は棺桶を眺めていた。線香の匂《にお》いが鼻を突く。

弔問客が次々と訪れては帰って行く。

与力の武左衛門は妻を伴って、沈痛な面持ちで悔やみの言葉を述べた。保永堂や鶴屋、川口屋などの版元、そして歌川国貞、国芳とその弟子たち。北斎の代理だといって、娘のお栄も来た。誰が来ようとも重右衛門は動かなかった。

仲次郎は、同輩と臥煙たちの相手で走り回っていた。昌吉と弟子たちが客に頭を下げて回る。

別室では御斎《おとき》が供され、賑《にぎ》やかな声がしている。

「重さん。いや、歌川広重師匠」

その呼び掛けに重右衛門はふと眼を向ける。

「この度は、まことにご愁傷さまでございました」

きちりと膝を揃《そろ》えた老人が、深々と白髪頭を下げた。

「き、喜三郎、さんか？」

「覚えていてくれただけでもありがたいよ」

喜三郎が顔を上げた。

「なぜ、いままで来なかった。来てくれなかったんだよ」

「あたしはもう用済みだ。お前さんは師匠と呼ばれるほどの絵師になった。あたしのような版元の小さな仕事なんぞ受けてはもらえないだろうからね」

喜三郎はそういって、わずかに口元を緩めた。

「久しぶりの挨拶が皮肉かよ。おれに文句を垂れに来たのか？」

「なにをいうんだい。加代さんの悔やみに来たんだ。これからいい思いが出来ただろうに、可哀想《かわいそう》でならないよ。あんないい女房はいない」

「長屋を出る算段もつけていた、加代と昌吉と三人で暮らす家を持つつもりでいた。画を描きまくって、面白おかしく暮らすつもりだった。そんな矢先に死んじまった。あんないい女房はいないだって？　あんたにいわれなくても、このおれが誰より知ってらあ。余計なお世話だ」

「そうかね？　まことに加代さんのことを知っていたのかね？　重さんにどれだけ尽くしたか知っているのかい？　どれだけ支えてきたか」

他の版元たちとの付き合いは、仕事あってのものだ。上っ面《つら》だけの繋《つな》がりでしかない。互いに腹を割って話が出来るような者はいないのだ。版元は、おれにとってはひとりひとりの付き合いでも、版元にとってのおれは、大勢いる絵師や戯作者《げさくしゃ》の中のひとりでしかない。結局、おれは独りだ。

加代がいたから気にもせずにいた。けれど今は、すがりたかった。ずっとおれを見ていてくれた。しばらく会っていなくとも、喜三郎は他の版元とは違うと思いたいのだ。

喜三郎は背を向けたまま、話し始めた。

「今日来たのは、加代さんの頼みだったからだよ」

重右衛門は戸惑った。加代の頼み？　なんで死んだ加代が頼みに行けるんだ。

「おかしなことといってるんじゃねえよ」

「黙って聞くんだ」

喜三郎が声を荒らげる。ぴくん、と重右衛門は身を強張《こわば》らせた。

「加代さんは、重さんの近江八景が出た頃に訪ねて来たんだよ」

近江八景なら、もう五年も前だ。

「重さんが、あたしが来るのを手ぐすね引いて待っているってね。けれど決して来ないでくれといわれたんだよ」

なぜだ。

「いまは上り調子だから、気持ちも大きく、尊大になっているとね。だから、あたしの顔を見たら、なにをいい出すかわからない。だから今じゃない」

口ではひねくれたことをいうけれど、根が真面目《まじめ》で優しい人だから気弱なところを隠している。ようやく自分に陽が当たったことで、必死に虚勢を張っているが、張り詰めた糸は必ず切れる。そのときに、来てあげてほしい、まことに頼れる人は岩戸屋さんしかいないから、と加代がいったという。

重右衛門は拳《こぶし》を握り締めた。

「だから、来たんだよ。きっと重さんの糸が切れちまっただろうと思ってね——あたしだってね、それが加代さんの通夜になるなんて思いも寄らなかったよ」

ああ、口惜しい、と喜三郎は声を絞って、顔を上に向けた。

「あたしが重さんに預けた掛け軸、まだ持っているだろうね」

重右衛門は頷いた。豊広師匠の肉筆だ。

「風の噂《うわさ》で聞いただけだが、豊広師匠を超えたといったそうじゃないか。いいことだよ、弟子に超されて怒る師匠はいない」

そんなことをいったか？　と重右衛門は沈思した。

「もう伝えてもいいだろうね。あれは、豊広師匠が重さんに渡したかった物なんだ。師匠が亡《な》くなる少し前にあたしが預っていたんだ。それを加代さんは、広げて見たそうだ。あたしの思いがわかったといっていたよ。お前さんよりずっと勘がいい」

じゃあ、あたしはこれで失礼するよ、と喜三郎はゆっくりと歩き出した。

「喜三郎さん。お店に伺ってもいいですかね」

「構わないよ。けれど、名所の広重師匠なんて、あたしは持ち上げない。あたしにとっちゃ豊広師匠の弟子、それだけだからね」

きっぱりいうと、座敷を出て行った。

重右衛門は弔問客の相手もせず、画室に向かった。

行灯《あんどん》に火を入れる。床には下絵が散乱している。加代が倒れてから、そのままになっていた。

毎日手を合わせていたが、これまで一度も広げなかった師匠の掛け軸。重右衛門は恐る恐る手にとって、紐《ひも》を解《ほど》いた。

そこに現れた画に、重右衛門は息を呑んだ。

ああ、なんてこった、と思わず知らず声が洩《も》れていた。

薄暗い行灯の光に浮かび上がった豊広の画は、浜辺に佇《たたず》む艶《あで》やかな衣装をまとう娘ふたり——その背景は、どこまでも続く海原に帆を上げる舟、広がる空を悠々と飛ぶ鳥。

娘の姿の鮮やかさを際立《きわだ》たせるためか、風景には色がない。けれど、心にすっと染《し》み込んでくるような美しさがあった。架空の景色であろうが、誰もが眼にしたことがあるような既視感にとらわれる。

重右衛門は、掛け軸を手にしたまま、がくりと膝を落とした。

おれは、どこまでうつけだったのか。

おれの筆は、師匠の筆と同じだ。師匠の画風をおれはしっかり受け継いでいた。

なにが師匠を超えた、だ。歌川豊広はとっくに人の胸を打つ風景を描いていたのだ。それを喜三郎は教えたかったのだ。美人画と役者絵にこだわって、意地を張っていた頃に、こいつを見せられたところでなにも感じなかっただろう。それを師匠はわかっていて、喜三郎に託したのだ。加代がこれを広げて、喜三郎の思いがわかったって？　寄ってたかって、おれを虚仮《こけ》にしやがって。

穏やかな豊広の顔が、加代の柔らかな笑顔が、脳裏に浮かぶ。

おれは独りじゃなかった。師匠がいて、加代がいて、喜三郎がいた。けれど、気づいたときに残っていたのが喜三郎だけだった。

掛け軸を脚に載せて、両手で顔を覆《おお》った。さんざん泣いたはずだ。まだ泣くつもりか。涙は尽きねえもんなのか。

三

重右衛門は、昌吉を供に甲州へと旅に出た。八代洲河岸《やよすがし》の火消同心長屋を出立したのは四月の初旬。春の陽射《ひざ》しが少しずつ夏のものに変わり始めていた。

朝曇りの中、見送ってくれたのは、弟子たちと仲次郎だ。その隣には、仲次郎と祝《しゅう》言《げん》を挙げることになっている火消同心の娘とそのふた親もいた。重右衛門は幾度も振り向いては手を振った。

見送りの者たちが見えなくなると、ひとりわずかに微笑《ほほえ》んだ。

加代、極楽から降りて来てくれたかえ？　もう一周忌も済んで、あの世でのんびりしているところ悪いがよ、ひと月余りの旅だ、付き合ってくれよなと、心の内で囁《ささや》いた。重右衛門の振り分け荷物の中には、加代の位牌《いはい》があった。

おめえと旅に出るのは初めてだなぁ。

旅はいいぜえ。おめえは、いつも小言をいったが、それは旅を知らねえからだよ。夫婦仲良く、楽しもうぜ。おっと昌吉もいたっけな。

昌吉に笑いかけると、なんのことかときょとんとした顔を向けた。

旅を勧めてきたのは、武左衛門だった。加代の突然の死で、注文された画も描かず、日課の朝湯も行かず、憔悴《しょうすい》しきっていた重右衛門を見かねた末だ。

「どんな言葉も薬もお前には効かないが、旅は別だろう」

そういわれたのだ。

あまり気が進まなかったが、弟子の実家から道祖神祭りに掲げる幕絵を頼まれていたことをはたと思い出した。あらためて弟子に訊《たず》ねると里は甲府だという。

それならば、と沈んだ気持ちを無理やり奮い立たせて、旅支度を始めたのだ。

いざ江戸を離れると、久しぶりに心が弾んだ。雲は多かったが、薫風《くんぷう》が頰をかすめ、新緑の香りが鼻をくすぐる。重右衛門は大きく息を吸った。朝の清浄な気が身体をめぐる。

内藤新宿から下高井戸宿を行く。府中が一泊目だ。重右衛門はさくさく進みながらも、景色を楽しむ。やはり、旅はいい。どうだい、加代。江戸を出たんだぜ。初めてだろう?

ことこと、と背負った荷の中から音がする。

うんうん。このあたりに布多《ふだ》天神があるんだ。寄っていくかい。

「師匠、楽しそうですね」

重右衛門は、まあな、と返した。

「いい景色の所で写生をしたいのですが」

昌吉の言葉が、急に弾んだ気持ちを沈ませた。今、絵筆を持つってのか。なぜだか指先が震える。加代との旅は楽しいが、画を描く気にはなれない。

昌吉が画帖《がじょう》を出し、風景を描き始めても、重右衛門は矢立を出さず煙草《たばこ》を吹かしていた。

翌日からは、好天に恵まれ、足はどんどん進んだ。

小仏峠《こぼとけ》を過ぎ、富士の山を眺め、野田尻《のたじり》で宿を取った。

「しかし、座敷は広かったが、蜘蛛《くも》の巣は張ってるわ、畳は擦り切れてるわ、湯は汚れてるわ、酷《ひで》え宿だったなぁ」

「そうでしたね。でも桑名藩のお侍は楽しい方でした」

重右衛門は頷いた。妻子連れの侍で、居合いを披露してくれたり、砲術の話で盛り上がった。こうした出会いも旅の楽しみだ。

「今日は天気がいいなぁ。どうだい、山が遠く近くに見えて、谷も深い。川の流れも清らかだ。ははあ、おれの筆をもってしても描けねえほどの絶景だ」

さりげなくいった言葉だったが、重右衛門は己に驚いていた。やはり、絵筆を執りたくなるんだなぁ。やはり、そういう性分なんだよ、加代。

しかし、うまく描けそうになかった。加代とゆっくり景色を眺めれば充分だと思っていた。

大月宿《おおつき》には、富士登山の追分がある。

茶屋の縁台に座って、茶を喫する。

「なあ、昌吉。今更といわねえでほしいんだが、おめえ、おれの養子になる気はねえか?」

昌吉は躊躇《ちゅうちょ》しながら、口を開いた。

「──実はご新造さまが亡くなる少し前に、そのお話をいただいておりました」

茶碗《ちゃわん》を置き、昌吉を見る。笠《かさ》に手を掛けると、空を見上げた。白い雲がたなびいている。

「そうか、加代はおれに何もいわなかった。ってことはよぉ、おめえ、やんわり断ったんだな」

昌吉は、唇を噛み締めた。

「いいんだ、いいんだ。ほら、おれたちには子がなかったからよ。おめえが養子になってくれたらと加代が望んでいたんだ。その加代ももういねえ。よしんば父子《おやこ》になったところで、おれが鬱陶しいよなぁ」

重右衛門が苦笑すると、「そんなことはありません」と昌吉が強い口調でいった。

「とてもありがたいお話だと思いました。ただ、姉ちゃんが嫁に行っちまって、おれが師匠の子になったら、おっ母《か》さんが一人になっちまいます。お父《と》っつぁんが死んじまったあと、おっ母さんがおれたちを女手ひとつで育ててくれたから」

昌吉は俯《うつむ》いて、独り言のようにいう。

「だから、早く一人前の絵師になって、銭を稼いで楽をさせてあげたいんです」

重右衛門は、昌吉をまじまじと見た。

「おめえって奴は――」

なんていい子なんだ、と洟をすすりあげ、

「加代がおめえを養子にしたいといってた気持ちがよおくわかったぜ」

ぎこちない笑みを向けた。

「今の話は忘れてくれな。でもよ、おれの弟子には変わらねえんだから、まあ、どのみち倅《せがれ》みたいなもんよ。広重の二代を継ぐのはおめえだしな」

え？　と昌吉が眼を丸くする。

「二代目って。そんな話はまだ早過ぎます。それに鎮平さんだって、めきめき上達しています」

「おれが二代目を決めるんだ。昌吉、おれはなぁ」

師匠である豊広の画号を継がなかったうつけだ、と告げた。

豊広が死んだとき、自分には名を継ぐだけの力量はまだない、と断ったが本心では違っていた。豊広は兄弟弟子の豊国には人気も仕事量もとても及ばなかった。それが弟子として悔しかったというより、望んでいた豊国の門下に己が身を置けなかったのが口惜しいと思っていたのだ。

「同じ歌川門で、すでに差がついていた。そんな師匠の名を継いだところで周りは認めちゃくれねえ。国貞や国芳と肩を並べるには、豊広の名じゃ駄目だ、おれ自身の名で豊国門と勝負してやると思ったんだ。おれも驕《おご》ってたもんだよ」

ところが、豊広の掛け軸を見て、玄翁《げんのう》で頭を打たれたような衝撃を受けた。

「何があったのですか」

昌吉が訊ねてきた。

「おれの画とよく似ていやがったんだよ。優しい色、その趣き、無駄のねえ線。いや、間違った。おれの画が師匠に似ていたんだな」

おめえも知っての通り、と重右衛門は再び空を見上げた。

「おれは矢立と紙だけ持って出て行っちゃあ、江戸の景色を写していたろう？　待乳《まっち》山《やま》や愛宕山《あたごやま》に登って、町を眺め、少しだけ近くなった空を仰いでいると、なかなか芽が出なくて腐っていた気持ちも鎮《しず》まった。あちこち歩き回っていると、描くところに事欠かねえしなぁ。ふと景色が眼に入ったとき、描きたいって手が疼《うず》くんだ」

豊広は修練させても意味はないとおそらく思っていたのだろう。重右衛門は日々勝手に写生をしている。好きな風景を描いている。きっといつか、それが自分の物になる、と見守ってくれたのだ。ずいぶん時がかかってしまったが。

「おれはどの門弟より、師匠の画を見ていた。丹念でしなやかな筆の運び、本画の柔らかな淡い彩色。いや師匠が見せてくれていたのかもしれねえな。そうなりゃ当然だろう」

豊広の風景の描き方、色。何を見て、何を切り取り、何を見せるか。そうしたことが知らぬうちに身に沁《し》みこんでいたのだ。

「おめえが広重を継いでくれたら、おれは豊広を名乗ろうと思っている。二代豊広だ」

似合うか？　と広重は笑った。

昌吉が手の甲で目許《めもと》を拭《ぬぐ》った。

「よせよ。ったく辛気くせえなぁ。そろそろ筆をしまえ。今日は白野宿《しらの》まで行くぞ」

重右衛門は立ち上がった。昌吉の様子を見るうち、鼻の奥がきな臭くなってきた。このところ涙もろくなったような気がする。四十半ばにもなると、そんなものなのか。

だが、昌吉がついてこなかった。不思議に思い振り返る。

「二代目広重は継ぎません」

重右衛門は眼を見開いた。

「今の今、感極まって涙拭ったおめえが、二代を継がねえってのはどういうことだ」

昌吉がぐっと唇を噛みしめてから、いった。

「ご新造さまの一周忌も済ませたのですよ。いつまで筆を執らないおつもりですか？

皆さんが心配し、なおかつ迷惑をかけているのはわかっているんですよね？」

「ガキがわかったようなこと吐《ぬか》すな」

「ガキじゃありません。画号を持った絵師です。絵師は画を描かなきゃ絵師じゃない。だからこの景色を前に画を描かない腑《ふ》抜《ぬ》けの広重の画号などいらないと思い直したのです」

「この野郎。おれはな――」

重右衛門は怒りのあまり声を震わせた。

荷の中のご新造さまだって、お辛いですよ、と昌吉が呟《つぶや》いた。

「お仏壇からご位牌をこそこそ荷に入れたのを知っています」

真向かいで茶をすすっていた旅の者がぎょっとした顔でふたりを見た。

「おいおい、てめえ、師匠の恥ずかしいところをでかい声でいうなよ」

「ご新造さまと同行二人《どうぎょうににん》。どんな風景が美しくて、どんなところが珍しいか、お教えしてさしあげましょう。名所絵の広重が自分のせいで筆が執れなくなったなんて、ご新造さまが一番悲しみます。おれだって、悲しい」

重右衛門が顔を歪めた。

「昌吉。幕絵は頼まれたから描くけどな。景色を見て疼かねえわけがねえよ。でもな、立ってる松の木が加代に見える。牛を引いている百姓親爺《おやじ》も加代に見えるんだよ」

「いいじゃないですか、それで。絵師の眼で見る風景は変わる、と師匠は教えてくれた」

いわれちまった。踏みしめる土の感触、流れる雲、草の匂い。騒がしい旅人たち。眼前に広がる風景は誰にも見える。けれど、絵師がそこに何を求めるかで、風景の様相が変わる。雪、雨、風、昼と夜——。時の流れ。

ああ、そうだよなぁ。おれは風景を写すのが好きなのだ。薄く、少しくすんだ青い空を振り仰ぐと、背でことりと音がした。

描いている姿を見てえか、加代。つまらねえぞ、きっと。黙って筆ぇ走らせているだけだからな。それでもいいかえ?

「よし、ここを描くぞ」

重右衛門は声を張り、矢立と懐紙を取り出した。

甲府の柳町《やなぎまち》宿に辿《たど》り着くと、旅籠《はたご》に入るなり、重右衛門は湯を使い、髪と月代《さかやき》を整えた。芝居見物をし、幕の世話人たちから料理屋でもてなしを受け、重右衛門はすっかり上機嫌で、翌日から、幕を描き始めた。名所ではなく、鍾馗《しょうき》像だ。五両の礼金を受け取り、そのうちの四両一分を江戸へ送り、下へも置かぬもてなしを受けて帰路についた。

四月の末、江戸に戻った重右衛門は、位牌を仏壇に戻し、手を合わせた。

やっぱり、描かずにおれねえや。

旅の疲れを癒《いや》し、少しずつ溜《た》まっていた仕事に手をつけ始めたとき、入った知らせに愕然《がくぜん》とした。

保永堂が店を畳んだ。

重右衛門と渓斎英泉が描いた『木曾海道六拾九次』の版木を別の版元へと売ってしまったという。結局、後摺《あとず》りは、あらたな版元から版行されることになったらしい。

絵師は後摺りに対してとやかくいえる立場にない。版木がどうなろうとも口を出せない。

版木が売り買いされることはままある。しかし、長きに亘《わた》り後摺りが期待される錦《にしき》絵《え》の版木を売るということは、おそらく他の版木も売りに出しているはずだ。よほど追い詰められていたに違いない。

職人や紙屋への支払いも滞っているのかもしれない。借金を抱えてしまったということか。

重右衛門は、『木曾海道』の続きを英泉から引き継いでくれと頼みにきた時の保永堂の顔を思い出していた。骸骨が衣装を着ているふうで薄気味悪かった。

「画題は『東海道五拾三次』です。どうでしょう」

あれから始まった。保永堂のおかげで絵師として世に出られたという恩もある。力になってやれるか。ただのお節介か。考えていても詮方《せんかた》ない。ままよとばかりに屋敷を飛び出した。

南新堀町の保永堂は大戸が降ろされ、戸には借家と貼《は》り紙があった。まことに店を畳んじまったのか。店の前に佇む見慣れた背中に、

「保永堂さん」

声を掛けると、果たして保永堂が振り返った。

「これはこれは、広重師匠。甲府からいつお戻りに」と、にこやかな顔を向けた。

「それより、こいつはどうしたこった。え？」

保永堂は薄く笑う。

「こんなところで立ち話もなんです。近くの居酒屋に行きましょうか？」

踵《きびす》を返し、保永堂が歩き始めた。重右衛門はその後に続く。

このあたりは日本橋川の下流で、川を挟んで北新堀町、南新堀町がある。酒樽《さかだる》を積んだ廻船が沖に止まり、小早《こはや》で河岸に運ばれてくる下り酒の町だった。そのため、酒問屋がずらりと建ち並んでいる。酒好きの重右衛門にはたまらない町でもある。

山形に積んだ酒樽を出入り口に置いた間口三間ばかりの小洒落《こじゃれ》た店構えの居酒屋へ保永堂が足を向けた。

借金まみれかは知らねども、やはり奢《おご》った口はすぐには治せねえものなんだな、と思わず喉を鳴らして後を追うと、保永堂は洒落た店の前を通り過ぎ、その間の路地に入った。

今の店じゃねえのかよ、と声をかけようとしたが、軒下に杉玉を吊《つ》るした小さな居酒屋へ保永堂が入って行った。ほんの四坪ばかりの狭い店だ。正直、がっかりしたが、保永堂は常連であるのか、小上がりにひょいと上がって、小女を呼んだ。

なんだなんだ、柱も梁《はり》も垂木《たるき》も何も煤《すす》けて真っ黒だ。小上がりも、ぬらぬらして妙な光を放っていやがる。

「広重さん、遠慮なく。こちらへどうぞ、どうぞ」と、保永堂が手招きする。

遠慮するほどの店かい、と口元を曲げて、ぬらぬらした小上がりにそっと座った。

「木曾海道の時には、まことにありがとうございました。奇《く》しくも合作となってしまいましたが、広重さんのおかげでよく売れました」

保永堂は膝《ひざ》を揃えて座り、真っ直《す》ぐに重右衛門を見た。

「よせやい。おれとしちゃ、英泉師匠と組んだみてえで本意とはいかねえが」

「けれど、お客の中には英泉は真景、広重は名所と評した方がおりました」

ふっと重右衛門は皮肉っぽい笑みを浮かべる。

「英泉が真景か。言い得て妙とはこのことよ。あの師匠はただ見たまま、あるがままの描き方だからな。おれとは違う」

見える景色をそのまま描くのは、写生と変わらない。見えた景色の中で何が一番己の心を打ったか、残ったかが肝心なのだ。川沿いに並ぶ松が美しいならば、その中でももっとも眼に留まった松を中心に描く。そのために不要な物は除かれる。遠景、遠望、絶景、奇観はそれぞれ趣が違う。どこを切り取り、何に筆意を込めるか、時、季節を加えて、どう色濃く表わすか、それによって絵組は大きく変わるのだ。

あるがままに描くのならば、斎藤月岑《さいとうげっしん》の『江戸名所図会』のように俯瞰《ふかん》したものでよい。

小女が膳《ぜん》を運んできた。酒の肴《さかな》は独活《うど》とあさりの煮物と小海老《こえび》のてんぷらだ。へえ、汚ねえ店だが、洒落た物を出しやがる。感心しながら、まず銚子《ちょうし》を手に取り、保永堂へ差し出した。

「恐れ入ります」

「早速で悪いが、本気で店ぇ畳む気なのかい？」

猪口《ちょこ》を取った保永堂は、注がれる酒をじっと見つめながらいった。

「ええ、見た通りでございますよ。兄はなんとか解き放ちになりましたが、身代限りのお沙汰《さた》が下されまして。まあ、飢饉で食うや食わずで苦しんでいる人々がいる中での米の買占めですから、追放や闕所《けっしょ》とならなかっただけでまし。伝手《つて》を頼ってずいぶんと金子を使いましたけれど」

保永堂は自嘲《じちょう》気味に笑い、酒を呑《の》んだ。

身代限りか、と重右衛門は呟いた。財産をお上が没収し、借金の返済に充《あ》てるのだ。

「『木曾海道』の版木は別の版元さんに買っていただきました。申し訳ございません」

「そんなのは、版元の勝手にすりゃいいことだ。詫びることじゃねえよ」

それより、と重右衛門は手酌で猪口に酒を注ぎ、

「これからどうすんだい？」

そう訊ねて、猪口を呷《あお》り、驚いた。こいつは剣菱《けんびし》だ。しかも水で薄めてねえぞ。なるほど、保永堂はそれでこの店に通っているのかと得心した。江戸の居酒屋ではほとんどが水を加えて、酒の嵩《かさ》を増している。いくら呑んでも酔うまでときがかかるのだ。やはり水で薄めた酒なんぞ偽物《にせもの》だ。こいつは目が覚めるほど美味《うま》い。格別だ。

「あたしは無一文になったわけじゃありませんのでね、兄と江戸を離れてやり直します。ただ版元業からは身を引かせていただきます」

「その気持ちは変わらねえのかえ？」

「ええ、もう変わりません。すっかり店も片付けましたのでね」

保永堂は淡々といい、あさりを口にした。

一旦《いったん》、話が途切れた。

その間、重右衛門はぐいぐい猪口を重ねた。保永堂は美味そうに、小海老のてんぷらを口にして、酒を呑んでいる。次第に酔いが回ってきた重右衛門は、しれっとした顔をしたままの保永堂が気に食わなくなった。あんときは今にも三途《さんず》の川を渡っちまいそうな面をしていやがったくせに、妙にすっきりとした顔をしている。版元から身を引くのは保永堂が決めたこととはいうものの、納得がいかなかった。

なあ、と重右衛門は口を開いた。

「保永堂さん、あんたおれに初めて会ったときになんていったよ」

さあ、何か失礼を申し上げましたかね、と保永堂は顔を上げた。

「失礼は毎度だよ。けどな、あん時、皆をあっといわせるような錦絵を出したいと思っていると、そういったんだ。その気持ちも、もう萎《しぼ》んじまったとでもいうのかよ。ええ？」

腰掛けに座ってうつらうつらと居眠りをしていた小女が、はっとして目覚める。

「お酒ですか」と、慌《あわ》てて立ち上がった。

「なんでもねえよ。酒も肴も美味いから声を上げちまっただけだ」

重右衛門が苦笑いすると、ありがとうございます、と小女はまた腰掛けにすとんと腰を下ろした。板場の親爺がちょこっとだけ頭を下げる。

重右衛門は身を乗り出し、声を落とした。

「要は、兄貴の不始末だろう？　版元としてはうまくいっていたじゃねえか」

保永堂は、いやいや、と首を横に振った。

「広重師匠のおかげで確かに儲《もう》かりました。老舗《しにせ》を差し置き、新参のあたしが版行した名所絵が絵双紙屋の店先を占めちまったんですからね。いい気持ちでした」

「それなら、なぜ続けねえんだ。版元はただの道楽だったのかよ。質屋の内職か?」

「道楽でも内職でもありません。あたしは錦絵が好きですから。自分が見たい、買いたいと思う錦絵を作りたいと思っておりましたのでね」

もうすべてが終わったのだというふうな口調だった。

「銭か? やっぱり借金まみれなのか? 今はよ、版元同士が組んで合版をやっている。東海道だってそうだったじゃねえか。最初は、仙鶴堂と組んだはずだ」

化粧品や歯磨き粉などの商品名を画の中に描き入れて、その店から銭を取り、開板の掛かりに充てることもある。

「いくらだってやり方はあらあ。ほんの数年で版元をやめちまうなんてよ。おめえさんの覚悟はそんなもんかよ」

唾《つば》を飛ばしていいながら重右衛門は己を笑った。道楽とか内職とか覚悟とか、仕事もなく半ちく者でくすぶっていた頃、喜三郎にいわれたまんまじゃねえか。そうか、喜三郎も、こんな心持だったんだな、と今更ながら気づいた。それをおれがいう立場になろうとは。

「絵師はな、どれだけ描いても満足しねえ。描き終えれば次を描きたくなる。次はもっと上手《うま》く、その次はもっと、とキリがねえ。版元だって同じじゃねえのか。こいつに何を描かせようか、客をどう驚かせようか、そう算段を練るんだろうが」

保永堂が唇を引き結び、箸《はし》を置いた。

「これはまだ世間には知らされておりませんが、此度の改革を断行しようとなさっているご老中は、錦絵、人情本などにも厳しく当たられるようです」

役者、遊女の似顔は特に。そして好色本の類《たぐい》は一切合切禁止。

「役者絵の国貞師匠や国芳師匠も描き辛くなりますよ。それに、色の制限もございます。おそらく七、八色まで」

重右衛門は呆気《あっけ》に取られた。錦絵がようやく多色摺りとなった鈴木春信の頃ならいざ知らず、今は十四、五色が当たり前に出せるのだ。それを半分の色数にしろというのか？　色が多かったら贅沢《ぜいたく》なのか。人心を惑わせるのか？　笑わせるぜ。くだらねえ。

「そんなことをしたって、描く奴《やつ》は描くし、版元だって開板を続けるだろうよ。絵師なら国芳師匠あたりが、お上に嚙《か》み付く戯画でも描くかもな」

国芳は俠気《きょうき》の強い男だ。理不尽な決め事には我慢出来ないだろう。それはそれで見物だ。

あたしは、と保永堂がぼそりといった。

「実をいうと、好色本、枕絵《まくらえ》をかなり扱っておりましてね、これから出すばかりの物も多く抱えております。それらが、もしもお上に咎《とが》められたら、それこそ兄の不始末も重なって、身代限りどころか、追放闕所になりかねません。それを避けるためもございます」

「なにを澄ました顔していやがる。面白え物を出してえんだろ？　おれはワ印には興味がねえが、お上に楯突いても出してえって気概もねえのかよ。版元ってのは、締め付けられたら、それをかいくぐってでも開板してやるって知恵を絞る奴らだろう」

保永堂は静かに酒を呑む。

「おれぁよ、通人ぶったいけすかねえ面ぁしたおめえさんを心底、信用することはねえ。そいつはどの版元も同じように思っている。けどな、東海道で世に出してくれた保永堂が店ぇ畳むとなりゃ話は別だ。画を描くことしかおれには出来ねえが、おれの画で儲けさせられる」

重右衛門の頭に浮かんだのは初夏に歩いた甲州路だ。その折の画帖がある。

「甲州街道はどうだ？」

小仏峠、大月の追分、犬目《いぬめ》峠に猿橋《さるはし》、勝沼《かつぬま》の葡萄《ぶどう》棚、石和《いさわ》の茶屋──。

「いくらでも画に出来る。今すぐにでも描けるぜ」

ぐっと顔を近づけ、力を込めていった。もう酒に眼をくれなくなっていた。

保永堂が嬉《うれ》しそうに声を上げて笑った。その声がかすかに震えている。

「ありがたいお申し出です。きっと他の版元さんが聞いたら、妬《や》かれてしまいますよ。なぜ保永堂ばかりだと」

「あたりめえだろうが。いったろう。東海道をおれに描かせた保永堂孫八って版元だけはおれン中じゃ、ちっと違うんだ。それに、おれはまだ江戸をちゃんと描いてねえぞ。いったろう、描きたいものを描くためには、描きたくないものも描け、と」

「そうでしたねえ。きつい物言いをいたしました」

「けど、あの言葉でおれはいつか描く江戸の名所のために、あちらこちらの名所を描いた。それが今の広重を作ったんだ。だからな、東海道を描かせてくれたのは感謝しているんだよ、保永堂」

これ以上いわせるんじゃねえ、と腕を組んで宙を仰ぎ、

「恩返しだっ」

と、声を張って唇を尖《とが》らせた。

保永堂が眼を見開いた。そして、くすりと笑みをこぼす。

「笑うところじゃねえ」と、重右衛門は顔をそむけた。

すると、居住いを正した保永堂が、師匠、とあらたまった声を出した。

「あたしは、版元として、この世に歌川広重という絵師を知らしめることが出来た。それで十分満足しておりますよ。嘘偽《うそ》りなく」

重右衛門ははっとして、保永堂を見る。穏やかな表情をしていた。初めてその真情が見えたような気がした。

それからまもなく、保永堂は言葉通りきれいさっぱり版元業から身を引いた。南新堀の店はもう新しい店子《たなこ》が小間物屋を開いていた。口さがない一部の版元たちは、好色本でお上に睨《にら》まれ手鎖になっただの、遠島になっただの、米相場で儲けた兄と連座して追放になっただの、と噂した。新参者が調子に乗り過ぎたのだ、とはっきりいう者もいた。

重右衛門に真相を聞き出そうとする版元もいたが、知らぬ存ぜぬで通した。

保永堂は、居酒屋を出る折りいった。

「これから、版元はむろんのこと絵師も改革のあおりを受ける。しかし、広重師匠の名所絵はお上から睨まれることは決してない。風俗を乱すことがない画だからです。そのぶん、注文が増えるかもしれませんが、筆を荒らさないように」

それを聞いて、重右衛門は舌打ちした。筆が荒れる？　画が好きでやってる生業《なりわい》だ。

そんなこと、あるはずがねえ、と顔では笑って、心の中では毒づいた。

昨年の暮れに、仲次郎が祝言を挙げ、その晴れ姿を見届けるように、天保十三年（一八四二）が明けてまもなく、祖父の十右衛門が逝《い》った。卒寿目前で、長寿を全うした。質素な弔いではあったが、十右衛門は、安藤家の血筋が守られたと満足しての死だったに違いない。

悲しみも感じなかったが、父を謗《そし》った恨みも怒りもいつの間にか消え失《う》せていた。加代の死から時が経《た》ち、絵筆を持てるようになった。加代を忘れはしないが、思い出すことが徐々に減ってくる。飯を食い、糞《くそ》を放《ひ》り出す日常を嫌でも続けていかねばならない。

仲次郎の祝言と十右衛門の死を機に、重右衛門は火消同心長屋を出て、大鋸町《おがちょう》へと越した。十右衛門の後妻のおしづに引き留められたが、

「安藤家の当主はとうに仲次郎。家督を譲った時、出て行く約定を祖父と交わしてありましたゆえ、少し長居をしすぎました」

と、振り切った。ようやく安藤家とおさらば出来る。未練など微塵《みじん》もない。十三で実父を失い安藤の家督を襲い、火消同心として勤めた歳月に思いを馳《は》せる。

それが出来るのも、絵師として暮らしが立つようになったからだろう。そうでなけ

れば未《いま》だに、ぶつぶつ文句を垂れながら、嫌々ワ印を描いて糊口《ここう》をしのいでいたかもしれない。

しかし、少ない荷物を臥煙《がえん》たちに運んでもらい、家に足を踏み入れ、愕然とした。

借家がだだっ広く感じる。

加代と昌吉と三人で住むつもりでつい大きな家を探してしまった。画室に使う板間と座敷がふたつに台所。

「加代はいねえ、昌吉にも断られちまった。おれひとりだからなぁ。仕方ねえか」

家財もろくにない家でひとりごちた。

狭いが樹木の植えられている庭に面した板間に座り、煙管《きせる》を取り出した。刻み煙草を詰めたものの、火がない。

「煙草盆、煙草盆」

口に出しながら、行李《こうり》を探る。おっと、煙草盆は行李に入れてねえや。ああ、どこに置いたっけかなぁ。探し回るのも面倒で煙草を諦《あきら》めた。

振り売りの声がする。

やはり同心長屋とは勝手が違っていた。臥煙たちはいつも騒がしいし、同心長屋の妻たちはしょっちゅう立ち話。ここは静かすぎて気が抜ける。

まあ、それでも弟子たちが来ればすぐに賑《にぎ》やかになるだろう。

しかしなぁ、お菜は弟子たちに駄賃でもやって買ってこさせるにしても、飯を炊《た》くのはどうしたもんか。家の体裁は整えなければと、損料屋で釜《かま》や鍋《なべ》など揃《そろ》えてみたものの、重右衛門は食うばかりで、食事の支度はすべて加代任せだった。七輪で魚やするめを焼くくらいならどうってことはない。が、生まれてこのかた米など炊いたことがない。

不意に、乱雑な北斎の家が脳裏を過《よぎ》って、ぶるると首を振った。

たとえ男やもめでも、ああはなるまい、と心に固く誓った。

「師匠。お邪魔します」

昌吉が姿を見せた。それに続くように、次々と弟子たちがやって来る。殺風景でうすら寒く感じた家がたちまち騒がしくなった。

重右衛門は、よしっと膝を打った。

「昌吉、鎮平。仕出しを頼んでくれ。今日は引っ越し祝いだ」

弟子たちが、わっと歓声を上げる。昌吉と鎮平が踵を返す。

「ケチな真似《まね》するんじゃねえぞ。鯛《たい》でも鮑《あわび》でも海老でもなんでも詰め込んでもらえ」

「師匠！　すげえ」

「腹一杯食うぞ」

弟子たちが嬉しさに跳ね回る。

「酒も忘れるんじゃねえぞ」

重右衛門は弟子たちを見ながら、眼を細めた。

徐々にお上の締め付けは厳しくなっていた。老中水野《みずの》忠邦《ただくに》による改革によって、江戸の町は萎《しお》れた花のようだ。奢侈《しゃし》禁止は、暮らしのあらゆるものに及び、上物の織物、鉢植え、値が十両を超える石灯籠《いしどうろう》、派手な模様の衣装、帯、金銀の髪飾りは禁止という具合である。富突きも禁じられ、料理屋の宴会の人数制限、そして風紀を乱すとして女義太夫、女髪結い、茶汲《ちゃく》み女も取り締まりの対象となり、二十ヶ所に及ぶ岡場所は取り払われた。目の敵にされたのは芝居で、小屋は浅草の裏に移転させられ、役者は通りを歩く際には編笠を着けることが命じられた。中には暮らしが贅沢だという理由で、追放になった役者もいる。

保永堂がいった通り、出版にも手は及び、人情本では当代一の人気を誇る為永春水《ためながしゅんすい》が手鎖となったのをはじめ、人気作の版木が次々に割られ、絶版という憂《う》き目にあった。

「お上は何を考えているのかさっぱりわからねえ」

版下絵を描きつつ、眼前に座る天寿堂江崎屋吉兵衛《てんじゅどうえざきやきちべえ》に文句を垂れた。五十がらみの、ころっとした達磨《だるま》みたいな体軀《たいく》をしている。太り肉は贅沢の表れ、と水野老中ならいうのだろうか。お白洲《しらす》で痩《や》せろという沙汰が下ったら、大笑いだ。

天寿堂からは、専玉堂《せんぎょくどう》江崎屋辰蔵《たつぞう》との合版で東海道物を依頼されていた。歌川広重を世に知らしめ、大評判となった保永堂版『東海道五拾三次』より、処《ところ》の名物を描き、十返舎一九の『東海道中膝栗毛』に登場する弥次郎兵衛、喜多八を彷彿《ほうふつ》とさせる人物を配し、滑稽味《こっけいみ》を強くした揃い物になっている。保永堂の東海道と区別するために、外題《げだい》を行書で記し、『行書版東海道五拾三次』と呼ぶことにした。それも重右衛門の案だ。

実は、行書版を開板するという話を聞きつけた別の版元が、うちでは外題を隷書《れいしょ》で記し、隷書版を出しましょう、といってきた。さすがに重右衛門もその図々《ずうずう》しさに閉口し、あと数年待ってくれと突っぱねた。

「まあまあ。お上へのお腹立ちはもっともですが、国貞、国芳両師匠は新しい物は出しておりません、というより出せないのですよ。お上が師匠ふたりに眼をつけているようでね。私たち版元もそれを知って、注文もしない。そこへいくと広重師匠の名所絵は、何の咎めもございませんのでね」

「ふん、名所絵は毒にも薬にもならねえってか」

と、皮肉を投げつけた。ぺらぺらとよく口の回る天寿堂に当たっても詮無いことだとわかりつつもいわずにおれない。

「そう、おっしゃらず」

天寿堂は昌吉の淹《い》れた茶を啜《すす》りながら、

「師匠に眼をつけないのは、お上が名所絵を認めたからでございますよ。名所絵は人の心を豊かにする。馬琴翁《おう》の『南総里見八犬伝』が、版行を許されているのも、人々に道徳心を教示しているからでしょう」

八犬伝は、不思議な運命に導かれた八人の剣士を描く、仇討《あだう》ちを基にした勧善懲悪物だ。武家も愛読していると聞く。さすがの老中もこれには眼を瞑《つむ》ったか。

天寿堂のいう通り、挿絵を描いていた戯作《げさく》が絶版となった国貞はほとんど筆を執っていない。もともと美人画、役者絵が得意な絵師だけに、この改革のあおりは大きい。

一方国芳は、ここ数年は名所絵を描いていたが、両者が枕絵を多く手掛けているのを、お上は当然知っている。

絵師は過料に処される程度とはいえ、お上に引っ張られるのはむろん気持ちのいいものではない。それに、お上に睨まれているのがわかっていながら、筆を執る気にはなれないだろう。

しかし、保永堂の見立ては大したものだ、と今更ながら感心していた。重右衛門への依頼は改革の最中にあって減るどころか増えていたのだ。甲府の旅も一枚絵として幾枚か版行し、小奉書《こぼうしょ》をふたつ切りにした書簡箋《しょかんせん》の注文も受けた。実際、書状に使用することも出来るが、客によっては飾り物にするらしい。それ以外にも、川口屋正蔵からの東都名所、山田屋庄次郎《やまだやしょうじろう》からの江戸の坂を描いた揃い物がまもなく完結する。国貞や国芳が描けない分、おれのところに回って来ているような気がしないでもないが、同じ歌川としちゃ、いまはおれが踏ん張るしかないのだ。

筆を荒らさないように、との保永堂の言葉が甦《よみがえ》る。ははは、冗談じゃねえや、荒れるどころか活《い》き活きしてらぁ。重右衛門は、さらに絵筆を走らせる。

と、天寿堂が、画室を見回しながら呟いた。

「人気絵師のお宅だというのに、なにやら華がありませんなぁ。ご門人も男ばかりで、色気もなにもあったもんじゃない」

「絵師の家に華はいらねえだろう？　内弟子の鎮平が身の回りのことはやってくれているよ」

ああ、と天寿堂はまるで嘆くように頷《うなず》いた。

「あの無愛想で無口なお弟子ですか。あれはいけません。飯だって作れないでしょう？　口が奢った師匠には我慢できないのではありませんか」

そん時は、外に食いに行ってるよ、とぶっきら棒にいった。

あっ、と天寿堂が膝を打つ。

「そうそう、丁度、頼まれていたことがありました」

鎌倉河岸《がし》、内神田の永富町《ながとみちょう》の商家に勤めていたお安《やす》という三十路《みそじ》の大年増《おおどしま》が働き口を探しているという。

「働き者で気働きもよく、見た目も三十路にしては若々しい。その商家でも重宝されていたのですがね――とんだ、うわばみで」

うわばみ？　重右衛門は笑った。

「なんだえ？　そのうわばみお安が主人の酒まで呑んじまったって話かい？」

軽口のつもりでいったが、まさにその通り、と天寿堂が身を乗り出した。

「主人でなく、ご隠居の晩酌の付き合いをしていたというのですが、どうにも酒の減りが早い。これは妙だと、隠居に問うと、みんなお安が呑んでいた、と」

「そんで追い出されたのかい？　そいつは面白い女だが、おれだって、おれの分まで呑まれちゃ困る」

天寿堂は、それについては、と声を低くした。

「もう二度とそんな真似はいたしませんと、誓書も書かせてございますゆえ。なんとか、ここで飯炊きとして働かせていただけませんかね」

「その永富町の奉公先の給金がどれだけだったかしれねえが、うちはそんなに出せねえし、弟子たちの面倒も見なくちゃならねえんだぜ」

「ご懸念《けねん》には及びません。奉公人の世話をしていた女子《おなご》ですから」

ふうん、と生返事をした重右衛門だった。

# 第四景　男やもめと出戻り女

## 一

天寿堂と会った翌朝、件《くだん》のお安が風呂敷《ふろしき》包みを背負って、勝手口に立っていた。

「おはようございます。天寿堂さんの仲立ちで、今日からお世話になります、お安と申します」

寝巻きに綿入れを引っ掛けて応対に出たが、一気に眠気が吹き飛んだ。まだようやく雀《すずめ》が鳴き始めた早朝だ。

「朝餉《あさげ》の支度をと思い、早くに参りました。米びつはどこですか？　それからお味噌《みそ》汁《しる》の具はこちらに来る途中で、あさり売りがいましたので買ってきました。あと魚屋と八百屋はいつ頃、通りますか？　あさりの代金と魚と青菜の銭を少々いただけますでしょうか」

「ぽんぽんいわれても、何が何だかわからねえ。それに、おれは天寿堂に雇うとはいってねえぞ」

お安が驚いて、眼を丸くした。なるほど、三十路《みそじ》にしては若いというのはまことだな、と詮無《せんな》いことを考える。

「それじゃ、あたしの早とちり。あたしの知り合いが、天寿堂さんから聞いて来たと」

「ああ、早とちりだ。給金も決めていねえし、それに住み込みなんて聞いてねえよ」

わあ、とお安が顔を覆《おお》い、その場にしゃがみ込んで、泣き出した。

「おいおい、なんだってんだよ。泣くな、こら。みっともねえ」

「師匠、どうなさったんです？」

鎮平が眼をこすりながらやって来た。こいつが先に出ていれば、と思ったが、誰が出ても結局同じだ。お安は、嗚咽《おえつ》を漏らしながら、途切れ途切れにいった。

「だって、こちらに住まわせていただけるというお話でしたから、長屋も、すっかり引き払って」

「引き払ったぁ？」

重右衛門は憮然《ぶぜん》として、お安を見下ろした。しくしく泣いている。

鎮平も何が何だか、という顔で重右衛門を見る。

来ちまったものはしょうがねえ。追い返すのも面倒だ。

「鎮平、手拭《てぬぐ》い持って来い」

はい、と鎮平は事の成り行きを知らぬまま、勝手の三和土《たたき》に下りて、手拭いを二本手にした。

「泣いてねえで入んな。おれは湯屋行ってくるからな。その間に朝餉作っといてくれ」

お安が顔を上げた。まつ毛が濡《ぬ》れて光っていたが、すぐさま笑顔になって、「はい」と立ち上がり、「いってらっしゃいませ」と、深々と頭を下げた。

押しかけ奉公のお安とわりない仲になるまでにさほどの時はかからなかった。男やもめと出戻り女が同じ家に暮らしていれば当然なのかもしれない。

冴《さ》え冴《ざ》えとした月がぽかりと浮かんでいた十五夜。月見と洒落込《しゃれこ》んで、お安と酒を酌《く》み交わしていた。重右衛門が下手な狂歌を詠《よ》んでお安を笑わせていたが、猪口《ちょこ》を重ねるうちに、お安が身の上話を始めた。たいていは苦労話になるのだが、根が明るいお安は、面白おかしく重右衛門に聞かせた。

お安は遠州の百姓家の娘だったが、野良《のら》仕事が嫌で、江戸に出たいと勝手に奉公先

を決めてしまったのだという。なかなか快活な女子《おなご》だと感心している重右衛門に、調子に乗ったお安は、

「あたしが色白で美人なのは江戸の水で磨いたおかげなんですよ」

なんのてらいもなくいった。

その奉公先の主人に勧められて大工の棟梁《とうりょう》に嫁いだが、子が出来なかったという。

「亭主も姑《しゅうとめ》も子を望んでいたんですけどね、三年間、まったく。姑なんか、亭主に精をつけなきゃと山芋を食べさせたり、わざわざ寝間にワ印まで置くんですもん。大きなお世話ですよねぇ。そんなの授かりものじゃありませんか。それに女のせいばかりでなく、男のほうが悪いことだってあると聞いたことがあります。亭主は悪い人ではなかったんですが姑のいいなりで」

だから、あたしのほうから三行半《みくだりはん》を突きつけてやったんです、といった。声は明るいが、内心では悔しく、辛《つら》いことであったのだろう。

それで永富町に奉公に入って、懸命に働いていたら三十路になっていたと笑った。

不意に、お安が重右衛門に顔を向けた。女の哀《かな》しさ、理不尽さへの怒りが一瞬だけ見えた。

加代が重なった。

ああ、違う。加代ではない。ここにいるのはお安ではないか。

子が出来ないことだけで一緒にするのは、加代にもお安にも申し訳ない。だいたい、加代とは性格が違いすぎる。けれど、お安が来てからの数ヶ月、加代とはまた違う安らぎを得ていた。

互いに顔もよく知らぬまま加代とは祝言《しゅうげん》を挙げた。歳月を重ねながら夫婦になっていった。だが、お安は違った。話し声や笑い声を聞くとほっとした。弟子たちとふざける姿を見ているとつい笑みが溢《あふ》れた。ともに酒を呑《の》んでいると心が和んだ。もしかしたら、惚《ほ》れるというのはこういうことか。

まん丸の月が、流れる雲に半分隠れた。

重右衛門はそろそろと、手を伸ばし、お安の指先に触れた。お安は拒むことなく受け入れた。


水野忠邦が罷免《ひめん》され、改革の嵐《あらし》が熄《や》んだ途端に、江戸は息を吹き返した。

版元たちはこれまでの損を取り戻すかのように、躍起になって開板を始める。

色鮮やかな錦絵が甦《よみがえ》った。

元号が弘化と変わった元年（一八四四）に、国貞が二代豊国となり、浮世絵界はさらに活況を呈した。豊国は歌川の大名跡。それを継ぐということは、歌川派すべての頭領になるともいえる。

それについて重右衛門に否《いな》やはない。国貞は実力も人気も申し分ない。豊国を継がずにいたのが不思議なくらいだった。ただ、豊国は二代ではなく正確にいえば三代となる。二代豊国の筆がふるわず、廃業に近かったことから、国貞は二代をわざと名乗ったのだ。

それが、一部の文人墨客らの反感を買ったが、国貞はその逆風を易々《やすやす》とはねつけた。役者絵、美人画で周囲を唸《うな》らせたのだ。

重右衛門の周囲でも様々な変化が起きた。

鎮平に重宣《しげのぶ》の画号を与え、他の弟子たちも重春《しげはる》、重清《しげきよ》、重次《しげつぐ》など、多くが画号を持ち、少しずつではあるが独り立ちを始めた。昌吉も兄弟子としてますます張り切っていた。

「広重門もこれで安泰ですね」

「生いうんじゃねえよ」

重右衛門は房総へ旅に出た。むろん供は昌吉だ。

鎮平には新しく入ってきた弟子たちの面倒を見させている。絵手本の写しを辛抱強く見てやり、運筆をも教えている。口下手であるぶん、手取り足取りになるのだろう。ありがたい弟子だった。

実をいえば、丁寧に画技を教え込んだのは昌吉ひとりだった。初めての弟子という喜びもあった。けれど、描く奴《やつ》はとことん描く。それが銭のためであろうと、画が好きだからであろうと、かかわりない。絵師で飯を食うと決めたら自《おの》ずと学ぶはずだ。その姿勢が昌吉には見えたからだ。だからあえて、今の弟子には画技を教えることはしない。冷遇されていると思う弟子は居つかないが、それでいい。

画室が賑《にぎ》やかになっていく一方で、安藤家が不幸に見舞われた。

弘化二年、叔父の仲次郎が急逝した。三十を超えたばかりだった。

時折、弟子に銭を届けさせていたが、その度に菓子を用意していた優しい男だった。嫡男《ちゃくなん》がいるが、まだ幼子だ。健やかに成長してくれることを重右衛門は願った。安藤家に未練はないとはいえ、実家であるのは変わりない。

遺《のこ》された姑おしずと嫁がこの先、どうなることやらと心配は尽きないが、仲良くやってくれることを望むしかない。これまで通り、銭を届けてやらねばと思った。

しかし、幸と不幸は必ず交互に訪れるものだと実感する。特に、人の生死に向き合うときはなおさらだ。

祝い事もあった。以前、坊主《ぼうず》で夫の了信の女遊びが過ぎると、泣きついて来た妹のさだが赤子を授かったのだ。夫婦別れをするんじゃなかろうかとヒヤヒヤしていたが、持ち直したのだろう。

赤子は女児で、辰《たつ》と名付けられた。

重右衛門は早速、祝いの品を送った。

大鋸町から一旦常盤町《いったんときわちょう》へ越した重右衛門だったが、この夏、大鋸町の狩野《かのう》新道沿いに二階建ての家を建てた。隣は幕府御用絵師、中橋《なかばし》狩野家の屋敷だ。狩野は、古くから為政者に仕え、障壁画などを能《よ》くする絵師集団であるが、中橋狩野は、その宗家だった。通りの名になるのも頷《うなず》ける。

普請《ふしん》してすでにふた月経《た》った一軒屋は、真新しい畳のい草と材木の香りがする。二階にあるひと間は重右衛門が使い、一階の四間のうち、八畳は画室として弟子たちが、三畳は内弟子の鎮平が、後の二間は重右衛門とお安夫婦が居間と寝間にしていた。

湯屋から帰る頃合いを見計らってか、居間に朝餉の膳《ぜん》が用意されていた。その膳の上を見て、重右衛門は、唇をへの字に曲げつつ、腰を下ろす。

納豆と沢庵《たくあん》ふた切れだ。小魚一尾ない。

「おや、ちょうどいいお帰りだ。お味噌汁もまだ温かいから、すぐに持ってくるからね」

お安が飯櫃《めしびつ》を抱えて入ってきた。膳の前に座って不満げな顔つきの重右衛門に、

「どうしたのさ。ずいぶんご機嫌斜めだね」

と、飯櫃を置きながらいった。

あのなぁ、と重右衛門は眉《まゆ》をひそめて、口を開く。

「今朝の湯があまりに熱いんで、唸りながら浸《つ》かったらな、先に入っていた男に、これぐれえの湯で唸るなんざ江戸ッ子として情けない、ろくなモンを食ってないから、腹に力が入らねんだ、といわれた。なあ、お安。もっと美味《うま》い物を食わせてくれねえかな。おれぁ、結構稼いでいるはずなんだが」

外題《げだい》を行書体で書いた新たな東海道物やら、諸国で名を知られた島を描いた揃《そろ》い物の団扇《うちわ》絵やら、『江戸名所』と題された揃い物。重右衛門の描く名所絵人気は衰えることなく、版元からの注文が途切れず続いていた。

はあ？　と甲高い声を出したお安は眼をぐりぐりさせた。

「冗談はよしておくれよ。そりゃあ、稼いでいますよ、稼いでいますけど」

「そんなら、少しは蓄えだってあるだろうよ」

わずかに語気を強めるや、お安は呆《あき》れた顔をした。

「宵越しの銭は持たないのが江戸ッ子じゃありませんかね」

嫌みたらしい口調でいうと、その場に座り込み、姉さん被《かぶ》りの手拭いを取り去った。

「おいおい、なんだえ、その態度は」

「美味《おい》しい物が食べたいなら、もっとお描きなさいな」と、ぴしゃりといった。

「気に食わないことがあると、ふらふら町に出て行っちまうし、版元さんが決めた納期には間に合わない。弟子もほったらかしで、鎮平が難渋してますよ。もうちょっと真面目《まじめ》に精を出してやってもいいんじゃありませんかね」

重右衛門は眼を剝《む》いた。

「なんだその物言いは。え？　おめえ、こんな立派な新築の二階屋で暮らせるのもおれのお陰だろうが。毎晩、おめえの大好きな酒が呑めるのもおれのお陰だ。それなのにもっと描け、真面目にやれってのはどういう了見だ。その前に、このような暮らしが出来て、まことにかたじけのうございます、ぐれえいってもいいだろう？」

お安は、はいはい、そうでございますねぇ、と後れ毛を撫《な》でつけ、面倒くさげに応《こた》えたが、いきなり背筋を伸ばして、膝《ひざ》をきちりと揃え直した。重右衛門が身構えると、お安はひと呼吸ついてから、口を開いた。

「この家の普請で百両の借金、豊広師匠の十七回忌で二十両の借金、国貞師匠の二代豊国襲名のお祝い金の借金。昨年亡《な》くなった英泉師匠の香典に、この春亡くなった北斎師匠の香典、月々の弟子たちへの小遣いに、飯代。ご実家への毎月の仕送り、信州飯田への旅の費《つい》え」

と、早口でまくし立てた。

「それから、うちで開いた新築祝いの宴の掛かりが二十五両、先だっての新居の祝いの書画会にかかった五十両。招いたお客への土産代と料理代をこっちが持てば、ご祝儀をもらっても、いくら席画が売れても儲《もう》けなんか出やしない」

ああ、まったく、この家のどこに蓄えがあるっていうのだか。米櫃だって底が見えているんだよ。鼠《ねずみ》一匹近づきやしない、そういってお安は、身を屈《かが》めて、鼻息荒く畳を叩《たた》いた。

「こら、新しい畳を叩くな。傷《いた》むだろうが」

重右衛門はたじたじになりながら、詮無いことを返す。

「なにが、畳が傷むだよ。ほんに呑気《のんき》すぎて呆れちまう。あたしのやり繰りでようやくこの家は保《も》っているんだよ。その苦労を知らないで、誰のお陰もないモンだ」

ああ、腹が立つったらと、お安はすっくと立ち上がり、

「呑まなきゃやってらんないよ」

そう吐き捨てると、足音を派手に立てて、座敷を出て行った。

「静かに歩かないか。廊下が抜ける」

「裏店《うらだな》の溝板《どぶいた》じゃあるまいし、そんな安普請じゃないだろう」

すでに姿の見えないお安が大声で返してきた。

まったく、おめえひとりで呑むんじゃないよ、おれにも呑ませろ、とぶつぶついいながら飯をよそった。

ああ、畜生。お安の奴ぁ、猫又みてえに行灯《あんどん》の油でも舐《な》めているに違いねえ。でなけりゃあんなに早く口が回るはずがないんだ。それにしても亭主をなんだと思ってやがる。おれは歌川広重だぞ。江戸じゃ、ちったぁ知られた絵師なんだ。そんなおれが、銭を出し惜しみするような、しみったれた真似《まね》が出来るかってんだ。

重右衛門は、飯をかき込み、沢庵と納豆を口に放り込み、腰を上げた。

二階へ駆け上がり、道行《みちゆき》を羽織って矢立と懐紙を懐《ふところ》にねじ込むと、勢いそのまま表へ飛び出す。

狩野新道から、広い通りに出て、東に歩いた。

それにしても、口惜しい。お安に財布を預けたのは間違いだったか。加代だったら、あんな口は叩かず、亭主のおれがやりたいようにやらせてくれた。どうしても銭が足りない時には、自らの小袖《こそで》や簪《かんざし》を質屋に預けて、生計《たつき》の足しにしていたくらいだ。

やっぱり武家の娘と百姓の娘とじゃ、育ちが違うってことか。

たかだか火消同心の家ではあるが、武家であることには違いなく、銭への執着は武士として恥ずべきものであると、加代はふた親から教えを受けていたのだろう。

いけねえ、いけねえ。

お安とは成り行きで夫婦になったようなモンだが、比べちゃならない。武家も百姓もない。加代は加代。お安はお安だ。

それにいまは、喰うだけで精一杯だった頃とはわけが違う。画を描いているだけではない。版元はむろんのこと、他の絵師や俳諧師《はいかいし》との付き合いも多くなった。書画会、狂歌の集まりに呼ばれれば出なければならない。商家のお大尽は言わずもがなだ。付き合いが広がれば、その掛かりが増える。売れないときは喰うに困り、売れてからは、人づき合いで銭が必要になるのだ。お安に苦労をかけているのは、重々承知している。

特段、見栄《みえ》を張るつもりはなかったが、豊広師匠の年忌も、新居普請祝いの書画会も日本橋の万町《よろずちょう》にある料理屋『柏木《かしわぎ》』で行なった。それが予想外の出費となったとはいえ、この柏木は、国貞の二代豊国襲名披露の書画会でも使われた料理屋だ。そのくらいの料理屋でなければ、という対抗心が重右衛門の中にあったのは否めない。

やれやれ、借金は全部でいくらになるのか。お安の言葉を思い出しつつ、指を折っていく。

が、途中でやめた。眉間《みけん》にしわを寄せ、借金を数えてみても、余計に気が重くなる。

それより、江戸の町を写して、心を落ち着かせるのが一番だ。

さて、今日はどこへ行くか。高輪まで足を伸ばすか。久しぶりに浅草でも行くか。

いやいや、亀戸《かめいど》天神もいい――。

亀戸、と呟《つぶや》いて重右衛門の頭に、再び豊国のことがよぎる。

あれは卯月《うづき》（四月）のことだ。北斎翁《おう》の通夜《つや》で豊国と顔を合わせた。豊国もそうだが、重右衛門も北斎と親しくしていたわけではない。だが、浮世絵界にあって、特異な存在だった北斎には誰もが敬意を表している。

晩年は、錦絵《にしきえ》や絵本から手を引いて、肉筆に絵筆を揮《ふる》っていた。齢《よわい》九十。長寿ではあるが、北斎が死ぬなど誰も思っていなかった。『富嶽《ふがく》百景』の跋文《ばつぶん》通り、百歳以上生きても皆、納得したはずだ。それを誰しも望んでいた節もある。

通夜を終えた後、亀戸の豊国の住まいに誘われた。断る理由はなかった。豊国の屋敷は、北十間川《きたじっけんがわ》沿いに建つ豪奢《ごうしゃ》な二階建てだった。

まだ普請の最中だった重右衛門の新居とは比べものにならない。

庭は薄闇《うすやみ》に沈んでいたが、石灯籠《いしどうろう》の灯りで、よく手入れされた樹木に、細く流れる遣り水には太鼓橋が架かっているのが見えた。二階からは向島の風景が望め、ここに気のおけない人々を集め、四季の移ろいを眺めながら酒を酌み交わしていると豊国は話した。

とても敵《かな》わねえなぁ、と屋敷を案内されて思った。絵師としての格が違いすぎる。

豊国は絵本の挿絵もやる、錦絵もやる。役者、美人は歌川の真骨頂。やはり初代の名を引き継ぐに相応《ふさわ》しい絵師だ。重右衛門が描く名所絵の版下絵の画料は豊国よりも安い。ここでも差がつけられている。

だが、気さくな豊国は人を見下すようなところが微塵《みじん》もなく、同じ歌川門として錦絵を守り立てましょうや、と爽《さわ》やかな笑顔を向ける。

「広重師匠、おれたちはなんのこたぁねえ、ただの画工。職人よ。彫師と摺師《すりし》がいなきゃあ、どうにもならねえ。御用絵師が描く画とは違うからよ。浮世は移り変わる。おれたちが今日描いた物は明日には古い物になるんだ。だからよ、そんとき、そんときに見る者を楽しませりゃいいのさ。絵本も錦絵も、長く残せるわけねえからなぁ」

豊国は己の立場をそう評していた。

「おれはな、まことの絵描きになりてえんだ」

そういった北斎の言葉が重右衛門の脳裏に甦る。豊国の考える絵師とは隔たりを感じる。

ならば、絵師とはなんであろうか。おれは四十の少し前にようやく日の眼を見た。歌川の役者や美人じゃ鳴かず飛ばず、名所でやっと名が通った。すでに五十を過ぎたおれが目指すところは——どこなのか。

さほど距離も行かないうちに、汗が額に滲《にじ》んできた。

月代《さかやき》にじりじりと陽が照りつける。

なんてこった、陽が強くなってきた。もう秋だぞ。笠《かさ》を着けてくるべきだった。

「師匠、師匠」

呼び掛けてくる声が次第に近づいてくる。背を見て絵師の広重とわかる者はそういない。

足を止めて振り返ると、駆けて来たのは果たして鎮平だった。手に笠を提げている。

「どうした、鎮平」

門弟の中では、一番弟子の昌吉に次いで重右衛門の画風をよく写していた。それは鎮平の努力の結果だ。

荒い息を吐きつつ、鎮平が笠を差し出した。重右衛門は訝《いぶか》りながら、それを受け取る。

「お、お内儀《かみ》さんが――」

「ああ？ お安がなんだって？」

眉根《まゆね》を寄せた重右衛門は鎮平を見る。慌《あわ》てて鎮平が視線を避け、顔を伏せた。画は巧《うま》いが、人と交わることが苦手なのが欠点だ。

「陽が強いから、き、気をつけろ、と」

俯《うつむ》いたまま鎮平がいった。重右衛門は眼をしばたたく。

「そ、それから、もういい歳《とし》だから、外出するときは誰かに伝えていけと。そのへんで野垂れ死にされても困るから、と」

いい終えると鎮平は、深い呼吸を繰り返し、ほっと息を吐いた。

「歳だの、野垂れ死ぬだの、余計なお世話だと伝えろ」

笠を頭に載せて、紐《ひも》を結ぶ。鎮平が顔を上げて、あばたの残る頬を強張《こわば》らせた。

重右衛門は踵《きびす》を返し、

「あとな、ありがとうよ、とお安にいってくれ」

多分、浅草あたりを写しに行くと付け加えてな、そういって再び歩き始める。

歩を二、三歩進めたが、ふと気づいて、振り返った。

「おい、鎮平。昌吉からなにか報《しら》せはあったかえ？」

鎮平が首を横に振る。

そうか、と重右衛門は向き直った。昌吉は、身体《からだ》の具合が悪いといって、かれこれ六日ほど顔を出さずにいる。

もう十分、独り立ち出来る力を持っているのに、いまだに重右衛門の手伝いをしていた。

そろそろ、版元に披露してやろうと思いつつ、嫌な顔ひとつせず版下絵を手伝う昌吉に甘えていた節もある。嫁取りをしてもいい歳だ。所帯を持てば、独り立ちする気にもなるかもしれない。

それにしても、六日、か。何も報せてこない、というより来られないほどの病ではなかろうか。いささか心配になった。

住まいは確か、堀江町《ほりえちょう》の裏店だ。

舟で浅草まで行こうと思ったが、堀江町は江戸橋を渡ってすぐだ。昌吉の家をまず訪ねてから、向かうか。そうだ。昌吉はまだ母親と一緒に暮らしているはずだ。手土産を持って行かねば。さて、何にしよう。

あれこれ考えながら、重右衛門は足を速めた。

どれだけ経ったものか、居酒屋の小上がりの壁に背を凭《もた》れ、足を投げ出し、重右衛門は酒を呑んでいた。

「お客さん、もうお店終《みせじま》いなんですけど」

居酒屋の小女が怖々いった。

重右衛門は顔を上げ、重たくなった目蓋《まぶた》を引き上げて店の中を見回した。客がひとりもいない。提灯《ちょうちん》も縄暖簾《なわのれん》も仕舞われて、縁台の上に置かれている。

この店でもう何軒目だったかと、酒で痺《しび》れた頭で考えた。

板場から、店主が出て来た。

「もうすぐ木戸が閉まる刻限ですよ。お宅はどこですか？　近くならお送りしますが」

おたく？　重右衛門はぐらぐら揺れる身体で応えた。

「うーん、家は、狩野新道だ」

「狩野新道！　こっからじゃ遠すぎまさぁ。途中で木戸が閉まっちまうよ。お客さん、このあたりに知り合いはいないんですか」

「――いやぁしねえよぉ、多分」

「ああ、弱っちまったなぁ」

店主は、泥酔《でいすい》している重右衛門を見下ろしながら、ため息を吐《つ》いた。

「お父《と》っつぁん、外に出しちゃおうよ。陽気がいいから、地面に転がしても死なないって」

と、小女がいう。

酔いの回った頭に、物騒な会話が聞こえてくる。ああ、小女は店主の娘だったのか。

重右衛門はぼんやり考える。

「そうじゃねえよ。外に出しちまったら、払いはどうすんだよ」

「ああ、そうか。財布を抜くわけにもいかないものね」

「番屋に連れて行くしかねえな」

相談がまとまったのか、店主が声を大きめにいった。

「お客さん、お客さん、起きてくだせえ。あっしが番屋までお供いたしますよ」

番屋だと？　なんで、おれが番屋に行くんだよ。何も悪さはしていねえぞ。

立てますか？　と、店主が重右衛門の両脇《りょうわき》に手を差し入れてきた。うむ、と重右衛門は唸りながら、身を起こす。

おれは何をしているんだ。こんなところで酒食らって。

今朝、お安と口喧嘩《くちげんか》して、家をおん出て、浅草あたりに行こうと決めて、江戸橋を渡り途中の菓子屋で饅頭《まんじゅう》を購《あがな》って——。

そうだ。堀江町に行ったのだ。昌吉の見舞いに。

昌吉!

重右衛門は眼を見開き、ガバと身を起こした。居酒屋の店主が慌てて、飛び退《の》いた。

「どうしたんです、おどかしっこなしですよ」

ああ、ああ、と呻《うめ》いた重右衛門は息を吐くと、放り投げられた傀儡《くぐつ》のように、上体を屈めた。

「ったく、また丸まっちまったよ。しょうがねえな。ほら、いいですか。あっしの肩に腕を回してくださいよ。立って立って。おい、草履を履かせてやれ」

こいつは参った、足がいうことをきかねえや、力が入らねえと重右衛門は心の内でぼやいた。三和土に下り立つと、げふっとおくびが出た。

「酒臭えなぁ」

店主が嫌な顔をする。居酒屋の店主がいうことじゃねえ、と重右衛門は思った。

娘から提灯を渡された店主が表に出る。重右衛門は店主に引きずられながら歩いた。夜風が頬をねぶる。心地がいい。

「なあ、お客さん、身なりもいいし、お歳もそこそこいっていなさるようだし、見たところ、どこかのご隠居さんでしょう？　うちみてえな安居酒屋に来るような人には見えねえ。妾《めかけ》にでも追い出されましたか？」

へへ、と店主が話しかけてきた。足下で揺れる提灯の明かりをぼんやりとした眼で追いながら、ぼそっと呟いた。

え？　なんです？　と店主が訊《き》いてくる。応えるのが面倒でならない。

死んじまうんだ――。

「何をいってるかわかんねえ。ほら、しっかり歩いてくだせえよ。茅町の番屋までもうすぐですからね」

耳に、茅町、と聞こえた。

「ここは浅草茅町なのか？」

「どこにいるかもわかんねえんですかい？　参っちまったなぁ。ええ、御蔵前《おくらまえ》通りですよ。もうすぐ浅草橋だ。しゃんとしてくだせえよ」

「ここいらに岩戸屋、ねえか？」

「岩戸屋さんなら、たった今通り過ぎたばっかりだ。岩戸屋さんと知り合いで?」

「――喜三郎」

重右衛門がぼそりというや、

「ご隠居さんじゃねえか。そりゃたいした知り合いだ」

頓狂《とんきょう》な声を上げた店主だったが、押しつける先がわかって、ほっとしたのか、素早く踵を返した。

居酒屋の店主に支えられ、泥酔した重右衛門が大戸を叩いたものだから、岩戸屋は大騒ぎになった。喜三郎の息子が居酒屋の店主に酒代を払い、足下のおぼつかない重右衛門のために、奉公人が夜具を敷きのべた。すでに休んでいた喜三郎が慌ててやって来る。

「こりゃ、どうしたことだい、重さん。あんたほどの酒呑みが、こんなに酔うのを初めて見たよ。水は飲んだかえ?」

夜具に横たわる重右衛門の枕辺《まくらべ》に膝をついていった。

喜三郎は嫡男に後を譲って今は楽隠居の身だ。さすがに絵双紙屋の店先には出ないが、版元としての仕事は続けている。

「すまねえな、こんな夜更《よふ》けに」

「いやに殊勝なことというじゃないか、薄気味悪いね。え？　なにがあったんだい」

「喜三郎さん。おれぁ、運に見放されているようだ」

「なにをいってるんだい、馬鹿馬鹿《ばかばか》しい。あんたほど運を引き寄せた者もいないだろう？」

重右衛門は唇を嚙《か》みしめて、夜具を引っ張り上げた。

「実はね、明日にもお前さんを訪ねるつもりだったんだよ。けれど、重さんの方から来てくれたんで助かったよ。ま、話は明日の朝だ。こう酔っていては忘れられちゃうからね」

重右衛門は首を横に振る。

「なんだい、訪ねちゃいけないのかい？」

夜具を被ったまま、再び首を振る。喜三郎が呆れた声を出した。

「童みたいに首ばかり振っててもわからないじゃないか。お安さんと喧嘩でもしたのかい？」

「口喧嘩はいつだってしてますよ」

はあ、と喜三郎が息を吐く。少し間をあけてから、重右衛門はぼそぼそいった。

「――死んじまうんだ、労咳《ろうがい》なんだ。もういけねえらしい」

まさか、と喜三郎が絶句した。

「ずいぶん前から具合が悪かったらしいんだ。けど、あいつはなにもいわなかった。おれの旅にも付き合って、弟弟子の面倒も見ていた。今日、長屋に見舞いに行ったら、起き上がっていったんだ」

次の揃い物はなんですかって、笑ったんだ、と声を震わせた。

「なにも答えられなかった。なあ、喜三郎さん、おれには、死神が憑《つ》いているんじゃねえのかな」

「くだらないことをいうんじゃないよ。ちょいと待っておくれよ、労咳ってのは」

「ああ？　昌吉だよ。わかんねえのかよ」

悔しくってたまらねえよ、と夜具の中で呟く。

「一番弟子なんだよ、あいつが。絵筆の使い方、風景の見方、おれは付きっきりであいつに教えた。重の字を与えたのもあいつが最初だ。広重を継ぐのもあいつなんだよ。二代目になるんだ。なのになぁ、死んじまうんだ」

ひとりごちるようにいった。と、喜三郎が耐えかねたように、

「いい加減にしたらどうだい」

声を張って夜具を剝《は》いだ。その顔を見て、喜三郎がはっとする。眼も頰もぐしゃぐ

しゃに濡れている。

「見ないでくださいよ」

ごろりと転がって喜三郎に背を向けた。

「おまえさんは、師匠じゃないか？　おたおたしてどうするんだい。え？　昌吉さんは次の揃い物はなんだと訊いてきたんだろう？　それなのに答えられなかったとはなんだい。まだ描きたいという気持ちを持っている昌吉さんに、冷や水を浴びせるようなものじゃないか」

師匠だったら、しゃんとしな、と強い口調で続けた。

「だいたい、昌吉さんは生きているんだろう？　若いんだ、病に勝てると思っているだろうよ。重の字を与えただの、広重を継がせるだの、要するに、こうしてやった、こうしてやる、とお前さんは自分のことしか考えていないじゃないか。可哀想《かわいそう》だなんて思っちゃいない。加代さんや仲次郎さんを亡くし、今度は一番弟子だ。こうして呑んだくれている自分が誰より不幸だと思っているんじゃないか。死神が憑いてるって？　それなら、お前さんのほうがとっくにあの世に行ってるよ。嘆くより、師匠だからこそ出来ることをしてやりなよ。豊広師匠が、重さんのために掛け軸を遺したようにね」

喜三郎がたたみかけるようにいう。

「――てんだ」

「え？　なんだい？　こっちを向いてはっきりおいいよ」

喜三郎が手を伸ばし掛けたとき、重右衛門はくるりと身を返し、天井を見上げた。

「わかっているんですよ。喜三郎さんにいわれなくても。だから今日一日だ。酒食らって、神も仏もひっくるめて恨み事並べて、泣くって決めたんだ。あとどれくらい時が残されているか誰も知らない。知らないが、あいつの好きにさせてやりたいんですよ」

「重さん――」

ほんに悔しいねぇ、若くて才があるだけに惜しいよ、と喜三郎は気持ちを押し殺すようにいい、

「以前、昌吉さんが出した、芝居町の幟《のぼり》を描いた錦絵はいい画だった。売れ行きはよくなかったが。あたしがきちんと売り出してやればよかった」

重右衛門は喜三郎の袂《たもと》を摑《つか》んだ。

「どうしたい？」

喜三郎が眼をしばたたく。

「おれは、だらしのねえ師匠ですよ。おれが、いつも昌吉を頼っていたようにも思える。加代が死んだときもあいつが励ましてくれた」

考えてみれば、あいつが最初におれの画に惚れてくれたのだ。版元は儲けばかりを考えていやがるが、昌吉は違う。純な心でおれの画を見てくれた。そして弟子にしてくれとやって来たんだ。

まだ昌吉が弟子入りしたばかりの頃、日本橋に連れて行ったことを思い出す。きらきらした眼をして、おれの話を懸命に聞いていた。

火の見櫓に登って、町を見下ろしたこともあった。

どこに行っても、気に入った風景を見ると筆を取り出した。

昨年の信州飯田への旅のとき、小布施《おぶせ》岩松院《がんしょういん》に立ち寄った。その寺の本堂の天井画を見に行ったのだ。北斎が描いたといわれる八方睨《にら》みの鳳凰《ほうおう》図だ。

昌吉は言葉もなくじっと見つめ、ため息を洩《も》らした。むろんそれは、重右衛門の眼から見ても圧巻だった。極彩色で描かれた鳳凰は、炯々《けいけい》たる眼光を放ち、今にも翼を広げ飛び立ちそうに活《い》き活きとしていた。この世に存在しない神獣に、北斎の筆が命を吹き込んだように思えた。

「やはり北斎翁はすごいです。でも、おれはこうした強い力で押してくる画ではなく、もっと人々に寄り添った画が描きたい。師匠の画のような、ともするとただの風景であるのに、さりげなく様々な思いが詰まっている、そういう画が描きたい」

それを聞いて、昌吉を抱きしめたくなった。

だから、それしかねえ。

「喜三郎さん、あいつのやりてえことは画を描くことなんだよな。おれは存分に絵筆を揮わせてやりたい。あいつが懸命になれば、病の方から逃げ出すかもしれない」

ああ、そうだね、それがいい、と喜三郎は頷いた。

「あたしもね、もう隠居の身だ。いつお迎えが来たっておかしくないほどの歳になった。若い子が先に逝《ゆ》くのは順序が違うと思うよ。絵筆を持たせてやんなよ」

「ああ、思いつくのはそれ以外にないんだ」

重右衛門はひと息吐くと、すうっと眠りに落ちた。

翌朝、重右衛門は、岩戸屋で粥《かゆ》と梅干しの遅い朝餉をとっていた。狩野新道の家には使いを出してくれたという。

重右衛門が半分がた食い終えるのを待っていたのか、向かいに座って茶を啜《すす》っていた喜三郎の口から、とんでもない話が飛び出した。

「なんだって？　天童《てんどう》藩から二百枚の肉筆の依頼だって？」

二日酔いの重右衛門の頭に、自分の大声が響いて、思わず額に手を当てる。

「そうだよ。昨夜は伝えられなかったからね」

出羽国の天童藩は織田《おだ》家二万石。藩主は織田信学《のぶみち》だ。

「天童藩の江戸家老さまとは、重さんも顔馴染《かおなじ》みだろう?」

狂歌の会で幾度か顔を合わせたことがあるが、せいぜい挨拶《あいさつ》を交わす程度だ。

「それでね、重さんとの仲立ちをしてくれないかと頼まれてね。いい話だと思うんだがね」

重右衛門の脳裏にお安の顔がちらついた。

肉筆二百枚。二万石の小藩とはいえども、画料はそれなりに期待していいかもしれない。一枚二分だとしても百両にはなる。一両なら二百両だ。借金の返済も出来る、お安の口も黙らせることが出来る。

が、はたと考えた。大名家であっても、今はどこも財政難だ。二百枚を描いても、踏み倒されることもあり得る。こいつは思案のしどころだ。

「どうだろうね。数枚描くたび銭を貰《もら》えばいい。払いが滞るようなら、描かずにやめてしまう」

と、様子を見てとった喜三郎が先回りしていった。

「相手は武家だ。二百を描くと約定交わして、描かなかったら、どうなることか。怒り狂って、お手打ちなんてことにならねえとも限らない。おれも元は武家だからその辺はわかる」

ははは、と喜三郎は呑気に笑った。

「今時のお武家は刀なんぞ振るいはしませんでしょう」

むむ、と重右衛門が唸った。

「御用金を出した商人に、苗字《みょうじ》帯刀を許すという藩は多いでしょう。けれど、今時は、そんな身分だのにありがたがる商人も少なくなっているらしくてね。それなら、江戸で評判の歌川広重の肉筆を掛幅《かけふく》にして、褒賞《ほうしょう》代わりに下賜《かし》しようってことにしたというんだ」

江戸で評判のねえ、と持ち上げられて、重右衛門は少々気分がよくなった。

「考えてくれないかね。細かいことはあたしがあちらと掛け合うから」

と、喜三郎が身を乗り出した。

「重さんが注文をたんと抱えているのは承知の上でいっているんだよ。けどね、お大名家からの大仕事だ。こいつは並の浮世絵師じゃあ、出来ないよ。重さんにも箔《はく》がつく。悪い話ではない」

「名所絵を望んでいるのか？」

梅干しの種を皿に吐き出し、訊《たず》ねた。

「名所絵の広重だからこそさ。豊国、国芳両師匠にはそうした仕事は無理じゃないかい？」

重右衛門は酸《す》っぱい顔で考え込む。

「豊広師匠のいい供養《くよう》になるってもんさ。もともと掛幅が主で、錦絵の少ないお人だったからね。それを弟子が二百枚なんて、年忌を盛大にやるより、喜ぶんじゃないのかね。近頃はずいぶんと掛かりがありそうだし」

ちっ、と重右衛門が舌打ちした。柏木で年忌を営んだときには、豊広師匠も草葉の陰で涙を流していると思う、といったくせに。それにしても喜三郎はなんでもお見通しだ。

だが、肉筆で二百——か。相当、時がかかる。

弟子たちに手伝わせるとしても、今、あてに出来るのは、鎮平と、昌吉——。

そうか。昌吉にやらせよう。錦絵はやがては捨てられるのが運命だが、肉筆は残る。

あいつの画を残せるかもしれねえ。せめて、下絵だけでもいい。

探るような眼を向ける喜三郎にいった。

「わかった。話を進めてくれ」

二

重右衛門は織田家から依頼された二百枚の肉筆画に専念した。師匠である豊広にも似た柔らかな線と淡い色彩で、木枠に張った絹地に風景を描いていく。

息を詰め、筆をするりと滑らせ、色をぼかす。

海と空、春夏秋冬。雪と月と花。重右衛門の頭の中では、すでに二百の風景の絵組が出来上がっていた。

ふと、重右衛門は傍に置いてある下絵に眼を向けた。病臥《びょうが》している昌吉が筆を執ったものだ。

労咳を患《わずら》い、もう治る見込みはない。だが、織田家から依頼された掛幅の下絵だけでも描かせてやりたいと思った重右衛門は長屋を訪れ、その話をした。すると、昌吉は、ぜひやりたいと涙ながらにいった。

どこか自分の死期が近いことを悟っているような昌吉を哀れに思いながら、重右衛門は明るい声を出した。

「ほんとは下絵だけじゃねえ、おれとしちゃ、彩色までやってくれると助かるんだがな。鎮平や他の弟子たちは、おめえほどの腕はねえ。なんたって二百枚だぜ。二年、いや三年は掛かろうって大仕事だ」

昌吉は、そうですねぇ、と頷く。それまで生きられるのかという不安な顔をした。しまった、と慌てて画の話に変えた。

「ところで、おめえはよ、なにが描きたい？　どこの風景がいいんだよ？」

「やはり江戸がいいです。大川の桜や飛鳥山《あすかやま》、愛宕山《あたごやま》、御殿山《ごてんやま》、洲崎《すさき》もいいですね」

それを聞いて、胸が詰まった。

「おれとふたりで廻ったところばかりじゃねえか。おめえもほんとうに江戸が好きなんだな」

わずかだが昌吉が笑顔を見せた。

なんだって、こんなにいい奴が死病に取り憑かれたんだ。ああ、得心がいかねえ。

下絵は、翼を広げる鷹《たか》が下界を見下ろしているものだった。下部に広がる風景は、大川と向島か。畑を耕す百姓は米粒ほどだ。鷹は縁起のいい鳥ではあるが、上部に大胆に配した絵組は、掛幅にするには奇抜すぎると思われた。

だが、面白い、と唸った。

もしこれが掛幅でなく錦絵だったら――横描きじゃ出来ねえ絵組だ。縦長の画だからこその芸当だ。

名所絵を版行する前に、細長の短冊《たんざく》に花鳥を描いたが、このように大写しに鳥を配することはなかった。それはもちろん紙面が小さいということもある。

なるほどなぁ、鷹の視線は昌吉自身だ。空から見た町は米粒のように小さい。

風景を縦に描く。かつて、北斎が滝を描いたときは、気にも留めなかった。上から下へ滝は水を落とす。縦描きが当然だと思っただけだった。

しかし、どうだろうか。縦に紙面を使えば、左右に広がるだけの風景ではなく、視線が上下することで画に奥行きも出る。もっと絵組の幅も広がる。おれの好きな江戸の空も画面の半分以上に出来る。空の広さをもっと感じさせることが出来る、そう思った。

昌吉の家を辞するとき、

「いいもん食って、ちゃんと養生するんだぜ。おめえが元気になったらな、大々的に重昌のお披露目をやるからな。岩戸屋の喜三郎もおめえになんでも描かせてやるといっていたぞ。一枚絵じゃねえぞ、三枚続きでも組物でも揃い物でもいい。考えとけよ」

「ありがとうございます」

昌吉は夜具を剝ぐと、身を起こしてかしこまり、頭《こうべ》を垂れた。

「やめろやめろ。じゃあ、おれはそろそろ行くぜ」

重右衛門が腰を上げかけると、「もう帰られるんですか」と、昌吉がすぐさま顔を上げた。

「あれは進んでいますか？　金幸堂《きんこうどう》さんからの絵本――」

馬喰町《ばくろちょう》の版元、金幸堂菊屋《きくや》幸三郎《こうざぶろう》が江戸の風景絵本を版行したいといってきた。これまで絵本制作が少ない重右衛門だが、江戸の風景と聞いてふたつ返事で引き受けた。

重右衛門は再び腰を下ろす。

「心配すんな。名所ってほどじゃねえが、おれの眼に、いいと映ったものを選んでいるよ」

すると昌吉が、あの、と遠慮がちに、

「寝ながら外題を考えていたんですけど、『絵本《えほん》江戸《えど》土産《みやげ》』というのはどうでしょうか」

そういって重右衛門を窺《うかが》った。腕組みをして黙っていると、

「いいんです。版元さんや師匠を差し置いて、弟子が決めるものじゃないですよね」

昌吉は顔を伏せた。

「いや」と、腕を解《ほど》いた重右衛門は、

「いいんじゃねえか。江戸土産なんてよ、洒落《しゃれ》てるぜ。もともと錦絵もだが、名所絵はとくに、他国からきた奴《やつ》らが、購っていく土産物でもあるからよ」

いい外題だ、と微笑《ほほえ》んだ重右衛門は腕を伸ばして、昌吉の肩を叩いた。が、はっとしてすぐに手を引いた。

細くなっちまってる——。

それから十日後に、母親がこの下絵を持って来たのだ。母親の話では、この画を描いている最中に、幾度も吐血したという。それでも、筆を止めなかった、と。

「師匠と火の見櫓に登ったんだ。町を見下ろしたとき、鳥になったような気がして、楽しかった」

そういった昌吉は、翼があれば、江戸中を見て廻れるのに、と微笑《ほほえ》みながらこの画を描いたらしい。

重右衛門はこみ上げるものを堪《こら》えつつ、母親に銭を与えた。あまりの金額に母親は遠慮したが、

「こいつはあいつへの画料ですよ。鰻《うなぎ》でも、刺身でも昌吉の好きなものを好きなだけ

食わせてやってください」

重右衛門がいうと、押しいただくように受け取った。

昌吉の下絵を元にして重右衛門は画を描いた。雄々しい鷹を燕《つばめ》に変え、あるいは雁《かり》の群れに変えた。

鳥に魂を預けちまったのか、昌吉よぉ。

いくらでも飛んで行け、昌吉。なあ、江戸ばかりじゃねえ、日本中、見て廻れるぞ。そしてよぉ、どんな景色があったか、おれに教えてくれよ。

眼前が霞《かす》んだ。それでも筆を動かし続けた。

それから一年以上、昌吉は生きた。具合がいいときには重右衛門の家にきて、弟弟子たちの画を見てやっていた。もしかしたら、病のほうが退散するのではないかというほど元気なときもあった。しかし、春が巡ってきたとき、大量の吐血をして、寝たきりになった。そしてそのまま起き上がれずに逝《い》った。

早桶《はやおけ》に入れられた昌吉はまるでよく出来た生人形のようだった。重右衛門はその中に絵筆と画帖《がじょう》を納めた。

鎮平をはじめ弟子たちは、兄さん、兄さんと早桶にすがって泣き続けた。

春雨の中、わずかな身内と広重門下の者たちが野送りの列を作った。坊主《ぼうず》が鳴らす鈴《りん》の音が雨雲の広がる空に響いた。

二代広重が先に逝っちまうなんてなぁ。初代のおれはどうすればいいんだよ。

弔いが終わったあと、夜具の中で昌吉が描いたという画の束を重右衛門に見てほしいと母親がいった。

家に戻り、二階の画室に籠《こ》もった重右衛門は一枚一枚昌吉の画を見た。どれもこれもがまさしく昌吉の筆だった。

駿河町、浅草寺、木場、向島――病を得てから、こんなにも描いていたのだ。描きたかったのだ。残りの命を擦り減らすことも恐れずに。あきらかに筆が乱れた画もある。描いている途中で吐血したのか、黒いしみがそのまま残されているものもあった。

おめえは、根っからの絵師だったんだなぁ。

と、重右衛門は一枚の画を手に取って、呻いた。

百枚余もある中で、たった一枚だけ――水茶屋勤めの若い娘が描かれていた。どこの水茶屋かはわからないが、代わりに、「おすみ」と記されていた。

「そうかい、好いた女子《おなご》がいたのか。ははは、馬鹿野郎。なんでおれにいってくれなかったんだよ、昌吉。おめえって奴はほんとに生真面目《きまじめ》なまんま、逝っちまったなぁ」

重右衛門は昌吉の描いた画を敷きつめ、その上にごろりと横になった。

「お前さ、ん」

画室に籠もったまま出て来ない重右衛門の様子を見にきたのだろう。が、お安は顔を覗《のぞ》かせた途端、あっと声を上げた。

「なにしてるんです。それ、昌吉の画じゃないのかえ？　そんなことして」

お安がしゃがみ込み、慌てて画を集めようとする。

「余計なことするんじゃねえよ。おれぁ、今日は昌吉と一緒にいるんだよ」

重右衛門は寝転がったまま声を張った。

「絵師は銭金で筆を揮うこともある、てめえの本意じゃねえものを描くこともある。が、根っこはよ、描きたいって思いにいつも衝《つ》き動かされているんだ。画にてめえの魂を込めるんだ。病で身体が動かなくても、筆だけは執り続けた。損得じゃねえ、どんな時でも筆を執る、それが絵師の矜恃《きょうじ》なんだよ。だからよ、こいつはよぉ、昌吉そのものなんだ。今夜は一緒にいたいんだ。あいつを傍に感じていたいんだよ」

重右衛門は天井を見上げた。横を向けば、滲んだ涙が流れ落ちてしまいそうだったからだ。

まったく、お前さんってお人は、とお安は呆《あき》れるようにいって立ち上がると、

「今夜はゆっくりとふたりでお過ごしなさいな」

画室を後にした。階段を下りる足音が遠ざかる。

お安め。気を利《き》かせたつもりか。重右衛門は、こぼれ落ちた涙を手の甲で拭《ぬぐ》った。


嘉永《かえい》四年（一八五一）、重右衛門は五十五歳になった。宮仕えの身であったら、いや商家でも、五十を過ぎれば隠居だ。だが、絵師に隠居はない。版元から注文が来なくなれば、客に飽きられたとして身を引かざるを得ないが、依頼があって絵筆を動かせるうちは、描き続けるだけだ。『絵本江戸土産』は殊《こと》の外《ほか》評判がよく、二編、三編と急がされ、織田家の肉筆、錦絵と重右衛門は多忙な日々を送っていた。それでも重右衛門はまだ得心がいっていなかった。豊国は自らを画工と称し、北斎は本物の絵描きになりたいといった。おれは、なんだろうな——おれは江戸の空を描きたいと思っていた。だが、ベロ藍《あい》は空だけでなく、海や川にも用いた。画にさらに深みが出た。知ったかぶりの版元は、「北斎ぶるうでなく、いまや広重ぶるうですな」などといっている。おれが求めたのはそんな歯の浮くようなお世辞だったのか。ベロ藍を自分の物にすることがおれの満足なのか。なにかが足りない。その足りないなにかがわかる

まで、おれは筆を執らなきゃならねえ。

とはいうものの、五十を過ぎたあたりから、無理をすれば身に堪《こた》えるようになった。小さな明かりの下では眼がしょぼついた。衰え、老い。焦《あせ》り。それが少しずつ忍び寄ってきているのを感じていた。いまは北斎の気持ちがわかる。けど、あの爺《じじ》いは九十まで生きたが。

雨がとんと降らず、からからに乾き切った地面は風が吹くたび砂塵《さじん》が舞い上がり、頭上にはお天道《てんと》さまがでんと構えていた水無月《みなづき》（六月）のことだ。

妹のさだが突然、子のお辰を連れてやって来た。

了信の吉原通いが発覚し、流罪《るざい》となったというのだ。

「捕縛されてすぐに、あたし、離縁したの。了信にはほとほと呆れ果てたの。あんな生臭坊主と幾年暮らしてきたか。その挙句が女犯《にょぼん》の罪で遠島だなんて。恥ずかしくてたまらないわ」

義弟が流罪というのも大事だが、それ以上に重右衛門とお安が仰天したのは、さだの思いがけぬ言葉だった。

「後妻の話があるの。そこそこの商家だし、いいと思っているのだけど、お辰がね——」

邪魔だというのだ。

重右衛門は頭に血を上らせ、妹を怒鳴りつけた。

「さだ、産んだ子を母親の都合で手離すってのはどういうことだ」

だって、と唇を尖《とが》らせ、身を乗り出した。

「迎え入れてくれる先の商家には、子が四人もいるの。そこにお辰まで連れて行けないわよ。はっきりいわれてはいないけど、相手の素振りでわかるでしょう。連れ子まではって」

だからね、兄さん、義姉《ねえ》さん、とさだが手をついた。

「お願い。お辰を預けていくのを許して。時々、会いには来るから」

重右衛門は腕を組み、むすっとした顔で妹を見つめる。

「本音をいえば、手離したくないわよ。望んでようやく出来た子だもの。あたしも辛《つら》いの」

「それならば連れて行かんか。母娘《おやこ》は離れては駄目だ。赤子の頃にふた親を亡《な》くしたお前ならその寂しさもわかるだろう。お辰にも同じ思いをさせる気かえ?」

さだが、大袈裟《おおげさ》にため息を吐いて顔を上げると、何かに気づいたように、じっと重右衛門を見つめて口を開いた。

「兄さんったら、ずいぶん爺むさい物言いするようになったわね、皺《しわ》も増えたし」

「なんだ？　もう五十も半ばだぞ。いや、そうじゃない。話を逸《そ》らすな」

「ねえ、兄さん。あたしは、母親だからいってるの。もしもお辰が遠島になった坊主の子だなんて知られたらどう？　むろん嫁ぎ先の男はそれを承知よ。でも他人の口に戸は立てられない。あたしは我慢出来ても何も知らないお辰は嫌な思いをする。あっちの子に意地悪をされるかもしれない。それを案じてるの」

後生だから、兄さん、とさだは、眉根を寄せて小声でいった。

「お辰には悪いけど、あたしだって人並みの幸せがほしいのよ」

重右衛門が答えずにいると、

「もうおよしなさいな、さださま」

お安が口を開いた。

「あたしも子が産める歳じゃないし、子がいないのも少し寂しいなって思っていたのよ。それに女の子なんていいじゃない。駿河町の越後屋《えちごや》で着物なんて誂《あつら》えてさぁ」

なに？　と重右衛門が眼を剝《む》いた。

「馬鹿いうな。越後屋なんかで新調されたら、口が干上がるぞ。柳原土手の古手屋で十分だ」

お辰と連れ立ち、いそいそと越後屋に出かけて行くお安の姿を思い浮かべ、ぶるると首を横に振る。

「いいじゃないか、お前さん。この家だって、出入りするのは汗臭い若い衆ばかりだもの。娘がいりゃ少しは華やかになるってものよ」

おれの弟子になんて物言いしていやがる。

「お前さんが嫌でも、あたしが許すからね、さださま」

「ああ、義姉さん、恩に着ます」

さだが、お安を拝んだ。いいのよ、とお安は手を伸ばして、さだの肩を優しく撫《な》でさする。

お安はすっかりその気になっている。子など育てたことがない女がどうやって母親になるというのだ。いやいや、女というものは、その時々でいろいろな顔が出来る。子がいればすんなり母親になれるのかもしれねえ。

お辰の好きな食べ物や、夜中の厠《かわや》はついて行ってほしいこととか、楽しそうに話し始める。

女ふたりの様子を見ながら、重右衛門はやはり得心出来ずにいた。父親の噂《うわさ》が立ったら、というさだの心配はもっとものことだ。それでも——お辰は六つ。こちらから話して聞かせなくても、母親に邪魔にされたと気づくに違いない。そちらのほうがお辰を傷つけやしないか。

やれやれ、どうにも困ったものだ。と、隣の座敷からお辰の笑い声が聞こえてきた。鎮平に面倒を見させていた。

「あら、やっぱりいいものだわねぇ。女の子の笑い声って。ねえ、お前さん、鎮平も妹が出来たようで嬉《うれ》しいかもよ。楽しそうだもの、お辰ちゃんの声」

なんで鎮平の妹なんだ。もうお安はすっかりお辰の世話をする気になっている。

さだがごくごく普通の暮らしをしたいと思うのは仕方がないが、なぜお辰がその犠牲になるのだ。なんの落ち度もないお辰が不憫《ふびん》に思えてきた。だが、さだも四人の子がいるところへ嫁《か》するというのだ。連れて行ったとしても我が子可愛《かわい》さでお辰だけを別扱いすることは出来ないだろう。むしろ四人の子のほうに気を使うはずだ。だとしたら。どう転んだってお辰は辛い思いをする。こっちの家にいるほうがお辰には幸せかもしれねえ。

その日から、お辰は重右衛門の家で暮らすことになった。

お辰との暮らしは、お安がいう通り家内を一変させた。

武家出のさだに坊主の了信の娘というだけあって行儀もよく、人見知りもせず、弟子たちともよく遊び、特に鎮平を歳《とし》の離れた兄のように慕った。皆に笑顔が増えたのだ。

「ほら、お前さん、いった通りじゃない。お辰がきてから、家の中が見違えるよう」

夜、お安と酒を呑《の》みながら、今日はお辰が味噌汁《みそしる》を作った、墨を磨《す》ってくれた、赤い着物がお辰には似合うなど、お安との会話も増えた。

さだは荷を届けに来たきりで、もうふた月の間、ほとんど会いには来なかった。それでも、お辰は寂しい顔ひとつせず、泣くこともなかった。そうした健気《けなげ》さに重右衛門は心打たれ、「おれはお辰を養女にする」と、お安にいった。

お安は嬉しさのあまり、重右衛門に抱きついてきた。久しぶりにふたりで床に入ったが、隣にお辰が眠っているのを見て、結句、お辰を真ん中にして川の字になって寝た。

番屋に届けを出し、晴れて、お辰は重右衛門とお安の子になった。

「父さま、母さま、よろしくお願いします」

と、お辰が指をついたときには、夫婦揃《そろ》って抱きしめた。

その日は娘になった祝いだと、お安ではなく、お辰を伴って越後屋へ赴いた。お安が文句を投げつけてきたが、どこ吹く風だ。

来年は七つの祝い。晴れ着も誂えなきゃな、とお辰の小さな手を握って歩いた。

「おう、ひな形を見せてくんな」と、重右衛門は越後屋の店先で声を張った。ひな形は、反物がどう仕上がるかの見本だ。番頭が手揉《ても》みをしながら、

「おいでなさいませ。おや、愛らしいお孫さまで」

と、お辰へ眼を向けた。

「馬鹿いうねえ、おれの娘だよ」

番頭が、左様でと愛想笑いを向けた。

数日後、流罪人の了信から文が届いた。

お辰のこと御慈悲にすがり、ただただ頼みますと綴《つづ》ってあった。父親として娘の行く末を心配しているのが伝わってくる。重右衛門はその文をお辰に見せた。実の父は遠い所で懸命に生きているのだと告げた。そのとき初めてお辰は眼に涙をため、

「文をもらってもいいですか」

そう訊ねてきた。重右衛門は好きにしなといって、泣きじゃくり始めたお辰を抱き上げた。

さらにふた月あまりが経《た》ち、お辰は内弟子の鎮平とも、通いの弟子たちともすっか

り仲良くなっていた。

賑《にぎ》やかでいい、と重右衛門は庭で鞠《まり》つきをしているお辰を二階の画室から、半身を乗り出し、眺めていたが、急に湯屋へ行こうと思い立ち、階下へ下りた。

「お前さん、権蔵《ごんぞう》という人が訪ねて来たけど」

手拭いを肩に引っ掛け、勝手口から表に出ようとしていたところにお安が声を掛けてきた。

「権蔵？　知らぬなあ。これから湯屋に行く。いないといってくれるか」

「そうはいかないよ。いるっていっちまったし。もう座敷にあげちゃったから」

ったくしょうがねえなぁ、と重右衛門はひょいと手拭いを放り投げると、下駄を脱いだ。

「なんかさ、ちょっと薄気味悪い人なんだよ。木や畳からいい香りがする、普請《ふしん》してどんぐらい経ちますかって。お前さん、なにかしたのかい？」

お安が廊下で重右衛門の耳許《みみもと》にこそっといった。

なぜそんな奴を家に上げたのだ、とお安の気の利かなさを詰《なじ》りながら、

「茶は出さなくていいぞ」

といって、座敷の障子を引いた。

二十五、六とおぼしき男が重右衛門を見るなり、口を開く。

「こいつはお初にお目にかかりやす。成駒《なりこま》の権蔵と申します。ご高名な歌川広重師匠にお会いできるなんざ夢にも思いませんでしたが、ちょいとつまんねぇ用件で参上致しました次第で。どうぞお気を悪くなさいませんように」

成駒の権蔵と名乗った男は、上眼に窺いながら、頭を下げた。優男《やさおとこ》ふうで、痩身《そうしん》であるが、着流しを通しても、肩や腕、脚の肉がぴんと張り詰めているのが見て取れる。鳶《とび》や火消し、木場人足がこうした身体《からだ》付きをしていることが多い。

重右衛門は権蔵を睨《ね》めつけながら腰を下ろした。男は、口許に笑みは浮かべていても、眼が冷たい。

「ふうん、つまらない用件なら、さっさと済ませてしまおうか。おれはこれから湯屋に行くんだ」

「朝湯たぁ、贅沢《ぜいたく》でございますね。しかし、さすがは広重師匠。さっさと済ませてしまおうなんて、あっしもいってみたいもんでございますよ」

では早速、と、おもむろに懐《ふところ》に手を差し入れた。重右衛門が身構えると、権蔵は紙の束を取り出し、ばさりと投げるように置いた。

「借用証文でございます。締めて、五十二両と二分」

ああ？　と、重右衛門はあんぐりと口を開いた。

「義弟の了信さまの吉原での払いでございます」

五十二両二分だと？　寝耳に水とはこのことだ。妹のさだからもこんな話は聞いていない。では、娘のお辰を気遣う了信からのあの殊勝な文は一体なんであったのだ。

「権蔵とやら、待て。待ってくれ」

重右衛門は喉《のど》を振り絞った。

「どういうことだ。おれはこんな借金があるなど、身内からも聞かされていないぞ。だいたい五十両というのはなんだ。太夫《たゆう》でも揚げて三日三晩遊び通したとでもいうのか？」

おや、と権蔵はわざとらしく眼を見開いた。

「さりげなく二両二分ごまかしてもらっちゃ困りますよ。まあ、そいつは脇《わき》に置いときますがね、知らねえ、聞かされてねえで済むことじゃねえんでさ。まあ、坊主といっても男は男。遊びたくなる気持ちはお分かりになりましょう？　太夫を揚げたわけではございませんがね、執心の新造《しんぞ》がいたようで。紋日などはとくに色々と」

権蔵は口許に笑みを浮かべる。

紋日か。吉原では毎月といっていいほど様々な行事があり、紋日は揚代が二倍になる日で、遊女たちも衣装を新調したりと物入りになる。そうしたときに馴染みが銭を出してやるのである。むろん、その日は遊女を揚げることにもなる。

了信の奴め。いやそれよりさだだ。さだはこの借金のことを知りつつ黙っていたのか。だとしたら、許せん。いやいや、やはり了信だ。あやつが吉原で散々遊んだツケをなぜおれが尻拭《しりぬぐ》いせねばならねえのだ。ああ、こん畜生。なんだっておれが、と重右衛門は頭を抱えた。

「こんなつまらねえ用件で申し訳ござんせん。あっしらとしては、耳を揃えて払っていただけりゃなんの文句もありません。了信さまのお義兄《にい》さんがまさか名所絵の歌川広重師匠とは存じ上げませんでしたが、これで踏み倒されずに済むってもんで」

なんたって、当のご本人は今頃、島で呑気《のんき》にされているでしょうから、と権蔵が薄く笑った。

「では、師匠。ご用立てよろしくお願いいたします」

権蔵が重右衛門を再び上眼に窺ってくる。

むっ、と重右衛門は顎《あご》を引いた。

どこにそのような大金があるというのだ。逆立ちしようが、袖《そで》を振ろうが、びた一文出てきやしねえ。五十両あれば、てめえの抱えている借金の返済に当てている。

織田家から絹地代、絵具代、表具代を前もってもらっているから、金はあるにはある。しかしそれはあくまでも、掛幅のための費《つい》えだ。それを使ってしまうわけにはいかない。これからの分を前金でもらうか。馬鹿《ばか》な。そもそも、なぜおれが了信の借金の肩代わりをせねばならんのだ。

「おい、権蔵とやら、おれは了信の義兄ではあるが、借金を返す義理はない。先ほど申したように、借金があることさえ知らなかったのだ。その証文にはおれが肩代わりするというような文言は記されておるまい。ましてや、おれの印判もないはずだ」

重右衛門は胸を張り、重々しくいい放った。

「確かに印判はありませんが、義弟なんですからねぇ」

とねちっこくいう。

「画料だっていくらでも入るのでしょう？　大儲《おおもう》けしているはずだ」

「画料などたかが知れている。おれなど、版下絵一枚、二分ももらえればいいほうなのだ」

「へえ、こりゃあぶったまげた。人気絵師といってもその程度ですかい。町場の大工のほうが割がいいや。ああ、そりゃあ気の毒だぁ」

破落戸《ごろつき》のような借金取りに、憐憫《れんびん》の眼を向けられたところで嬉しくはない。

にしては、と権蔵は首を回して、座敷を眺める。

「ご立派な家をお持ちじゃございませんか」

「むろん、借金をして建てたものだ」

ふうん、と権蔵は重右衛門へ眼を向けた。

「けど、金を借りたということは、返せるという算段がついているからでございましょう？　ってことは、ちょいと無理をして筆を揮《ふる》えば、稼げなくはねえ、と」

「余計なお世話だ。ともかく、了信の借金はおれが知ったことではない」

「そんなことといっていいんですかい？　おそれながらと訴えることだって出来ますぜ。あるいは、名所絵の広重、借金を踏み倒すとでも瓦版《かわらばん》に種を売りましょうかね」

「そのような脅しに乗ってたまるか。出るところに出ても構わんぞ。貴様らとて、まともな金貸しではなかろう？」

重右衛門は、そういい捨てると腰を上げた。

「承知いたしやした。やはり元お武家は肝が据わっていやがる。そこまで覚悟決められちゃ、あっしも引きましょう」

勢い立ち上がった重右衛門だったが、打って変わった態度に不穏なものを感じた。

「わかってもらえて、おれも安堵《あんど》した。義兄として迷惑をかけたことは詫《わ》びよう。無駄足となってすまなかったな」

へい、と権蔵は返答をし、「では」と頬を緩めた。その笑みを眼にした重右衛門は

ぞくりと総身が粟立《あわだ》った。底知れぬほど冷ややかだった。

「仕方ありません。了信さまのご新造さまに頼みますよ」

重右衛門は慌《あわ》てた。こんな輩《やから》が乗り込んで行ったら、さだは離縁されてしまう。

「待て。あいつは後妻に入ったのだ。前夫の借金など、いまの亭主はもっとかかわり

がなかろう」

「となりゃ、お身内はあとひとりしかおりませんね」

そういうと重右衛門を振り仰いだ。

「お辰さんに返していただきます」

「な、なんだと。馬鹿をいうな。お辰はまだ六つだぞ。子どもに借金が返せるか」

「いまから仕込めば、いい妓《おんな》になりますぜ。太夫も夢じゃねえ。女犯の罪で遠島にな

った坊主が吉原で作った借金を娘が返すってのも世間が喜びそうだ。しかも、あの広

重の姪《めい》っ子とでも謳《うた》文句をつけりゃ、客も押し寄せるってもんでさ」

ははは、と権蔵は甲高い声で笑った。吉原に身売りさせるというのか。心底怒りが

こみ上げる。

「さて善は急げだ。お辰さんはどちらにいらっしゃいますかね？」

片膝《かたひざ》を上げた権蔵の前に重右衛門が立ちはだかり、

「お辰はおれの娘だ。ふざけたことを吐《ぬ》かすんじゃねえぞ！」

その襟元を絞り上げた。

刹那《せつな》、ぎろりと権蔵が眼を剝いた。禍々《まがまが》しい眼つきに怯《ひる》み、一瞬指の力を緩めた。

「まあまあ、そういきがっちゃいけませんや。元はお武家といえど五十を過ぎておりましょう？」

そういって重右衛門の両手首を摑み引き剝《は》がす。その力の強さに、自らの老いをまざまざと感じさせられた。火消同心を勤め、荒っぽい臥煙《がえん》たちを差配していた頃ならば、力負けなどしなかったであろう。火事場で鳶口を手にして延焼を防ぐために家屋を叩《たた》き壊していたのだ。

絵筆ばかり持っていたせいだ。それで少しばかり鈍《なま》っているだけだ。まだまだ足腰は丈夫だ。どこへなりとも旅に行けるではないか。いややはり衰えているのだ。重右衛門の心中で様々な思いが交錯する。

そんな重右衛門の様子を訝《いぶか》しく見つめながら、権蔵はにっと口角を上げた。

「娘さんも駄目、師匠も払う気がないといわれましてもね。あっしもガキの遣いじゃねえ。このまま戻るわけには参りません。どうでしょう？　やはり師匠の筆でお返しいただくというのは」

「おれの筆で？　それなら、まあ話を聞こうじゃないか」

重右衛門は悔しいが権蔵に気圧《けお》され、その場に座り込みつつ、精一杯の虚勢を張った。

権蔵は、薄ら笑いを浮かべて再び膝を折ってかしこまる。

「実はね、あっしの知り合いに、上方から来たばかりの版元がいるんですよ。江戸の錦絵《にしきえ》をあっちでも広めたいっていうので、ようやく上方で彫師と摺師《すりし》を探し当てたんですが、出来れば、そいつらの腕を試してみてえと無理をいっておりましてね」

上方の版元か。重右衛門はほとんど付き合いがない。

実は、絢爛《けんらん》豪華な錦絵は江戸特有のものであって、各地に広まっているわけではない。江戸の版元が版木を売り、別の地域で摺られるということもあるが、あきらかに摺技は劣る。

上方は、絵本や書物などは江戸よりもずっと古くから制作していたものの、一枚絵や組物、揃い物といった錦絵における技術は、江戸のほうが格段に上なのだ。

「そんなものは、そ奴らが、これまで手掛けた錦絵を見れば済むことだ」

「いやいや、広重師匠。彫師も摺師もひとりでやるものじゃござんせん。この錦絵にかかわったといったところで、どこを彫ったか、どこを摺ったか、正直にいっているとは限らねえでしょう」

重右衛門は心の内で感嘆した。この男は、錦絵の過程をよく知っている。だとすれば下手なことはいえない。

「ちょいと伺いますが、師匠」

いきなり権蔵が折りたたんでいた脚を崩して、胡座《あぐら》に組んだ。

「彫師の腕は、なにを彫らせると一番わかりやすいですかね？」

重右衛門はつと考えた。若干、この若僧に乗せられている気がしないでもないが、

「まあ、毛割《けわり》ではないかな」

毛割は髪の生え際《ぎわ》を彫る作業だ。髪の毛一本一本を繊細に緻密《ちみつ》に彫り込む。工房でも親方や熟練の彫師によって施される。そうした職人は頭彫《かしらぼり》と呼ばれる。

「なるほどねぇ、毛割か。じゃあ、摺師はどうですかね」

重右衛門の脳裏にすぐさま、摺師の寛治の顔が浮かんだ。ぼかし摺りをやらせたら、右に出る者はいないだろうというくらいに、美しいぼかしを作る。ベロ藍が活《い》かせたのも、寛治の摺り技があったからこそだ。ぼかし摺りは、版木に水を掃き、色を置く。

水の加減、色の加減が大きく作用する。一色だけでなく、夕空では二色を合わせてぼかすことも多い。その技巧を惜しみなく発揮する寛治とはいまも仕事をしている。一番信頼している職人だ。

「ぼかし摺りだろうな」

権蔵は、脚《たくら》に肘《ひじ》をついて考え込んだ。

なにを企んでいるのだ、この男は、と重右衛門は薄気味悪くなってきた。早いところ、追い返してしまいたい。早く湯屋にも行きたい。ああ、おれは朝餉《あさげ》もまだなんだ。腹が減ったのと、湯屋に行きそびれたことで、重右衛門はもったいぶった口ぶりの権蔵に苛立《いらだ》ちはじめた。だいたい、皆、さだと了信が元凶なのだ。おれには、まったくかかわりがない。どうしたらいいものか。

と、権蔵が小首を傾《かし》げた。

「じゃあ、錦絵で一番割りのいいのはなんですかね?」

重右衛門は少し間を置いてから、応《こた》えた。

「枕絵《まくらえ》、艶本《えんぽん》の類だろうな」

「なるほどなぁ」と、権蔵がにやりとした。

「そうか彫師の毛割。下の毛を彫るにも相当な技が必要だ。しかも絵師も画料がいいとなれば、そいつにいたしましょう。知り合いの版元に掛け合って、五十両の画料でどうです？　二両二分はまけときますよ」

枕絵を描く？　おれが？

三

お安が夜具に入ってお辰を寝かしつけながら、尖った声を出した。

「なんだってそんな仕事を受けたんですか。お上に睨《にら》まれたらどうするんです」

「仕方ねえだろう。じゃあ、おめえはお辰が売り飛ばされてもいいってのか」

重右衛門はうつ伏せに寝そべって、煙管《きせる》を服《の》んでいた。

「冗談じゃないわよ。いいわけないでしょ。馬鹿いわないでくださいな」

その大声にお辰が寝返りをうった。お安は慌てて口許を押さえた。

「ったく馬鹿はおめえだ。でかい声出しやがって。お辰が起きちまうだろう」

と、重右衛門はお辰の顔を覗き込み、眼を細めた。

「ああ、もう煙草《たばこ》の煙をかけないでよ」

お安にいわれ、重右衛門は身を引いた。

「ともかく、枕絵を描けば、了信さんの借金は返せることになったんだね？」

「まあ、そういうことだ。その上方の版元が五十両で買ってくれるそうだ」

「ああ、他の借金に当てたいよ。けど、その版元も剛気だね。豊国師匠の枕絵だって画料はそんなにいかないだろう？」

ただし、一枚絵ではない。絵本という話だから、幾枚描けばいいのか。おおよそ一冊二十丁として十図。それを幾冊版行しようというのか。重右衛門は灰吹きに煙草の灰を落とし、ごろりと仰向けになる。

「弟子たちには手伝わせるつもりかえ？」

「そいつはしねえよ。やらせても鎮平くらいだな」

「そのほうがいいね。まだ前髪立ちの子もいるし。ところでさ、あたしはこれまでお前さんの枕絵って見たことはないけど」

お安がお辰の髪を優しく撫でる。

「当たり前だ。描いたことがないからな」

はぁ？　とお安が顔を向けた。

「嫌だよ、あたしは。裸になるのは真っ平御免だからね」

けっ、おめえみてえな大年増《おおどしま》なんざこっちが願い下げだ、と重右衛門は心の内で毒づいた。

喜三郎からよく枕絵を描け、といわれた。お上で禁じられているだけに、版下絵の画料は通常よりも驚くほど高い。若手の駆け出しは暮らしのために枕絵を描いた。それに絡《から》み合う男女の姿や緻密《ちみつ》な男根や女陰は、絵師の修業にもなるのだ。しかし版元も商売だ。画才がない者には枕絵は頼まない。風景は下手くそだったが、あの渓斎英泉《けいさいえいせん》は美人画より枕絵の作画数が多いくらいだ。それはあの男が根っから助平であったからかもしれないが。

しかし、重右衛門は枕絵は頑として拒み続けた。

肉欲という人間の業《ごう》の深さを茶化しているようで好きではないということもあったが、なにより武家という立場があるからだ。お上が禁止しているものを、いくら糊口《ここう》を凌《しの》ぐためといっても描いてはならないと思っていた。

お調子者は否《いな》めないが、芯《しん》は真面目なのだ、と自分でいって、得心した。

だがこれは、お辰を守るためなのだ。それにしても、五十も半ばになってから枕絵を描くことになるとは思いも寄らなかった。

おれは、女を描くのは苦手だ。どうしたらいいものか。

お安が隣で寝息を立てはじめた。亭主の苦労も知らねえでいいご身分だ。

女か。幼馴染《おさななじ》みの武左衛門はどうだろうか。武左衛門もとうとう隠居して、筆一本で今も活躍している。狩野派じゃ枕絵の描き方は教えねえのかなぁ。

武左衛門も女は得意じゃなさそうだ。

だとしたら——浮かんできたのは、ひとり。不器用又平《ぶきようまたへい》の隠号を持つ、歌川豊国だ。あのお方しかいねえな。

よし。こうなりゃ五十の手習いよ。恥を忍んで教えを乞《こ》うことにしよう、とようやく考えに至って、眠りに落ちた。


豊国の屋敷は大川を越えた亀戸だ。広い工房を持つ立派な屋敷だ。

六十五を過ぎてなお精力的に仕事をし、人気を不動のものにしている。が、豊国は偉ぶらない気さくな男だ。初代豊国門下の弟弟子に国芳がいるが、重右衛門は苦手だった。

すぱっと竹を割ったような性質の国芳ではあるが、俠気《きょうき》が強い。というより同じ寛政九年（一七九七）生まれというのが、無駄な敵愾心《てきがいしん》を生んでしまうのかもしれない。

けさ、お辰が給仕をしてくれた。自分で作った味噌汁を、お味は？　と遠慮がちに訊《たず》ねてくるその仕草が愛らしく、重右衛門は頰も目尻も垂れ下がった。

こんな娘を絶対に手放すものか。そのためなら、枕絵だろうが艶本だろうが、いくらでも描いてやる。

舟に乗ると少し冷たいくらいの川風が心地よく感じられた。

大川には大小幾艘《そう》もの舟が行き交っていた。そろそろ冬だというのに、屋根舟で騒いでいる輩もいる。

はてさて、豊国にどう願ったらいいものか。

重右衛門の懐には、幾枚かの下絵が入っていた。むろん枕絵だ。一枚絵も枕絵本もあまり見ない重右衛門にとっては、男女の交合《まぐわい》など描くのは至難の技だった。

それでも、これをまず見てもらわなければ、話にならない。

猪牙舟《ちょきぶね》の老齢の船頭は都々逸《どどいつ》を唸《うな》りながら、櫓《ろ》を押している。

重右衛門は、振り返った。

「親爺《おやじ》さん。ずいぶんいい機嫌だね」

「へえ、どうも」

「あのな、こんな物拾ったんだが、どう思う？」

重右衛門は自ら筆を執った枕絵を両手で広げて見せた。

「あ？　拾った？　なんだい、そりゃ。ワ印にしちゃ色気も何もあったもんじゃねえな。まず女が下手だ。まぐわっている最中にそんな顔するかい。ああ、女を知らねえ小僧が描いたんだな」

一文出すのも惜しい、と散々ないわれようだった。がくりと首を垂らした重右衛門は、柳島に着いたのも気づかず項垂《うなだ》れていた。

門を潜《くぐ》り、訪《おとな》いを入れると、若い弟子が応対に出てきた。

「歌川広重だが、豊国師匠はいらっしゃるかね」

弟子は眼を見開いて、さ、お上がりください、師匠は画室におります、と重右衛門を促した。

その弟子を見て、昌吉を思い出した。歳は、昌吉より上だろうか。

居間に通され、手あぶりに手をかざして暖を取っていると、

「やあやあ、広重師匠。久方ぶりだ。いきなりどうしなすった」

穏やかな笑みを浮かべて豊国が入ってきた。

「お忙しいところ、申し訳ございません」

重右衛門は頭を下げる。

「かたっ苦しいのはなしだ。おい、清太郎《せいたろう》、茶持ってきな、いや広重師匠は酒の方がいいいか」

豊国は座るなりいった。清太郎という若者は、返事をするとすぐさま身を翻《ひるがえ》す。

「とんでもねえことです。今日は折り入って画のことでお願いがあって参ったもので」

「お願い？　酒が入ってもいいじゃねえですか。おい、肴《さかな》も見繕えよ」

豊国はすでに姿が見えない清太郎に向けて怒鳴った。

「あいつは、二代国政《くにまさ》よ。おれの娘の婿《むこ》でね。酒も煙草もそこそこ、画もそこそこの堅物だ。けどね、歌川の画風は能《よ》く継いでいる奴《やつ》だ。まだ、本人に伝えちゃいねえが、国貞の二代を継がせるつもりでいるんだ。披露目をやるときには広重さんもいらしてくだせえ」

「これは、かたじけのうございます」

国貞の二代か。真面目そうな若者だ。昌吉と重なったのはそういうところか。

で、画のお願いってのはなんだえ、と豊国は興味深げに身を乗り出した。

実は身内の恥を晒《さら》すようだが、と事の顛末《てんまつ》を語り、船頭に、女を知らねえ小僧が描いたといわれた枕絵を広げて見せた。

「まことに、その、不得手でしてね」

豊国が眉間《みけん》に皺を寄せ、画を鋭い眼で見つめた。瞬《まばた》きもしない。重右衛門の背に汗が滲《にじ》む。

「これぁ、まことに広重さんが描いたもんかい?」

「ええ。初めて」

「女を知らねえ絵師の画だな。いやまいったなぁ、下手だね。これじゃあ、売れないよ」

船頭と同じことをいう。

「失礼いたします」

清太郎が酒肴《しゅこう》を載せた盆を手に入って来た。

「清太郎、筆と紙だ。いますぐ、おれと師匠の分と持って来てくれ」

豊国は酒を口に含むと、筆を執り、紙を床に広げてするりと線を引いた。

「一昨年の新居祝の書画会での広重さんの席画は大したもんだと思ったよ。その場で客からの注文に応じた画を描くのは容易なことじゃない。それは見てきた風景がしっかり頭に入っているからだ。それを引き出して、紙の上に再現する。そこらの絵師には出来ない。むろん、おれもだ」

と、話しながら豊国は筆を進める。

「ほら、広重さんも、筆を執って。最初は女の顔、身体を描く」

重右衛門は眼前で筆を揮う豊国の真似《まね》をして線を引く。線がどうにもぎこちない。風景ならすんなり進むのに、女の裸身となると、ガタガタだ。

「まらとぼぼは描くのが当たり前ですがね、まらはてめえのを見ればいいが、ぼぼはそうはいかねえ。おかみさんを写すか、岡場所の妓だな」

「それは勘弁してくださいよ」

重右衛門がいうと、豊国が苦笑した。

「こうやって、足を開かせて、男はこうのしかかる。どうです、下絵はこんなふうですよ」

男と女の身体だけを描いている。

「けど、豊国さん、こんな無理な形はないでしょう」

がはは、と豊国は大口を開けて大笑いする。

「枕絵の男女の絡み合いは、生身じゃとても真似が出来るものじゃねえですよ。それを誤魔化すのが着物だ。いいですかい?」

と、身体だけを描いた下絵の上から着物を描く。布の皺、捻《ねじ》れた裾《すそ》などを素早く描き込む。

「女の顔は物語によっても変えなきゃいけません。これが旦那《だんな》の留守にやってきた顔見知りの小間物屋と懇《ねんごろ》になってしまう妾《めかけ》とすると、女の顔はどうでしょうね」

「妾とはいえ、旦那のおる身。不義ともいえる。これは手込めだ。顔は恐怖と嫌悪《けんお》でしょう」

重右衛門は真面目《まじめ》な顔で、豊国を非難するかのようにいった。

「くくく、広重さんは面白いお方だ。それじゃ艶本を買う客は喜ばない。旦那に悪いとは思いつつも、若い男はやっぱりいいという女の顔ですよ。若い小間物屋は憎いが、悦《よろこ》びも込み上げる」

柳眉《りゅうび》を歪《ゆが》ませ、眼は細くなり、口許には笑みすら浮かべている。するすると豊国は迷いなく筆を動かしていく。なにやら、身体が妙に熱くなる。このような下絵もどきでも色欲が溢《あふ》れてくる。

「さ、これを絵手本にして描いてみてください」

豊国は軽くいったが、重右衛門はそれどころではない。手が震える。するりというわけにはいかずに硬い線になる。

「ううむ、どうにも名所絵での伸び伸びした線になりませんなぁ。まずは女を柔らかく描きませんと。何やら貧弱ですよ、女が。線が硬いから余計なのかもしれません。こんなゴボウみたいな脚じゃそそられない。もっと丸みをつけて、量感たっぷりの肉でなけりゃ」

　幾度も描いてみたが、なかなか肉づきのいい女にならない。

「広重さんは、名所に人物をきちんと描いていらっしゃるのに」

「あれは、人であって人でない。風景の一部なんですよ」

「なるほど、人をそういう眼で捉《とら》えているのか。我々とは違いますな。まずは人の存在感、役者なら魂の強さを描きたいと思って筆を執る。広重さんにとって人は風景の彩《いろどり》にすぎないのか」

　重右衛門は豊国の描いた女と格闘していた。

「いやあ、おれには難しい。豊国さん、おれは歌川の女がろくに描けなかったんですから」

　やはり枕絵は無理か。

「歌川の女にこだわることはねえですよ。広重さんが色っぽいと思う女がまずいねえと。抱きてえ女を紙の上に描けばいいんです」

　色っぽいと思う女。抱きたい女。ふと女房ふたりが浮かぶも、それ以外の女はおれの頭の中にまったくない。風景ならいくらでも入っているのだが。

　おれはなんだって枕絵に振り回されているのか。しかし、描かねばならんのだ。権蔵と約定を交わした以上、描かねばならん。これでお辰を守ることが出来るのだ。

「豊国師匠！」

筆を置いた重右衛門は畳に頭を擦り付けた。

「なんとか、あっという間に描けるようになりてえんです。枕絵の奥義《おうぎ》があるなら教えてほしいんだ。この通り、お願いいたします」

はあ、と頭上でため息が洩《も》れた。

「広重さんともあろうお方が世迷言《よまいごと》をいっちゃいけません。美人画もそうですが、枕絵だって一日でものにしようなんて、虫が良すぎる話だ。おれはこれまでに艶本だけで、五十は下らねえほど描いておりまさぁ。その積み重ねがあるからこそ、客は不器用又平の艶本を楽しんでくれる。実は、おれも枕絵を描いたのは四十くらいの頃でね」

え？　と重右衛門は顔を上げた。

「その頃は、北斎一門、菊川英山《きくかわえいざん》、渓斎英泉が枕絵、枕絵界を牛耳ってました」

おいおい、枕絵界なんてあったのか。初めて耳にした。

「初代の豊国は、錦絵で手鎖を受けたことがありましてね、それで枕絵は危ないから描くなと門弟に命じていました」

　重右衛門は眼をしばたたいた。豊広門下では、師匠にも弟子にも枕絵の依頼はなかった。暮らしのためにこっそり描いていた者もあったのだろうが、重右衛門はまったく興味がなかったし、武士としては手を出さないと決めていた。

「歌川としちゃ、というより、おれが悔しかったんでしょう。他の門下の絵師は好きに描けるのに、豊国門は禁じられていることがね。おれはそれなりに歌川を背負《しょ》って立ってるような気になっておりましたから。けれど師匠のいいつけには背けない。ですから、師匠が亡くなるとすぐに描きまくりました。酷《ひど》い弟子ですよ」

　と、笑う豊国を見て、ああ、と重右衛門は思った。豊国の二代を、実力のない初代の養子になった男が継いだ頃だ。いまの豊国は三代目になるが、なんの実績もない二代目を認めず、自分は二代だと言い張って周囲に呆《あき》れられた。傍目から見れば、羨《うら》むような人気と画才を持っているが、決して、豊国も平坦《へいたん》な道を歩んできたのではないのだ。

「はは、とんだ昔話で。さてさて、どう枕絵を描くかですが――」

　豊国は思案顔をしながら酒を呑んだ。仕方なく重右衛門も酒を口にする。

　ややあって、豊国が清太郎を呼んだ。

「おれの画室から、歌麿の『多満久志戯《たまくしげ》』を持ってきてくれ」

姿を見せるなり、清太郎が廊下を走って行く。なんとも従順な男だ。

清太郎が戻ると、「おお、これだこれだ」と、豊国が受け取った。それを、重右衛門の前に投げて寄越す。

「それを写せばいい」と、豊国は盃《さかずき》を運びつついった。

「写すってのは、そのまんまってことですかね」

重右衛門は戸惑う。

「枕絵は、まぐわいの形ってのが結構、決まっていてね。先人たちの遺《のこ》したものをそっくり真似ちまうこともある。北斎翁《おう》の蛸《たこ》と海女《あま》もそうだ。あの画題は他の絵師も用いている。ただ、北斎翁の画は、他と比べていっそう淫《みだ》らだったってことですよ」

まずは歌麿を写すところから始めればいい、と豊国は歯を見せ、

「それで馴《な》れていきましょう。ところで、隠号はどうなさるおつもりで？　まさか枕絵に一立斎広重とは入れられねえでしょう」

からかうようにいってきた。

「もちろん、考えましたよ。色重《いろしげ》、と」

そう応えた重右衛門をまざまざと見るや、豊国は腹を抱えて笑い出す。

「色重たぁ、いっそ潔《いさぎよ》い。色重ねぇ、はは、こいつはいい」

笑い続ける豊国を、重右衛門は複雑な顔で見つめた。

豊国に助言をもらってから、重右衛門はすぐさま枕絵に取り組んだ。歌麿の画のようにはいかない。何故《なぜ》、女はこんな恰好《かっこう》をしているのやら。呆れながら、写した。

もう朝湯に三日通えずにいた。借金取りの権蔵が四日前の夜から、ずっと画室に居座っているのだ。肘枕をして横たわっている権蔵は、くちゃくちゃと音を立ててあたりめを食いながら、酒を呑んでいる。

そのため、他の仕事がまったく出来ない。天童織田家からの注文である掛幅用の肉筆画の筆も執れない。すでに手付けをもらっている。早いところ幾枚か仕上げないと、屋敷から文句がくる。

しかし、権蔵が飯と厠《かわや》以外はこうして眼を光らせていては、別の仕事などとても出来そうにない。弟子たちは、二階の画室に籠《こも》りきりの重右衛門を不思議に思っているようだ。

普段であれば、画を描いている最中でも、いきなり思い立ってふらりと散策に出てしまう。そのまま二、三日帰らないこともしばしばあった。それが息抜きであるのに、それも出来ない。

「師匠。広重師匠。まぁだ上がらねえんですかい？」

おれも暇じゃねえんですよ、と権蔵はあたりめを引きちぎった。

まったくうるさい。幾度同じことをいっているのか。

重右衛門は、豊国から借りた喜多川歌麿の艶本を広げて、懸命に写し取っていた。容易《たやす》く写せるもんなら、もうとっくに描き終えている。

筆を動かす重右衛門の鼻がひくひくする。

毎朝、毎朝、いい匂《にお》いをさせやがって、こっちは朝湯も我慢して絵筆を動かしているんだ、猪口《ちょこ》の一杯くらい、「どうぞ、師匠」といえないものか。遠慮なく頂戴《ちょうだい》するというのに。

機嫌だってよくなるだろう。気の利《き》かぬ男だ、と恨みがましい眼で権蔵をちらりと見る。

「あとどれくらいかかるんですかい？　先方が早いところ師匠のワ印が見てえとうるせえんで」

重右衛門は、首を回して唇を曲げた。

「あのな、三巻もありゃ手間もかかるんだよ。だいたい、おれはもともと女を描くのが得意ではないのだ」

あ？　と権蔵が猪口を呷《あお》った。

「絵師ってのはなんでも描けるものだと思っていたが、そうじゃねえのかい？」

「当たり前だ。その絵師によって得手不得手はあるんだよ」

「んじゃ、広重師匠に枕絵を描かせるのはしくじったかなぁ。下手くそじゃ、絵本に仕立てても売れねえんじゃねえですか？」

よっ、と掛け声を掛けて、権蔵が起き上がる。

「売れねえんじゃ、困ったなぁ。師匠の画を買い上げて借金をちゃらにしようと思ったが、損が出たら、元も子もねえ。了信坊に銭を貸したこっちが馬鹿を見る」

伸びた顎鬚《あごひげ》を撫《な》でながら、ひとりごちた。

すると、障子の向こうから、愛らしい声がした。

「父さま、お茶でございます」

重右衛門は眼を細め、筆を置いて立ち上がる。

「おお、ちょっと待ちなさい。父さまがそちらに行こう」

権蔵はお辰を見ようとすっぽんの如《ごと》く首を伸ばしている。なんとも滑稽《こっけい》な姿だ。権蔵ごとき借金取りに可愛《かわい》いお辰を見せるものかと、わざと死角になるように立ち、障子も少ししか開けなかった。

「ありがとうよ。でもな、父さまが仕事をしているときは、画室には近寄らないようにな」

ちっと権蔵が舌打ちする。

お辰がこくりと頷《うなず》く。先日買ってやった摘《つま》み簪《かんざし》が、艶《つや》のある黒髪によく映えていた。

「でも鎮平の兄さまが遊んでくれないの。画ばかり描いてて」

「ははは、そりゃあそうさ。鎮平だって仕事をしているのだからね。あとで父さまからいっておこう。お辰と少しは遊ぶようにとな。さ、もうお行き」

重右衛門は湯呑《ゆの》みをのせた盆を手に、すぐさま障子を後ろ手に閉じた。

と、権蔵がぼやいて大徳利《おおどっくり》を取り上げた。

「またお辰を見逃した。この家にもう三日居続けてるが、まともに顔を拝んだことがねえ」

「当たり前だ。お前に会わせられるか」

「へえ、余程愛らしいんでしょうよ」

とくとくと酒を注ぐ音がする。重右衛門はごくりと唾《つば》を呑み込んだ。いい音をさせやがって、ああ、たまらない。権蔵は、娘を売り飛ばすのがやっぱり一番手っ取り早かったんじゃねえかな、とぶつぶつ呟《つぶや》き、猪口を呷った。

その言葉にむっとして表情を変えた重右衛門は、盆を置くと厳しい声を出した。

「おい、権蔵」

権蔵がきょろりと目玉を動かした。

「お辰に手を出したらただじゃおかないぞ。もう了信の子ではないことを、その頭に刻んでおけ。お辰はおれの娘だ」

「けっ。なんでおれが凄《すご》まれなきゃならねえのかわからねえや。まあ、仕方ねえ。うちの親爺さんもワ印で返済するってのは納得ずくのことだ。だからよ、師匠にはさっさと画を描いてもらわにゃならねえ」

「わかってるよ。だが、見張られてると余計に描きづらいんだ」

「へえ、そんなもんですかねえ」

権蔵はせせら笑う。

「おい、湯屋に行かせろ。おれは、朝湯に行かないと調子が悪いんだ」

「湯屋？」

権蔵が眼を丸くした。

「駄目だ、駄目だ。湯屋に行くといって、そのまんまどこかに逃げようって魂胆じゃねえんですか？　噂《うわさ》で聞いておりますよ。いつの間にかふらりとどこかに行っちまうって。ですからね、はい、さいですか、と返事ができるわけがねえ」

「おれをみくびるな。元は武士だぞ。二言はない。ひと風呂《ふろ》浴びたらすぐに戻る」

「へへ、どうですかねえ、と権蔵は疑わしい眼を向けながら、大徳利から酒を注ぐ。

重右衛門の喉が再びぐびりと鳴る。

「朝湯はな、一日の始まりだ。熱い湯に入ってさっぱりして、今日一日を過ごそうと心をあらたにするのだ。人間、いつ何時死ぬるかわからんのだぞ。きれいな身体《からだ》でおらねばみっともない」

はいはい、と権蔵は聞く耳も持たず、酒を呑み、あたりめを口にする。

「しかし朝湯なんざ、贅沢《ぜいたく》なことをしていなさる。朝湯が浴びられるのは、御番所のお役人と金持ちの隠居くれえのもんだ。さすがはお稼ぎになってる広重師匠だ」

「ふん。おれはな、貧乏同心の頃から朝湯をつかっているんだ。雨が降ろうと、雪が降りしきっていようと、洟《はな》がたれようと、熱があろうと、朝湯には必ず行く。これは習慣なのだ。崩したら、調子が悪くなるのは当然だろう」

おいおい、とばかりに権蔵が顎を引いた。まるで奇人を見るかのような眼つきをする。

「わかったよ、湯屋に行きてえなら、ある程度終えてから行きやがれ」

「いますぐ行く」

「っ、たく、立場をわかってんのかよ。借金返しのためなんだぞ。爺《じじ》いがわがままいってるんじゃねえぞ」

「爺いだからわがままなんだ。朝湯に行けないせいで、進まん。だいたい、お前もとんだ吝嗇《けち》だ。酒の一杯も寄越せば、こちらの気分がよくなるものを」

「そりゃ寝言かよ。この酒はおれが買ってきたもんだろうが」

慌てて大徳利を抱えたが、権蔵の声に幾分勢いがなくなっている。重右衛門の理不尽な言い草に圧倒されているせいだ。

権蔵は、重右衛門を睨《ね》めつける。

しばし、睨み合ったあと、権蔵が大きくため息を吐《つ》いた。

「承知いたしましたよ。湯屋に行けねえくらいで、画の上がりが遅れたら、おれがどやされる。仕方ねえなぁ」

お？と、重右衛門は早速腰を上げかけた。

「そうと決まれば、もたもたしていられねえ」

「あっしもお供しますよ」と、権蔵が背に大徳利を隠して真顔でいった。

「嫌だ。ひとりで行く」

権蔵が膝立ちで近寄って来て、どれほど描き進んでいるかと、重右衛門の手元を覗《のぞ》き込んだ。

「わう」

奇妙な声を上げ、権蔵が口をぽかんと開けた。

「その面《つら》ぁなんだよ」

権蔵は頭痛に耐えるような顔をして「ひでえ」といった。

「ひでえとはなんて言い草だ。これはな、喜多川歌麿の艶本だぞ。その写しだぞ」

「いけねえよ、師匠。まさかこんなに下手くそだとは思わなかった」

権蔵が憮然《ぶぜん》とした。

下手くそだと、この借金取りが。かっとした重右衛門は筆を叩きつけた。その穂から墨が飛び散る。権蔵はそれを慌てて避けながら、

「どこが歌麿ですか？」

「いいか、枕絵はな、だいたいの形が決まっているんだよ。だからな、先人の画を写すのは悪いことじゃねえんだ」

ほぼ豊国の受け売りだ。

「いやいや、どうせ写すなら、遠慮なくまんま写せよ。交合の形だけ頂戴して、女は

歌麿美人には似ても似つかねえ。へちまのできそこないに目鼻がついたような女なんざ、たとえ画だとしてもそそられねえ。身体もなんだい？　棒突っ込んだみてえにがっちがちだ」

むむ、と重右衛門は己の画に眼を落とした。

「おれぁ、画はさっぱり描けないが、歌麿はもちろん、北斎、英泉、豊国、国芳と飽きるほど観《み》ているんだぜ。そういう目の肥えたおれからみりゃ、ガキが背伸びして必死に描いてるみてえだ。こんな女じゃ、せんずりをかく気にもなりゃしねえよ」

重右衛門の胸にひと言ひと言がぐさぐさ突き刺さる。言葉は違うが、船頭にも豊国にも同じようにいわれた。ここまで揃《そろ》っていわれると、諦《あきら》めもつく。誰にいわれるまでもなく、本人が承知している。どうやっても、おれの筆では、歌麿のような美人にはならない。色っぽさも、艶っぽさもない。

もともと、錦絵に描かれていた女子《おなご》の顔は皆似たり寄ったりで区別がつかなかった。女子はその時代時代で美人のあり方が変わる。女子を描いて人気を博した最初の浮世絵師鈴木春信の頃は可憐《かれん》で純で、幼い肢体が好まれたが、歌麿の頃は異なる。瓜実《うりざね》顔《がお》に柳眉、細く釣り上がった眦《まなじり》。その上、歌麿はそれぞれの女の特徴を捉えて、描き分けた。それが歌麿の腕であり、女を描く条件になった。むろん、歌麿の枕絵は大人気だった。

それから歌川だ。といっても、重右衛門の師匠の豊広は枕絵を描くことがほとんどなかったから、豊国の初代だ。

そうだ。歌川豊国がいけないんだ。役者だ、美人だと、それが歌川の真骨頂だと描き続け、弟子の国貞、つまり今の豊国が見事にそれを引き継いだ。

しかも豊国はまったく欲深と見えて、枕絵も大量に描いている。

だが、美人画はむろん、枕絵界も、おれにはまったく声がかからなかった。名所を描くと決めてからは、役者絵からも美人画からも手を引いた。けれど、名所絵が流行《はや》り始めたとき、豊国や国芳がこぞって名所絵を版行した。それには、溜飲《りゅういん》が下がった。けどなぁ、女が不得手なのに、男女の交合いなど、不得手の極みではないか。素人《しろうと》の権蔵にまで下手といわれても返す言葉がなく、肩を落とした。

「――なんだかなぁ、嫌になっちまった。おれは名所で知られた絵師だ。幾度も再版され、版木が擦り切れて、彫り直しだってしているんだ」

重右衛門はひとりごちた。転がる筆を拾い上げ、ふうと息を吐く。

「えっと、師匠。これはまだ下絵でござんしょう？　あのその、僭越《せんえつ》ではございますがね、ここをもっと、こうするのはどうでしょうね」

女の腕を指し示した。

「ここか？」

重右衛門は項垂れていた首をもたげた。

「ええ、それと女の表情ですがね、目ん玉ひん剥《む》かれちゃ、興醒《きょうざ》めですよ。ここは半眼にして、開き過ぎの口はもう少し閉じて、ちらと歯が見えるくらいのほうがよござんす」

ふむふむ、と頷きながら、下絵の上に薄い鳥の子紙を当てて、元絵を写しとりながら、眼と口を描き直す。

「どうだろうかな？」

「ああ、いいですね。この娘の耳元の乱れ髪もおかしな形だから、もう少し本数を増やして、長くしましょうや。それから、女の尻《しり》はもっと丸みをつけて大きく」

「ほうほう、なるほどなぁ」

重右衛門は権蔵のいう通りに筆を運ぶ。

「そりゃあ、多分師匠よりは枕絵を見ておりますからねぇ。英泉なんざ、色狂いの女を描かせたら、もう」

渓斎英泉か。まだ生きていたら、おれの画をくそ味噌《みそ》にいったことだろう。だが、おれとて、あいつの名所絵は認めない。だいたい、木曾の六十九宿を途中で投げ出したんだ。

景色を描くには、根気がいる。英泉のように己好みの女を好きなだけ描いていればいいというものではない。

景色には、絶景、佳景、美景、奇観とある。そして春夏秋冬の季節に、晴天、曇天、豪雨、糠雨《ぬかあめ》、雪、風といった天候。さらに、朝、昼、夜でも様相が変化する。

それを写し取り、何を省くか。見る人が本当にその景色を目の前にしているかのように紙上に表すのはどれほど難しいか。

「ずいぶん、いい感じになったじゃねえですか。さすがは絵師ですね。口でいっただけで、さらさらっと紙の上に描いちまう」

「そりゃ、お前、筆一本で飯を食っているんだからな」

豊国はこれほど懇切丁寧には教えてくれなかったが、それは同じ絵師同士、遠慮があったのかもしれない。歌麿の枕絵本を貸してくれたのには感謝している。そのうち礼に行かねばと思った。

「権蔵、この調子でおれに助言してくれ」

「変わったお人だなぁ。さっきまで、朝湯に行きてえって大騒ぎしていたのによ。借金取りのおれに助言してくれってのは。ははは」

なんとも、憎めねえお方だ、と呆れた。

「では、まず湯屋に行くか。お前も一緒だ。湯屋代くらい奢《おご》ってやる。指南料だ」

「指南料？　湯屋代じゃ安すぎやしませんかね。じゃあ、修練のために女湯を覗きましょうかね」

# 第五景 東都の藍《あい》

## 一

重右衛門は幾月かをかけて、三冊の艶本《えんぽん》を描き上げた。その間に、合巻の絵本類の挿絵、天童藩の肉筆と多忙な日々を送った。権蔵は三冊を約束通り五十両で買い上げ、それで了信の借金を相殺《そうさい》した。

「あとは、こちらで彫り摺《す》りをやりますんで。師匠、お疲れ様でござんした」

権蔵が頭を下げた。重右衛門はようやく肩の荷が降りたような気がした。借金のためとはいえ、これまで手をつけなかった艶本に手を染めた。その後悔はやはり拭《ぬぐ》えずにいる。

だが、それ以外に方策がなかった。出来るのは画を描くことだけだ。それを活《い》かして借金を返す、それは悪いことではなかったと己に言い聞かせた。

了信の借金はなんとかなったものの、自分の借金はまったく消えない。

その分、仕事を増やしたことで、版元の間では、重右衛門の筆が荒れ始めたのでは、という噂《うわさ》が立つようになった。

それでも、お辰の存在が重右衛門の心を癒《いや》していた。

嘉永四年（一八五一）も押し迫り、重右衛門の屋敷でも煤払《すすはら》いを終えて、節分会《せつぶんえ》にはお辰と弟子を連れて、浅草寺を訪れた。

浅草寺の雷門から仲見世通りは、人波に揺れていた。

重右衛門はお辰の手をしっかりと握り、豆まきが行われる本堂まで少しずつ歩いていた。鎮平や弟子たちも顔を紅潮させている。豆まきの後には、守札が撒《ま》かれるのだ。

と、雑踏の中から、

「掏摸《すり》だ」

叫び声が上がった。重右衛門たちも振り返る。人を搔《か》き分け、走ってくる者がいた。

あちらこちらから悲鳴が上がり、怒号が響く。

「おい、小僧の掏摸だ捕まえてくれ」

その声を聞いた刹那《せつな》、鎮平が何者かに体当たりされ、転がった。体当たりしたほうも、重右衛門の足下に倒れ込んだ。

「鎮平兄さん。大丈夫?」

お辰が思わず声をあげた。

そいつだ、そいつをひっ捕まえてくれ、と男の声が近づいてくる。鎮平は呻《うめ》きながら起き上がると、「こいつ、神妙にしろ」と、まだ幼い顔立ちの十ぱかしの小僧の背の上に乗って押さえつけた。

「離せよ、おれぁ何もしていねえ」と、小僧は足をじたばたさせた。重右衛門はその顔を見てはっとした。脳裏に浮かぶ顔。

「黙れ。静かにしろ」

鎮平はさらにかじりつき、他の弟子たちは小僧の足を摑《つか》んだ。

人々は、重右衛門たちを取り囲むように遠巻きに眺める。

「すまねえ、助かったぜ。こいつ、すばしっこい奴《やつ》だ」

やって来たのは、若い岡っ引きだった。手には十手を持って、にやにや笑っている。

「人が多いところには、手癖の悪いガキまで集まるんで気が抜けねえ。おい、兄さん、あとはおれが引き受けるからよ」

しゃがんで、小僧の腕を取ろうとした。と、いきなり顔を横に向けて、岡っ引きを見ると、おれが掏《す》り取ったって証《あかし》があるのかよ、と生意気な口を利《き》いた。

「なんだと、てめえ」

岡っ引きが狼狽《ろうばい》し、小僧の懐《ふところ》や袂《たもと》、下帯の中まで探ったが、財布らしきものは出てこない。

「なんもねえだろう？　おれは掏摸じゃねえよぉ。兄さん、下りてくれよ、重くてしょうがねえ」

と、口の端を上げた。鎮平は、ああ、と戸惑いながら立ち上がる。岡っ引きは舌打ちした。悪かったな、と捨て台詞《ぜりふ》のようにいって背を向け、「どけどけ」と、十手を振りかざしながら、去って行った。

「浅草寺の観音さまの前ででたらめいうのはよくねえぞぉ」

小僧は鼻で笑うと、一人前に慣れた手つきで襟をしごいて、岡っ引きに向かって怒鳴った。

重右衛門は険しい顔をして、小僧の前に立つ。

「なんだよ、親爺《おやじ》さん。文句があるのかよ」

小僧が上目遣いに睨《ね》めつけてきた。

「鎮平。お前の袂に何が入っている？」

え？　と鎮平が慌《あわ》てて袂を探ると、財布が出てきた。鎮平は狐《きつね》に摘《つ》まれたような顔をして、小僧と重右衛門を交互に見た。

けっと、小僧が吐き捨て、「番屋に連れてけよ」と、いった。

「見事だったな。鎮平が背に乗った拍子に袂に財布を放り込むたぁ。お前、名はなんというのだ」

「寅吉《とらきち》だよ」

「そうか。手先が器用だな。お前、画を描かぬか」

寅吉が呆《あき》れた顔をした。

お安とふたり、寝酒を呑《の》んでいたが、杯を重ねるうちにお安がぼやき始めた。

「もう、お前さんったら、豆じゃなくて寅を拾って来るなんて思わなかったよ。それでなくても弟子の飯代がかかるってのに、ひとり増えたらまた費《つい》えがかかるのよ。大晦日《おおみそか》の掛取りだってどうするんです？」

「銭はお前が握っているんだ。お前がやりくりしているんだろうが」

お安がため息を洩《も》らす。

「そうだ、この間、帯を買ったろう？　あの銭はどこから出したんだよ、お安」

「だって、お正月だもの。お辰にも晴れ着を買ってやらなきゃと思ってさ。そのついでよ」

「ついでってなんだよ」

お安がつと立ち上がり、酔った足取りで隣室に入ると、たとう紙を抱えて戻って来た。

「ほら見て、お辰の晴れ着。今日、出来たのよ」

赤地に吉祥文様が刺繡《ししゅう》された豪華な物だ。重右衛門も晴れ着を眼にした途端、眉間《みけん》の立て皺《じわ》が緩んで、眦《まなじり》をでれんと下げた。

「愛らしいお辰にはこれが似合うって、さ。越後屋《えちごや》の番頭さんに勧められたのよぉ」

お安がうっとりと眺める。越後屋と聞いて一瞬肝が冷えたが、

「しょうがねえなぁ。お辰じゃなきゃ、こんなめでてえづくしの意匠は、着こなせねえものなぁ、あはは」

重右衛門は酒をぐいと呑み干した。

寅吉が掏摸を働いたことはもちろん、死んだ昌吉の面影を見た、ともお安には話さなかった。

翌日、寅吉が画室に入って来た。小狡《こずる》そうな顔つきを一変させ、神妙な表情をして、丁寧に頭を下げた。

「昨日はありがとうございました。掏摸で捕まったら、ふた親に何をいわれるか」

「そりゃあ、そうだろうよ」

重右衛門は筆を休めず、背中で寅吉の言葉を受けた。

「本当におれを絵師にしてくれますか？」

「やる気があるならな」

寅吉はぽつぽつと語り始めた。もともと親とそりが合わなくて、家にも寄り付かず、勝手をしていること。悪仲間とつるんで小悪党の真似《まね》をしていること。

「つまらねえ話だな。そんな奴は江戸にはごまんといる。けど塒《ねぐら》がなくちゃ困るだろうよ。ここでよけりゃいればいい」

重右衛門は応《こた》えた。

「おれ、いてもいいんですか？」

「ああ、鎮平に色々教えてもらいな」

寅吉は再度、礼をいい、親の許しをもらってくるといって、重右衛門の家を出た。

が、その日の午後、お安が画室に飛び込んで来た。顔が蒼白《そうはく》だった。

「お前さん、大変だよ。すごい拾い物だよ。あの寅吉って子。『百川《ももかわ》』と懇意にしている船大工の息子だってさ」

重右衛門は仰天した。百川といえば、江戸でも屈指の料理茶屋だ。豪商はむろんのこと、大名、旗本が贔屓《ひいき》にしている店だ。

重右衛門は身に震えが走った。

船大工でも弁才船《べざいせん》のような千石積みの船を造る棟梁《とうりょう》ならたんまり稼いでいる。

「寅吉の世話をすりゃ、お安。借金が返せるかもしれねえなぁ」

「ほんにお前さん。浅草寺の観音様のお導きだよ」

重右衛門は立ち上がり、お安も走り寄って来て、抱き合った。

果たして、寅吉の家から画の修業の費えだと、初老の遣いが切り餅《もち》をふたつ持って挨拶《あいさつ》に来た。切り餅ひとつは二十五両。合わせて五十両だ。

寅吉が、掏摸とわかっても重右衛門はお上に差し出さなかったと、親に話したという。聞けば、寅吉には百川の養子話があるらしい。行状の悪さが知れたら、話がおしゃかになるところだったと遣いは頭を下げた。その礼と口止め料も兼ねてだろう。重右衛門はおしいただくようにして受け取ると、

「画に興味がおありなので養子話が整うまで、うちで画技を仕込みましょう。よい嗜《たしな》みになると親御さまにお伝えを」

うやうやしくいった。

遣いが帰っていくのを見計らい、「鎮平、うなぎだ。酒屋だ。今夜は宴《うたげ》だ」と叫んだ。

寅吉が呆れた顔をしていた。

「もちろん、お前が弟子になった祝いの宴だよ」

誤魔化すようにそういった。

寅吉を迎えた正月は、賑《にぎ》やかなものになった。百川から豪勢な重箱が届けられたのだ。

元日の朝は、弟子たちが勢ぞろいする。重右衛門が若水を汲《く》み、それぞれの硯《すずり》に水を満たして墨を磨《す》らせる。その墨で宝珠を描き、長押《なげし》に貼《は》りつける。そのあとで屠蘇《とそ》を皆でいただく。重右衛門が昌吉を弟子にしてから、ずっと行っていることだ。

だが、皆、百川の御節《おせち》のせいで気もそぞろだ。

厳《よそお》かを装っている重右衛門もさっさと終えたかった。海老《えび》だの鮑《あわび》だのを思うと口中に唾《つば》が溢《あふ》れてくるのを止められない。

昨年の暮れに、とうとう色重の隠号で、重右衛門初の艶本『春の夜半《よわ》』が版行された。新春を迎えるに相応《ふさわ》しい外題《げだい》だ。

年末に、権蔵が出来た艶本を持って来たが、重右衛門は受け取らなかった。借金が棒引きになる。それでよかったからだ。描きたくない画もときには描かねば、とかつて保永堂にいわれたことを勝手に当てはめる。

権蔵は、「よいお年を」と、それだけいって身を翻《ひるがえ》した。金のためだったとはいえ、初めておれに枕絵《まくらえ》を描かせた男だ。二度と会うことはあるまいが。重右衛門は権蔵の背を見送った。

二日になり、版元が押し寄せてきた。新年の挨拶ではない。どうにも殺気立っている。

「一体、どうしたことですか？　ワ印を描くなど聞いておりませんよ」

「こちらとしては、あまりのことに受け入れられないですからね」

「ああ、まったくどこの版元ですか？　え？　ここにいらっしゃらない版元さんですかね」

版元たちが口々にいい募った。

重右衛門は、皆を前に、そんなに皆がおれに枕絵を期待していたのか、と驚いた。

「よくおれが描いたものだとわかりましたな」

やはり、線のせいか、それとも背景に描いた景色のせいかとひとり悦に入っていた。

「何をおっしゃる。色重、などというなんのひねりもない隠号ですよ。どこの誰だかすぐ知れるってもんです。あたしらだって長く版元やっておりますからね」

そこか。豊国がいった、いっそ潔《いさぎよ》いというのは、そういう意味だったのか。

「で、なぜ艶本を」

埃《ほこり》が立つほどの勢いで、藤岡屋彦太郎《ひこたろう》が扇子で畳を叩《たた》いた。

「まあ色々事情があってな。上方の――」

上方ですか、と丸屋清次郎《まるやせいじろう》が大袈裟《おおげさ》にため息を吐《つ》いた。それを合図に他の版元たちも一様に顔を曇らせる。なんとなく雲行きが怪しいのを感じ、丸屋に恐る恐る訊《たず》ねた。

「どういうことだえ？　売れ行きが悪いから文句をいいにきたのか？」

「はっきり申し上げます。なんですかあれは。え？　歌麿の写しだというのはよいとしても、枕絵本として売るのも恥ずかしい出来。名所絵の広重が、あんな物を出しては名に傷がつきます……枕絵界にも影響いたします」

またぞろ枕絵界ときた。やはりおれの艶本は出来が相当悪いということか。

膝《ひざ》を進めてきた丸屋が口を尖《とが》らせる。

「師匠。艶本を舐《な》めちゃいけません。もちろん駆け出しの絵師が描くこともありますよ。ですがね、それもある程度先を見込んだ絵師でないと頼みません。通常の版下絵よりも高い画料を払いますのでね。私たちにひと言おっしゃっていただければ、もう少しましなものに出来たはず、いえ、止めたはず」

重右衛門は唇を引き結んだ。

「豊国、国芳師匠の艶本と引き比べて見れば一目瞭然《りょうぜん》。彫りも摺りも素人《しろうと》に毛が生えたくらいのもの。さらに画もいただけない。妙に手馴《てな》れたふうな画もあるのが不思議でしたがね」

それは権蔵が助言してくれたところだろう。嫌な汗が滲《にじ》む。

「艶本ってのは、人が描ける絵師が描くんですよ」

愕然《がくぜん》としつつ、丸屋清次郎を見つめた。

艶本は、人が描ける絵師が描く、だと？

集った版元から滅多突きにされたような気分になった。

んなことは、美人画も役者絵も得意ではないおれ自身がわかっていることだ。おれとて好きでワ印を描いたわけではないのだ。仕方ないから描いたんだ。しかし、新年の挨拶もそこそこに、こうはっきり口にされれば腹も立つ。

「じゃあ、なにか、人が不得手なおれは、ワ印を描いちゃいけねえってのか？」

重右衛門は喉《のど》から出かかる怒声を懸命に抑えつついった。

「どんな事情か、あたくしどもとて質《ただ》すつもりはございません。これまでワ印をお描きにならなかった師匠が筆を執ったわけですから、そりゃあ深い事情がおありなのでしょう」

丸屋清次郎は顎《あご》を縦に振りながら、さも理解をしているというような顔をした。

どうせ借金でしょうな、と、こそっと誰かが呟《つぶや》いた。

重右衛門は、ぴきっとこめかみを震わせる。

「いま、いったのはどなたかな？　ああ、その通りだよ。降って湧《わ》いた借金のためだ。絵師は画を描いて銭をもらうのが生業《なりわい》だ。たとえ意に沿わずとも、描くこともある。いつもいつも描きたい物ばかりとは限らない。お前さんたち版元から押し付けられる画題だってある」

版元たちをぎろりと睨めつけつつ、続けた。

「おや、それは心外ですよ。あたくしどもは、常に名所の広重さんとしてお仕事を頼んでおりますよ。そのくらいは信用していただいていると思っておりましたがねぇ」

藤岡屋彦太郎が不機嫌に唇を曲げ、首を後ろへ回した。すると他の版元たちも首肯しながら藤岡屋と同じように唇をひん曲げた。丸屋も我が意を得たりという顔をしている。

ああ、そうだ。丸屋からは『隷書《れいしょ》東海道』を版行している。藤岡屋からは、短冊《たんざく》の『東都名所』、扇面で『東都八景』だ。

「肩代わりしたのは、義弟の了信さまの借金でございましょう？　遠島の御沙汰《ごさた》が下ったそうですが」

丸屋がさらりといったのに、重右衛門は、げっと身を仰《の》け反《ぞ》らせた。

「おい、なぜそれを知っているんだ？」

「養女になさったお辰さまは、妹御と、その了信さまの娘御だということも存じておりますゆえ」

丸屋がにこりと笑った。

「版元は地獄耳でございますよ。御番所やら町年寄、町名主はむろんのこと、瓦版《かわらばん》屋、番付屋、貸本屋、せどりに至るまで、付きおうておりますゆえ。いつ何時、かつてのお改革のように地本問屋の締め付けがあるかわかりませんので。もちろん絵師の皆さんの身の回りも存じ上げておかないとなりませんが」

むしろ、お上よりも厄介でございますからねえ、と丸屋は遠慮もなくいう。

「画料を前払いしたにもかかわらず、まったく描いてくださらないとか。うちが先にと約定を交わしていながら、他の版元さんで先に版行するとか。北斎翁《おう》のように引っ越しばかりなさる方もいらっしゃれば、そもそもどこに住んでいるのかわからないという方もおりますのでね」

「そこへいくと、広重師匠は真面目《まじめ》でいらっしゃる。このお屋敷の門にはきちんと広重と表札も出されている。迷わずに済みますよ。お隣が狩野屋敷というのも伺うのにわかりやすいですが」

「彫師や摺師に偉ぶることもないですし」

「珠《たま》に瑕《きず》なのは、ぷいと旅に出てしまわれることくらいでしょう」

「それでも、その旅が次の画につながるのですから、一石二鳥ではありませんか」

幾人かの版元が口々にいって、笑う。褒めているような、いないような。重右衛門は眉《まゆ》をひそめた。

そうそう、と丸屋が眼を細めた。

「あたくしどもをこちらの座敷に通してくださったのが、お辰さまでございましょ？とても愛らしいお嬢さまだと、師匠がいらっしゃるまでの間に皆で話していましてね。ねえ、皆さま」

上物の赤い晴れ着もよく似合っていた、眼がくりくりとして、顔立ちもよく、お行儀もいい、ほんに将来が楽しみだ、と版元たちはわいわいと手放しでお辰を褒める。

あ、ああ、と重右衛門はぎこちなく頷《うなず》き、なにやら勢いも削《そ》がれた気がして、凄《すご》んで立てた片膝を寝かせ、胡坐《あぐら》に組んだ。

お辰を褒められるとどうも調子が狂う。痛いところを突かれるような気がしながらも、それが心地いい。子を持つというのはこうしたものかと思う。お安も猫っ可愛《かわい》がりしているが、加代にも味わわせてやりたかった。

と、丸屋の後ろに座っていた版元が、

「師匠にとっては姪御《めいご》さまですから、やはりどことなく似ていらっしゃいますなぁ」

そういった。

重右衛門は、よくぞいってくれたと膝頭を打ちたくなった。

「そうかえ。こんな爺《じじ》いのおれとお辰とどこが似ているというんだい。そいつは困ったものだな」

口元が緩んで、目尻《めじり》が垂れる。

「いやいや、そうした優しい眼もそっくり」

「ははは、そうかいそうかい。正月だ、せっかくだから今年も一年よろしくと、版元さん方と、固めの杯でもするかね」

いい心持ちになって、お安に酒を頼もうと立ち上がろうとした。

すると、丸屋が切り込んできた。

「お酒はご遠慮いたします」

「なんだい、面白くないな」

「面白くないのは、師匠の艶本ですよ。あたくしども版元一同、こうしてうち揃《そろ》って参りましたのは、枕絵などおやめいただきたいというその一心からでございます」

浮かせた腰を下ろした重右衛門は、「またぞろ蒸し返すのか」と、拗《す》ねた口調で呟いたが、はっと気付いた。

「うっかり忘れてた。お前さん方、散々いいたいことといっていたが、おれの問いにまだ答えていねえじゃねえか。訊《き》いたよな、おれがワ印を描いちゃいけねえ訳だ」

「ですから、これからお話しいたします」

丸屋が急に背筋を伸ばし、険しい視線を放ってきた。重右衛門はそれを迎え撃つように、上目遣いに見据えた。

座敷の中が張り詰める。他の版元たちも、ふたりの気を察したのか、真剣な眼差《まなざ》しを向ける。ひと呼吸おいた丸屋が口を開いた。

「新しい方々はともかく、古い版元ならば、広重師匠の役者絵も美人画も見ておりま す。けれど、今ひとつぱっとしなかった。しかし、それは技量のせいではないと、思っています」

はっきりいいやがると肚《はら》の底では思ったが、言葉を返さず黙って聞いた。

「今の豊国である国貞師匠はすでに役者、美人画で人気を不動のものにしていた。他方、国芳師匠は武者絵でご自分の画を見つけられた。あの両師匠の向こうを張ろうと、広重師匠も懸命だったでしょう。焦《あせ》りもしたでしょう。けれど、歌川はこうでなければ、ということに執着されて、眼が曇っていたのではありませんか？　いや、描く女の先にいつも国貞、国芳を見ていたのですよ。そんなことじゃ、紙上の女は活きるはずもない」

重右衛門は顔をわずかに上げた。

「あたしはむしろ、広重師匠の描く女は細身で洗練されていると思いましたよ。豊国師匠の女は、猫背で猪首《いくび》。姿形でいえば、師匠の女の方が好みですよ」

藤岡屋がするっと割り込んできた。

重右衛門は舌打ちする。お前の女の好みはどうだっていいのだ、肝心要《かんじんかなめ》はなんだ、と唇を引き結ぶ。

「ええ、藤岡屋さんのおっしゃるのはよくわかりますよ。女の好みはそれぞれですからね」

丸屋が苦笑した。

「まだ気付いていらっしゃらないようですね。師匠の女は豊国師匠と技量は変わらないと申し上げているんです」

「馬鹿《ばか》か。なら、なぜおれの美人画は売れなかったんだ」

さすがに重右衛門は声を荒らげた。

「技量は変わらない。なのになぜ売れなかったか。流行《はや》りの女を描いていないだけだったからでしょうか？　あたしが、艶本は、人が描ける絵師が描くと申し上げた意味をわかっておられないようだ」

丸屋は静かに言葉を継いだ。

「豊国、国芳、お亡《な》くなりになった英泉。特に英泉師匠は暮らしが奔放で根っからの女好き。豊国師匠もそうですよ。屋根船に芸者を乗せて、どんちゃん騒ぎ、吉原通いも相当だ。国芳師匠は、喧嘩《けんか》だ、火事だと、何かあればその場にすっ飛んでいって、画帖《がじょう》に写しとる。それぞれ画風は違っておりますが、三師匠ともに――」

人を面白がる眼を持っている、ということでしょう、と重右衛門から放たれる視線を正面から受けて丸屋が見返してきた。

重右衛門は肩透かしを食った気分になった。

たった、それだけか。人を面白がる眼だって？　それっぽっちのことか。

「まさか、それだけのことかと思っていませんかね？」

丸屋に真を突かれて、ぐっと呻いた。

「人を面白がらなければ、画にも面白味が出てこない。遊びがない。だから、生々しい女の匂《にお》いが立ち上ってこない。先ほどなたかが奇《く》しくもいっておられたが、師匠の真面目さが画の邪魔をしている。女はこう描かなければ歌川ではない、という律儀《りちぎ》さが出すぎていた。お手本通りの四角四面の女など売れるはずがありません」

重右衛門は考え込んだ。歌川の女を描くには、絵手本で修練を続ければいい。多少の絵心があれば、歌川の女が描けるようになる。だが、それはあくまでも歌川の線描を学ぶことであり、自分の画にしたわけではない。

その先が肝心だ。己の画才をどう活かし、どのような画を描いていくのか、そこから始まる。そんなことは版元にいわれなくても、豊広師匠のもとにいた己が一番よくわかっているのだ。兄弟子が妬心《としん》を抱くほどに、重右衛門は豊広に期待されていたことを思い出した。入門してから一年で広重の画号を得たのだ。ああ、そうだった。技量はあるが、心が入っていないということか。

「ですから、色重の艶本はつまらない。ただ女と男が絡《から》んでいる画でしかない。歌麿の写しとしては上出来でも、見る者はなにも揺さぶられない。笑うことすら出来ません。あたくしどもがいいたい放題いっているのは、そういうことです」

艶本、枕絵といった類は笑い絵とも呼ばれる。ワ印のワは笑い絵のワだ。

おれの艶本では、くすりとも笑えないというのか。

だが、と重右衛門は版元たちひとりひとりの顔を見つつ考えた。

版元たちは名所絵の歌川広重として注文をしてくる。今、役者を描いてくれという頓狂《とんきょう》な真似をする版元はいない。

保永堂版の『東海道五拾三次』が大当たりして以来、これまで見向きもしなかった版元たちがこぞって依頼に訪れた。ようやく絵師として認められたのだという嬉《うれ》しさはむろんのこと、これで銭が入るという安堵《あんど》の思いもあった。

しかし、皆一様に口にしたのは東海道物だ。あたしはこんな趣向で、うちはこうしたふうにと、どうにかして東海道を描かせたかったのだろう。

それは当然、儲《もう》かるからに他ならない。

美人画、役者絵が主流だった錦絵《にしきえ》に、国芳が武者絵を取り込み、重右衛門が名所絵を定着させたのだ。飛びついてくるに決まっている。

錦絵と図会《ずえ》を合わせて、東海道だけで幾つ版行したことか。両の手ではもう足りない。

日本橋から京の三条大橋まで、五十五図、すべて空でいえる。宿場名だけでその景色が浮かんでくるほどだ。

ここに居並ぶ版元たちは、重右衛門がなにゆえ絵筆を名所絵へと転換させたのか、その心の内までは知らない。歌川門といえば、美人と役者だ。描いても描いても満足な結果が出せなかった。評価も得られなかった。次第に仕事が減っていく惨《みじ》めさ、情けなさ、どれだけ口惜しい思いをしてきたのかまったく知らない。

垂れ流す愚痴を一心に受けてくれていたのは、喜三郎くらいなものだ。喜三郎には、手っ取り早く銭を得たいなら、ワ印を描けといわれた。

もしその頃、銭ほしさにワ印を描いたとしたら、どうだっただろうか。喜三郎に「なっちゃいないねえ」と、煙草《たばこ》の煙を顔に吹きかけられていたかもしれない。

重右衛門は、へへっと笑った。

喜三郎は、おれの弱点を知っていてワ印を描けといったのだ。人を見る眼を養わせるつもりだったのだ。

ったく、照れねえではっきりいってくれりゃよかったものを。喜三郎め。でも今気づいたところで、もうどうにもならねえぞ、くそう。

「おわかりになられたようで」

丸屋がしたり顔でいう。重右衛門は、丸屋を見つめた。

「もうひとつ訊かせてくれないか。名所がなぜ格下なのか教えてくれ。昔から考えていたんだが」

版元たちが嫌な顔をする。

では、僭越《せんえつ》ながら、と膝を進めてきたのは果たして丸屋清次郎。重右衛門は案の定とばかりに鼻を鳴らした。

「絵筆を執ったことのないあたしがいうのもなんでございますが」

「そんな前置きはいらないよ」

恐れ入ります、と丸屋は軽く頭を下げてから、重右衛門をまっすぐに見た。

「たしかに画には格がございます。神仏の世界を描くもの、あるいは史実に即したものは最上格。その次に来るのが、人物や獣などになりますかね。少し考えていただければおわかりになると思いますが、肉筆の美人画などは、背景もなく女しか描かれていない物が多うございます。たとえ、風景が描かれていたとしても、主体はあくまでも女。景色は、女を引き立てるためのものでしかないのです」

「つまり、竹藪《たけやぶ》の虎《とら》だとしたら、竹藪は虎を描くためのものということだろう？」

「ええ、その通りです。竹藪を描くために、虎を配することはまずございませんでしょう」

重右衛門は唇を曲げて、口を開いた。

「ですから、景色だけを見せるという画はありません」

「待ってくれ。山水とかはどうなるんだ。墨一色で景色を描いた掛幅だってあるぞ」

丸屋は軽く微笑《ほほえ》んだ。

「それらは絵師の想像で描かれた景色でしょう。だいたい誰が見たというので？　それは名所絵とはなりませんよ。師匠が得意とされていた『瀟湘八景《しょうしょうはっけい》』もそうではありませんか。師匠は瀟湘八景をもじり、金沢八景、近江八景をお描きになったが、あくまでも名所を描くための画題として用いたもの。本来の瀟湘八景は絵師が作った架空の風景画ではありませんかね？」

「けど、名所絵には変わりねえのと違うか？」

いいえ、と集まった版元全員が一斉に首を横に振った。

「あれは幽玄の世界。神仙への憧憬《しょうけい》です。崇《あが》めるものであり、旅情を感じるための画じゃありませんから。師匠の名所とは違います」

なんだよ、こいつらは、と妙に息の合った版元たちの様子に重右衛門は眼をしばたたく。が、どうにも得心がいかない。

「回りくどくてよくわからないな。版元というのは、そうして小難しい理屈をこねて、こっちを煙に巻いて、画料を渋る。おれも長い付き合いだからわかる」

「誰が画料の話をしているんですか。まあ、ちょうどいい。豊国師匠と師匠の画料には差がある。それでおわかりでしょう？　名所絵は美人や役者の次だと」

その言葉に、重右衛門は勢いを削がれたように、眼を伏せる。

「回りくどいとおっしゃるなら、手っ取り早くいいましょう。名所絵は動かないものを描けばいいからなのですよ。絵師の工夫も創意も無用。山や川、奇岩、珍景はどなたが作り出した物でございましょう？」

丸屋は身を乗り出して訊ねた。

「ずっと昔々からそこにあったとか、風雨にさらされ、削られて出来た物もあるだろうよ」

不機嫌な顔で重右衛門は応える。

「霊峰富士は、北斎翁が作った物でしょうか？」

「馬鹿いうな。富士のお山はずっと前から日の本に陣取っていやがるだろうが」

丸屋がにやっと笑った。その勝ち誇ったような顔が気に食わなかったが、何もいえずにいた。

なぜ名所絵が格下といわれるのか、すとんと胸底に落ちたからだ。

二

版元たちがこぞって帰ったあと、重右衛門は台所にすっ飛んでいくと、大徳利《おおどっくり》を抱えて二階の画室に上がり、杯を重ねた。いくら呑んでも酔えないことに苛立《いらだ》った。五十を過ぎたおれが、歳下《としした》の版元にああだこうだいわれるんだ。ああ、面倒くせえ。世間じゃ隠居したっておかしくない歳だというのに、遠慮会釈《えしゃく》なくわあわあいわれ。けどなぁ、ワ印に文句をつけられる絵師もそうそういねえだろう。

人を面白がらない、か。いわれりゃ確かにそういうところはある。どこかにふらりと旅立って、美しいと思えるもの、変わった風景だと思えるものを描くのが好きだ。人なんぞ見ちゃいない。心の内など、はかる必要はない。

動かないものを描くだけか。丸屋の言葉を思い出し、重右衛門はごろりと寝転んだ。そういや、このところ足を使っていない。そろそろ遠出をしてもいい頃か。旅はいいからなぁ。江戸とは違うよさがある。江戸はおれの故郷だから別格なのだ。作られた町とずっとそこにあった川、山が美しく調和している場所は自《おの》ずと異なる。

重右衛門は、身を起こして窓を開けた。

よく晴れた空に、凧《たこ》がいくつも上がっていた。色とりどりの凧が青に映えている。

上空は風が強いのか、揺れる凧が、右往左往している人の様だ。ああ、きれいだ。

やっぱりおれが好きなのは江戸を覆《おお》う空だ。東都を包む藍色だ。

大川、神田川、横十間川。愛宕山、浅草寺、神田明神――。

すべてがその空の下にある。

火消同心として町を走り回っていたのが大きいのだろうと今更ながら思う。早く安藤家を出たいと望んでいたが、あながち武家だったことも悪いことではなかったのかもしれない。

ようやく酔いが回ってきた頭で、画帖を引っ張り出した。江戸を描いた画帖は幾冊になったことか。

丁を繰る。

名所絵が格下か。おきゃあがれ。あいつらもわかっていないことがある。

名所はただそこにあるものを描くわけではない。景色も動く。風、月、雨。季節によって色を変える。常に動いているんだ。その度に表情を変えていくのだ。

おれはそれを捉《とら》えている。風にあおられる人、急な雨で急ぐ人。おれの描く人々は自然に翻弄《ほんろう》される。その中で活き活きと生きている。それが読み取れずに、なにが版元だ！　こん畜生め。

ただ、丸屋は旅情といったな。少しはわかっているのか、と重右衛門は薄く笑った。

しかし、ワ印については、なんとも困惑していた。

あと二編がときをおかずに版行される。

なんとか阻止したい。

いわれっぱなしでいられるものか。すべて、描き直してくれる、と重右衛門はすっくと立ち上がった。が、湯屋が正月は薬湯にするのを思い出した。

まずは湯屋に行ってからだ。

「悪いが、このまま北十間川まで行ってくれるか」

重右衛門は柳島橋《やなぎしまばし》の手前で初老の船頭に声を掛けた。

「旦那《だんな》、『橋本《はしもと》』に行くんじゃなかったんで？」

「いいんだ、ちっとぱかし気が変わってな。川を突っ切って向こう岸につけてくれ」

へえ、と船頭は首を傾《かし》げながらも、橋を潜《くぐ》ってそのまま横十間川から北十間川へと入った。

櫓《ろ》から棹《さお》に持ちかえた船頭は舟を岸に寄せると、

「ここらでいいですかね」

と、重右衛門に訊ねた。二本の川が合流してすぐのところだ。顎を上げてあたりを見回した重右衛門は、ああ、と応えつつ、財布を取り出した。

「夕餉《ゆうげ》に銚子《ちょうし》を一本くらいはつけられるぜ」

「いんや、二本はいけそうだ。過分に恐れ入りやす、旦那」

木が腐りかけ、足元が危うそうな桟橋に降り立った重右衛門は岸へ進むと、矢立と画帖を手にした。

視線の先には法性寺《ほっしょうじ》と、その隣に建つ料理屋『橋本』、そして潜ってきたばかりの柳島橋の上を行き交う人の姿が見える。

「なかなか、いい眺めだ」

穂を舌でぺろりと舐め墨に浸し、画帖にさらさらと描き始める。二本の川を手前にして、橋本の二階の軒に下がる提灯《ちょうちん》、その窓から身を乗り出す男の姿も写し取る。寺の本堂の屋根を描きながら、法性寺の妙見堂に祀《まつ》られている北辰《ほくしん》妙見大菩薩《だいぼさつ》を北斎が信仰していたことを思い出した。北辰は夜空に輝く北極星のことだ。

柳島まで赴いたのは、豊国から『橋本』に招かれたからだ。約束の刻限より早く着くよう家を出た重右衛門は、店に入る前に周辺の景色を写そうと考えていた。田畑が広がる向島の風景、柳島橋の橋詰から見る法性寺など、十枚ほど描いたところで、八ツ（午後二時頃）の鐘が鳴った。

おっと、そろそろ行くか、と重右衛門は柳島橋を渡って、橋本へと足を運んだ。店の入り口に着くと、女将《おかみ》と思《おぼ》しき女が走り寄ってきた。

「広重師匠でございますね。豊国師匠はとうにいらしておりますよ」

重右衛門は面食らった。

「豊国師匠に、茄子《なす》紺《こん》の羽織に茶鼠《ちゃねず》の小袖《こそで》を着た方が師匠だと伺いましたので」

今度は仰天した。なぜ知っているのだ。問い掛ける暇も与えられず、女将はさっさと身を翻し、「こちらへ」と、急《せ》かすように促した。狐に摘まれたような心持ちで座敷に通されると、果たして盃《さかずき》を手にした豊国が、

「よう、広重師匠」

と、笑みを浮かべた。

「こいつはどうも遅くなりまして」

慌ててかしこまる。女将が、すぐに御膳《おぜん》を、と頭を下げ、立ち去った。

「なあに、遅れちゃいねえさ。約束は八ツじゃねえか。早いとこ呑みたくなって勝手に先に来ただけのことよ。なに、師匠も、とっくに来ていたじゃねえか。おれが二階から眺めていたのに気づかなかったかえ？」

そういって悪戯《いたずら》っぽい笑みを向け、まずは一献と盃を差し出した。

窓から身を乗り出していたのは、豊国だったのか。なるほど、それで女将に羽織と小袖の色を伝えたのか。

重右衛門が盃を取ると、豊国が銚子を傾けた。

「いただきます」

なみなみ注がれた酒をひと息に呑みほし、「ああ、うめえ」と呟いた。

「呑みっぷりがいいと、こっちも嬉しくならあ。今日はおれの招きだ。遠慮なくやってくれ」

盃洗《はいせん》に潜らせると、豊国は手酌で呑み始める。

「ありがとう存じます。ですが、ただのお招きですかね？」

ん、と豊国が上目に窺《うかが》う。

「いえ、おれの艶本《えんぽん》の噂《うわさ》がお耳に入ったのではないかと思いましてね。なんたって、正月早々、版元たちがこぞって家にやって来て、艶本はこういう物だ、ああいう物だ、といいたい放題、貶《けな》し放題、仕舞いには、名所絵なんざ格下だといっていきました」

豊国は盃を持つ手を止めて、しげしげと重右衛門を見つめたが、いきなり破顔した。

「ははは、そいつは難儀だったなぁ。そりゃおれも初耳よ」

と、女将と仲居が重右衛門の膳と酒を運んできた。

女将は、重右衛門の傍に膝を着くと、銚子を取った。

「ずいぶん、楽しそうですこと」

「おう。正月から色重って隠号で版行した艶本に、版元から文句をつけられたらしい」

豊国が肩を揺らす。あら、まあ、と女将が重右衛門に酒を注ぎながら二の句が継げない。

「豊国師匠、そうはっきりといわないでください」

「でも、広重師匠が艶本など出されたのですか？」

「止《や》むに止まれぬ事情ってやつだな。この歳で初めての艶本よ」

豊国が代わりに応える。女将が濡《ぬ》れ濡れと光る笹紅《ささべに》を引いた唇で微笑んだ。

「そいつは稀少《きしょう》じゃございませんか。あの広重の初の艶本ってこれから先、高値が付いてしまうかもしれませんよ。あたしも手許《てもと》においておきたいくらい」

「とんでもねえことだ。おれの艶本持ってるだけで笑い者になっちまいますよ」

「あら、元が笑い絵ですもの、いいじゃありませんか」

「はっは、広重さんよ、女将のほうが上手だな」

女将は膝を回して豊国へ酌をすると、ごゆるりと、と三つ指をついて、座敷を出て行った。

やれやれ、妙な肴《さかな》にされちまった、と重右衛門はため息を洩らして、膳の上のふきのとう味噌《みそ》を舐める。甘い味噌にふきのとうの苦味が合わさって美味《うま》い。春をそのまま味わっているようだ。

「おれも版元たちがくそ真面目な顔でワ印を語るのを聞きたかったよ」

「笑い事じゃあありませんよ。版元は本気でしたからねぇ」

盃を置いた豊国は煙管《きせる》を取り出した。

「しかし、師匠も意地が悪い。おれにきちんとワ印の描き方を伝授してくれなかった」

いやいや、と豊国は目尻に皺を寄せ、刻み煙草を詰め、火をつける。国分《こくぶ》の匂いが立ち上る。薩摩《さつま》産の煙草だ。

「ワ印なんてものは、教えたって描ける物じゃねえしなぁ。どれだけ女を知っているか、どれだけ助平かってことだ。でもね、師匠。女と百人寝ようが、千人寝ようが、どんなに助平でも描けない奴《やつ》は描けない。なんでだか、わかるかい?」

重右衛門は心の内で苦笑する。版元の次は豊国のワ印考か、といささか食傷気味だと思いながら――はっとした。

「人を見る眼があるかないかってことですかね」

「大当たりだ。自分が遊んだ数じゃねえのよ。興味がどれだけあるかだよ。頭ン中でどれだけ考えられるかだ。むろん、女嫌いよりは好きな方がいいと思うぜ。役者絵もそうさ。芝居好きじゃなきゃ、描けやしねえや」

「似たようなことを丸屋清次郎がいっておりましたよ。英泉、豊国、国芳は人を面白がる眼を持っているとね」

「丸清あたりが鼻をうごめかせていいそうなことだ。けどよ、それだけじゃねえよ」

見る位置が違う。てめえは座っていたり、女の身体《からだ》に乗っていても、どっか別のてめえが天井あたりに張り付いて、見下ろしている、と豊国は煙を吐いた。

「天井に張り付いているのが絵師のおれよ」

「ということは、おれは天井に張り付くおれがいないんでしょう」

重右衛門は自嘲《じちょう》気味にいう。

「馬鹿いうねえ。そいつは違うぜ。お前さんは、景色を面白がる眼があるじゃねえか。おれにはそれがねえ。悔しいくらいにな。けどよ、そこまでいわれて腹も立っただろう？」

「当たり前ですよ。残りの二編を版木ごと買い取って、一から描き直しました。借金を返したはずがまた借金背負っちまいましたがね」

自棄《やけ》になっていい放つと、豊国が小刻みに肩を揺らしてくつくつ笑った。

あのとき権蔵は鳩《はと》が豆鉄砲を喰らったような顔をした。絵師ってのは執念深いといった。まあ、今度こそ二度と会うことはない。

「いいねえ、いいねえ、江戸ッ子だ」

「とはいえ、またぞろ枕絵界に迷惑をかけるなといわれるかもしれませんが」

いわせておけばいい、と豊国は煙草の灰を灰吹に落とした。

「で、向後、ワ印は描くつもりかえ？」

豊国が、探るような眼つきを重右衛門に向けた。すぐさま首を横に振る。

「いくら借金があろうと、そのために筆を執ることはもうしませんよ。たとえ、百両積まれたって描くことはありませんね」

そう応《こた》えると、豊国が惜しそうな顔をした。

「百両積まれたら、おれが描くよ。そんな豪気な版元がいたなら教えてくれよ」

「まあ、百両も出せる版元はいねえでしょうがね」

そう重右衛門がいうと、違《ちげ》えねえ、と豊国が応えた。

「ワ印はもう腹一杯ですから描きませんが、格下の名所絵は続けますよ」

「おう、そうじゃなきゃ浮世絵界が困る。格下とか格上とかおれはねえと思うがの」

背景が主題を引き立たせるものだというなら、おれはその主題をひっくり返して物を描いているのだと思いましたよ、と重右衛門はまぐろの漬《づ》けを口に運ぶ。

「つまり、竹藪の虎だとしたら、虎は竹藪を描くための背景でしかありません」

豊国は、訝《いぶか》しげに耳を傾ける。

「ですから、おれは竹藪を描くために虎を描いているってことですよ」

丸屋が気付かせてくれたのかもしれませんが、と重右衛門は、にっと歯を見せる。

「また格下だのなんだのいってきたら、堂々と返してやろうと思っていますよ」

「ああ、その意気だ。なるほど注文はねえかもしれねえが、今度名所に手を出すときには、おれもそういう心持ちでやるよ。まあ、版元も偉そうに能書きたれるのは、売れる物が喉から手が出るほどほしいんだろうよ」

豊国はわずかに、息を吐いた。

確かに、版元もかつての勢いがない。二つ、三つの版元が銭を出し合う合版も増え、出資者を常に求めている。あからさまに店の品を錦絵に描き入れることも平気でするようになった。新しい版元が雨後の筍《たけのこ》のように現れて、食い合いしているという状況でもあった。人気のある、儲けの出せる絵師をいかに手許に置くかの争奪戦にもなっている。今の錦絵はほとんどが歌川門下で占められていた。北斎一派も魚屋《ととや》北渓《ほっけい》以降、弟子の台頭はなく、北斎の娘応為《おうい》（お栄）も行方知れずときている。英泉の師匠と目される菊川英山や勝川派あたりがまだ頑張っているが、それでもぞろぞろ出てくる豊国、国芳門下の者たちには敵《かな》う術《すべ》もなく、仕事をかっさらわれていた。

版元に若い絵師をゆっくり育てるような余裕もないせいか、そのしわ寄せが豊国、国芳の双肩《そうけん》に重たくのしかかっている。いやでも作画量が増え、濫発《らんぱつ》のため筆の荒れが目立つようにもなっていた。

天童藩のために掛幅用の肉筆をいまも描き続けているが、名所絵についてはほとんど重右衛門が任されているという現状がある。内弟子の鎮平も仕事は得ていても、まだまだだ。入ってまもない寅吉が思いの外、絵心があり、いまは懸命に励んでいる。

それに近頃は、と豊国が聞かれてはまずいという顔で、

「天保の改革だの、飢饉《ききん》だの、その影響は多少薄まったとはいえ、これまでのような

儲けを取り戻すのにどれほどの年月がかかるかわからねえ」

版元が厳しくなっているのは、地本問屋の乱立ばかりが理由ではない。天保の改革の締め付けを引きずっているせいもある。さらに追い討ちをかけたのは、飢饉だ。米の値段が跳ね上がり、それに伴ってものの値段が上がる。庶民が四苦八苦している中で、錦絵の需要も減っていく。

庶民にしてみれば、今日口に入る物がほしい。しかし、書物も錦絵も出さねば、版元も干上がる。悪循環だ。

「ご政道も乱れているからな。外国船が日本にわんさかきているせいで、大騒ぎらしい。まあ、役者も遊女も描いちゃいけねえ、好色本はもとより人情本も禁止とくりゃ、町人の楽しみを根こそぎ引っこ抜いたも同然だ。締め付けは厳しかったが、あの頃が懐《なつ》かしいねえ。芳（国芳）も気を吐いて、錦絵が駄目なら戯画で役者を描いたり、妖《あやかし》でご政道を揶揄《やゆ》したりして、取っ捕まっていたからなぁ」

豊国は懐かしむように眼を細め、酒を呑《の》む。

北斎が、英泉がいた。曲亭馬琴、柳亭種彦、為永春水がいた——。

「皆、死んじまった。生き残ってるおれらがなんとか守り立てなきゃならねえ、なあ、広重さん。こんな時世だ。どうせなら、ふたりでやらねえか？」

重右衛門は眼を見開く。ふたりで？

「双筆《そうひつ》だよ。広重さんが背景に名所を描いて、おれが人を描く。どうだえ？」

願ってもない話だ。当代一の人気絵師、豊国と組むのか。これは評判になると思うと同時に奮い立った。

「こちらこそ、お願いします」

「よし、決まった。今日来てもらったのは、このことよ。そこで相談なんだが、死んだ種彦の『修紫田舎源氏《にせむらさきいなかげんじ》』をもとにした源氏絵と、広重さんの得意な東海道を合わせたい」

『修紫田舎源氏』は、お上によって絶版となった合巻物だ。主人公は光氏《みつうじ》としているが、その実、将軍の大奥を揶揄していると糾弾されたのだ。版行から十四年に亘《わた》り挿画を担《にな》った豊国にとっては思い入れの深い物であるのだろう。それとも柳亭種彦の弔い合戦か。

さらに東海道物とは。きっとおれを立ててくれたのだろう。

「東海道物はもう飽き飽きかえ？」

「その逆ですよ。嬉しくて、つい呆気《あっけ》に取られちまって」

「ならいいんだ。版元ふうにいえば、なんたって、おれぁ、名所を面白く見る眼がねえからよ、ははは」

豊国は、ぱんぱんと手を叩《たた》いた。

「誰かいねえか？　酒だ、祝い酒だ」

重右衛門は素直にこの申し出が嬉しかった。一枚の錦絵の中に豊国と広重の筆が収まる。どう考えても心が躍る。

早速、豊国と版元を交えての寄合が幾たびも行われた。亀戸の豊国宅ですることもあれば、重右衛門の家や料理屋ですることもあった。

重右衛門は『偐紫田舎源氏』の合巻を豊国から借り受け、隅から隅まで読み、豊国の画を食い入るように見た。やはり、物語とぴったり合った挿絵であることはすぐに得心した。さらに人物の表情、所作はすこぶる上手《うま》い。なるほど、大人気となるのが頷けた。

これを今度は画だけで魅せるというのだ。重右衛門の筆にも力が入る。豊国も会うたびに熱い語り口だった。

「おれは種彦が自害したとは思わねえ。あいつは武家だぜ。そんなみっともねえ死に方するもんか。お上に咎《とが》められて憤死したんだ」

戯作者《げさくしゃ》が物語の途中でお上に筆を折られた、その悔しさはおれたち絵師の想像を超えるとまでいい放った。

「ずっと終わらねえんだよ。田舎源氏はよ、完結していねえんだ。種彦はもう書くことが出来ねえ。終わりがないなら、おれがせめて色を添えてやりてえんだ」

豊国は声を絞っていった。その眼が潤《うる》んでいるようにも見えた。

物を、書く、描くという違いはあっても、己がその筆に込める思いは同じだ。

豊国の強い言葉は重右衛門にも伝わってきた。

絵師で言えば、揃い物を途中で終えることになるのだろう。とてもじゃないがやり切れない。

売れないからと版元に打ち切られればそれまでの話ではある。が、それでも悔しい思いは変わらない。筆を執れなかった景色は、きっと深い悔恨に変わる。

重右衛門は顎《あご》を上げ画室の窓から、空を眺めた。雲ひとつ浮かんでいない青い空だ。

美しい江戸の空だった。

源氏絵は版元を変えながら版行され、『双筆五十三次』と題された揃い物は、目論《もくろ》見《み》通り大当たりを取った。

宿場の風景は重右衛門、人物は芝居仕立てに描かれた豊国得意の趣向だ。

皆がこぞって買い求めた。

版行前に驚くことがあった。版元は、赤坂新町の丸屋久四郎《きゅうしろう》。まだ店を開いたばかりの新参者だ。聞けば、丸屋清次郎と懇意にしている者らしい。

新参者の丸久への開店祝いの版行だという。

あれだけ、いいたいことをいっていた丸屋のしたり顔が浮かんできた。が、豊国と会わせたのは、丸屋かもしれない。そう思うと、版元ってのはずる賢いのか情に厚いのか、と思わず笑みがこぼれた。

安政二年（一八五五）も秋に入った。

重右衛門は二階の画室で執っていた絵筆を置き、息を吐いた。『五十三次名所図会』の下絵を三枚描き終えた。

これで東海道物は二十ほど描いただろうか。

東海道絵師といわれるのは気に染まないが、他に描ける者がいないのだから仕方がない。

しかし――。重右衛門の中に湧《わ》き上がる衝動はもう止められなかった。おれはやはり江戸を描く。東海道で日の目を見たが、最後の画にするのは江戸の風景だ。

燭台《しょくだい》の炎を見ながら、思いを巡らす。画はあくまでも家を支えるための内職ともいえる物だった。ただ、売れない辛《つら》さは常に重右衛門を苦しめた。売れなければ安藤家を去ることも叶《かな》わない。歌川広重として立つことも出来ない。

その狭間《はざま》で焦慮を抱きながら、筆を執ってきた。

加代を失った後に広い家を借りて、大手を振って安藤を出た。お安を娶《めと》り、弟子も増え、今はお辰という可愛い娘も出来た。借金は残っているが、まずまずではないか、と思った。しかし、描き残している江戸の風景が寝ても覚めても浮かんでくる。

重右衛門は画帖を繰る。幾年かけて、描いたのか。この画帖のすべてを錦絵にするならば、百以上になろう。

還暦まであと一年。残された時はあまりないとも思っていた。今ならまだ間に合う。一度に五景ずつ、毎月版行すれば一年と半分だ。たとえ百景を超えようと、描き切るだけの力は残っているはずだ。

お辰の花嫁姿を見るまでは死ねないが、多くを描くのは歳を取るほど困難になってくるだろう。豊国は古希でも矍鑠《かくしゃく》としているが、誰もがそう健やかであるとは限らない。寄る年波に勝てず、患《わずら》うこともあるかもしれない。事故に遭うことだってある。

もう待てなかった。

藤岡屋に持ちかけたが、「百景？　そいつは多すぎますよ。せめて八景」といったので、洒落《しゃれ》じゃない、と怒鳴った。丸屋も渋っていた。

「百と銘打つのはようございます。ですが、五十五図の東海道だって、幾年かけて描くかおわかりでしょう。百景となれば倍ですよ。五年も掛かっちゃたまりませんよ」

五景ずつ描く、といったが、

「それでは師匠のお身体が心配だ。他の仕事もありましょう」

と、にべもない。

付き合いは深くなかったが、すがる思いで下谷新黒門町《したやしんくろもんちょう》に店を構える魚屋《ととや》栄吉《えいきち》を訪ねた。

だが、魚屋も同様に難色を示した。

「八景なら画題としてもいいですし、道中物は宿場の数が決まっておりますから、違和感もございませんが」

「だから、百なんだ。きりのいい数じゃねえか」

「そりゃあ、大した揃い物になるかと思いますけど」

「乗ってくれるのか？」

「でも師匠はもう江戸を幾枚も描いていらっしゃる。そこに百景といわれても。なにより江戸に百もの名所がありますかね。まずそこが心配だ。どこかの長屋の稲荷《いなり》を描かれたんじゃあ話になりません」

きりがいいなら、十でも二十でも五十でも、立派な揃い物ですよ、と茹《ゆ》で卵のようなつるりとした肌を強張《こわば》らせながらいった。

五十では足りない。百だ。そうでなければいけない。百というのは、具体的な数量を表す数字だけでなく、限りなくたくさん、という意味合いもある。

「生きているうちに、筆が執れるうちに描き上げたい。奇しくもお前さんは、江戸に百もの名所があるか、といった。あるのだよ。おれが、若い頃から描き溜《た》めてきた江戸は千に近い。その中から選りすぐりの風景は百五十にもなる。江戸にはそれだけの名所があるんだ。暮らしの中に溶け込んでいて、気づかない美しい風景が、光景がある。それを、皆に伝えたいのだ」

ああ、おれは浮世絵師なのだと強く思った。肉筆は絵師個人の筆意を込められるこの世にたった一枚の画だ。けれど、錦絵はいくらでも摺れる。多くの人に届く。

「騙《だま》されたと思って出してくれ。頼む。すべて竪絵《たてえ》で度肝を抜いてやりたいのだ」

重右衛門は懸命にいい募る。それでも魚屋は腕を組み、唸《うな》った。

「先日の『五十三次名所図会』が縦使いでしたね。驚きました。名所はこれまで横使いがほとんどでしたから」

そうよ、と重右衛門は鼻をうごめかせた。天童藩の掛幅を描いて思ったのだ。横に使えば景色は広がる。けれど、縦に使えば、視点を上下に様々定められる。地平を下に持ってくれば、空が広く取れる。江戸の空を存分に描けるのだ。

「どうだろう、魚屋。写真《しょううつし》の江戸を見たいとは思わないか？」

「師匠、失礼な物言いではございますが、もしや最後の揃《そろ》い物にしたいということですかね？」

「錦絵での揃い物はこれで最後になるだろうな。それこそ百を超えるものは無理だ」

魚屋を見据えて重右衛門はいった。

「途中で投げ出したくなったり、病になることもあるかもしれませんよ」

「投げ出すことはない。そいつは約束する。病になっても描く。ベロ藍《あい》をもっとも活《い》かせるものにしたい。おれはあの色に出会ってから、名所を描くと決めた。自分が何を描くかわかった。色んな土地を描いてきたが、どこか物足りなかった。江戸を描ききっていないと気づいたんだよ。江戸を描きたい。ベロ藍で東都の空を彩《いろど》りたい」

それほどのお覚悟で、と魚屋が呟《つぶや》いた。しかし、「少し考えさせてほしい」と、話は仕舞いになった。

あれからもうふた月が経《た》ったが、魚屋からはなんの返答もないままだった。

この時間がすでに惜しい。幾枚か版下絵が描けたはずだ。

つらつら考えているうちに、夜回りの拍子木の音が聞こえてきた。夜四ツ（午後十時頃）、町木戸が閉まる時刻だ。

野犬だろうか、ひどく吠《ほ》えている。拍子木の音に反応しているのか。どこか怯《おび》えているような吠え声だ。音が遠ざかっても、犬はまだ鳴いていた。

重右衛門は寝間に行くか、と立ち上がった。一瞬、眼前がくらりとした。燭台の炎も揺らぐ。思わず、重右衛門は目頭を押さえた。目眩《めまい》か。

と、地鳴りのような音が近づいてくる。地の底からなにかが這《は》い上がってくるような不気味な音だ。いや轟音《ごうおん》だ。下から突き上げられるような衝撃を受け、転がった。絵皿が飛んで、山積みの書物が崩れた。

地震だ！　かなり強い。空気が振動している。

屋根の瓦《かわら》がばらばらと落ちて、けたたましい音を立てる。木が軋《きし》む。家が激しい波に揺れる小舟のように動いた。

重右衛門は赤子のように這いつくばる。とても立っていられない。

燭台が倒れた。蠟燭《ろうそく》が家の揺れに合わせて、右へ左へと移動する。火を。蠟燭の火を消さねば。懸命に手を伸ばす。

熱っ。火に指先を炙《あぶ》られても、そのまま摑《つか》んだ。闇《やみ》が広がった。恐怖がさらに増す。お辰。お安。ふたりは階下で寝ている。鎮平。寅吉はどうした。

「師匠。師匠。ご無事ですか」

寅吉の声だ。地揺れが収まってきていた。這いずりながら、重右衛門は手探りで進む。家は大丈夫か。階下に行けるのか。

「お辰とお安は無事か」

必死に声を振り絞った。

「父さま、父さま」

「お前さん」

お辰だ。お安。無事か。怪我《けが》はないか。

「さ、早く外に出なさい。家が崩れるやもしれんぞ」

「お前さんも早く下りてきて」

重右衛門は画室を出ようとしたが、画帖《がじょう》を持っていかねばと、這いずりながら再び身を回した。

どこだ、どこだ。暗闇の中では無理か。諦《あきら》めるしかないのか。

表が騒がしくなってきた。家から皆飛び出してきたのだろう。行かねば、逃げなければ。立ち上がった重右衛門は壁に触れながら、階段へと向かう。あっと思ったときには遅かった。伸ばした手が滑ったのだ。重右衛門は悲鳴を上げながら階段を落ちた。激しい音を立てて階下に転がり、したたかに腰を打った。激痛に呻《うめ》いた。

「師匠、お怪我はねえですか？　立てますか。早いとこ家から出ねえと」

鎮平に腕を取られ、唸りながら立ち上がった。

「お辰とお安はどうした？」

「寅吉が表に連れて出ました」

「家からすぐに離れるのだぞ。家が倒れたらひとたまりもない。瓦が飛んでくるぞ。広いところへ逃げねば」

はい、と鎮平が応えた。

外に出ると、門の外からお辰が再び中へ入ってきた。

「父さま。大丈夫、怪我してない？」

重右衛門にお辰はしがみついた。怖い怖いと泣いている。身をがたがた震わせていた。

その頭を優しく撫《な》ぜながら、さあ、逃げようとお辰を抱きしめた。鍛冶橋《かじばし》のたもとであれば広い。

「お辰をおぶってやれ。おれは一人で歩ける」

承知しました、と鎮平はお辰をおぶい、足早に家を離れた。重右衛門は腰に手を当てつつ門の外へと出る。

通りは人々で混乱していた。寝巻きのまま飛び出してきた老夫婦、なぜか釜《かま》を抱えている男、ただただ顔を痙攣《ひきつ》らせ泣き喚《わめ》く女がいた。安堵《あんど》の思いを抱いた後、再び地揺れが起きた。

悲鳴と怒号が上がる。夜の闇が一層恐怖を掻《か》き立てる。

狩野屋敷の弟子たちが、提灯を灯《とも》して出てきた。

だが、その灯りにわずかに救われたのも束《つか》の間《ま》、重右衛門は眼を疑った。

江戸の空が赤く染まっていた。火の手が上がったのだ。

重右衛門は茫然《ぼうぜん》と立ちすくみ、赤々と燃えさかる炎を眺めた。燃えている。江戸が燃えている。

あれは、日本橋の方角だ。五街道の起点で、江戸の商いの中心だ。

黒い煙が上がっていくのが、夜空にもかかわらず見える。その下では、町を舐《な》め尽くそうとする火が悪鬼の舌の如《ごと》く這い回っている。

悲鳴なのか、怒号なのか、それとも家屋の崩壊する音なのか、そのすべてが轟音となってあたりに響き渡っている。

このような大地震は生まれてからこっち初めてだった。まだ最初の揺れの地鳴りが耳にこびりついている。

我に返る間もなく、再び地揺れに襲われた。地面を踏み締めていても、身がぐらぐら揺れて、くずおれそうになる。三度目の揺れは、二度の揺れに比べれば小さなものではあったが、通りにいる女たちが悲鳴を上げて座り込み、男たちは右往左往する。

昨年の霜月（十一月）、信州でも大地震があったことを思い出した。松本や松代《まつしろ》あたりで家屋が倒壊し、大勢死人が出たと瓦版で伝えられていた。

この地震もつながっているのか。

我が国はどうなってしまうのだ。相次ぐ異国船の来航に慄《おのの》いているうち、天災で潰《つぶ》されてしまうのではないか。

重右衛門は一昨年嘉永六年（一八五三）の五月から六月にかけて、俳諧師《はいかいし》の友人と弟子とともに旅に出た。まず武州方面を回ってから浦賀、鎌倉、箱根などを巡り、様々写生をしてきた。お辰には、土産に箱根細工の小箱を買い求めたが、女房のお安には何も買わずに戻ったために拗《す》ねられた。その旅の途中に、この国を揺るがす大事件に遭遇した。

四隻《せき》の亜米利加《アメリカ》船が浦賀に来航したのだ。その頃重右衛門一行は、鎌倉から江戸への帰路を辿《たど》っていたが、その事変に大いに興味をそそられ、浦賀へと足を向けた。沖に停泊している黒く塗られた船体は大鯨のようだった。

否《いな》、あれは鯨ではなく、大鯰《おおなまず》だったのかもしれない。

地震を起こすのは地中にいる鯰が暴れるためだという言い伝えがある。四隻の黒い亜米利加船がこの大地震の予兆であったのかもしれない。

重右衛門は、いやいやと童のように頭を振る。

「おい、大名小路にも火の手が上がったぞ」

誰かが叫んだ。重右衛門も西の方角を見る。

「大川の向こうも燃えているぞ」

「本所と向島か。酷《ひで》え有り様だ」

別の者も叫ぶ。皆がその声に合わせて、首を四方八方に回す。

「ここらも危ねえ。早《はえ》えとこ逃げねえと」

「火に囲まれちまったら、どこに逃げても無駄だ。うちは年寄りがいるんだ」

「うちには幼い子がいるんだよ」

どこかの女房が子を胸に抱き、悲痛な声を出す。

夜の四ツというのが災いしたのか、眠りにつく間際《まぎわ》の灯りが火種となって広がったのかもしれない。

「火消しは、火消しはどうしたんだ」

年寄りが怒りを含んだ声を上げた。

重右衛門は大名小路を再び見やる。

火消同心屋敷がある八代洲河岸《やよすがし》はあのあたりだ。どうしたのだ。火消同心は？　臥煙《がえん》らは？　重右衛門の身体がぶるりと震えたと同時に、その身の内で何かが弾《はじ》けた。

ぞわりと全身が総毛立つ。

胸の奥底から押さえきれない憤《いきどお》りと衝動が溢《あふ》れてくる。

江戸が。江戸が崩れた。そして江戸が燃える。江戸が消えてなくなる――。

許せねえ。見ていられねえ。このままでいいはずがねえ。

重右衛門は喉《のど》を絞った。

「江戸がなくなるぞ！　ぼやっとしているんじゃねえ」

周りの者たちが、ぎょっとした顔を向ける。重右衛門は不安な顔をした人々をぎろりと見回すと、さらに怒声を上げた。

「もたもたするな。木槌《きづち》だ。鳶口《とびぐち》だ。長屋を打《ぶ》ち壊せ。延焼を防ぐんだ」

周囲が戸惑いながら、ざわめく。重右衛門を気味悪げに窺う。

「なにをしている。とっとと動け！　女と子ども、年寄りはすぐに逃げろ」

重右衛門は衣の裾《すそ》を持ち、尻端折《しりはしょ》りする。たすきはねえのか、誰か、たすきを貸せ、
と声を張り上げる。困惑した人々はどうすることもできずにその場に固まっていた。

「師匠。なにをしているんです？」

振り返ると、鎮平が戸惑った表情で立っていた。

「おう。いいところに来たな。地揺れは収まった。崩れた家はほうっておけばいいが、
建ってるところは早えとこ壊さなきゃならねえぞ。天水桶《てんすいおけ》の水をかぶれ」

蔵や石塀も崩れているかもしれねえから、気をつけろ、と鋭くいった。

「し、師匠。どうしたんで、す」

鎮平は重右衛門の様子に異様さを感じ、声を詰まらせた。

「どうしたもこうしたもあるもんか」

喚く重右衛門の背に鎮平が組み付いた。

「早く逃げましょう」

「馬鹿《ばか》いうな。おれぁ火消しだぞ。見りゃあわかるだろうが、大地震のせいで火が出

やがった。さっさと火を消さねえと、江戸が丸焼けになっちまうぞ」

歯を剝《む》いて、鎮平を腕で振り払った。その拍子に重右衛門の肘《ひじ》が鼻に当たり、鎮平がうずくまる。

重右衛門の視線は日本橋の方角だ。

「風はさほどに吹いてはいねえ。地揺れが収まってりゃ、こっちのもんよ。てめえ、とっとと鳶口を持ってきやがれ！」

重右衛門は振り向き、怒鳴った。鼻先を掌《てのひら》で押さえていた鎮平の指の隙間《すきま》から血が滴《したた》り落ちる。鎮平は屈《かが》んだまま肩で息をすると、力を込めて叫んだ。

「歌川、歌川広重！」

え？　と重右衛門は鎮平を見やる。

「正気を取り戻してくだせえ。火消同心の安藤重右衛門じゃねえんですよ。名所絵の歌川広重だ。この地揺れに火事だ。もう市中はめちゃくちゃだ。いまは逃げてくだせえ。こっちに火が飛んでこないとも限らねえんだ」

鎮平が腰にすがりつく。

「師匠にはまだ大仕事が残っているんじゃねえですか。それを仕上げなきゃいけねえんでしょ」

「離せ、離せ」

「いいや、離しません。師匠は江戸を描くといってたじゃねえですか」

「こんなずたぼろの江戸は、おれの江戸じゃねえ！　だから、一刻も早く火を消さなきゃいけねえんだよ」

「そいつは無理だ。けれど、師匠は江戸を描ける。ずっと江戸を写してきた師匠だから、どんな有様になっても、町の姿を描き起こせる」

お願いだ、今はそのことだけを考えてくだせえ、と重右衛門の袂《たもと》を強く握って、引いた。

ずっと江戸を写してきたおれだから、どんな有様になっても、町の姿を描き起こせる——。

重右衛門は顎を上げて、燃える町を見渡した。

火炎は激しさを増し、あたりがまっ赤に染まったように見えた。黒煙が天に昇る。家屋が焼ける臭《にお》いが漂ってくる。

あ、ああ、と重右衛門は急に毒気を抜かれたように、惚《ほう》けた表情で鎮平へ視線を落とした。

だが、はっとした重右衛門は、鎮平の肩を摑んで強く揺さぶった。

「お辰はどうした？　おめえに任せたはずだろうが」

お辰、お辰。重右衛門の顔から血の気が引く。

お辰の実父、了信は流された伊豆八丈島で一昨年死んだ。実母である重右衛門の妹も、お辰にはもうすっかり会いに来なくなっていた。

そうだ、そうだ。守るのはおれしかいねえ。おれがいま、お辰の親なのだ。

「安心してください。おかみさんとお辰さんは先の通りで待っています」

「そうか。寅吉もそこにいるんだな」

はい、と鎮平は応えた。

「ですから、そこへ」

重右衛門は黙って首を縦に振った。

遠くから絶えず悲鳴が聞こえる。多くの人々が逃げ惑う声を夜空が吸い上げていく。

すると、鎮平が身を翻《ひるがえ》し、再び屋敷の門を潜《くぐ》ろうとした。

「おめえ、なにしに行こうってんだ」

重右衛門は、制したが、鎮平は鼻の下にこびりついた血を手の甲で拭《ぬぐ》い、

「師匠の画帖でさ。お見受けしたところ、持ち出していなさらねえようなんで」

と、にこりと笑った。

「馬鹿。次に揺れたら、崩れるかもしれないのだぞ。そんなものはいい。おれの頭にはもうすっかり景色が入っているんだ」

「大丈夫ですよ。師匠の画帖がどこにあるかくらい、内弟子のおれはわかってますから」

そういって足を進めたが、ふと立ち止まり、

「昌吉兄さんの下絵がなくなっちまうのも悔しいんで。画帖を持ったらすぐとって返しますから、師匠はおかみさんの処《ところ》へ」

再び笑みを向けると走り出した。

あの大馬鹿。昌吉は重右衛門にとって特別な弟子だった。まだ鳴かず飛ばずの頃の重右衛門のもとに通ってきた初めての弟子だ。子のなかった重右衛門は昌吉を本気で養子に迎えようと思っていた。それは叶わなかったが、二代広重を継がせるつもりだった。しかし、病が昌吉を奪った。どこまで鎮平が気づいていたかはしれない。が、重右衛門が一番期待をかけていた弟子であったことは知っているはずだった。

「鎮平っ。待て。おめえまで」

逝《ゆ》くな、という重右衛門の言葉は、ごうと唸った地鳴りに消された。

地面が横にゆらゆら動いた。重右衛門は懸命に地に足をつけ堪《こら》えた。眼が回るよう

な不快な気分がした。あちらこちらから木が軋む不気味な音と、何かが崩れ落ちるような轟音が響いた。

重右衛門の屋敷の屋根からがらがらと瓦が落ち、もくもくと土埃《つちぼこり》が舞い上がる。

「鎮平ーっ」

格好つけるんじゃねえ。おれぁ、おめえが戻ってくるまで、ここを一歩も引かねえぞ。けどな、すぐにでもお辰のところに行ってやりてえんだ。だから早く戻れ！

三

お上の対応は早かった。

地震から四日後までに、浅草雷門前、深川永代寺《えいたいじ》、深川海辺《うみべ》新田《しんでん》、幸橋《さいわいばし》門外、上野山下と五ヶ所にお救い小屋が設置され、家屋を失った者たちが収容された。

炊《た》き出しは朝夕の二度、握り飯が支給されたが、それでは腹を満たせるはずもない。ひもじい思いをしながらも、雨露を凌《しの》げる小屋が用意されただけましだった。

次第に大地震の被害が知れた。死傷者は五千を遥《はる》かに超え、倒壊した家屋はおよそ一万五千、土蔵も千七百が崩れた。大名、直参の被害は甚大《じんだい》で、潰れた上に、ほとんど丸焼けになった上屋敷、拝領屋敷が報告された。とても自力では賄《まかな》うことができないため、幕府拝借金が求められた。

十三代将軍となった家定は病弱なため、すでに次代の継嗣問題が持ち上がっている。さらに異国との折衝で四苦八苦している最中での大地震だった。まさに御難続きだ。

政《まつりごと》の乱れは、庶民のせいではない。しかし、この混乱を幕府が乗り切れるほどの体力が残っているのかどうか不安でもある。大地震が江戸の町をぼろぼろにしたように、この先、さらなる苦難が待ち受けているかも知れないのだ。

ご政道が乱れれば、一番先にその影響を被《こうむ》るのは庶民だ。一刻も早く江戸の町を復興させなければ、苦しみは長く続く。

ともあれ、重右衛門は朝陽の当たる我が屋敷の門前に立ち、両手を合わせた。

瓦が落ち、多少襖《ふすま》や障子の建て付けが悪くなったが、住むことにはなんら支障はなかった。なにより、このあたりまで火が届くことがなかったのも幸いだった。

鎮平も寅吉もすり傷ていどで済み、通いの弟子たちと、安藤家の安否もたしかめられた。皆無事であったことに感謝した。

地震から十数日後の夜、お安とふたりで酒を呑んでいると、お安は、版元や摺師《すりし》、彫師、弟子たちを集めて、祝いの宴を開こうといい出した。

む、と重右衛門は猪口《ちょこ》を口に運びかけ、手前で止めた。

「町を見ろ。食うや食わず、着のみ着のままでお救い小屋に身を寄せている者がごまんといる。そんなときに宴など出来るわけがないだろう」

お安は唇を尖《とが》らせた。

「だからだよ。こんな酷い大地震の後だからこそ、明るくしなきゃ」

重右衛門は呆《あき》れながらも、それも悪くはないかと思った。だが、十数日経った今も、早桶がわんさか往来を行き来し、親とはぐれた子どもが、その逆に子を失った親が、その名を呼びながら探し歩いている。

「そんな中で、明るくしようとしてもな。おれだって、朝湯を我慢しているんだ」

宴話を一蹴《いっしゅう》しながら膳の上を眺める。酒の肴《さかな》は沢庵《たくあん》と梅干しだ。なんともしけたもんだ、と文句を垂れる。うなぎの蒲焼《かばやき》だの、小海老《こえび》のかき揚げだの、錦玉子《にしきたまご》だのを頭に思い描き、ごくりと生唾《なまつば》を呑み込んだ。

「ねえ、お前さん、いいじゃないか。版元さんだって、誰が生きているかわかるよ」

おいおい、と苦笑したが、たしかにそれはいいと唸った。

そうだ。喜三郎は無事だろうか。隠居してから、ほとんどこの屋敷に顔を出さない。

「なあ、それならよ、岩戸屋に声掛けしてみてえのだが」

え？ とお安が急に顔を曇らせた。

「喜三郎さんはもう年寄りだから、駕籠《かご》で迎えに行ってやればいい」

それがさ、とお安はもじもじと尻を動かした。重右衛門が訝る。と、お安は後れ毛をなでつけ、もう半年近く経つからいいわよね、そう言い訳してから口を開いた。

「――亡《な》くなったんだよ。お前さんが旅に出ているときにね」

重右衛門は口を半開きにした。

「な、なんでいわなかった。どうしておれにいってくれなかったんだ。おれがどれだけ喜三郎さんに世話んなったのか、お前にはわからねえのか。ずっとおれに文句を垂れて、小憎たらしい親爺《おやじ》だったが。おれは父親を早くに亡くした。喜三郎さんが親父《おやじ》だなんて思いたくはないが、絵師の広重にとって、親父は師匠の豊広で、育ての親が喜三郎さんだったんだ」

喚き散らす重右衛門を見つつ、お安は唇を噛《か》み締めてから、申し訳なさそうにいった。

「だってさ、いまの旦那《だんな》さんがお前さんには報《しら》せるなっていったんだよ。それが喜三郎さんからの最期《さいご》の言葉だって」

馬鹿な、なんだよそりゃ、と重右衛門は憤り、立ち上がった。

「あたしだって、辛かったよ。お前さんに黙っていなきゃいけなかったんだから。あたしの気持ちだってわかってよ」

重右衛門は勢い立ち上がったものの、どうしていいのかわからず、くそっと歯を食いしばった。

「なんでだよ、なんでみんな、おれのそばからいなくなりやがるんだ」

「そりゃだって、喜三郎さんはお歳《とし》だったもの。仕方のないことだよ」

お安は重右衛門をなだめるような口調になる。

喜三郎さんはね、

「重さんは馬鹿だが心優しい男だ。あたしが病だ、死んだと知ったら、先のおかみさんのときのようにまた筆が執れなくなる。豊国との合作『双筆五十三次』は、歌川の大師匠豊春もきっと喜んでいなさるはずだ。初代豊国と豊広師匠が互いに独り立ちしてから、歌川がこんな形でまたひとつになれた。あたしも嬉《うれ》しいのさ。きっちりと何事にも煩《わずら》わされることなく描き上げてほしいんだよ。豊広師匠がまだ入門したての重さんが写した駿河町を見せてくれた。三井越後屋の向こうに富士が霞《かす》んで、空が広がっていた。なんて大らかで、繊細なのかと息を呑んだ。あのときからあたしは広重贔屓《びいき》なんだから」

そういったそうだよ、とお安がしんみりいった。

冗談じゃねえや、おめえが死んだからっておれの筆が止まるかよ――止めるかよ。

喜三郎は、はなからおれに名所を描かせたかったのだ。それを望んでいたのだ。だが、名所を描けといわれたところで、歌川の女や役者にこだわっていた頃のおれは聞く耳を持たなかったはずだ。ベロ藍《あい》や豊広師匠の掛幅は、おれを名所絵に導くためだった。おれが一番描きたいものを、喜三郎は知っていた。だから、おれを突き放して気づかせたかったのだ。

歌川がまたひとつになれた、か。たしかに初代豊国師匠も、豊広師匠も互いの弟子同士が一枚の画を描くなんてことになるとは思いも寄らなかっただろう。

おれが景色で、豊国が人物。それぞれ得意が異なるからできた趣向なのだ。

ちょっと待ってて、とお安がいった。

「寝間から取ってきたいものがあるから、ここにいてよ。飛び出したりしないでよ」

お安が座敷から出ていくと同時に、重右衛門は大きく息を吐いて、腰を下ろした。

猪口の酒を呑み干したとき、お安が手に紙片を持って戻って来た。

「これ」と、お安が目の前に座り、ぶっきらぼうに差し出した。文のようだ。

「岩戸屋の旦那さんから渡されたの。あたしはむろん開いてないから」

むすっとした顔で重右衛門は折り畳まれた紙片を広げた。筆跡が乱れている。病の床で喜三郎が記したものか。

重右衛門は眼を走らせた。ほんの一文しかなかったが、その文言に胸が詰まった。

——まくらえかくな。

借金返済のために仕方なく筆を執った枕絵《まくらえ》を喜三郎は見たに違いない。その出来の悪さに呆れたのだろう。

「あんなに描け描けといっていたくせに、今度は描くな、ときた。まったく死ぬ間際まで煩わしい爺《じい》さんだ。最期までおれに小言をいって——ありがてえな」

重右衛門は薄く笑みを浮かべた。まったく喜三郎らしい。最期まで版元で、最期までおれの育ての親だった。どうにもおかしさが込み上げて、ついには大笑いした。その様子に、お安が戸惑い、顔をしかめた。

「岩戸屋へは行かねえ」

重右衛門が言い放つと、お安が愁眉《しゅうび》を開く。

「おれの中じゃ、まだ喜三郎さんは生きているよ。茅町から見張られてると思っていれば気が引き締まる。仏壇にちんまり納まっている位牌《いはい》なんか見たくもない」

なあ、喜三郎さんよ。まだまだおれを見ていてくれよ。これからの仕事もよ。

「約定を交わすよ、もう枕絵は描かねえから、安心してくれ」

重右衛門は酒を注いだ猪口を宙に掲げた。

「お前さん、あたしも。あ、でもまた地揺れが来たら怖いから、やめとく」

ははは、と不安げな顔をするお安を笑い飛ばした。

「酔えば足下はどうせふらふらだ。地揺れだろうが、生酔いだろうが、同じことだ」

「ああ、それもそうだねぇ」

お安は嬉しそうに猪口を差し出した。

結局、宴は弟子を揃《そろ》えて膳《ぜん》を囲むだけにしたが、料理屋や魚屋の手配はできず、質素なものになった。版元の消息も徐々に知れ、版木が丸ごと燃えたとか、まったく無傷で済んだとか、明暗を分けていた。

豊国との『双筆五十三次』の版行の続きも未《いま》だ決まっていない。こうした災害が起きたとき、まずは食うこと、住むところが優先される。それから、仕事だ。居職《いじょく》の者は家を失えば、仕事が出来ない。商家も店を建て直さなければ商売にならない。芝居などの娯楽物は後回しだ。錦絵も娯楽の部類に入るとすれば、再開までまだ時がかかるのは仕方のないことだろう。

地震から二十日ほど経った頃、件《くだん》の豊国から文が届いた。

重右衛門は、小躍りして喜んだ。本所深川あたりはひどい有様だったと耳にしていたからだ。

屋敷は燃えてしまったらしく、その文面から豊国の落胆が伝わってきた。

重右衛門は羽織とたっつけ袴《ばかま》を着けた。豊国の見舞いを思い立ったのだ。

風が冷たくなってきている。

鎮平と寅吉を連れ、神田川から舟に乗る。

大川には、たくさんの亡骸《なきがら》が浮いていたらしい。背後から火に追われ、逃げ場を失った者たちが大川を目指し、ある者は力つき、ある者は溺死《できし》したという。それもようやく引き上げられて、いまは荷舟も猪牙舟《ちょきぶね》もこれまで通り川面《かわも》を滑っている。

地震から数日後、お安が止めるのも聞かずに、たったひとりで江戸の町を歩き回った。

大名小路は跡形なく燃えた上屋敷が多くあり、日本橋通りも崩れた表店《おもてだな》、土蔵が点在し、一部は焼け野原になっていた。

お救い小屋に入れなかった者たちは通りに葭簀《よしず》や、拾ってきた襖、衝立《ついたて》などで囲った小屋を作って住んでいた。

あれはどこであったろうか。

たしか浅草あたりの寺院の塀に、背を預けて呆然《ぼうぜん》と座り込んでいる父娘《おやこ》がいた。

重右衛門が近寄っても、顔も上げずあらぬ方向を見ている。父親の着物は所々破れ、血がこびり付き、娘も足に怪我《けが》をしていた。お救い小屋にも入れず、身を寄せる場所もないのだろう。

「夜露は身体《からだ》に悪い。寺を頼ってみたらどうだね？」

父親はぼんやりした顔で重右衛門を見て、静かに頭を下げた。ふたりの前にしゃがみ込んだ重右衛門は羽織を脱いで、娘の身体に掛けた。

「そんなに上物じゃありませんが、売れば、少しは銭になるでしょう」

娘が顔を重右衛門に向けた。大きな瞳《ひとみ》がどことなくお辰に似ていた。怯えた顔をしている。胸がぎゅっと締め付けられる。歳もさほど変わらないだろう。

「いや、そんなご隠居さま、あっしらは」

いいんだ、いいんだ、と重右衛門は逃げるようにその場を離れた。だが、そんな者たちは町のあちらこちらにいた。お上は何をしているのだと、怒りを覚えた。

朝夕の炊き出しもすべての被災者には行き渡らない。富裕な商人たちが食い物や日用品、金銭の施行《せぎょう》（寄附）をしているが、広く届けられているわけではない。

こんなことじゃ、本当に江戸が失われてしまうと重右衛門は憤慨しながら歩いた。焼け野の江戸、潰れた家屋。その片付けに追われる鳶や大工たち。皆が懸命に動いていた。

矢立と紙は持参していたが、そのどの光景も写す気にはなれなかった。もしも、いまこのときを伝えるのが、この瞬間を切り取るのが町絵師の使命であるとしたら、自分は適していない。

このような江戸は江戸ではない。そう思っているからだ。

結句、一枚も描くことなく屋敷へと戻った。

その夜、お辰が夜具の中で泣き出した。地震の後、こうしたことが続いている。夜中に少しでも物音がすると目が覚め、地震の時の恐怖を思い出して泣くのだ。そうした時には、重右衛門が腕枕をしてやり、眠りにつかせる。

腕に頭を乗せ、安心した顔で眠るお辰の顔は、まるで菩薩《ぼさつ》に見えた。

ふと、寺院の塀の前で会った父娘の姿が浮かんできた。お辰に似た瞳を持つ娘の顔だ。

たった一枚の羽織では、あの父娘が食えるのはせいぜい三日ぐらいのことだろう。

あの顔に再び笑みが戻るのは、まだまだ先のことだ。あの娘の眼には、地震で崩れた建物と燃え広がった炎に呑《の》み尽くされる江戸の姿が焼きついている。

お辰の寝顔を重右衛門はじっと見つめた。

きっと、お辰の眼もそうに違いない。化物の咆哮《ほうこう》のような地鳴りと紅蓮《ぐれん》の炎。崩壊する江戸をまざまざと見せつけられたのだ。

寝顔を見ていた重右衛門の脳裏に、不意に鎮平の言葉が甦《よみがえ》ってきた。

どんな有様になっても、町の姿を描き起こせる——。

そうだ。悲観してばかりではいけないのだ。

江戸が江戸でなくなったことを嘆くより、おれが江戸をもう一度元に戻すのだと思った。

おれにはこうして守る者がある。

幸せ、などというのは口はばったいが、自分以外に考えねばならない存在があることが、こんなにも心を安らかにするとは思いも寄らなかった。

江戸に暮らすお辰や、あの娘に美しい江戸の姿を遺《のこ》してやるために描くのだ。

おれが見てきた江戸の町を。

おれが描いてきた江戸の町を。

いつでも思い出せるように。崩壊していく江戸ではなく、変わらない江戸の姿を遺してやるためだ。いま、このときだ。

　思えば、町絵師を選んだのは、人々の喜ぶ顔を見ていたいからだった。火事で焼け出された者を大勢見てきたせいだ。だったら、今じゃなければ、いつ描く。まだ本懐を遂げてない。おれの描く江戸が、絶望を感じている者の心に、町を取り戻そうとする希望を与えられる。おれの絵筆で、おれの画で。

　錦絵の力はここにある。

　ああ、でも、大うつけだ。町が壊れてやっと気づいた。

　翌日、下谷新黒門町の版元魚屋栄吉のもとに足を運んだ。魚屋の店は半壊していたが、火は免れていた。

「これは、広重師匠。ご無事でようございました」

「そんな挨拶《あいさつ》など、不要だよ」

　棚も落ちて、書物が散乱する店の中にずんずん入って行くと、言い放った。

「お前さんに、損はさせない。百景をやらせてくれ。いまだからやらないとならない」

　栄吉は驚いて額に皺《しわ》を寄せ、

「こんなときに、いきなりおっしゃられましても。店だってまだ開けないのですよ。だいたい、食う物にも困っているのに、誰が錦絵など買い求めるのですか」

珍しい物でも見るような眼を重右衛門へ向けた。

「つべこべいわずにやらせてくれないか。皆が暮らしていた江戸の町をまずおれの手で取り戻す。百画だ。江戸の百景だ。彫りは彫竹《ほりたけ》、摺りは寛治で頼む」

いいか、おれはすぐにでも描くぞ、と重右衛門は身を翻した。

魚屋は、呆気《あっけ》に取られた顔で頷《うなず》いた。

天神橋の袂で重右衛門たちは舟を下りた。

屋敷が燃えてしまったため、豊国はかつて暮らしていた家に戻っている。娘婿《むすめむこ》の清太郎に譲った家だ。訪《おとな》いを入れると、すぐに清太郎が顔を出した。

「わざわざありがとうございます。師匠が首を長くしておりました」

重右衛門は生真面目《きまじめ》そうな清太郎に笑いかける。

喜三郎が喜んでいた豊国との双筆。そして自身の江戸の百景。おれはまだまだ描き続ける。還暦なんぞ糞《くそ》食らえ。豊国はおれより十一も上じゃねえか。廊下を歩きながらそう思った。

肩に綿入れを引っ掛けている豊国は長火鉢を前に、重右衛門を迎えた。

「いきなり呼び立ててすまなかったな。それにしてもあんな大地震に見舞われるとは思わなかったぜ。命があっただけでも儲《もう》けもんよ」

「本当にその通りで。すみません、手土産もなしでお邪魔いたします」

重右衛門は廊下にかしこまって、挨拶をした。

「何をいっていやがる。この最中に手土産持ってくるほうがおかしなもんだ。堅っ苦しい挨拶もなしだ。おれとあんたの付き合いじゃねえか。お、今日は弟子も連れてきたのかえ？ 入んな、入んな。若ぇ奴《わけやつ》が遠慮なんかするんじゃねえや」

「恐れ入ります。豊国師匠」

重右衛門は、後ろに控える鎮平と寅吉に目配せする。ふたりが豊国に向けて頭を下げた。

「おい、清太郎、酒肴《しゅこう》を頼む。それと手あぶりもな」

小さく返事をして身を翻した清太郎を見やってから、豊国は幼なじみの團十郎ばりにぎょろりと眼を剝いて、ふたりを見る。寅吉がその眼光に恐れをなしてか、首を竦《すく》めた。

豊国はふっと息を吐いて、頰を緩める。

「いいねえ、若えってのはよ。おめえらには先がある。芳（国芳）ン処にゃ芳幾《よしいく》、芳年《とし》って活きのいいのがいやがるし、うちは清太郎と、それから八十八《やそはち》って馬鹿がいる」

「八十八ってのは国周《くにちか》さんでしょう？」

馬鹿はいい過ぎだ。いい役者絵を描く」

「あんの野郎、地震の後、いの一番に駆けつけてきやがったのには感心したが、おれの屋敷が地震で崩れて、一帯も火の海になって大騒ぎだったってのに、その様子を画に起こしていやがった。とんでもねえ野郎だ」

むうと唸《うな》って唇を突き出し、腕を組んだ。大師匠の豊国が駄々っ子のような顔をする。

「あはは、そいつは大した度胸だ。国周さんはきっと名を残す絵師になりますよ」

ふん、と鼻を鳴らした豊国は、そうなってもらわなきゃ困るとぼそりといった。

清太郎がまだ幼い弟子とともに膳と手あぶりを運んできた。

「あ、手伝いましょう」

と、鎮平が立ち上がる。それを見て、寅吉も慌《あわ》てて腰を上げた。

「清太郎。広重師匠ンとこの鎮平さんと寅吉さんだ。おめえら弟子同士で楽しくやりな。互いの師匠の悪口いうなら座敷を替えても構わねえぜ」

豊国が軽口を叩《たた》くと、そんなことはしません、と清太郎は生真面目に返した。

なにやら、性質がうちの鎮平と似ていると思った。国政、国貞を継いだということは、やがては豊国を襲うのであろう。が、豊国の画号は歌川の大看板。画才は別にしても清太郎という、見るからに堅物で、真っ正直そうな若者に勤まるのか、いささか心配になった。町絵師は一筋縄ではいかない、癖の強い奴が多い。己の画才だけで生きていこうという図々《ずうずう》しさと自信があるからだ。そんな奴らを束ねていくのは容易ではない。

一方、国芳はその画号を誰にも譲らないらしい。国芳は弟子同士が自分の名を継ぐことでいがみ合うのをよしとしないのか、てめえの画号で飯を食え、と弟子たちにいっているということだ。

考えてみれば、歌川を興《おこ》した豊春は、その画号を豊国、豊広のどちらにも継がせていない。それを思えば、豊国の名に殊《こと》の外《ほか》こだわる必要もないといえる。

ただ、豊国という名は江戸ッ子ならば知らぬ者がいない。二代、三代と脈々と続くことに意義があると、眼前に座る今の豊国はよく知っている。歌川の大名跡なのだと世間に周知させることで、名の価値は上がる。金儲けに長《た》けた版元たちもそう思っているのだろう。襲名披露の錦絵と銘打てば、売れることはわかり切っているからだ。

昌吉が生きていれば、あいつを二代広重にするつもりだった。そしておれが二代豊広になることも考えた。しかし、広重の画号はどれほどのものか。大体自分の名を継がせるなんてのは、ただの驕《おご》りではないかとも思うのだ。

「舌の肥えた広重さんにはすまねえが、ろくな肴じゃねえ。勘弁してくんな」

重右衛門は、はっとして膳の上を見て眼を瞠《みは》る。ろくな肴？　いやいやたいした肴だ。潰れた日本橋の魚河岸はまだ開けないでいる。町屋の店も同じようなものだ。だが、膳には、蒲鉾《かまぼこ》や出汁《だし》巻《ま》き玉子、鯛《たい》の刺身、蒟蒻《こんにゃく》の白あえが並び、汁椀《しるわん》は海老しんじょだ。

「いやいや豪勢じゃねえですか。この地震でろくな物が食えなかったんで、ありがたい。お前たちも、拝んでから頂戴《ちょうだい》しろよ」

少し離れて座る鎮平と寅吉に声を掛けた。ふたりがごくりと生唾を呑み込む。

「そうかえ。そいつはよかった」

豊国が銚子《ちょうし》を差し出した。重右衛門は盃《さかずき》を手にして酒を受けた。

「まだ、町は酷《ひで》え有様なんだろう？　ここまで来るのに悪《わり》ぃことしたな。見たくもねえものを見なくちゃならねえものなぁ」

「ええ、まあ、大名小路も崩れた屋敷だらけです。城の塀もぼろぼろですよ。火が出たもので、余計に酷い。お救い小屋が設けられましたが、ひとつの小屋に六百人ほども入っては、横になって眠ることも叶いません」

「そりゃあ、気の毒だ。ああ、気の毒っていやあ、いまさっきいった芳ンとこの芳幾な、この地震で女房と子を亡くしたらしい。若えのによ、可哀想《かわいそう》なこった」

豊国が盃を掲げた。献杯のつもりなのだろう。

「助かったおれたちはこうして酒を呑んでいる。死んだ奴らには申し訳ねえが、生きていかなきゃならねえからなぁ。早えとこ暮らしを立て直す算段をしねえと、せっかくの命がもったいねえ。おれはもう七十の声を聞いちゃいるが、まだ何か出来るだろう。いや、出来ると思わなくちゃいけねえのかもしれねえ」

豊国の口調はしんみりとしながらも、生気に満ちていた。がっしりとした身体がさらに大きく見える。豊国が続けた。

「この頃、流行《はや》っている鯰の絵は見たかい？」

「ええ、幾枚かは」

市中で、鯰を描いた読売が飛ぶように売れていた。地震は地中の鯰が暴れて起こすという伝承をもとにして描かれた物だ。

豊国が、にやっと笑う。

「あの最初の鯰絵は、駆け出しの戯作者《げさくしゃ》仮名垣魯文《かながきろぶん》の仕掛けだそうだ。画は河鍋狂《かわなべきょう》斎《さい》」

「河鍋狂斎?」

豊国が頷く。

「狩野を学んだ男なんだが、ガキの頃には芳の処にいたっていう変わり種だ」

ほう、と重右衛門も感嘆した。

「狩野じゃなかなか飯は食えねえからなぁ。おそらく浮世絵にも手を出すんじゃねえかな。まあ、それ以降、連日、鯰の絵が出回っているって話だ。おい、清太郎」

清太郎は、はいと返事をすると、すばやく座敷を出て、安手の摺物を手にとって返した。

豊国は清太郎から受け取ると、

「ははは、これだこれだ」

重右衛門の前に並べた。

鯰が庶民たちに棒で打ち叩かれている図、平謝りしている図、まな板の上に載せられている図――。中には、地震で儲けた材木屋、大工、左官などを皮肉る物もあった。

大地震を起こしたとされる鯰の表情は皆愛らしい。それがまた滑稽《こっけい》な戯画となって見る者を惹《ひ》きつける。それなりの腕を持っている者が描いているのだろうと思われる画もあったが、絵師の名はむろんのこと、版元名もそこにはなかった。開版物はお上の許可をもらわねばならない。つまり、これらは無許可で出されたものである。

豊国は嬉しそうに鯰の画を眺め、酒を呑んでいた。

「こいつを見ながら、皆楽しんでいるんだ。今は辛《つれ》えし、明日の飯にも困っている。天災じゃ誰を恨んでいいかもわからねえ。けど、お上は救ってくれねえと文句も垂れたくなる。だから、鯰の絵を見て、いっとき笑うんだ。笑えるってことが大事だと思わねえかい？　広重さん。こういう図太さが町人にはあるんだよ。鯰と同じ黒でも、黒い船にあたふたしているお上よりたくましい——いや、下々は先を見なきゃやってられねえのかもしれねえがよ」

錦絵を見て楽しんだり、喜んだりするのは、心の余裕があってこそ。だが、この未《み》曾《ぞ》有《う》の災害で多くの人々が悲嘆に暮れ、絶望している。その中で、この鯰の絵が町人たちにもたらした笑いは大きい。ふと、重右衛門は一枚の画に眼を止めた。

「鯰を誅伐《ちゅうばつ》し、見得を切っているこの役者風の男。まさか」

ああ？　と豊国がすっとぼけた声を出し、いきなり大声で笑い始めた。少し離れて三人で飲み食いしていた鎮平と寅吉が、驚いて、豊国に眼を向けた。清太郎は慣れているのか落ち着いて箸《はし》を口に運んでいる。

「よせやい。彫りも摺りも甘え、読売みてえなモンに手を出すわけねえだろう。おれあ豊国だぜ、みくびってもらっちゃ困るねえ」

笑いながら悪戯《いたずら》っぽくいった。

やはりそうなのか。重右衛門は心の内で笑う。

自分が気にいるように建てた屋敷を失って、意気消沈していると聞いていたが、とんでもない。鯰の画を描いていたのだ。

豊国は江戸随一の絵師であり、重右衛門にとって憧憬《しょうけい》の存在だ。まさか、このように親しく話をするようになるとは、ましてや双筆など出来るとは夢にも思わなかった。いつでも自信に満ち、悠然と構えている。頼もしいお人だ。

「おれたちはよ、町絵師だ。はっきりいや、錦絵なんざ見たところで腹も満たせねえ。料理屋が潰《つぶ》れて、仕事が出来ねえ芸者や幇間《ほうかん》と同じおあいだ者よ。けどよ、描くことしか出来ねえから、描くしかねえや」

豊国がぐっと身を乗り出して、重右衛門の眼を覗《のぞ》き込む。

まったく、この人は、と思った。描けるものがあれば、なんでも描く、根っからの絵師なのだ。

「だからな、双筆の続きをやりてえのさ。版元の丸屋も承知してくれている。残りは、坂下《さかのした》と亀山《かめやま》の二宿だ。正月の初物でも構わねえといわれている。早いとこ五十三宿を揃えて画帖《がじょう》仕立てにするつもりだ」

重右衛門は即答せずに、盃に口をつけた。

「どうしたい？　他の仕事と重なって、すぐには都合が悪いのかえ？」

いえ、と重右衛門は盃を膳に置き、豊国をぐいと見返しながら、告げた。

「おれも、江戸を取り戻そうと思っております。江戸の百景を」

「百？　江戸の百景をやろうってのか？　そりゃあ大仕事だ」

さすがの豊国も身を仰《の》け反《ぞ》らした。重右衛門は深く頷く。寅吉と鎮平、清太郎も呆れ顔で重右衛門へ眼を向ける。

「娘の寝顔を見ていて思ったんですよ。こいつの眼にはめちゃくちゃになった江戸の姿しか残らねえんじゃねえかと。いくらまたきれいに整えられた町になっても、娘の頭には壊れた江戸の恐怖がいつまでも張り付いているにちがいないと」

おれは、それを許すことが出来ない、と重右衛門は力を込めた。

「江戸はおれが生まれ育った地だ。それは豊国師匠も同じのはずだ。おれは、火消同心としても江戸の町を見てきた。それが一夜でぼろぼろになってしまった。酷い町の様子を見て、また直すのだからこれでいいとはどうしても思えない。おれが見てきた江戸の町が失われた今だから描きたい、描くべきだと、そう思ったんです」

お願いだ、師匠、と重右衛門は膳を横に滑らせ、頭を下げた。

「もちろん、残りの二宿の下絵は必ず仕上げます。けど、今だからこそ江戸の風景を版行しなきゃいけねえ。先に百景をやらせてください」

重右衛門は再び頭を下げた。鎮平と寅吉も慌てて重右衛門に倣《なら》う。

むう、と豊国が唸る。

「百景なんてよ、容易なことじゃねえぜ。口はばったいが、おれは人気絵師だ。双筆以外の仕事もわんさかある。それをやりくりして、日本橋と京を入れて五十と三図で二年かかった。それでもまだ二宿残しているんだ。百図なら、その倍かかるぜ」

おまえさんだって、町が回り始めれば、受けている仕事をやらなきゃならねえだろう？ と、訊《たず》ねてきた。たしかに天童藩の掛幅を数枚残している。それとは別に肉筆の依頼も数枚あった。だが、と豊国を見据えた。

「二年で終えるつもりでおりますよ」

「そいつは豪気だ」

豊国は破顔し、くいと顎《あご》を上げた。重右衛門は身を起こし、盃を手にした。銚子を取り、豊国の盃に酒を注ぐ。

ともに呑み干してから、重右衛門は口を開いた。

「描くことしか出来ねえから、描くしかねえや、と師匠はおっしゃった。ならば、五十三次で旅を夢見るよりも先に、おれたちの江戸はこうだったんだという姿を見せたい。江戸を元通りにしたいという気にもなりましょうし、力も湧《わ》いてくる。沈んだ江戸をおれの画で建て直してやりたいんですよ」

なるほどな、と豊国はふうと息を吐いた。

「楽しみにしてるぜ。けどなぁ、広重さんも歳だ。あまり無理はしちゃいけねえよ」

「同じ言葉をそっくりお返ししましょう」と重右衛門はにっと笑った。

四

翌日から、鎮平と寅吉を二階の画室に呼んで、画帖を広げ、千近くある写生画から、百に絞り、下絵に取り掛かった。保永堂から版行し、名所絵広重の出世作となった『東海道五拾三次』でも行ったように、まず各所を春夏秋冬に分けた。さらに風、雨、月、雪とその場所の天候も決める。

寅吉が不思議そうな顔をする。

「師匠は、花鳥風月ではないんだなぁ。風流を喩《たと》えるときにはそういうじゃねぇですか。おかしいや」

鎮平が寅吉を睨《ね》めつけた。

「寅。おめえ、師匠に生意気な物言いするんじゃねぇよ。おめえみたいな半ちく者が師匠の傍で修業させてもらえるだけ、ありがたく思え」

ちぇっと寅吉が舌打ちする。

「鎮平、まあいいじゃねえか。いいかえ、寅吉。花鳥風月が風流の喩えだっていうのを知ってるだけでも上出来だ。ただな、おれぁちょっと違う。風と雨は、画に動きを出し、月と雪は静けさを出すんだ」

季節と天候の組み合わせで、動と静を描き出すのが、おれの画なのだと、そう説いた。

それが、郷愁だの、情感だのといわれているのだろうと、重右衛門は感じている。

「へえ、なるほどなぁ」

寅吉は感心しながら、画帖へ眼を落とす。

と、階段をけたたましく上がってくる音がした。

「なんだ、うるせえぞ」

「うるせえじゃありませんよ、広重師匠！」

蔦屋《つたや》吉蔵《きちぞう》が汗みずくで画室に入って来た。

「あ、蔦屋さん、生きていたのかい。そいつはなによりだ。なんだい、冬だってのに大汗掻《か》いて」

「生きていたのかいって失礼な」

そう拗《す》ねたようにいうと、その場に腰を下ろす。

重右衛門が眉間《みけん》に皺を寄せる。すると、蔦屋があっと叫んで尻《しり》を浮かせた。

「それそれ、その画帖。江戸の景色でしょ。聞きましたよ、魚屋さんから。江戸の名所を出すそうじゃないですか」

重右衛門は空とぼけた顔をして、「そうだよ」とあっさり応《こた》えた。

「百なんざ多いって、お前さん断ったじゃねえか」

「ええ、そりゃ、断りましたよ。ええ、断りました。けどね、うちは、富士の三十六景をお願いしているじゃないですか。それもずっと前から」

「それも描いていますよ。けど、地震の後で蔦屋さんが生きているかもわからなかったしね。これを先に進めたと」

面倒くさげに応じた。はあ？　と蔦屋が不服そうにいった。

「いいですか、頼まれた仕事の順序を守らなきゃ、信用をなくしますよ。あたしが頼んだ富士はもう版行したっていい頃でしょう？　なのにちっとも進んじゃいない。聞けば魚屋さんの百景は、年明けすぐに版行なさるそうじゃないですか」

版元同士ってのは、話が筒抜けだ、と重右衛門は呆れた。

だいたい、どれほどあたしが師匠に仕事を与えたか、下絵の納期もずいぶん延ばしたし、忙しいのは承知の上、ご無理をさせてはならないと、我慢に我慢を重ね、と蔦屋はべらべらまくし立てる。重右衛門は、耳の穴をくじった。

「聞いていらっしゃるんですか、師匠！」

「少しばかり思うところがあってねぇ」

「それはなんの言い訳です？　地震のせいで、まだあたしたちだって動けない。版木が家の下敷きになったならまし、燃えてしまった版元さんもある。絵師の方々も長屋が潰れて、下絵もなけりゃ、筆もない。そんな中で、魚屋さんといち早く仕事をするなんて、どういうおつもりですかね。思うところってのは、なんですか？　ええ？」

「ああ、もう、騒がしいったらねえな」

辛抱たまらんとばかりに伝法な口調になって蔦屋を睨《にら》んだ。

「いいかい、この揃い物は、町の衆のために出す。地震で壊れた江戸を眼に焼き付けちゃいけないからだ。江戸の町がどれだけ華やかで賑《にぎ》やかで、彩《いろど》りにあふれていたか、思い出させるためだ。それがわからねえ奴は、二度とうちの敷居を跨《また》ぐんじゃねえよ」

蔦屋が、眼をぱちぱちさせる。

「依頼された順序を守れだ？　こちとら、いつも頭から捻《ひね》り出しながら筆を揮《ふる》っているんだ。絵師はな、からくり人形じゃねえぞ。それに、てめえの好きなものばかり描いているわけじゃねえ。誰かが喜ぶように、誰かが楽しめるように、そのうえで、己が満足出来るように描くんだ。下絵の納期を延ばした、版行が遅れたくれえでなくす信用なら、初手からねえも同然だ、こん畜生め」

その剣幕に、蔦屋は、ひいっと身を引いた。

「し、師匠」

鎮平がおどおどと口を挟む。

「版元なら、その出っ腹をでんと据えて待っていやがれってんだ」

わ、わかりましたよ、と蔦屋はいまにも泣きそうな顔をする。

「うん、わかったなら、帰れ」

重右衛門は蔦屋から眼をそらした。

蔦屋が首を垂れ、腰を上げる。とぼとぼと歩を進めて、階段を下りて行く。

「歳がいってからはまくしたてることも少なくなったから、久しぶりに清々した」

「あの、おれ、お見送りをしてきます」と、鎮平が立ち上がった。

「ああ、そうしてやってくれ。おれが描く富士は、北斎翁《おう》の三十六景とは違う、真景の富士だ。皆が、その眼でたしかに見られる三十六個の富士の山だ。本心ではその話に乗ってくれた蔦屋には感謝しているからな」

だが、いまは百景が先だ。富士を呑気《のんき》に崇《あが》めている暇はねえ。それでも、江戸から富士はよく見える。百景でも、富士を多く描きたい。江戸城と日本橋、そして富士は江戸ッ子の自慢なのだ。

百景の始まりは、江戸川の河口付近と、千束《せんぞく》池、芝浦、千住《せんじゅ》大橋、そして内藤新宿を流れる玉川上水の桜並木の五枚に決めた。実は、この桜並木は、いまの玉川沿いには存在していない。周囲の旅籠《はたご》屋衆がこれから植えることになっているのだ。その噂《うわさ》を聞きつけ、新たな名所になると見越して、春の風景とした。きっと、来年の春には満開になるであろう桜花を思い、川沿いに咲く桜を眺め、そぞろ歩く人々を描いた。

版下絵は次々と出来上がり、最初の版行は二月。その後、四月、五月と決まった。

「広重師匠。本気ですか」

摺師《すりし》の寛治が馬連《ばれん》を手にしたまま、呆気に取られた顔をした。

「なんだい、寛治さん。出来ないとでもいう気かえ？」

寛治が首を左右に傾けた。

「この玉川と千束池を、どう摺れとおっしゃいましたかね？」

「ああ、だから川の中心から川岸にかけてぼかしてくれといったんだがね」

寛治は、腕を組んで考え込んだ。

「そんなに難しいことかえ？　腕っこきの寛治さんならどうってこともねえと思ったんだがね」

軽口を叩くと、寛治がむっと唇を歪《ゆが》めた。摺台に載せた川を彫った版木を、鋭い眼で見つめている。

と、寛治がようやく口を開いた。

「師匠。おれはね、師匠とベロ藍を必死に摺ったことを今でも覚えていまさぁ。あの頃はおれも若僧で、師匠も売れねえ絵師だった。けど、あのベロ藍がおれたちの気持ちを変えた。この色なら、空も海も川も、どう描こうが、どう摺ろうが、思い通りの色になると、なんでも出来そうな気にさせてくれた。これまでのどんな色より美しいものだったから、ベロ藍に惚《ほ》れちまったんでしょうね」

　なんのための昔話だ。

「ベロ藍のぼかしはほんとにきれいだった。それは師匠もおわかりでしょう？　でもね、上げぼかし、下げぼかしならば、ちょいと慣れれば出来ない技じゃない。それでも、ぼかす幅を均等にする一文字ぼかしは、版木に含ませる水の量、絵具の置き具合、いかに刷毛《はけ》をうまく動かすかで、調子が変わる。師匠がおっしゃっているのは、それより難しい。同じ調子で二百を摺るのは至難の業だ」

「そんなに難しいのかね？」

「馬鹿《ばか》いってらあ。師匠、おれと幾年付き合っているんですかね。幾枚、錦絵に携わってきたんですかい？　とんでもなく難しいですよ」

　川の中心に水を含ませ、絵具を置き、刷毛で片方の川岸側にぼかすのが通常のぼかしだ。だが、その反対側も同じようにすると、中心の色は薄くなってしまう。

「ですから、川の中心を濃い色のままで、川の両岸に向かってぼかしていくなんざ、無理なんですよ。池なんか、丸ですよ。線が曲がってるじゃねえですか。ベロ藍は水によく溶けるからぼかしがしやすいという利があってもだ。幾度、色を置いて、刷毛を使うか、見当もつかねえ。それを二百だ。二百も同じ調子で摺れますかね」

重右衛門は、背を丸め、哀《かな》しそうに寛治を見た。

「お前さんも歳取ったんだな。白髪も皺も増えているしな」

「ンなもん仕方ねえでしょ。誰だって歳を食うんだ。それをいったら師匠だって
――」

寛治が重右衛門の頭に眼を向け、息を吐く。

「そういう歳のことじゃないよ。お前さんも、摺り場の親方になって、奉公人も抱えて、あとは楽隠居と洒落込《しゃれこ》むつもりだろうが、気持ちまで年寄りになっちまったといいたかった」

「人を哀れむような眼で見ねえでくだせえよ。嫌だなぁ」

「難しいだの、無理だの、昔の寛治さんなら口が裂けてもいわなかっただろうよ。仕方がないね。今のお前さんには頼まない。難しくて、無理なんだものなぁ」

重右衛門は腰を上げた。

「まことに無理をいってすまなかった。絵師はわがままだからな。許してくれ」

身を翻《ひるがえ》し、背を向ける。

「おい、師匠。待てよ。なんだよ、いいたい放題いいやがって。やればいいんだろう、やれば。このおれに出来ねえ摺りはねえ。絵師の望みを叶《かな》えるのが、摺師の矜持《きょうじ》だ」

重右衛門は、背を向けたまま、にやりと笑い、

「じゃ、早いとこ始めましょうかね、寛治の親方」

くるりと振り向いた。

「それでな、この玉川と千束池の図以外にも――」

王子不動の滝、王子音無川《おとなしがわ》、駿河台《するがだい》、鉄砲洲《てっぽうず》にも、その摺り技を頼むといった。それから、布目《ぬのめ》摺り、当てなしぼかし、空《から》摺りと次々摺り技を挙げた。

「へいへい。それは摺り技の全部ってことだ。すべて、承りましたよ、広重師匠」

寛治が苦笑した。

寛治の摺り場と往復しながらも、連日休むことなく筆を執った。

天童藩の掛幅を終えたが、地震の後で藩は大騒ぎだった。前金を貰《もら》っていてよかったと安堵《あんど》した。その間に、肉筆も、蔦屋の富士も描いた。

江戸百景の視点は様々だった。人が立った時に見える景色、下から眺める景色、上から注ぐ視線――。それは、近くの物を大写しにして、遠くを極端に小さくすることで、遠近を大胆に表すことにも繋《つな》がった。

ときに、対象がぶれて、ぎくしゃくしようが構わなかった。天童藩からの依頼である掛幅の肉筆の名所絵から、竪絵《たてえ》の見せ方を学ぶことが出来た。

これまでの横絵では出来なかった絵組がいくらでも浮かんでくる。

なにより、縦に紙を使う分、空の広さがわかる。ベロ藍《あい》のおかげで奥行きが出る。町を覆《おお》い、どこまでも青が続く空が感じられた。

重右衛門は、昌吉が残していった下絵を元にした洲崎の画を版下絵にした。鷹《たか》が上空で翼を広げ、悠々と空を飛んでいる。おれは、今、鷹の眼で下界を眺めている。川を流れていくのは、早桶《はやおけ》か単なる樽《たる》か。それはこの画を見る者が決めればいいことだ。

「昌吉。いい下絵を残してくれたなぁ」

重右衛門は、唇を嚙《か》み締めた。

『名所江戸百景』と題された錦絵《にしきえ》は、魚屋の予想を遥《はる》かに超えて飛ぶように売れた。魚屋は当初の心配はどこへやら、ほくほく顔で、早く続きを描いてほしいといった。

駿河町の越後屋も、日本橋も、浅草寺の曲がった五重塔の九輪も錦絵の中ですっかり甦った。

それに人々は勇気を得た。重右衛門の描く画には、これまでの町の姿がある。

今まで見てきた江戸がそこにある。辛い思いも悲しい思いもそっとやわらげる清浄な藍に心をいやされる。辛苦に俯《うつむ》いていた人々は顔を上げ、空を見上げた。

人々は変わらぬ青い空を思い出し、安堵し、取り戻す力へと変えた。

少しずつではあったが町の再建も進んでいる。

お辰は、雪の浅草寺の画を枕元に置いて眠った。

「これが、一番好き」

雷門の大提灯《おおちょうちん》を手前に参道を望む画だ。雪景色は、色を置かずに馬連を強くこすって彫り線だけを紙面上に出す、空摺りを用いている。雪の白、堂宇の赤が印象的だ。

今度の冬に浅草寺に行けば、これと同じ景色が見られる。

これが、おめえの江戸だ。父さまがおめえに遺してやりたい江戸の姿だよ、そう話しかけ、眠るお辰の頭をそっと撫《な》でる。

物を手本として写真《しょううつし》をなし、これに筆意を加えて初めて画となる。

とはいえいうは易《やす》し。どんなに画技を尽くそうと、足掻《あが》こうと、満足などありはしない。完璧《かんぺき》などあり得ない。まことの絵師などちゃんちゃらおかしい。おれはただ絵師であり続ける。それだけだ。

安政三年(一八五六)の秋。江戸は、暴風雨に見舞われた。そのせいで、深川、本所など大川の向こうは水浸しになった。ようやく地震の傷が癒《い》えかかっているときの新たな災難に、庶民の嘆きは止まることなく、神も仏もないと天を仰いだ。

水害の犠牲者は、地震の際の被害者を超えた。

豊国も被害に遭って、双筆の完成はまた先延ばしになった。

その後には、疫病《えきびょう》が蔓延《まんえん》した。コロリだ。

人がばたばたと倒れた。患《わずら》えばもう助かる見込みがない。町は恐怖のどん底にあった。

重右衛門はひとり、家を出た。

崩れた家を横目に見ながら歩く。早桶が列をなして永代橋《えいたいばし》を渡っているのが見える。皆、コロリの犠牲者だ。

重右衛門は拳《こぶし》を握り締めた。

こんなにも天災が打ち続くのはなぜだ。神仏の気紛《きまぐ》れか、悪戯か。怒りの感情が、突如、身を貫いた。

幼い子をコロリで亡《な》くしたのか、小さな早桶にぴたりとくっついて離れない女が息を殺して泣いていた。

重右衛門は突然、足早に歩き出す。憤《いきどお》りが湧き上がり、抑えることが出来なかった。

こんな町は見たくねえんだ。

　永代橋の真ん中で重右衛門は立ち止まった。

「地を揺るがし、天から大水ぶん撒《ま》いて、おれたちにどうしろというのだ。天地から見れば、おれたちなんぞ虫けら同然かもしれねえ。が、その虫けらでさえ、命ってもんがあるんだ。おれたちが、何を壊した？　おれたちがどう怒らせた？　ただ、この地に間借りをしているだけじゃねえか。慎ましく暮らしているだけじゃねえか。もう、やめてくれ、頼むから、やめてくれぇ」

力の限り空に向かって怒鳴った。欄干を握り、海に向かって、叫び続けた。

　そして肩で大きく息をすると、身を翻した。

　おれは描く。描き切ってやるんだ。

　家に帰ると、階段を音を立てて上がった。

　鎮平と寅吉が、眼を丸くした。

「師匠、病だらけですよ、外に出ちゃいけませんよ」

　鎮平が心配そうにいう。

「やかましい。早く、紙と筆を寄越せ。百景の続きをやる」

　ふたりはあたふたと動き出した。

　夜、重右衛門は寝床で筆を執った。

「お前さん。早く休んだほうがいいよ。コロリは疲れた身体《からだ》に取り憑《つ》くらしいから」

「それでも若い者は外をほっつき歩いているよ。病が転がっていると知っていても、商いをしなければ生きていけないんだよ。お上はなにも世話をしてくれんからなぁ」

「そうかもしれないけど、無理はやめておくれな。で、何を描いてるのさ」

「書置き（遺言）だ」

「書置き！」と、お安ががばっと身を起こした。

「でかい声を出すんじゃないよ。お辰が起きちまう」

「だって、お前さん。驚くじゃないか」

「まあ、とりあえずだ。刀を鎮平に譲るとか、家は売って銭にしろとか、おれの弔いは武家ふうにしろとか、御斎《おとき》はケチるなとか、そんなもんだよ。願掛けみたいなものだ。こうやって早いうちにしたためておけば、後の心配もしないで、もっと仕事が出来そうでな」

「変な理屈だねぇ」

お安はほっとしたようにまた横になった。

「絵師に隠居はないからな。お辰の花嫁姿を見るまで、いや、孫を抱くまで描き続けるつもりだ」

重右衛門は笑った。

障子に射《さ》す陽の明るさに気づいて、重右衛門は眼を覚ました。いま何刻《なんどき》か、さっぱりわからないが、鎮平はまだ眠っている。寅吉がいないのは寝間に戻ったのだろうか。寅吉は絵筆で飯を食うことになった。災害やらなにやらで百川が傾き、養子話は立ち消えた。身の入れ方もこれまで以上でめきめき上達している。百景の手伝いも懸命にしている。

あたりには反故《ほご》が積み重なって広がっていた。重右衛門はぶるっと身を震わせる。もう九月だ。寒いに決まってらぁ。

ああ、そうだった。疲れ切ってそのままふたりして寝ちまったんだった。燭台《しょくだい》の蠟燭《ろうそく》の溶けた蠟が酷い形で固まっていた。

ったく、こいつ、大人しそうな顔しているくせに、画にはうるせえったらねえ。まあ、絵師なんだから当然か――。

鎮平が描いたのは比丘尼橋《びくにばし》。鍛冶橋近くの小さな橋だ。前面に大きく山くじらの看板。向かいには焼き芋屋。夜の雪の中を歩く振り売り。犬の数を何匹にするか、振り売りの男は汁粉屋にするのかで、揉《も》めた。結句、鎮平が頑《かたく》なに引かないので犬は三匹になった。振り売りは、夜商いなら汁粉屋が適当だといった。

重右衛門は出来上がった下絵を手にする。

こいつが仕上がったら、きっといい揃物《そろいもの》になる。

寝息を立てる鎮平の身体に綿入れを掛け、その脇《わき》をそろりそろりと爪先立《つまさきだ》ちで歩き、画室から出た。

やれやれ、と重右衛門は右の拳で肩を叩きながら、階段を下りる。

終わった。

『名所江戸百景』は、鎮平の比丘尼橋を入れて、全百十八景。約二年半かかった。二年で終えるといい切ったが、少しばかり超えちまった。まあ、半年くれえは豊国も許してくれるだろう。

豊国との合作、『双筆五十三次』は昨年の四月に二宿を描き上げ、絵双紙屋の店先を飾った。あとは、丸屋が画帖仕立てにするだけだ。

重右衛門は長々と息を吐いた。

百景は、まだ終わっちゃいない。これから、彫りと摺りがある。それでようやく打ち止めだ。すべて版行し終えたら、魚屋は画帖に仕立てるといっていた。

「一立斎広重、一世一代、江戸百景と銘打ちましてね。天災続きの上に、異国と戦になるかもなんて、暗いご時世ですからね。ここは派手にやりましょう」

調子のいいことこの上ない。それでまた儲けるつもりだ。いい料理茶屋で飯を食わせてもらっても合わねえな。

版元って奴は、幾年経《た》っても、人が変わっても、その性根が変わらねえのは不思議なものだ。きっと奴らには版元っていう血が流れてんのかね、と重右衛門は心の内でくすくす笑いながら廊下を歩いた。疲れた――思わず唇から洩《も》れていた。

さて、朝湯だ、朝湯。こういうときはひとつ風呂《ぶろ》浴びるに限る。

「おーい、お安。湯屋に行くぞ。手拭《てぬぐ》いをくれ」

玄関で大声を出した。

「おーい。お安。なんだ、聞こえねえのか。おーい、おーい、お辰」

重右衛門は舌打ちした。なんだえ、朝から出掛けてんのか。

仕方ねえなぁ、と廊下を再び戻って、寝間に入った。寝間の濡《ぬ》れ縁の軒下にはいつも使う手拭いが干してある。

風にはためく手拭いを取ろうと、腕を伸ばしたときだ。

朝の光が重右衛門の眼を射した。その眩《まぶ》しさに眼を細めた刹那《せつな》。

焼いた鉄を頭に強く押しつけられたような、たとえようもない痛みに襲われた。

ぐ、ぬぬ——。

重右衛門は痛む頭を押さえ、濡れ縁に膝《ひざ》をがくりと落とした。

そこへ、お安とお辰が駆け寄って来た。

悲鳴にも似たふたりの声が耳に響いた。ああ、ちいっと頭が痛んだだけだ、すぐによくなるさ、と倒れ込む重右衛門の身体にすがりつくふたりにいった。

心配するな、そんな顔をしなくても大丈夫だ——。

「鎮平！　寅吉！　早く来て」

お安の声が聞こえた。

重右衛門は肩に手拭いを引っ掛け、湯屋に向かった。

おや、といつもと違う風景に訝《いぶか》る。番台に主人がいない。洗い場もがらんとしていた。

へへ、こりゃ、おれの貸し切りか。湯屋代は後で払えばいいこった。

柘榴口《ざくろぐち》を潜《くぐ》り、湯殿へ入る。

「冷え者でござい」

と、いいながら、湯に身体を沈める。ああ、気持ちがいい。仕事をした後の湯は格別だ。湯気が濃く立ち上っている。やはりひとりもいないのか。珍しいこともあるものだと、湯舟の縁に背を預け、くつろいだ。

と、不意に湯気が薄れて、人影が見えた。

「師匠、おはよう」

常連の隠居の声に重右衛門は「おう」と返しつつ、客はいるじゃねえか、と苦笑しながら湯をすくって、顔を洗う。

「ほっとした顔をしているね、百景を終えたのかい」

隠居とは別の声に、ああ、やり遂げた、満足だ、と返事をする。

「そんなこったからこんなことになるんだよ。ったくよ、まだ早いんじゃねえかえ、こっちに来るのはよ」

しわがれた声がした。

「朝湯はおれの日課だよ」

ぶっきらぼうに答えると、

「いいえ、朝湯ではありませんよ。困りましたね、気づかないなんて」

今度は、若い男の声がした。すると、また声がする。

「まったく、重さんは馬鹿でうっかり者だからねぇ。無理するから、こんなことになるんだよ」

「だいたい、満足なんてしちゃいけねえんだ。おれはよ、名所絵はおめえさんに託したつもりだったんだがなぁ。がっかりだ」

どれもこれも聞き覚えのある声だ。幾度も幾度も聞いた声。だが、もう二度と耳にすることが出来ない懐《なつ》かしい声ばかりだった――。

重右衛門は笑った。

そうか、そうか。こいつは、まいったなぁ。

湯気で隠れて見えないが、総出でお迎えに来たってのか。なんで気づかなかったのか。いつも湯屋で顔を合わせていた隠居がこの世にいたら、とうに百は越えている。

喜三郎のいう通り、おれは馬鹿だな。なあ、昌吉。いつもお前はおれのそばにいてくれたなぁ。おめえの画はしっかり百景の中に遺《のこ》したぜ。

北斎翁――おれに名所絵を託したって？　嘘《うそ》いうな。おれの『冨士三十六景』を見たら、地団駄踏んで悔しがるに違いない。

重右衛門は首を回した。加代。加代はいねえのか。

ああ、そうか。あいつは女湯か。こっちには入れねえわな。まあ、あとで会えるだろう。

ざぶっと勢いよく、湯から上がった。

お安とお辰の顔を見てくるか。

書置きを遺しておいてよかった——ああ、しまった。誰を二代にするか、決めてなかった。が、こうなっちゃ仕方ねえや。

ん？　ちまてよ。百景の残り三図。上野と比丘尼橋、市ヶ谷八幡《はちまん》はまだ版行前だ。やれやれ、こいつはしくじった。鎮平、なんとか頑張ってくれよ。

小袖《こそで》を羽織り、帯をゆるく締めて、湯屋から出た。

晩秋の空は高く、青く、やや寂寥《せきりょう》を伴って抜けるように澄んでいた。

東都の空だ。重右衛門は慈《いつく》しむように、天を仰いだ。

よしっ。家に帰るか。そうしたらまた旅だ。矢立と画帖は持っていくか。此度《こたび》は長い旅路になる。

濡れた手拭いを肩に掛け、下駄をころりと鳴らして駆け出した。

〈参考文献〉

『廣重』内田實著　岩波書店
『歌川広重の声を聴く　風景への眼差しと願い』阿部美香著　京都大学学術出版会
『風景画考　世界への交感と侵犯Ⅱ　風景の近代へ』山梨俊夫著　ブリュッケ
『林美一　江戸艶本集成　第十三巻　歌川廣重・柳川重信』林美一著　河出書房新社
『浮世絵版画の十九世紀　風景の時間、歴史の空間』菅原真弓著　ブリュッケ
『浮世絵の名品に見る「青」の変遷　春信・歌麿の〝露草青〟写楽の〝藍〟北斎の〝ベルリンブルー〟』松井英男監修・編集　南由紀子編集　アートシステム

# 解説

日野原健司

歌川広重（一七九七〜一八五八）は、江戸時代後期、十九世紀に活躍した浮世絵師である。江戸と京都を結ぶ東海道の宿場町を題材とした「東海道五拾三次之内」や、江戸の町のさまざまな場所の景色を切り取った「名所江戸百景」といった代表作で知られており、浮世絵界における名所絵の第一人者として、生涯に渡って数多くの作品を生み出した。雨や雪などの天候、あるいは朝や夜の時刻の移り変わりを情緒豊かに捉《とら》えているのが大きな魅力で、現代の私たちをも惹《ひ》きつけてやまない。

読者の中には、歌川広重ではなく、安藤広重の名前で記憶されている方もいることだろう。だが、安藤は絵師としての画号ではなく、広重の本姓であり、広重自身が安藤広重と名乗ったことはなかった。安藤広重と呼ばれるようになったのは明治時代以降の文献においてからで、それが定着して、日本史の教科書にも安藤広重と書かれるようになる。一九八〇年代になると、画号に由来する名前を採用する方が適切だという見方が強まり、現在では、歌川広重と表記するのが一般的となっている。

さて、本書『広重ぶるう』は、歌川広重の生涯を描いた歴史小説である。広重に関する史実や伝承、あるいは学術的な研究成果を踏まえ、ストーリーは組み立てられている。

簡単にあらすじを述べれば、定火消同心の家に生まれた安藤重右衛門は歌川広重の画号で浮世絵を描くが、三十歳を過ぎてもヒット作がなく、鬱屈《うっくつ》した日々を過ごしていた。そんな時にベロ藍《あい》という新しい舶来の絵具に出会い、この色で江戸の空を描きたいと渇望《かつぼう》する。ベロ藍を使った「東都名所」を手掛けた後、竹内《たけのうち》孫八という版元に請《こ》われ「東海道五拾三次之内」を刊行。それが大ヒットとなり、一躍人気浮世絵師の仲間入りを果たした。その後、親族のトラブルに巻き込まれたり、大事な人たちとの別れがあったりするが、絵師としての活動は順調に続け、晩年の傑作となる「名所江戸百景」を完成させようというところで物語の幕は閉じる。

まず、本書のタイトルになっている「広重ぶるう」という言葉について触れておこう。

広重が衝撃を受けたベロ藍とはプルシアンブルーのことで、十八世紀初頭、プロイセン王国の首都ベルリンで人工的に作られた合成顔料である。十九世紀になると大量に輸入されたことで以前よりも値段が安くなり、浮世絵版画にも用いられるようになった。水に溶けやすく、淡い水色から濃い藍色まで自在に調整でき、さらに「ぼかし」と呼ばれるグラデーションも綺麗《きれい》に表現できるため、空や海の美しさを描くには最適の絵具であった。北斎の「冨嶽三十六景」によって広く世間に知れ渡ったが、ベロ藍を見事に使いこなしたという点では、やはり広重に軍配が上がるだろう。

現在、広重の浮世絵に用いられたベロ藍を「広重ブルー」と称することがある。本書の題名もそれに由来するのだろうが、実は広重ブルーという言葉は誰がいつ使い始めたものなのか、はっきりとはしていない。そもそも専門的な学術用語ではなく、ベロ藍の美しさに日本的な魅力を感じた欧米の浮世絵愛好家が用いた通称で、語呂《ごろ》の良さからいつの間にか広重の浮世絵の代名詞として広まったのだろう。

本書において、広重はベロ藍にふさわしい絵師となるべく、北斎以上に「この色を使いこなして、広重ぶるうといわしめる」と心の中で強く決意している。「広重ぶるう」という言葉は、単にベロ藍の美しさを示すのではなく、広重の絵師としての野望を象徴しているのである。

さて、本書は歌川広重という浮世絵師を題材とした歴史小説であるが、浮世絵研究者の立場から読んだ時に、いくつかの興味深い描写がある。

まずは、広重の人間臭い人物造形である。摺師《すりし》の寛治が「面倒くせえが憎めねえお人だね」と吐露したように、広重は見栄《みえ》っ張りや強引であったり、他人からのアドバイスを素直に受け止められなかったりする面もあるものの、自分が描きたい絵を描きたいという情熱にあふれる人物として描かれている。ただしそれも、単に真面目《まじめ》でストイックなのではなく、他人から賞賛を受けたいという俗っぽい感情も多分に含まれ、まさしくどこか憎めない愛敬《あいきょう》のある人物となっている。

広重についての伝記資料はいくらか残されているが、絵師らしい個性あふれる逸話というものはあまりない。抒情《じょじょう》的な美しい名所絵を主に制作していることもあってか、広重には良く言えば真面目でスマート、悪く言えば面白味に欠けるイメージがつきまとう。これまでの歴史小説やドラマ、映画などで広重が登場する回数があまり多くないのもそのためであろう。

一方、際立《きわだ》った個性がある浮世絵師と言えば、葛飾北斎である。数え九十歳で亡《な》くなる瞬間においても、あと十年、五年を生きることができれば本物の絵師になれると言った逸話が象徴的なように、絵を描くことに生涯を捧《ささ》げた人物であり、型破りな性格を伝える逸話がいくつも残されている。本書においても、広重がライバル意識を燃やす対象として、物語の最後まで強い存在感を放っている。

　だが、作者が主人公として選んだのは広重であった。それも、北斎のように迷いなく自分の道を突き進む人物ではなく、時には悩んだり落ち込んだりしながら、自分が描きたい風景に泥臭くチャレンジし続ける、ある意味ごくありふれた等身大の人物であった。史実として伝わっている広重の伝記を踏まえつつ、これまでの真面目そうなイメージを覆《くつがえ》す新たな広重像を生み出しているところは、作者の人物造形の妙であり、歴史小説だからこその醍醐味《だいごみ》と言えよう。

　次に本書で注目すべき描写が、浮世絵師という職業のあり方である。芸術家は自らの描きたいものを描く存在だと考えている方も多いかもしれない。だが、他の国や時代はともかく、江戸時代の浮世絵、特に、不特定多数の大衆に向けて安価で販売される浮世絵版画の場合、絵師が自分の描きたいものを自由に描ける訳ではない。制作の判断をするのは版元、すなわち現在の出版社であり、絵師は版元の依頼があって初めて仕事にありつける。浮世絵師は自分勝手な芸術家というよりも、現代の小説家や漫画家のようなポジションであった。

　作者は、二〇一五年に発表した『ヨイ豊』において、四代豊国を襲名した二代歌川国貞という浮世絵師を主人公にしているが、そこですでに絵師と版元との関係を物語の重要なテーマとしていた。本書ではそれをさらに推し進め、絵師と版元のさまざまな関係を描き出している。岩戸屋喜三郎や竹内孫八といった版元たちは、時には、広重の成長をうながしてその才能を世に知らしめようとしたり、時には、ドライな仕事関係に徹し、儲《もう》けのために広重の意に沿わない絵を描かせたりする。

広重は「絵師は銭金で筆を揮《ふる》うこともある、てめえの本意じゃねえものを描くこともある。が、根っこはよ、描きたいって思いにいつも衝《つ》き動かされているんだ。画にてめえの魂を込めるんだ」と涙ながらに語る。浮世絵師は、食べていくために周囲の期待に答えようとする気持ちと、自らの描きたい世界を目指したい気持ちとの狭間《はざま》に立って絵筆を取り続けていた。本書はまさしく、浮世絵師本来の葛藤《かっとう》を掘り下げた意欲作と言えるし、そのテーマは、江戸時代の浮世絵師にとどまらず、小説家をはじめとした現代の大衆文化の作り手にも通じるものとなっている。

そして、浮世絵版画の制作工程を丁寧に描写している点も本書ならではの特徴であろう。絵師の賃金や制作の流れ、細かい摺りの技法や、売れなくなった浮世絵がどのような扱いを受けるかなど、浮世絵のさまざまな現実に触れている。

広重が「絵師は版下を描くだけだ。けどな、おれたち絵師の筆意を活《い》かして画に命をふき込んでくれるのは、彫りと摺りだ」と語っているように、浮世絵版画の制作は絵師が一人ですべてを行なうものではない。絵師が描いた絵を木の板に彫る彫師、そして、絵具を紙に摺る摺師との協同作業によって初めて一枚の木版画として完成するのである。

特に本書でクローズアップされているのが、広重の作品を制作する上で要《かなめ》となる摺師の存在であろう。ベロ藍に魅了された広重であるが、その絵具を使って青い空を美しく摺るには、腕の良い摺師である寛治というパートナーが欠かせなかった。広重は寛治の工房を訪れ、共にベロ藍のぼかしの技術を試行錯誤しながら、美しい江戸の空を表現しようとする。時にはまるで喧嘩《けんか》をふっかけるように寛治に無理難題に挑ませることもあるが、それも広重が寛治の腕に全幅の信頼を寄せてのことである。

実際の浮世絵版画を見ても、広重の空の描写は、たとえ広重による細かい指示があったにせよ、摺師のテクニックがなくては実現しないものとなっている。広重と寛治との制作をめぐるやり取りは、浮世絵版画がどのようにして成り立つものであるか、その本質を伝えてくれるものである。

本書を読みながら、あるいは読み終わった後、ぜひ広重が描いた実際の作品を見てほしい。できることならば、美術館や博物館に展示されている本物を鑑賞することで、印刷物では再現することの難しいベロ藍の深みを体感してもらいたい。きっと、広重がなぜベロ藍にそこまで惚《ほ》れ込んだのかを実感できるだろう。そして、その一枚の浮世絵版画が出来るまでに、広重はもちろん、版元や彫師、摺師といったさまざまな人々の苦労が重ねられていることをイメージしていただければ、「広重ぶるう」はさらなる鮮やかさを増すに違いない。

（令和五年十一月、太田記念美術館主席学芸員・浮世絵研究家）

この作品は令和四年五月新潮社より刊行された。

山本周五郎著
# おごそかな渇き

〝現代の聖書〟として世に問うべき構想を練った絶筆「おごそかな渇き」など、人生の真実を求めてさすらう庶民の哀歓を謳った10編。

山本周五郎著
# つゆのひぬま

娼家に働く女の一途なまごころに、虐げられた不信の心が打負かされる姿を感動的に描いた人間讃歌「つゆのひぬま」等9編を収める。

山本周五郎著
# ひとごろし

藩一番の臆病者といわれた若侍が、奇想天外な方法で果した上意討ち！ 他に〝無償の奉仕〟を描く「裏の木戸はあいている」等9編。

山本周五郎著
# 深川安楽亭

抜け荷の拠点、深川安楽亭に屯する無頼者たちが、恋人の身請金を盗み出した奉公人に示す命がけの善意――表題作など12編を収録。

山本周五郎著
# 松風の門

幼い頃、剣術の仕合で誤って幼君の右眼を失明させてしまった家臣の峻烈な生きざまを描いた「松風の門」。ほかに「釣忍」など12編。

山本周五郎著
# 四日のあやめ

武家の法度である喧嘩の助太刀のたのみを、夫にとりつがなかった妻の行為をめぐり、夫婦の絆とは何かを問いかける表題作など9編。

藤沢周平著
## 時雨のあと
兄の立ち直りを心の支えに苦界に身を沈める妹みゆき。表題作の他、江戸の市井に咲く小哀話を、繊麗に人情味豊かに描く傑作短編集。

藤沢周平著
## 竹光始末
糊口をしのぐために刀を売り、竹光を腰に仕官の条件である上意討へと向う豪気な男。表題作の他、武士の宿命を描いた傑作小説5編。

藤沢周平著
## 神隠し
失踪した内儀が、三日後不意に戻った、一層凄艶さを増して……。女の魔性を描いた表題作をはじめ江戸庶民の哀歓を映す珠玉短編集。

藤沢周平著
## 橋ものがたり
様々な人間が日毎行き交う江戸の橋を舞台に演じられる、出会いと別れ。男女の喜怒哀楽の表情を瑞々しい筆致に描く傑作時代小説。

藤沢周平著
## ふるさとへ廻る六部は
故郷・庄内への郷愁、時代小説へのこだわりと自負、創作の秘密、身辺自伝随想等。著者の肉声を伝える文庫オリジナル・エッセイ集。

藤沢周平著
## 本所しぐれ町物語
川や掘割からふと水が匂う江戸庶民の町……。表通りの商人や裏通りの職人など市井の人々の微妙な心の揺れを味わい深く描く連作長編。

# 広《ひろ》重《しげ》ぶるう

新潮文庫　か - 79 - 10

令和六年二月一日発行
令和六年三月五日二刷

著者　梶《かじ》よう子《こ》

発行者　佐藤隆信

発行所　株式会社新潮社

郵便番号　一六二―八七一一
東京都新宿区矢来町七一
電話　編集部(〇三)三二六六―五四四〇
読者係(〇三)三二六六―五一一一
https://www.shinchosha.co.jp

価格はカバーに表示してあります。

乱丁・落丁本は、ご面倒ですが小社読者係宛ご送付ください。送料小社負担にてお取替えいたします。

印刷・株式会社光邦　製本・株式会社大進堂

ISBN978-4-10-120955-5 C0193